Michael Böckler hat sich als Krimiautor einen Namen gemacht. In seinen Romanen verknüpft er spannende Fälle mit touristischen und kulinarischen Informationen. Sein besonderer Fokus liegt dabei auf dem Wein. Er hat Kommunikationswissenschaft studiert, arbeitet als Journalist und lebt in München. Südtirol kennt er seit seiner Kindheit, bereist die Region auch heute noch regelmäßig – und natürlich liebt er die Südtiroler Weine.

Michael Böckler

Tod oder Reben

Ein Wein-Krimi
aus Südtirol

Rowohlt Taschenbuch Verlag

Originalausgabe
Veröffentlicht im Rowohlt Taschenbuch Verlag, Reinbek
bei Hamburg, Oktober 2012

Umschlaggestaltung yellowfarm gmbh, Stefanie Freischem
(Umschlagabbildungen: Thomas Schmitt / buchcover.com;
Siffert, Hans-Peter / the food passionates / Corbis; Mist / Fotolia.com)
Typografie Farnschläder & Mahlstedt, Hamburg
Satz aus der DTL Dorian
Druck und Bindung CPI – Clausen & Bosse, Leck
Printed in Germany
ISBN 978 3 499 25865 7

Prolog

Der Auerhahn hatte falsche Erwartungen. Noch dachte er, es würde ein schöner Tag werden. In den frühen Morgenstunden flog er frohen Mutes durch sein Tal. Er war kein guter Flieger, vor allem tat er sich mit dem Starten schwer, aber er hatte Freude daran. Einige Bergziegen beobachteten ihn, sie wunderten sich über das merkwürdige Pfeifen in der Luft, nahmen ihn aber ansonsten nicht weiter zur Kenntnis. Der scheue Auerhahn war hier zu Hause. Nur selten verirrten sich Menschen in dieses abgelegene Tal der Ötztaler Alpen in Südtirol, irgendwo zwischen der Etsch, dem Passeier- und dem Schnalstal. Der Auerhahn, der auf Italienisch den schönen Namen «Urogallo» trägt, nahm seine übliche Flugroute. Diese führte ihn über ein rotes Bündel am Boden, das er vor einigen Tagen entdeckt hatte. Er war dort auch schon mal gelandet und hatte es genauer inspiziert. Der Geruch hatte ihm nicht gefallen.

Jetzt saß der Auerhahn im Geäst eines Baumes. Der Vogel war noch jung, aber schon ziemlich groß, und er sah ausgesprochen schön aus. Mit schiefergrauem Gefieder, einer Brust, die metallisch grün schimmerte, und mit roten Blättchen über den Augen. Er übte sich gerade im Fächern seines Schwanzes und im Balzgesang, den Kopf stolz in die Höhe reckend. Da hörte er ein merkwürdiges Klappern im Tal, das rasch näher kam. Der Auerhahn hasste es, gestört zu werden, da konnte er aggressiv werden. Aber das stakkatoartige Geräusch war so fremdartig und bedrohlich, dass er beschloss, die Flucht anzutreten. Er verließ seinen Baum und verschwand im Unterholz.

Das unangenehme Geräusch kam von Trekkingstöcken aus Aluminium. Sie wurden von einer Gruppe von Bergwanderern zum Einsatz gebracht, die durch das Tal zogen. Die Stöcke sollten die Trittsicherheit verbessern und die Gelenke entlasten. Vor allem waren sie laut und störten die Bergidylle. Aber da es sich bei den Touristen um Senioren handelte, sie waren aus Westfalen angereist, schienen die Trekkingstöcke unverzichtbar. Ihr Südtiroler Bergführer, hinter dem sie hermarschierten, hatte keine. Steff, so hieß er, war froh, dass die Gruppe in seinem Rücken keine Gedanken lesen konnte. Hatte er doch gerade grinsend überlegt, ob das Klappern ausschließlich von den Stöcken kam – oder ob auch ausgeschlagene Gelenke und künstliche Hüftpfannen ihren Beitrag zur Geräuschkulisse leisteten. Ab und zu musste er stehen bleiben, um seinen kurzatmigen Gästen eine Ruhepause zu gönnen. Geduldig beantwortete er dann ihre Fragen. Warum sie noch keinen Enzian gesehen hätten? Welcher Berg höher sei, der Ortler oder der Langkofel? Ob es hier früher einen Schmugglerpfad gegeben habe?

«Ihr kennt's net so miad sein, weiter geht's!», gab Steff das Kommando zum erneuten Aufbruch. Die Gruppe setzte sich in Bewegung, das Klappern begann von neuem. Nach einigen Minuten kniff Steff die Augen zusammen. Er hatte links am Hang, etwas abseits von ihrem Pfad, etwas Rotes erspäht. «Bleibt's a mal stehn», sagte er, «i geh do kurz aui.»

«Er geht da hinauf», übersetzte ein sprachgewandter Westfale ins Hochdeutsche und deutete zu dem roten Etwas. Entgegen Steffs Anweisung folgten ihm einige neugierige Senioren auf dem Fuße. Und so kam es, dass sie hinter ihm standen, als Steff die Leiche eines Mannes entdeckte, der merkwürdig verrenkt war, eine rote Windjacke trug, eine ebenfalls rote Hose und solide Wanderstiefel. Er schien schon länger hier zu liegen – was sich nicht nur geruchsmäßig bemerkbar machte, sondern auch an der arg ramponierten Bekleidung erkenntlich war. Nicht zu reden von seinem Gesicht ... Ein Wandersmann gab würgende Geräusche von sich, drehte sich weg und übergab sich. Steff entdeckte einige Tierspuren in unmittelbarer Nähe des Leichnams.

Die am Pfad Zurückgebliebenen wurden unruhig. Was sie denn gefunden hätten, riefen sie fragend den Hang hinauf.

«Eine Leiche», kam es von oben zurück.

«Eine Leiche?»

«So was wie der Ötzi, die Mumie vom Similaungletscher?», fragte einer.

«Kommen wir jetzt in die Zeitung?», freute sich ein anderer.

«So ein Blödsinn, die Leiche trägt eine synthetische Jacke mit Kapuze und moderne Stiefel, das ist keine Gletschermumie.»

«Schade ...»

Steff kniete vor der Leiche, öffnete den Reißverschluss an der Gesäßtasche, zog eine Geldbörse heraus, entnahm ihr eine Scheckkarte und las den Namen. Dann stand er auf und richtete den Blick nach oben. Eine steile Felswand ragte viele Hundert Meter nach oben. «Do hat'sn oi ghaut», murmelte er.

«Beim Bergsteigen?», fragte einer aus der Gruppe.

Steff deutete auf die Stiefel und sagte, dass man damit nicht kraxeln könne, und eine Windjacke sei auch nichts für Bergsteiger. Nein, auf der anderen Seite sei der Berg überhaupt nicht steil und gut zum Wandern geeignet. Das Gipfelkreuz könne man von hier nicht sehen, aber es sei nur wenige Meter vom Abgrund entfernt.

Steff nahm sein Funkgerät aus dem Rucksack und verständigte die Bergrettung in Meran. Er gab den Standort durch und den Namen, den er auf der Scheckkarte gelesen hatte: «Nikolaus Steirowitz». Und obwohl er sagte, dass es keinen Grund zur Eile gebe, der Bergwanderer sei definitiv tot, und zwar schon länger, bekam er zur Antwort, dass der Heli in wenigen Minuten starten würde. Er solle noch so lange warten und schon mal nach einem geeigneten Landeplatz Ausschau halten.

Stunden später, erst am frühen Abend, traute sich der Auerhahn aus seinem Versteck. Er sah erschöpft aus. Die Balzgefühle waren ihm gehörig vergangen. Der Lärm des Helikopters hatte ihm den Rest gegeben. Dazu die vielen Menschen. Aber jetzt war der Trubel vorbei. Das Tal lag ruhig und still im Schatten der Berge. Der Auerhahn erhob sich schwerfällig in die Lüfte und flog sein Tal entlang. Das rote Bündel war verschwunden.

1

Baron Emilio von Ritzfeld-Hechenstein war unrasiert, er hatte Kopfschmerzen und eine ausgesprochen schlechte Laune, als er den Weinladen in der Münchner Altstadt betrat. Das mit der schlechten Laune war nichts Ungewöhnliches, die hatte er am späten Vormittag chronisch. Ein Gruß erübrigte sich. Der Besitzer der Weinhandlung war in ein Gespräch mit einer Kundin vertieft, die sich nach Emilios flüchtiger Einschätzung wohl besser mit den Duftnoten eines Parfums von Chanel auskannte als mit den subtilen Aromen eines Spätburgunders. Emilio, der leicht hinkte, stieß mit seinem Gehstock die Tür zu einem Hinterzimmer auf. Dort unterließ er es, die Vorhänge aufzuziehen. Er warf einen Blick auf seinen Anrufbeantworter, stellte fest, dass es keine Nachrichten gab – und legte sich ermattet auf ein antikes Sofa aus der Biedermeierzeit. Das Möbel hatte schon bessere Zeiten gesehen und hätte dringend restauriert werden müssen. Aber Emilio liebte das Sofa so ramponiert, wie es war. Es passte zu ihm: exquisite Herkunft, mit deutlichen Gebrauchsspuren und etwas wacklig auf den Beinen, trotzdem nur schwer umzuhauen.

Emilio schloss die Augen und versuchte, sich an den Wein zu erinnern, den er gestern Abend getrunken hatte. Nein, an der Qualität des Rebensaftes konnte es nicht gelegen haben. Die

Kopfschmerzen hatten ihre Gründe zweifellos in der konsumierten Quantität. Er hasste sich dafür. Er konnte Menschen nicht leiden, die zu viel tranken. Aber was sollte es? Oft konnte er sich selbst nicht leiden. Heute war wieder so ein Tag.

Die nächste halbe Stunde verbrachte Emilio gewissermaßen im Stand-by-Modus. Er war zwar körperlich präsent, hatte aber alle Systeme heruntergefahren. Er hätte in dieser Phase über seine aktuelle Situation nachdenken können, aber erstens war diese nicht anders wie so oft, zweitens hätte er nichts daran ändern können, und drittens war ihm das schon längst egal. Abgesehen davon hätte ein allzu intensives Nachdenken seinen Halbschlaf gestört. Er hatte sich daran gewöhnt, dass es ihm mal besser ging und mal weniger. In diesem Punkt war er ein Fatalist, dem die Fügungen des Schicksals unausweichlich erschienen, ergo machte es wenig Sinn, dagegen anzukämpfen. Allerdings gehörte er nicht zu den Menschen, die sich ohnmächtig ihrem Schicksal auslieferten und grundsätzlich mit einem schlechten Ausgang rechneten. Emilio betrachtete sich als Fatalisten, der durchaus die optimistische Annahme hegte, dass es das Schicksal auch gut mit einem meinen konnte. Daran änderte nichts, dass sein Leben auf den ersten Blick nicht danach aussah.

Baron Emilio von Ritzfeld-Hechenstein war in privilegierten Verhältnissen aufgewachsen, geboren auf einem Schloss im Rheingau, das seit sieben Generationen seiner Familie gehörte, umgeben von Rebstöcken, erzogen auf einem englischen Internat. Er war mit den Weinen des elterlichen Gutes groß geworden, verstand entsprechend viel davon, galt schon in jungen Jahren als exquisiter Weinexperte, der bestimmt war, die Familientradition fortzusetzen. Aber dann war alles anders gekommen: Sein Vater hatte sich mit der Aufrechterhaltung des Schlosses und Modernisierung des Weingutes hoch verschuldet, hatte schließlich keinen anderen Ausweg gesehen, als sich im Weinkeller zu erhängen. Wenige Jahre später war Emilios Mutter gestorben – wäre es kein Klischee, würde man sagen: an gebrochenem Herzen! Seine Mutter stammte aus Italien, deshalb hatte er den Vornamen Emilio erhalten. Jedenfalls war es nach dem Tod seines Vaters vorbei mit dem schönen Leben. Die Familie war bankrott, Schloss und Weingut hatten den Besitzer gewechselt. Damit war auch Emilio geld- und mittellos geworden. Ein unerfreulicher Zustand, an den er sich erst gewöhnen musste.

Fortan hatte sich Emilio in vielen Jobs versucht, er hatte als Repräsentant für eine Weinhandelsfirma gearbeitet, sich als Anlageberater betätigt und als Leiter des Weinkellers eines Luxushotels. Schließlich hatte er alles hingeschmissen und für ein Jahr in einer Strandhütte auf Bali gehaust, um auf der Insel der Götter über den Sinn des Lebens nachzudenken – ohne durchschlagenden Erfolg.

Nach Deutschland zurückgekehrt, war er von einem alten Freund gebeten worden, ihm bei einem Problem zu helfen, das sich rasch zu einem veritablen Kriminalfall entwickelt hatte. Wie es der Zufall wollte, war es Emilio gelungen, selbigen aufzuklären, einen Mord zu verhindern, gestohlenes Geld wiederzubeschaffen und seinem alten Kumpel damit einen großen Dienst zu erweisen. Emilio wusste auch nicht, wie er das zustande gebracht hatte, aber offenbar hatte er Talent dafür, Zusammenhänge zu erkennen, die anderen verborgen blieben, er war ein exzellenter Beobachter und verfügte über ein großes, gelegentlich chaotisches Wissen. Wahrscheinlich half es, dass er grundsätzlich an das Schlechte im Menschen glaubte und manche Abgründe aus persönlicher Erfahrung kannte. Jedenfalls hatte sich sein Erfolg als «privater Ermittler» rasch herumgesprochen, und er hatte weitere Aufträge bekommen. Erbschaftsangelegenheiten, Betrügereien, Seitensprünge, Vermisstenfälle ... Die Aufträge ergaben sich anfangs wie von selbst, sein großer Bekanntenkreis erwies sich als unerschöpfliches Reservoir. Also hatte Emilio den Wink des Schicksals angenommen und arbeitete seitdem als freischaffender Privatdetektiv. Wohl nicht gerade das, was sich sein Vater für seinen Sprössling vorgestellt hatte, aber der Papa hätte sich ja auch nicht im Weinkeller erhängen müssen!

Und heute? Emilio war an Jahren älter, hatte die fünfzig überschritten, er hatte sich den Leichtsinn eines Zwanzigjährigen bewahrt, kombiniert mit der Lebenserfahrung eines Hundertjährigen. Er arbeitete weiter als Privatdetektiv, wobei die Aufträge mittlerweile nur noch unregelmäßig eintrudelten. Außerdem nahm er sich die Freiheit, nicht alle anzunehmen. Am liebsten waren ihm Projekte, die etwas mit Wein zu tun hatten, wo ihn die Recherchen vielleicht sogar in Weinbaugebiete im In- und Ausland führten. Aber diese Aufträge waren leider selten. Die schöpferischen Pausen zwischen den Ermittlungstätigkeiten entsprachen seinem Lebensgefühl, konfrontierten ihn aber regelmäßig mit finanziellen Problemen. Auch diese wusste er mit fatalistischem Gleichmut hinzunehmen. Dass ihn vor einigen Jahren seine Frau verlassen hatte, störte ihn nur selten, außerdem konnte er sie verstehen. Er hätte es an seiner Seite auch nicht ausgehalten.

Der Gehstock und sein leichtes Hinken? Je nach Laune erklärte er seine Behinderung mit einem Jagdunfall, einem Flugzeugabsturz – oder er machte einen betrogenen Ehemann dafür verantwortlich. Tatsächlich hatte er sich betrunken beim Reinigen einer Waffe selbst ins Bein geschossen. Aber das musste keiner wissen.

Sein Büro hatte Emilio im Hinterzimmer besagter Weinhandlung. Wie und warum es ihn nach München verschlagen hatte, konnte er auch nicht erklären, da hatte wieder mal der Zufall Regie geführt. Egal, er fühlte sich in der Stadt an der Isar sehr wohl. Bei schönem Wetter verbreitete sie italienisches Flair. Mit Frank, dem Besitzer der Weinhandlung, war er befreundet, er musste für seinen Büroraum nur wenig Miete bezahlen, dafür half er bei Bedarf im Verkauf. Er tat das eher widerwillig. Und Frank warf ihm vor, dass seine Beratungsgespräche gelegentlich geschäftsschädigend waren. Konnte er was dafür, dass manche Kunden einfach keine Ahnung hatten und mit Mühe einen Rotwein von einem Weißwein unterscheiden konnten? Und das nur mit geöffneten Augen!

Emilio räusperte sich. Nun hatte er im Halbschlaf doch über sein Schicksal nachgedacht. Das wäre nicht nötig gewesen, die Kopfschmerzen waren unangenehm genug. Die Tür ging auf, und Frank betrat den Raum, leider nicht mit der gebotenen Zurückhaltung. Emilio langte sich an die Schläfen.

Warum er nicht am Computer säße und arbeitete, wollte Frank mit einem Grinsen wissen. Emilio sah ihn verständnislos an. Er halte es mit den alten Griechen, antwortete er, dort galt der Müßiggang als größte Tugend, Arbeit sei etwas für Frauen und Sklaven.

Falsche Antwort, konterte Frank, jedenfalls für einen, der mit der Miete drei Monate im Verzug sei.

Emilio richtete sich stöhnend auf und hob vier Finger. Leider könne er den nächsten Monat auch nicht bezahlen, das wäre schon jetzt abzusehen.

Frank schüttelte den Kopf. Als arbeitender Sklave könne er diese Form des Müßiggangs nur schwer akzeptieren. Ob Emilio denn keine neuen Aufträge habe?

Emilio verneinte. Wenn man von der alten Tante absehe, aber auf die könne er verzichten.

Welche alte Tante, fragte Frank.

Nun, das sei keine richtige Tante, relativierte Emilio, vielmehr eine Freundin seiner verstorbenen Mutter, als Kind habe er «Tante» zu ihr gesagt. Die alte Dame lebte in Südtirol, sie habe vor einigen Tagen angerufen, sie wolle ihn heute Nachmittag im Hotel Bayerischer Hof treffen, sie habe ein Problem und brauche Hilfe.

Frank nickte auffordernd. Das höre sich doch gut an. Vielleicht sei das ein neuer Auftrag, und mit dem Vorschuss könne er die Miete bezahlen.

Emilio winkte ab. Was könne die alte Dame schon für ein Problem haben? Er habe keine Lust, einen verschwundenen Königspudel zu suchen. Oder sich mit einem Friseur anzulegen, der ihr die Haare falsch gefärbt habe. Nein, er würde dankend auf dieses Gespräch verzichten, ihr eine Visitenkarte mit seiner freundlichen Absage übermitteln und stattdessen im Englischen Garten spazieren gehen.

Genau das würde Emilio nicht tun, protestierte Frank entschieden. Als Freund und Gläubiger ausstehender Zahlungen bestehe er darauf, dass Emilio den Termin wahrnehme. Außerdem sei er das seiner guten Kinderstube schuldig, das mache man nicht, einer alten Nenntante einen Korb geben. Eine Visitenkarte mit einer freundlichen Absage, ob er denn spinne.

Emilio sah seinen Freund zweifelnd an. Dann gab er sich einen Ruck. Nun gut, erklärte er widerstrebend sein Einverständnis, er könne ja mal hingehen und mit der alten Dame einen Orangenlikör trinken. Vielleicht helfe der gegen Kopfschmerzen.

2

Man sollte meinen, es wäre schön, viel Zeit in einer *«Opera»* in Mailand verbringen zu dürfen. Man denkt an die ehrwürdige Scala, assoziiert Opern von Verdi, träumt von Rigoletto oder Aida. Aber weit gefehlt. Allenfalls hätte Nabucco noch einen gewissen Bezug, dies aber allein aufgrund des Gefangenenchors. Denn in der «Opera» im Süden der lombardischen Metropole hat es keinen Mangel an Gefangenen. «*Va, pensiero, sull'ali dorate* … Flieg, Gedanke, getragen von Sehnsucht …» Hinter den hohen grauen Mauern der Justizvollzugsanstalt, die ironischerweise *«Opera»* genannt wird, verbüßen die Häftlinge meist längere Haftstrafen – und es sind nur die Gedanken, denen es gestattet ist, davonzufliegen.

Die *Casa di Reclusione*, die zudem im Ruf stand, der größte Mafia-Knast der Welt zu sein, war ein Hochsicherheitsgefängnis, in dem Marco Giardino die letzten zehn Jahre verbracht hatte. Aber heute war es so weit, er machte seine ersten Schritte zurück in die Freiheit.

Hinter ihm schlossen sich die schweren Eisentore der Justizanstalt. Er blieb stehen, stellte seinen Koffer ab und atmete tief durch. So also roch die Luft außerhalb der Gefängnismauern – er hatte es fast vergessen. Marco war sportlich angezogen, mit einer beigen Leinenhose, weißem Poloshirt und einem

Pulli locker über die Schultern gehängt. Es war ein strahlend schöner Tag in Mailand. Er setzte sich eine Sonnenbrille auf. Wäre nicht seine blasse Gesichtsfarbe gewesen, hätte man ihn für einen Urlauber halten können, der gerade vom Comer See kam oder von Capri.

Marco sah sich um. Es war niemand da, ihn abzuholen. Er durfte sich nicht beklagen, er hatte es so gewollt. Niemand seiner Bekannten oder von der Familie wusste, dass er heute entlassen wurde, vorzeitig, wegen guter Führung. Außerdem war es weit von Bozen hierher. Er nahm seinen Koffer, der nicht schwer war, und machte sich auf den Weg. Mit öffentlichen Verkehrsmitteln fuhr er in die Innenstadt. Marco saß am Fenster und genoss den Blick auf die vorbeiziehenden Häuser, auf die Autos, Vespas und Passanten. Das Schönste an der Fahrt war die schlichte Tatsache, dass er sich fortbewegte, und zwar im ursprünglichen Wortsinn, er bewegte sich *fort* – nicht im engen Kreis wie im Gefängnishof.

Eine knappe Stunde später hatte er seinen Koffer bei einer Gepäckaufbewahrung deponiert. Er schlenderte über die Via Spadari, ergötzte sich an den Delikatessen in den Auslagen, die ihm wie von einer anderen Welt erschienen, er genoss die unendliche Freiheit auf der weiten Piazza del Duomo, verzichtete aber auf einen Besuch des Domes, schließlich wusste er nicht, wofür er dem himmlischen Herrn danken sollte. Er dachte an das letzte Gespräch mit der Gefängnispsychologin, erst gestern war das gewesen. Sie hatte seine Fortschritte in den letzten Jahren gelobt, er sei viel ausgeglichener geworden, habe seine Aggressionen offenbar unter Kontrolle. Sie sei stolz auf ihn. «*Porca puttana*», murmelte Marco – was sich wohlwollend mit «Schweineschlampe» übersetzen ließ.

Er betrat die Galleria Vittorio Emanuele II., setzte sich vor das legendäre Jugendstilrestaurant Zucca und bestellte ein Glas *vino bianco*. Gott sei Dank war die Psychologin hässlich wie die Nacht, sonst hätte er ihr schon vor Jahren gezeigt, dass seine Aggressionen alles andere als unter Kontrolle waren. Aber dann wäre er jetzt nicht hier. So war es besser, entschieden besser.

Marco stammte aus einer armen Familie, er war in einem Milieu aufgewachsen, wo Aggressionen fürs Überleben notwendig waren. Wenn ihn ein *cretino* blöd anmachte, bekam der Volltrottel eine verpasst, ohne Vorwarnung, so einfach war das. Wenn einer im Weg stand, wurde er weggestoßen. Und wenn einer seine Freundin anbaggerte, dann konnte er für nichts garantieren. Wie in jener Nacht vor der Disco in Bozen. So ein *stronzo* mit geföhnten Haaren hatte versucht, ihm seine Gina auszuspannen. Er hatte dem Hurensohn einen kräftigen Stoß versetzt und ihm den Rat gegeben, sich zu verpissen: «*Vaffanculo!*» Aber das Stück Scheiße war betrunken gewesen und hatte ihn nicht verstanden. «*Pezzo di merda!*» Der Idiot hatte sich aufgerappelt und war auf Marco losgegangen …

Die folgende Verurteilung wegen Totschlags hatte ein höheres Strafmaß zur Folge, weil Marco wegen schwerer Körperverletzung vorbestraft war. Und nach all diesen Jahren meinte die Gefängnispsychologin, er habe eine «gute soziale Prognose» und seine Aggressionen unter Kontrolle. Marco musste lachen, fast verschluckte er sich am Wein. Er bestellte noch ein *bicchiere*. Ja, er hoffte schon, dass er sich in Zukunft besser beherrschen konnte, aber wenn die flachbrüstige *puttana* meinte, er würde jetzt ein angepasstes Leben führen, dann hatte sie sich gehörig getäuscht. Welche Ziele er für die Zukunft habe, hatte sie von ihm wissen wollen. Er wolle wieder in seinem alten Beruf arbeiten, hatte er geantwortet, Konflikten aus dem Weg gehen, eine gute Frau finden, vielleicht eine Familie gründen. Dabei hatte er sie treuherzig angeschaut. Marco kicherte. Die dumme Nuss hatte ihm geglaubt!

3

Phina Pernhofer stand in ihrem Südtiroler Weinberg, inmitten von Rebzeilen, die mit Sauvignon bestockt waren. Natürlich war sie auch dem Vernatsch verbunden, auch hatte sie Lagen, die sich für Lagrein eigneten, für Cabernet, Blauburgunder und für Merlot. Aber von diesen Rotweinen gab es auf dem Markt viel zu viele, vom Vernatsch sowieso, auch wenn sich die in Südtirol allgegenwärtige Traube ein wenig auf dem Rückzug befand. Eigentlich schade, denn Phina fand, dass der Vernatsch in guten Lagen immer noch großes Potenzial hatte. Sie war der festen Überzeugung, dass ein leidenschaftlicher Vernatsch, nicht zu dunkel, im Ertrag reduziert, in der Pergelerziehung vor zu viel Sonneneinstrahlung geschützt und bei verkürzter Maischestandzeit, ausgesprochen lustvoll sein konnte – leicht, geschmeidig, dezente Mandelaromen, wenig Säure und Tannine, dennoch strukturiert und ein idealer Begleiter bei einer mittäglichen Marende mit Speck und Schüttelbrot. Der leichte Wein passte auch hervorragend zu Pastagerichten und sogar zu Sushi und Sashimi.

Während der Vernatsch mittlere Höhenlagen bevorzugte, kam der Sauvignon auch weiter oben zurecht, zudem hatte er keine Probleme mit einer intensiveren Sonneneinstrahlung. Phina pflückte eine unreife Traube vom Weinstock, schob sie in den Mund und schloss die Augen. Noch war nichts von den sortentypischen Aromen zu erkennen, die an Stachelbeeren oder Brennnesseln erinnerten. Aber sie war sich sicher, dass daraus ein großartiger Weißwein werden würde.

Angesichts einer globalen Schwemme von guten Rotweinen, nicht nur aus den traditionellen Anbaugebieten in Europa, sondern zu konkurrenzlos niedrigen Preisen auch aus Übersee, vertrat sie die Auffassung, dass Südtirols Zukunft bei den Weißweinen lag. Beim Sauvignon sowieso, aber auch beim heimischen Gewürztraminer und beim Weißburgunder. Die Voraussetzungen waren ideal. Und es gab keine negativen Vorurteile zu überwinden, die dem Vernatsch immer noch wie Pech anhafteten – aus längst vergangenen Zeiten, als vom Kalterersee und Sankt Magdalener mehr Wein verkauft wurde, als in den Anbaugebieten überhaupt produziert wurde.

Phina, die ausgesprochen attraktiv war, aber die kräftigen Hände eines Weinbauern hatte und eine sonnengegerbte Haut, musste an ihren Vater denken. Der hatte von Weißweinen nichts wissen wollen, auch nichts von internationalen Sorten wie Cabernet und Merlot. Für ihn hatte es nichts anderes gegeben als den Vernatsch, der in Südtirol schon im Mittelalter angebaut wurde. Phina riss einige Blätter von einem Rebstock. Ihr Vater war auch gegen die biodynamische Bewirtschaftung gewesen, die sie mittlerweile mit großem Erfolg praktizierte. Er hatte nur mitleidig gelächelt, wenn sie von der natürlichen Balance zwischen Natur und Wein gesprochen hatte, von organischem Kompost, der Vermeidung von Chemikalien und von den kosmischen Kräften von Sonne und Mond. Stattdessen hatte er vorgehabt, das Weingut zu verkaufen, das seit Generationen im Familienbesitz war. Auf Phinas Stirn bildeten sich steile Falten, ihre Hände verkrampften sich. Das alles nur deshalb, weil er keinen Sohn hatte, der die Tradition fortsetzen konnte – nur eine Tochter, die er zwar liebte, aber sich nicht als Nachfolgerin vorstellen konnte.

Sie verknotete fest ihre Hände, bis das Weiße an ihren Knöcheln hervortrat. Phinas Atem ging kurz, ein Zittern durchlief ihren Körper. Nun, ihr Vater war nicht mehr am Leben. Seine antiquierten Vorstellungen waren mit seinem Leichnam auf dem Friedhof von St. Pauls beigesetzt worden. Gott sei seiner Seele gnädig! Sie entfaltete ihre Hände und hob sie vor ihr Gesicht. Dass an ihnen Blut klebte, war nicht zu erkennen. Aber sie konnte es nicht vergessen. Jeder neue Jahrgang war ein «Blutwein». Und da gab es keinen Unterschied zwischen Vernatsch, Lagrein, Gewürztraminer, Weißburgunder oder Sauvignon.

4

Emilios Laune hatte sich nicht wesentlich gebessert, als er am Nachmittag zum Hotel Bayerischer Hof schlenderte. Immerhin waren die Kopfschmerzen verflogen, das war ein unerwartetes Erfolgserlebnis an diesem trüben Tag. Frank hatte ihm das Versprechen abgenommen, sich nicht auf dem Alten Südfriedhof auf eine Parkbank zu setzen, was er oft tat, um dem hektischen und fröhlich-nervigen Treiben zu entfliehen. Er hatte ihm sein Wort gegeben, den Termin mit der alten Dame wirklich wahrzunehmen. Der Baron wählte den Weg über den Viktualienmarkt. Seinen schwarzen Gehstock, der auf Hochglanz poliert war und einen silbernen Knauf hatte, brachte er nur bei jedem dritten Schritt zum Einsatz. Er hätte auch ohne Stock gehen können, sehr gut sogar und erstaunlich ausdauernd, aber er hatte sich an das Requisit gewöhnt, und trotz seines leichten Hinkens fand er auf diese Weise einen ihm angenehmen Laufrhythmus. Obwohl es leicht nieselte, trug er eine dunkle Sonnenbrille, mit einem dicken Hornrahmen, der so altmodisch war, dass er schon wieder avantgardistisch wirkte. Die Sonnenbrille hatte bereits seinem verstorbenen Vater gehört. Ebenso die rahmengenähten Budapester, die mindestens dreißig Jahre alt waren. Er hielt die maßgefertigten Schuhe seines Vaters in Ehren. Emilio hatte sich vorgenommen, in diesem

Leben keine Schuhe mehr zu kaufen – die Dutzend Klassiker seines Vaters mussten bis zu seinem letzten Gang halten.

Im Vorbeigehen ignorierte er an einem Obststand das Schild, dass man die feilgebotene Ware nicht anlangen dürfe, er nahm geistesabwesend eine Handvoll Bio-Erdbeeren aus einem Korb, schob die erste in den Mund und ging weiter. Einige Kunden sahen ihm ob dieser Dreistigkeit entgeistert hinterher. Die Marktfrau lächelte, sie kannte den «Wein-Baron» schon seit langem, sie mochte seine kauzige Art und verzieh ihm so einiges.

Emilio genoss die ungewaschenen Erdbeeren, das Grünzeug aß er mit, schließlich taten das auch die Ziegen. Er überquerte den Marienplatz, schob mit dem Gehstock einige Touristen zur Seite, die hinauf zum Glockenspiel am Rathaus starrten. Währenddessen versuchte er, sich an «Tante Theresa» zu erinnern. Sie entstammte einer alten Industriellenfamilie aus Wien, so viel wusste er noch. Ihre Freundschaft zu Emilios verstorbener Mutter ging wohl auf gemeinsame Jungmädchenzeiten in einem Schweizer Internat zurück. Theresa war bei Emilios Eltern ein- und ausgegangen, war bei allen Familienfeiern zugegen gewesen, hatte einfach zum Leben dazugehört. Auch hatten sie Theresa gelegentlich in ihrer Villa im Südtiroler Meran besucht. Daran konnte er sich noch gut erinnern – auch an den Vorhang, den er zu Weihnachten versehentlich angezündet hatte.

Emilio ging am Dom vorbei, durch eine Passage, schließlich erreichte er den Bayerischen Hof. Davor parkten Luxuslimousinen, einige Wichtigmenschen in Anzügen telefonierten mit ihren Handys. Emilio stöhnte. Aber er konnte nicht umdrehen, denn Versprechen pflegte er zu halten, auch wenn er sie leichtfertig gegeben hatte. Und vielleicht, so hoffte er, war es amüsant, die alte Freundin seiner Mutter wiederzusehen. Er hatte ein Faible für Realsatire.

Emilio betrat das Hotel, erinnerte sich, wo Theresa auf ihn warten wollte, ging aber erst auf die Toilette, um sich die Hände zu waschen und den Mund zu säubern. Er wollte ihr beim Handkuss Reste von Erdbeeren ersparen. Er entdeckte die alte Dame sofort, trotz ihres gewaltigen Strohhutes, sogar hinter dem roten Fächer, mit dem sie sich Luft zufächelte. Oder vielleicht gerade deshalb, sie war kaum zu übersehen. Auch Theresa hatte ihn entdeckt, sie klappte den Fächer zusammen und zeigte ein strahlendes Lächeln. Sie schien sich wirklich zu freuen, ihn wiederzusehen. Nun, dann war sein Kommen schon mal nicht gänzlich vergebens gewesen. Es war ihm bislang nur selten beschieden gewesen, alte Damen glücklich zu machen.

Die folgende Stunde unterhielten sie sich zunächst über Belanglosigkeiten, dann über vergangene Zeiten. Das Gespräch verlief relativ einseitig, denn Theresa erzählte ausführlich und mit Liebe zum Detail, wie sie Emilios Mutter kennengelernt hatte, von ihren gemeinsamen Jahren in der Schweiz, über Jungmädchenstreiche und erste, schüchterne Männerbekanntschaften. Emilio beschränkte sich weitgehend aufs Zuhören, die Geschichten gefielen ihm, sie brachten ihn dazu, an seine verstorbene Mutter zu denken. Warum tat er dies sonst so wenig?

Auf seine Frage und um das Thema zu wechseln, schilderte Theresa ihren Jahresablauf, der an feste Rituale geknüpft schien. Wie er wisse, habe sie ihren Hauptwohnsitz in Meran, dort verbringe sie die meisten Monate, aber sie liebe es, zu reisen. Allerdings versuche sie, sich nur innerhalb der Grenzen der alten Donaumonarchie zu bewegen. Südtirol sei ohnehin nur aufgrund höchst dubioser Ereignisse abhandengekommen. Schließlich habe das wunderschöne Land an Etsch, Passer und Eisack seit dem 14. Jahrhundert zum Habsburger Reich gehört. Dass es 1918 an Italien gefallen war, wurde von ihr konsequent ignoriert. An den Vertrag von Saint Germain dürfe sie gar nicht denken, davon bekäme sie Migräne.

Emilio zog es vor, ihr nicht zu widersprechen. Sein Einwand, dass sie mit München die historischen Grenzen der Donaumonarchie überschritten hätte, konterte sie mit dem Hinweis, dass sich König Ludwig II. gut mit der Sissi verstanden habe – außerdem sei sie hier, um sich mit Emilio zu treffen und mit ihm etwas zu besprechen.

Emilio musste grinsen. Die alte Dame hatte ziemlich abgefahrene Ansichten, aber im Kopf war sie hellwach, das musste man ihr lassen. Und sie schien endlich zum Grund ihres Treffens zu kommen. Aber auch das machte sie auf Umwegen. Theresa orderte einen Sekt. «Nein, keinen Champagner», rüffelte sie den Ober. Sie bevorzuge Riesling-Sekt. Von dem «französischen Sprudel», so ihre Erklärung, bekäme sie Sodbrennen. Und Prosecco sei vulgär.

Die Flasche wurde entkorkt. Gab es was zu feiern? Die alte Dame hob ihr Glas. «Ich möchte mit dir auf meinen Niki anstoßen», sagte sie feierlich, «er hätte heute Geburtstag, einen runden, seinen Fünfzigsten!» Nun war Emilio doch überrascht. Deshalb war er hier? Während er mit Theresa anstieß, rief er sich besagten Niki in Erinnerung. Richtig, das war Theresas Sohn gewesen, Nikolaus Steirowitz, ihr einziges Kind, er hatte ihn kaum gekannt. Niki war irgendwann ums Leben gekommen, daran erinnerte er sich. Sie stießen also gerade auf den Geburtstag ihres toten Sohnes an. Warum nicht?

Theresa sah Emilio an. «Niki, du weißt …»

«Natürlich, Niki, dein verstorbener Sohn», bestätigte er. «Ich habe ihn noch als jungen Mann in Erinnerung. Er wäre heute fünfzig geworden? Unvorstellbar, wie schnell die Zeit vergeht.» Fast genierte er sich für den blöden Satz, aber etwas anderes als diese Platitude war ihm spontan nicht eingefallen.

«Deshalb habe ich dich hergebeten», fuhr Theresa fort. «Ich danke dir, dass du gekommen bist.»

«Das ist doch selbstverständlich …»

«Nein, ist es nicht. Wäre ich nicht so penetrant gewesen», sie drohte ihm lächelnd mit dem Zeigefinger, «hättest du mir einen Korb gegeben, ich kenne dich.»

Er hob entschuldigend die Hände. «Vielleicht, aber jetzt bin ich hier.» Dabei dachte er, dass nicht Theresas Überzeugungskraft den Ausschlag gegeben hatte, sondern Frank und die normative Kraft des Faktischen – in Form ausstehender Mietzahlungen.

Theresa machte eine lange Pause, sie leerte das Glas, sah ihn forschend an, gab dem Ober ein Zeichen, nachzuschenken. Dann fuhr sie fort: «Nikis Tod ist genau zehn Jahre her», sie seufzte, «zehn Jahre, zwei Monate und vielleicht zwei Wochen, oder eine Woche, oder drei Wochen, plus minus einige Tage.» Theresa langte sich an den Kopf. «Das ist nicht zu fassen. Ich habe ihn geboren, aber ich weiß nicht, wann Niki gestorben ist, an welchem Tag ich auf den Friedhof gehen soll, um an seinem Grab eine Kerze zu entzünden.»

Emilio sah sie fragend an. Diesen Gesichtsausdruck beherrschte er, selbst wenn ihn eine Antwort nur wenig bis gar nicht interessierte.

«Du willst wissen, wie das sein kann?», fuhr sie fort.

«Ja, natürlich», bestätigte er, «leider weiß ich nicht, wie Niki ums Leben gekommen ist, tut mir leid.» Er ließ sich dazu hinreißen, ihre Hand zu nehmen und zu streicheln. Manchmal war er sich selbst ein Rätsel.

«Niki hat in Bozen gelebt», erklärte Theresa, «er war unverheiratet, hatte keine Kinder. Er hatte eine Vinothek, die lief sehr gut. Bei einer Bergtour ist er über eine hohe Felswand gestürzt. Wanderer haben seinen Leichnam erst einige Zeit später entdeckt. Der genaue Todeszeitpunkt ließ sich nicht mehr feststellen.»

Emilio hatte noch nie verstanden, warum Menschen freiwillig auf Berge stiegen, dabei ins Schwitzen gerieten und sich unkalkulierbaren Gefahren aussetzten. Mit diesem Unsinn hatten im 19. Jahrhundert die Engländer angefangen. Wäre Niki im Tal geblieben, wie jedes vernunftbegabte Wesen, wäre er noch am Leben. Nun ja, oder auch nicht, wer wusste das schon?

Emilio räusperte sich. «Ein Unfall?», hakte er nach. «War er bei der Bergtour alleine?»

«Du stellst die richtigen Fragen, deshalb wollte ich mit dir sprechen. Ein Unfall? So steht es im Bericht der Polizei. Dort steht auch, dass Niki die Wanderung alleine unternommen hat. Das hätten die Nachforschungen ergeben.»

«Macht man das? Geht man alleine auf den Berg?»

«Doch, warum nicht. Die Tour war nicht weiter gefährlich. Außerdem war Niki ziemlich leichtsinnig. Er hat schon als Kind die verrücktesten Sachen gemacht.»

«Dann war das ein Fehler. Aber es hätte wohl nichts geändert, oder? Nach einem Sturz über eine hohe Felswand kommt wahrscheinlich jede Hilfe zu spät.»

Theresa sah ihn ob dieser pietätlosen Bemerkung vorwurfsvoll an, nahm dann einen Schluck vom Riesling-Sekt. «Der hätte auch dem Niki geschmeckt», murmelte sie. «Du hast recht», fuhr sie fort, «nach dem Sturz war alles vorbei. Wenigstens hat er nicht leiden müssen. Aber ich darf mir gar nicht vorstellen, wie lange er am Fuße der Felswand gelegen hat, was mit ihm in dieser Zeit ...» Sie schlug die Hände vors Gesicht und schluchzte.

«So darfst du nicht denken, behalte deinen Niki lebend im Gedächtnis, erinnere dich an schöne Zeiten.» Noch so eine Platitude.

Theresa tupfte sich mit der Serviette die Tränen von den Wangen. «Doch, das tue ich, keine Sorge. Aber sein Tod lässt mir keine Ruhe, auch nicht nach zehn Jahren. Ich habe das Gefühl, dass ich ihm etwas schuldig bin.»

«Schuldig?»

«Ab und zu träume ich, dass er zu mir spricht. Er macht mir Vorwürfe. Warum, so fragt er, will ich als seine Mutter nicht wissen, was da oben am Berg wirklich passiert ist. Womöglich war alles ganz anders.»

«Hatte er Probleme?», fragte Emilio. «Vielleicht war es Selbstmord?»

«Selbstmord? Ich will es nicht hoffen, dann nämlich wäre ich nicht frei von Schuld. Ich hätte seine Verzweiflung spüren und ihm helfen müssen, dafür sind Mütter da. Aber ich habe nichts gespürt. Nein, ich glaube nicht an Selbstmord. Niki ging es gut, er war beliebt, von Problemen weiß ich nichts.»

Emilio sah sie skeptisch an. «Du hältst es also für möglich ...»

«… dass Niki umgebracht wurde. Ja, genau das halte ich für möglich. Das würde erklären, warum mich Niki in den Träumen immer so vorwurfsvoll anschaut. Er erwartet von mir, dass ich die Umstände seines Todes aufkläre. Und wenn es Mord war, dann muss der Schuldige gefunden und bestraft werden.»

«Niki ist seit zehn Jahren tot. Der Fall ist damals sicher untersucht worden. Hätte es Anhaltspunkte für einen Mord gegeben, wäre man diesen gewiss nachgegangen, und man hätte mit dir darüber gesprochen. Aber offenbar gab es keine. Liebe Theresa, es ist nicht ungewöhnlich, dass dich dein verstorbener Sohn in den Träumen verfolgt.»

Theresa schüttelte energisch den Kopf. «Nein, so ist es nicht. Ich bin nicht hysterisch, ich habe auch keine Halluzinationen. Aber ich bin alt, vielleicht habe ich nicht mehr lange zu leben, und wenn ich dann tot bin, treffe ich Niki auf einer Wolke, und er fragt mich, warum ich nichts unternommen habe. Und was antworte ich ihm dann?» Nach einer Pause fuhr sie fort: «Außerdem habe ich vor einigen Wochen etwas gefunden, seitdem erscheint Nikis Tod in einem anderen Licht.»

«Etwas gefunden?»

Sie nickte. «Eine Freundin hat mich gefragt, ob ich für einen Basar in Naturns, dessen Erlös wohltätigen Zwecken dient, einige alte Sakkos von Niki zur Verfügung stellen könnte. Ich hielt das für eine gute Idee und bat Greta, das ist meine gute Seele, du kennst sie noch von früher, ein paar Jacken rauszusuchen. Und ich habe ihr gesagt, sie solle zur Sicherheit schauen, ob alle Taschen leer sind. Da hat sie das gefunden …» Theresa zog aus ihrer Handtasche eine Plastikhülle, entnahm ihr ein zusammengefaltetes, verknittertes Blatt Papier und reichte es Emilio.

Er nahm das Blatt entgegen, faltete es behutsam auseinander. Der Text war offensichtlich mit dem Computer geschrieben und mit einem alten Nadeldrucker ausgedruckt. Jedenfalls keine Schreibmaschine und leider auch nicht handschriftlich. Denn die wenigen Zeilen hatten es in sich. Schon die Überschrift in Großbuchstaben: «WARNUNG!» Darunter: «Lieber Nikolaus. Man trachtet dir nach dem Leben. Pass gut auf dich auf!» Und als Absender: «Jemand, der es gut mit dir meint.»

Emilio dachte nach. Zunächst über den Zettel mit der Botschaft, aber nicht lange, dann kam ihm ein Chardonnay Löwengang von Lageder in den Sinn, er dachte an den Sauvignon Quarz der Kellerei Terlan, er glaubte, die feinen Duftaromen eines Cabernet von Sankt Michael in Eppan zu riechen. Südtirol war ein beneidenswertes Land. Theresas fragender Blick brachte ihn zurück zum Thema. Er sortierte seine Gedanken. «Zugegeben», sagte er, «diese Nachricht lässt Nikis Tod in einem anderen Licht erscheinen. Aber das hat nichts zu besagen, es kann trotzdem ein Unfall gewesen sein.»

«Natürlich, das ist mir schon klar. Aber diese Warnung geht mir nicht mehr aus dem Kopf. Das ist doch unheimlich, findest du nicht?»

«Ja, schon», bestätigte er, «trotzdem ...»

«Emilio», unterbrach sie, «ich möchte, dass du mir hilfst, deshalb habe ich dich hergebeten.»

«Wie könnte ich dir helfen? Zehn Jahre sind eine kleine Ewigkeit. Wenn man damals nichts herausfinden konnte, dann heute ganz bestimmt nicht mehr.»

«Hör auf, sprich nicht weiter», fiel ihm Theresa ins Wort. «Ich kenne dich, wenn es überhaupt jemanden gibt, der mir helfen kann, dann bist du es. Zehn Jahre sind eine lange Zeit, das weiß ich selber. Ich will ehrlich sein, ich verspreche mir auch nicht viel davon. Aber ich möchte dich bitten, nach Südtirol zu fahren und einige Nachforschungen anzustellen.»

Emilio zögerte. «Ich weiß nicht …» Plötzlich glaubte er, einen St. Magdalener aus Bozen zu schmecken, vom Ansitz Waldgries, dann erahnte er eine feine Rotweincuvée von Elena Walch.

Theresa schaffte es zu lächeln: «Sieh es doch mal so: Eine alte Freundin deiner Mutter lädt dich zu einem kleinen Erholungsurlaub nach Südtirol ein. Als Gegenleistung könntest du dich ein bisserl umhören und versuchen herauszufinden, was vor zehn Jahren wirklich passiert ist.»

«Meine liebe Theresa, ich wüsste nicht, wovon ich mich erholen müsste. Ich tue seit Monaten nichts, was in irgendeiner Weise anstrengend wäre. Vielen Dank für deine Einladung, aber es würde nichts dabei herauskommen.»

«Komm, gib dir einen Stoß!» Theresa sah ihn hoffnungsvoll an. «Nur ein bis zwei Wochen, ich komme für alle Kosten auf. Du kannst mir auch eine Honorarrechnung stellen, kein Problem.»

Er schüttelte den Kopf. «Ein Honorar? Von dir? Nein, wirklich nicht, kommt nicht in Frage.» Dann fielen ihm wieder Frank ein und seine misslichen Außenstände. «Nun ja, einen kleinen Vorschuss würde ich schon akzeptieren.» Er hüstelte. «Aus rein formalen Gründen, um die Sache sozusagen offiziell zu machen.»

Theresa griff zu ihrer riesigen Handtasche, die neben dem Tisch auf dem Boden stand, entnahm ihr einen Umschlag. «Hier, ist bereits alles vorbereitet. Ich hoffe, die Summe ist adäquat.»

Emilio nahm den Umschlag entgegen und steckte ihn unbesehen ein. «Davon bin ich überzeugt.» Nach einer kurzen Pause, die in seiner Phantasie von den kräftigen Duftaromen eines Gewürztraminers überlagert wurde, fuhr er fort: «Aber wie stellst du dir das vor? Ich wüsste gar nicht, wo ich anfangen sollte?»

Wieder griff sie in ihre Handtasche und entnahm ihr eine schwarze Ledermappe. «Hier! Du kannst sofort anfangen. Ich habe alles Wesentliche zusammengestellt: das Untersuchungsprotokoll der Polizei und ein Bericht der Bergrettung. Eine Liste mit den Namen, Adressen und Telefonnummern seines damaligen Bekanntenkreises, jedenfalls so weit ich seine Freunde in Erfahrung bringen konnte. Ansprechpartner vor Ort, die dir vielleicht weiterhelfen können. Außerdem habe ich in einem Heft alles aufgeschrieben, was ich von Nikis Leben weiß, was er beruflich so gemacht hat, seine Hobbys und so weiter. Ich hoffe, du kannst meine Schrift lesen. Dazu die Kopien einiger Dokumente. Zeitungsartikel, die nach seinem Tod erschienen sind. Außerdem ein Reiseführer Südtirols und ein Wanderführer. Eine Bestätigung, dass du in meinem Auftrag Erkundigungen zum Tode meines Sohnes anstellst. Und die Adresse einer alten Freundin, bei der ich für dich ein Zimmer reserviert habe.»

Er sah sie erstaunt an. «Du hast dir viel Arbeit gemacht», stellte er fest.

«Ich sagte ja, es ist mir wichtig.»

«Und ein Zimmer hast du auch schon reserviert? Du traust dich was. Darf ich fragen, ab wann?»

Theresa lächelte. «Ab morgen. Ich dachte, wir sollten keine Zeit verlieren.»

Emilio zuckte zusammen. «Wie bitte? Ab morgen?»

Sie nickte. «Wir könnten heute Abend zusammen essen, dabei erzähle ich dir, was mir sonst noch alles zu Niki einfällt. Du kannst Fragen stellen. Und dann könntest du gleich morgen losfahren.»

«Du bist verrückt.»

«Bitte etwas Respekt. So spricht man nicht zu einer alten Dame, die dir mal die Windeln gewechselt hat.»

«Du hast mir die Windeln gewechselt? Das wird ja immer toller.»

«Na, siehst du, ich hab was gut bei dir.»

Emilio konnte nicht anders, er musste lachen. Dann erbat er sich Bedenkzeit bis zum Abend. Was natürlich Unsinn war, den Vorschuss hatte er bereits eingesteckt. Sie tranken noch ein Glas Riesling-Sekt und verabschiedeten sich. Die Mappe mit den Unterlagen nahm er mit. Dabei fiel ihm ein, dass es auch in Südtirol sehr guten Riesling gab.

5

Meran hat eine glanzvolle Geschichte als Kurstadt – was angesichts von unzähligen Reisebussen und Pauschalurlaubern gelegentlich in Vergessenheit gerät. Im 19. Jahrhundert war die Stadt am Zusammenfluss von Etsch und Passer eine noble Destination für die erschöpfte Oberschicht aus ganz Europa, für den Adel und für gekrönte Häupter. Luxuriöse Residenzen legen von dieser Epoche Zeugnis ab, zum Beispiel im Stadtteil Obermais mit seinen Villen und Ansitzen. Marco war die Geschichte von Meran scheißegal. Das nahegelegene Schloss Trauttmansdorff? Ein hässlicher Kasten! Kaiserin Elisabeth, die hier zweimal überwintert hatte? Die magersüchtige Sissi konnte ihm gestohlen bleiben! Der berühmte Botanische Garten? Etwas für verblödete Touristen, die nichts Besseres mit ihrer Zeit anzufangen wussten!

In Obermais gab es viele Gärten. Marco lehnte an einem Zaun und wartete. Er tat so, als ob er in einer Zeitung las, tatsächlich beobachtete er eine Villa auf der anderen Seite der Straße. Dabei hing er seinen Gedanken nach. Er dachte an seine Jugendjahre in Bozen. Marco Giardino war mit dem Herzen ebenso Italiener wie Südtiroler. Mussolinis Umsiedlungsprogramm hatte seine Vorfahren von Kalabrien nach Bozen verschlagen, genauer gesagt in den «neuen» Stadtteil westlich des

Flusses Talfer, wo bis heute vorwiegend Italienisch gesprochen wurde. Aber Marco beherrschte fast genauso gut den Südtiroler Dialekt. Und er hatte Freunde und gute Verbindungen in allen Bevölkerungsgruppen.

Aus der Jugendstilvilla trat eine dicke, an Jahren schon ältere, aber überaus agile Frau, sie sperrte die Haustür ab und kam über einen gepflasterten Weg zur Pforte am Gartenzaun. Marco versteckte sich hinter der Zeitung. Er kannte die Person von früher, sie war die Haushaltshilfe in der Villa – und es war besser, wenn sie ihn nicht entdeckte.

Er dachte an seinen alten Job in einem genossenschaftlichen Weinkeller. Dort war er bis zu seiner Verhaftung angestellt gewesen. Marco beherrschte sein Handwerk, das Trennen der Trauben von den Stielen, das sanfte Abpressen, die Steuerung des Pumpkreislaufs und der Temperatur in den Edelstahltanks, das Abziehen des Weins von der Maische, den Ausbau in Barriquefässern ... Allerdings hatte er in seinem Beruf nie besonderen Ehrgeiz entwickelt und keine Sekunde daran gedacht, eine Ausbildung zum Kellermeister zu absolvieren. Denn natürlich konnte das alles nicht wirklich befriedigen, vor allem nicht finanziell. Deshalb hatte Marco parallel immer ein zweites Leben geführt, eines, in dem er seine alten Kontakte im Milieu nutzte. Er handelte mit zollfreien Zigaretten, brachte nachgemachte Uhren und Handtaschen unters Volk, auch gefälschtes Viagra. Und er vermittelte gelegentlich Nutten aus Süditalien oder aus Nordafrika. Marco hielt sich auf dem Gebiet der kleinen, schnellen Geschäfte für außerordentlich talentiert. Vor dem tödlichen Zwischenfall, der ihm den langjährigen Gefängnisaufenthalt eingebrockt hatte, war es besonders gut gelaufen, da hatte er an einem wirklich vielversprechenden

Projekt mitgewirkt. Danach war alles in die Hose gegangen. In der *Opera* war er zur Untätigkeit verdammt gewesen. Aber jetzt war er hier!

Marco wartete noch einige Minuten, dann machte er sich auf den Weg. Er überquerte die Straße, ging am Zaun der Villa entlang, sah sich noch einmal um. Schwungvoll nahm er Anlauf, sprang auf einen Mauervorsprung, von dort über die schmiedeeiserne Pforte, er landete auf beiden Beinen, rollte sich ab – und lief geduckt zum Haus. Wie oft hatte er das schon gemacht? Wie lange war das her? Er rüttelte am Gitter zum Kellerfenster, hinter dem der Heizraum lag. Es war als einziges am Haus nicht verschraubt, das war schon immer so gewesen. Auch ließ sich das Kellerfenster, das wegen der Frischluftzufuhr das ganze Jahr gekippt war, mit einem einfachen Trick von außen öffnen. Marco zog das Gitter zurück an seinen Platz und verschwand im Haus. Ohne Licht zu machen, eilte er durch den Keller und über die Treppe hinauf ins Erdgeschoss. Im Foyer blieb er kurz stehen, aber außer seinem eigenen Atem war nichts zu hören. Wie erwartet, war er allein im Haus.

Im zweiten Stock fand er ohne zu suchen den Weg zu einem großen Zimmer unter der Dachgaube. Es war abgeschlossen, aber der Schlüssel lag oben auf dem Türsims. Marco öffnete, ging hinein und blieb stehen. Für einige Sekunden lief der Film rückwärts, Bilder blitzten auf. Marco gab sich einen Ruck, er hatte keine Zeit für Sentimentalitäten. Mitten im Raum waren etwa zwanzig große Umzugskartons gelagert, die Wände war holzvertäfelt, über dem Sofa lag zum Schutz eine große Decke, die Vorhänge waren zugezogen, das Licht war schummrig, und es roch muffig. Er zog einen Schraubenzieher aus dem Gürtel, ging zu einer Ecke und kniete sich hin. Es dauerte nicht lange, dann hatte er eine Platte von der Holzvertäfelung gelöst. Dahinter befand sich ein Hohlraum. Mit einer kleinen Taschenlampe leuchtete er hinein. Er fand ein Bündel Geld, das in einer Plastikfolie eingewickelt war, eine Kassette mit einer Rolex-Uhr, eine Schachtel mit Briefen und eine kleine Holzkiste mit Computerdisketten, mit Fotos, Tonbändern, Speicherkarten für Digitalkameras und einigen Aufzeichnungen sowie Fotokopien von Dokumenten. Außerdem ein rotes Modellauto – ein Ferrari 246 GT aus den siebziger Jahren. Obwohl Marco maßlos enttäuscht war, was die Dicke des Geldbündels betraf, musste er beim Anblick des Ferraris lächeln. Er drehte an den Rädern, rollte ihn kurz über das Parkett, um ihn schließlich wieder zurückzustellen. Dann setzte er sich auf den Boden und zählte das Geld. Nur einige Tausend Euro. Das hatte er sich anders vorgestellt. Wo, verdammt noch mal, war das viele Geld? Er leuchtete erneut in das Versteck, tastete in die Ecken. Nichts, gar nichts. Scheiße! Marco steckte die Rolex-Uhr ein, packte das Geld und die Briefe in eine mitgebrachte Plastiktüte. Die Holzkiste würde er mitnehmen, ihr Inhalt war vielversprechend. Schließlich rückte er die Platte der Vertäfelung wieder an ihren Platz. Alles sah aus wie zuvor.

Marco umkreiste die Umzugskartons. Ob es Sinn machte, sie zu öffnen und durchzustöbern? Abgesehen davon, dass das ewig dauern würde, war kaum damit zu rechnen, dass er etwas finden würde. Er entschied sich dagegen. Er flüsterte ein «*Ciao, amico mio*», verließ den Raum, zog die Tür hinter sich ins Schloss, sperrte ab und legte den Schlüssel zurück auf den Sims. Im Umdrehen stieß er im Flur gegen eine Stehlampe. Sie fiel mit einem lauten Scheppern um. Marco hielt für einen Moment den Atem an. Als im Haus nichts zu hören war, richtete er die Lampe wieder auf. Zu seiner Erleichterung stellte er fest, dass sie keinen Schaden genommen hatte. Dann verließ er das Haus durch den Heizkeller – mit der Rolex-Uhr, der kleinen Holzkiste und der Plastiktüte mit dem Geld und den Briefen.

6

Emilio beobachtete die Gewitterwolken, die sich über den Bergen zusammenbrauten. Er hatte keine Lust, durch Pfützen zu pflügen. Obwohl sein alter, verbeulter Land Rover dafür bestens geeignet war. Mit ihm konnte man auch durch Bachläufe fahren. Die Pfützen waren nicht das Problem, schon eher die Scheibenwischer, die bei allzu heftigem Regen gelegentlich den Dienst quittierten. Was natürlich widersinnig war, geradezu grotesk, denn der Regen war ja die einzige Daseinsberechtigung für Scheibenwischer! Aber sein geliebter, rechtsgesteuerter Landy war sowieso nicht mit den Maßstäben modernen Automobilbaus zu messen. Die Frontscheibe war zweigeteilt. Polternde Starrachsen sorgten dafür, dass man bei der Fahrt nicht einschlief. Der Schalthebel verdiente seinen Namen nicht, mit ihm konnte man im Getriebe allenfalls rühren. Das flachstehende Lenkrad erforderte permanentes Steuern – weshalb er schon im nüchternen Zustand Schlangenlinien fuhr.

Er war auf der Landstraße unterwegs, er hasste Autobahnen – vor allem gebührenpflichtige! Den Brenner hatte er längst hinter sich gebracht, auch Sterzing, wo er eine Pause eingelegt hatte. Frank hatte ihm den Pretzhof empfohlen, der würde ihm gefallen. Er hatte recht gehabt, die kulinarische Einstimmung auf Südtirol hätte nicht besser sein können, auch nicht der Spanferkelbraten. Nur fühlte er sich jetzt etwas schläfrig.

Nach Bozen waren es nur noch wenige Kilometer. Emilio war sauer – und zwar auf sich selbst. Warum hatte er sich von Theresa breitschlagen lassen? Das musste was mit seinem limbischen System zu tun haben, mit jenen Hirnarealen, die für Emotionen zuständig waren. Sein limbisches System hatte dem Teil seines Gehirns, das für Vernunft und Logik verantwortlich zeichnete, einen Streich gespielt. Emilio schlug mit der Faust gegen das Armaturenbrett. War er jetzt total verblödet? Limbisches System? Bullshit! Natürlich gab es handfeste Gründe, warum er Theresas Einladung gefolgt war. Diese passten als kleines Bündel in einen Briefumschlag und halfen bei seinem aktuellen Liquiditätsengpass. So einfach war das. Es lag an ihm, das Beste daraus zu machen. Immerhin war er nicht gleich am nächsten Tag losgefahren, so viel Stolz musste sein. Die alte Dame konnte doch nicht über seinen Terminkalender verfügen – auch wenn er keine anderen Verpflichtungen hatte.

Wie auch immer, die Nachforschungen im Fall des Niki Steirowitz würde er auf ein Minimum beschränken, das hatte er sich fest vorgenommen. Stattdessen würde er sich mit der gebotenen Ernsthaftigkeit der systematischen Verkostung Südtiroler Weine widmen, außerdem freute er sich auf Speckknödel, Schlutzkrapfen und Kaminwurzen. Er entschuldigte sich schon mal bei Theresa für diese Berufsauffassung. Aber hatte sie nicht leichtfertigerweise selbst von einem «Erholungsurlaub» gesprochen? Außerdem, was sollte schon dabei herauskommen? Zwar konnte er nachvollziehen, dass Theresa Zweifel an der Unfallversion hegte. Aber der Fund der anonymen Warnung hätte etwas eher erfolgen müssen, nicht erst nach zehn Jahren.

Welche Szenarien waren außer einem einsamen Bergunfall vorstellbar? Nun dachte er doch über den Fall nach! Gut, er hatte ja gerade nichts Besseres zu tun. Natürlich könnte es sein, dass Niki damals nicht alleine auf dem Gipfel gewesen war und ein Kamerad den Absturz miterlebt hatte. Aus Angst vor Ermittlungen und möglichen Schuldzuweisungen hatte er sich feige davongemacht. Aber was änderte das?

Nächste Möglichkeit: Niki hatte Selbstmord verübt. Aber in den Unterlagen, die ihm Theresa gegeben hatte, fand sich kein Motiv. Dennoch, die statistische Häufigkeit von Selbsttötungen wurde meist unterschätzt. Er hatte mal gelesen, dass sich in Südtirol deutlich mehr Menschen das Leben nahmen als irgendwo sonst in Italien. Außerdem brachten sich Männer ganz generell sehr viel häufiger um als Frauen. Suizid? Gut möglich!

Das letzte Szenario, dass nämlich Niki Opfer einer Gewalttat geworden war, schien ihm am unwahrscheinlichsten – trotz dieser ominösen Warnung. Nun gut, ausschließen konnte man es nicht. Wer hatte keine Feinde? Aber diese Variante wollte er schon deshalb nicht glauben, weil er sich dann auf die Suche nach einem Täter begeben müsste. Dazu hatte er nun wirklich keine Lust. Lieber saß er auf einer Holzveranda, mit Blick auf Weinlauben, und trank einen Vernatsch, Lagrein, Gewürztraminer, egal.

Mittlerweile kurvte Emilio durch ein ausgesprochen hässliches Industriegebiet am Stadtrand von Bozen – wo waren die verdammten Weinberge? Er hatte kein Navi, aus Prinzip. Emilio war davon überzeugt, dass die Menschen durch Navigationsgeräte jeglichen Orientierungssinn verloren. Die nächste

Generation würde ohne Navi nicht mehr auf die Toilette finden. Trotzdem hatte er irgendeine Abzweigung verpasst …

* * *

Zwanzig Minuten und einen kurzen Regenschauer später entdeckte er ein Schild, das ihn seinem Ziel unaufhaltsam näher brachte. Mit Sorge dachte er an die bevorstehende Unterbringung. Theresa hatte ihn bei einer «alten Freundin» einquartiert. Die Vorstellung konnte einem Angst machen. Er sah schon die Spitzendeckchen vor sich, die geblümten Vorhänge und Filzpantoffeln. Ob sie das gleiche süßliche Parfum wie Theresa verwendete? Wahrscheinlich war sie gehbehindert, und er musste sie im Rollstuhl herumschieben. Emilio hatte Talent darin, sich etwas besonders drastisch auszumalen. Wie war doch gleich ihr Name? Gertrude Josephina! Bei diesen prähistorischen Vornamen musste man mit dem Schlimmsten rechnen!

Emilio fuhr an einer pittoresken Kirche mit Zwiebelturm vorbei. Er hatte die Wegbeschreibung im Kopf. Über eine schmale Holzbrücke, Weinstöcke, ein Marterl, danach scharf rechts abbiegen, nach etwa zweihundert Metern ein kleiner Hof mit grünen Fensterläden. Ziel erreicht! Er drehte den Zündschlüssel ab. Der Landy verstummte mit einer Fehlzündung.

Emilio stieg aus und streckte sich. Schön war es hier, das musste er zugeben. Vor dem Haus plätscherte ein Brunnen. Im ersten Stock ausladende Blumenkästen mit weißen und roten Geranien. Auf der Terrasse neben einer Weinrebe eine schlichte Holzbank mit weißen Kissen. Er war hundemüde. Ob er sich gleich auf die Bank legen sollte? Die Haustür war verschlossen. Sein Läuten und Rufen blieben unbeantwortet. Hoffentlich lag die alte Dame nicht tot vor dem Kamin.

Auf einem Weg aus dem angrenzenden Weinberg näherte sich ein roter Traktor. Hätte sich Emilio mit Traktoren ausgekannt, hätte er einen Lamborghini-Traktor aus dem Jahr 1951 identifiziert, mit 22 Pferdestärken – ein unter Sammlern gesuchter Oldtimer. Aber erstens interessierte sich Emilio nicht für landwirtschaftliche Nutzfahrzeuge, und zweitens wurde seine Aufmerksamkeit von der Lenkerin des Traktors in Anspruch genommen. Eine junge Frau, die mit jedem Meter, den sie unter Getöse näher kam, immer besser aussah. Die blonden Haare waren wild zusammengeknotet, die nackten Beine steckten in verdreckten Gummistiefeln, ein rotkariertes Männerhemd war zur Hälfte in eine kurze Lederhose gestopft. Als der Traktor neben ihm zum Stehen kam, merkte Emilio, dass die Frau nicht mehr ganz so jung war, wie er erst gedacht hatte, aber im allerbesten Alter – jedenfalls nach seinem Geschmack.

Sie sah ihn skeptisch an, begrüßte ihn schließlich mit einem zurückhaltenden: «Grüß Gott. Suchen Sie jemanden?»

Er deutete auf das Haus und fragte, ob sie die Besitzerin kenne, eine alte Dame namens Gertrude Josephina, den Nachnamen habe er vergessen.

Jetzt musste sie doch lächeln, aber nur ganz kurz: «Eine alte Dame?» Sie stieg vom Traktor und gab ihm die Hand. «Sie sind der Baron aus Deutschland, ich habe Sie schon letzte Woche erwartet.» Ihr Händedruck war so fest, dass Emilio fast aufgeschrien hätte. «Die alte Dame», erklärte sie, «das bin ich. Nur Theresa nennt mich bei meinem Taufnamen, bei allen anderen heiße ich Phina, von Josephina.»

Emilio wiederholte etwas einfältig: «Phina, von Josephina,

verstehe.» Dabei dachte er, dass diese Frau eine bemerkenswerte Ausstrahlung hatte, mit einem Händedruck wie ein Gladiator, mit hellblauen Augen, die im sonnengebräunten Gesicht wie kalte Gletscherseen anmuteten und ihn misstrauisch musterten. Er hatte das unbestimmte Gefühl, dass er nicht wirklich willkommen war. Aber vielleicht täuschte er sich.

7

Marco hatte sich übergangsweise im Haus seiner Schwester einquartiert. Bevor er sich eine neue Wohnung suchte, musste er erst seine finanziellen Möglichkeiten ausloten. Tatsächlich hatte er gehofft, im Meraner Versteck mehr Bargeld vorzufinden. Oder zumindest einen Hinweis darauf, wo das Geld gebunkert war. Auf welchem Nummernkonto, in welchem Bankschließfach? Oder vergraben im Wald, in einem Weinberg? Verborgen in einem alten Weinkeller? Er hatte keine Ahnung, aber irgendwo musste es sein. Jedenfalls konnte er sich nicht vorstellen, dass es davon nicht mehr geben sollte als diese läppischen Scheine. *Che merda!*

Er saß auf dem Boden einer kleinen Dachkammer. Neben sich eine Flasche Lagrein, aus der er ab und zu einen Schluck nahm. *Allora*, das gefundene Geld half immerhin über die erste Zeit. Und die Rolex-Uhr an seinem Handgelenk war ja auch ganz nett. Er liebte solche Statussymbole. In diesem Punkt war er ganz entschieden Italiener, kein bescheidener Südtiroler. Er wischte sich mit dem Handrücken über den Mund. Der Lagrein schmeckte nicht schlecht, sogar aus der Flasche. Ihm fiel eine Anekdote ein, die erklärte, wie der Lagrein vor langer Zeit zu seinem Namen gekommen war. Ein verheirateter Weinbauer hatte ein Verhältnis mit einer Dienstmagd. Und immer, wenn er sich nachts aus ihrem Zimmer schlich, peilte sie zuvor auf dem Flur die Lage. Wenn niemand zu sehen war, flüsterte sie: «Die Lag' isch rein!» Der Winzer nannte seinen Roten fortan «Lagrein». Seine Frau hat nie verstanden, warum.

Marco dachte, dass er dringend so eine Dienstmagd zum Vernaschen brauchte, oder die betrogene Weinbäuerin oder, noch besser, eine der langbeinigen und vollbusigen *Signorine* aus dem italienischen Fernsehen. Aber wahrscheinlich würde er heute Abend doch im Puff landen, so kam er schneller ans Ziel. Bordelle waren zwar offiziell verboten, es gab sie natürlich trotzdem. Nach den langen Jahren im Knast wollte er keine Zeit mit Suchen vergeuden. Marco sah auf die Weinflasche und lächelte. Im Puff musste man sich wenigstens keine Gedanken darüber machen, ob die Lage rein war. Es gab keine eifersüchtigen Ehefrauen. Bei ihm sowieso nicht, er war Single, notgedrungen. Auch dieses Projekt würde er angehen, aber alles der Reihe nach.

Marco blickte auf die Unterlagen, die er vor sich auf dem Boden ausgebreitet hatte. Handschriftliche Aufzeichnungen, Dokumente, Fotos ... Da hatte diese Schweinebacke von altem Freund doch alles aufgehoben, was sie an Material gesammelt hatten, sogar noch einiges mehr. Was ihn wieder zum Lagrein brachte: Denn in einem Fall hatte sein Kumpel liebevoll und akribisch die außerehelichen Eskapaden eines prominenten Bozner Mitbürgers dokumentiert. Er kicherte. So rein war die Lage nicht! Die Fotos waren zwar etwas unscharf, aber ihr Geld wert. Nun ja, vielleicht nicht mehr nach all den Jahren, aber auf einen kleinen Erpressungsversuch sollte man es ankommen lassen. Schließlich war der Mann noch immer prominent – und seine Frau bestimmt nachtragend.

Er nahm einige Fotos von einem anderen Stapel. Diese Bilder kannte er, sehr gut sogar. Immerhin hatte er sie selbst aufgenommen, wie auch die meisten anderen, mit einem Teleobjektiv. Sie hätten nicht schöner sein können, direkt künstlerisch wertvoll. Man musste die Hintergründe kennen, um sie zu verstehen und ihren Wert zu erkennen. Marco zeigte den gestreckten Mittelfinger. Er war eingeweiht, er wusste Bescheid. Und ihm war klar, wo er sich hinwenden würde. Der Mann war in den sogenannten besseren Kreisen sehr bekannt, nicht nur in Südtirol, auch in Deutschland und in Österreich – und dort vor allem bei Frauen, die auf alterslose Schönheit Wert legten. Marco grinste. Diesem noblen Herrn würde er in die Eier treten. Mit ihm würde er anfangen.

Er klopfte mit dem Zeigefinger auf einen kleinen Stapel in der Mitte. Das da war pures Dynamit! Er kannte die Geschichte, sein Freund hatte sich damals mit ihm beraten. Der Fall war gut dokumentiert, geradezu vorbildlich. Da hatte jemand richtig Mist gebaut, sich einen tödlichen Fehler erlaubt. Marco musste nur noch überlegen, welche Summe er für sein Schweigen verlangen konnte.

Okay, wenn das alles klappte, dann war es fast egal, wo das verschwundene Geld abgeblieben war. Dann hätte er seine Schäfchen im Trockenen, so oder so.

Er grinste. Was hatte er doch gleich dieser flachbrüstigen *puttana* von Gefängnispsychologin versprochen? Dass er wieder in seinem alten Beruf arbeiten würde, das hatte er versprochen. Er hatte nicht gelogen – genau das würde er tun. Wie hatte sie nur glauben können, dass er damit seine Arbeit im Weinkeller gemeint hatte?

8

Kommissariat, Polizeidirektion, Carabinieri, Bergrettung … Emilio verbrachte den Vormittag mit einer Vielzahl von Telefonaten. Einige Kontaktstellen entnahm er Theresas Mappe, zu anderen wurde er weiterverbunden. Er musste zugeben, dass er die polizeilichen und alpinen Zuständigkeiten in der autonomen Region Südtirol zwischen Mals, Meran und Bozen nicht wirklich durchschaute. Aber das machte nichts, er hatte es längst aufgegeben, im Leben alles verstehen zu wollen. Immerhin waren seine Gesprächspartner durchweg freundlich, was zu dieser Tageszeit für Emilio schwer verständlich war. Sie konnten ihm dennoch kaum weiterhelfen. Ein Bergunfall in den Ötztaler Alpen, der zehn Jahre zurücklag, war im Gedächtnis der Menschen ebenso wenig präsent wie in den aktuell geführten Aktenschränken. Er hatte nichts anderes erwartet. In den Computern fand man den Tod von Nikolaus Steirowitz zwar bestätigt, auch dass sein Leichnam von einer Gruppe Bergwanderern gefunden wurde, aber das war es dann schon.

Emilio stand im Bademantel auf dem Balkon, barfuß und unrasiert. Er hatte Phina hinterhergeschaut, als sie mit dem Traktor in die Weinberge gefahren war. Weiter hinten konnte man die Cantina sehen, die ihr gehörte. Er lächelte, als er daran dachte, dass es ihn ausgerechnet in das Haus einer Winzerin verschlagen hatte. Daran hatte er nichts auszusetzen, nein, wirklich nicht. Nur schade, dass sie so spröde war.

Emilio spielte mit dem Gedanken, seine Telefonrecherchen abzubrechen, um stattdessen im Liegestuhl auf dem Balkon ein Nickerchen zu halten, da bekam er plötzlich in einem Bozner Kommissariat eine Sachbearbeiterin an die Strippe, die dieses Vorhaben zunichtemachte. Über Nikolaus Steirowitz habe sie nach seinem Tod einige Artikel in Zeitungen gelesen, berichtete sie. Das sei ein gut aussehender Mann gewesen, an sein Foto könne sie sich noch erinnern, in diesem Punkt habe sie ein ausgesprochenes Langzeitgedächtnis. Weil ihr Chef gerade auf einer Fortbildungsveranstaltung sei, könne sie gerne im Computer und im Archiv nachforschen. Ob er später in der Quästur vorbeischauen wolle? Emilio notierte sich die Adresse in der Via Dante, Ecke Via Marconi und versprach, in zwei Stunden zu kommen. Der Dame schien es wirklich langweilig zu sein.

Kaum hatte er aufgelegt, klingelte sein Handy. Auch bei der Bergrettung in Meran hatte man etwas gefunden und sich die Mühe gemacht, ihn auf der hinterlassenen Nummer zurückzurufen. Die Südtiroler wurden ihm in ihrer Hilfsbereitschaft langsam unheimlich. Man gab ihm den Namen und die Adresse des Bergführers, der den toten Niki damals gefunden hatte. Er bedankte sich und nahm sich vor, diesen Steff bei Gelegenheit zu kontaktieren – auch wenn er nicht wusste, was das bringen sollte.

* * *

Es war kurz nach Mittag, als Emilio die Quästur in Bozen verließ. Er klemmte seinen Gehstock unter den Arm und setzte sich die Sonnenbrille mit dem dicken Hornrahmen und den grünen Gläsern auf. Die Mitarbeiterin mit dem Langzeitgedächtnis für gut aussehende Männer hatte sich als ebenso dick wie sympathisch erwiesen. Zwar hatte auch sie nichts wirklich Neues in Erfahrung gebracht, aber sie hatte ihm einen guten Cappuccino mit Maronenplätzchen angeboten. Und sie hatte ihm die Information gegeben, dass vor zehn Jahren ein gewisser Luis Gamper für den Fall zuständig gewesen sei. Der Tod des Nikolaus Steirowitz sei aber rasch zu den Akten gelegt worden, es habe keinen Anhaltspunkt für ein Fremdverschulden gegeben. Mit dem Kriminalrat könne er reden, ein netter Mann, leider im Ruhestand. Der Luis erzähle gerne von seinen früheren Fällen, auch wenn das kein wirklicher Fall gewesen sei, eben nur ein tragisches Unglück, aber eine Untersuchung habe es, wie gesagt, damals schon gegeben, das sei die übliche Routine. Sie hatte ihm einen Zettel gegeben mit Telefonnummer und Adresse des Pensionärs, der auf dem Ritten wohnte. Emilio hatte der Sachbearbeiterin versprochen, sich wieder zu melden – was er nicht wirklich vorhatte. Dummerweise pflegte er, Versprechen zu halten.

Nach Emilios zufriedener Einschätzung hatte er einen ausgesprochen arbeitsreichen Vormittag hinter sich gebracht. Weil das überhaupt nicht seinem natürlichen Biorhythmus entsprach, brauchte er jetzt dringend eine Phase des Müßiggangs. Außerdem verspürte er Appetit und hatte Lust auf ein Gläschen Wein. Er wendete sich nach rechts und schlenderte vorbei an der Kapuzinerkirche zum Waltherplatz. Er hatte gelesen, dass dieser nach Walther von der Vogelweide benannt war. Dessen Statue aus weißem Marmor konnte sein Interesse nicht wecken, schon eher die Taube, die dem Minnesänger gerade auf den Kopf kackte. Besser gefielen ihm die vielen Cafés, die den weiten Platz säumten. Das Walther's war ihm ein Begriff. Er lief planlos durch einige Gassen, leicht hinkend, aber dank seines Gehstocks dennoch mit einer gewissen Eleganz. Er hörte, wie ein Reiseführer etwas über Barock- und Rokokofassaden erzählte, was die Gruppe aber nur mäßig zu interessieren schien. In der Bindergasse kam Emilio an einigen historischen Gasthäusern vorbei. Vor einer Franziskanerkirche blieb er stehen und überlegte, ob Niki wohl ein gläubiger Mensch gewesen war. Schließlich verurteilte die Kirche Suizid als Sünde. Früher wurden die Leichen von Selbstmördern in ungeweihter Erde beerdigt. Wo war eigentlich das Grab von Niki? Er sollte es mal besuchen, das gehörte sich so.

Auf dem Obstmarkt erfreute er sich am Anblick von Trauben, Feigen, Auberginen, Melonen ... Im Vorbeigehen nahm er einen Apfel, er vergaß zu bezahlen, seine «Straftat» blieb unentdeckt. Der Apfel schmeckte herzhaft sauer. Emilio schlenderte durch die schattigen Arkadengänge der Laubengasse, nahm kritisch zur Kenntnis, dass sich leider auch hier internationale Läden und Imbissketten einquartiert hatten. Aber dazwischen gab es immer noch reizvolle Adressen wie den Feinkosthändler Seibstock, wo er etwas Parmaschinken probierte, sich dann für die gut sortierte Weinabteilung im ersten Stock interessierte. Ihm fiel ein, dass Niki irgendwo in der Bozner Altstadt eine Vinothek gehabt hatte. Die Adresse hatte er nicht im Kopf. Er nahm sich vor, in den nächsten Tagen nach ihr zu suchen, wenn es sie überhaupt noch gab.

Wenig später fand Emilio den Weg in die Dr.-Streiter-Gasse und dort die ehemaligen Fischbänke und die Sonnenschirme, die auf die «wine & cheese bar» von Cobo hindeuteten. Er war am Ziel seiner Exkursion angelangt. Rino Zullo, ein Bozner Original, den alle Welt nur als Cobo kannte, betrieb hier mit viel Kreativität ein ganz besonderes Lokal – nämlich eines ohne Gasträume, unter freiem Himmel. Emilio ließ sich Bruschetta servieren, dazu einen erfrischenden Pinot bianco. Hier war alles improvisiert, und gerade deshalb schien die Welt in Ordnung. Das Improvisieren war auch für Emilio eine Art Lebensmaxime. Er vertraute auf die schöpferische Kraft des geordneten Chaos und des spontanen Einfalls. Was seinen aktuellen Auftrag betraf, hatte er allerdings noch keine zündenden Ideen. Was vielleicht auch daran lag, dass er seine Gedanken nicht wirklich darauf konzentrierte. Aber er hatte kein schlechtes Gewissen, nein, überhaupt nicht, schließlich war er bereits aktiv geworden, hatte eifrig telefoniert, hatte einen Bergführer und einen Kriminalrat im Ruhestand in Erfahrung gebracht. Als Nächstes würde er einige alte Freunde von Niki kontaktieren, die in Theresas Infomappe aufgelistet waren, darunter ein Schönheitschirurg. Und er wollte sich mit Nikis beruflichem Umfeld vertraut machen, mit seinen Hobbys und Leidenschaften. Dabei würde er sich nicht überanstrengen, aber irgendwas musste er ja tun, um das bereits kassierte Honorar zu rechtfertigen.

Emilio nahm einen Schluck vom Weißburgunder und las amüsiert einige der skurrilen Schilder, die Cobo gezeichnet und an seiner Bar aufgehängt hatte. «Vorsicht auf die Küsse. Es lohnt sich öfters, ein Frosch zu bleiben.» Wohl wahr, der Wirt hatte zweifellos Lebenserfahrung. «No stress zone / Area destressizzata». So etwas sollte er sich in seinem Münchner Büro aufhängen. «Das Konzept ist, dass ihr wartet, und nicht, dass ich rennen muss!» Genial, das spiegelte seine Berufsauffassung wider. «Liege nie unten, wenn du Sex mit Elefanten hast!» Das Beste daran war die Zeichnung, der Elefant sah richtig glücklich aus und hatte wunderschöne Wimpern. Warum dachte er plötzlich an Phina? Mit einem Elefanten hatte sie nichts gemein, nein, wirklich nicht, ganz im Gegenteil. Emilio schalt sich einen senilen Trottel, der seine Phantasien nicht unter Kontrolle hatte. Immerhin, heute Nachmittag würde er sich mit ihr treffen. Sie hatte sich bereit erklärt, ihm ihr Weingut zu zeigen. Er wurde nicht schlau aus ihr. Phina war freundlich und abweisend zugleich. Theresa hatte nicht nur verschwiegen, dass ihre alte Freundin an Jahren viel jünger und ausgesprochen gut aussehend war, auch hatte sie vergessen zu erwähnen, dass Phina ein Weingut betrieb, das sie von ihrem Vater geerbt hatte. Mittlerweile hatte sich Emilio in den einschlägigen Weinführern von Veronelli bis Gambero Rosso schlaugemacht: Ihre Weine, vor allem die Weißen, zählten seit einigen Jahren zu den besten Tropfen Südtirols. Entsprechend freute er sich auf den Nachmittag – wobei er sich nicht im Klaren war, was ihn mehr interessierte: die Weine oder die Winzerin? Um ehrlich zu sein: Natürlich wusste er es.

9

Die exklusive Privatklinik für plastische und ästhetische Chirurgie lag zwischen Bozen und Meran, oberhalb des Talgrunds, inmitten von Rebstöcken und mit herrlicher Aussicht. Prof. Dr. med. Falko Puttmenger war ihr Begründer, alleiniger Besitzer und ärztlicher Leiter. Der Professor, der einen deutschen Pass besaß und in Amerika studiert hatte, verfügte über einen herausragenden Ruf als Schönheitschirurg. Seine Patienten waren vorwiegend weiblichen Geschlechts und verehrten ihn wie einen Gott. Sie kamen von weit her und zahlten viel Geld für die Erfüllung ihrer ästhetischen Träume. Sein Leistungsspektrum umfasste alle denkbaren Schönheitsoperationen: von der obligatorischen Brustvergrößerung, der Nasen- und Kinnkorrektur über Fettabsaugung und Faltenunterspritzung bis zur Genitalchirurgie. Ihm waren keine Veränderungswünsche fremd. Gerade kam er von der letzten Operation des Tages. Er hatte dem Hängepo einer Endfünfzigerin die festen und runden Konturen einer jungen Brasilianerin von der Copacabana verliehen. Mit Eigenfetttransfer war das nicht zu schaffen gewesen. Er hatte der abgeschlafften Dame Po-Implantate eingesetzt. Sie würde mit dem Ergebnis zufrieden sein und schon bald mit ihrem neuen Hintern wackeln. Falko lächelte. Was nichts daran änderte, dass sich ihr Mann im Zweifelsfall für das Original entscheiden würde – nämlich für die junge Brasilianerin.

Falko hatte seinen Operationskittel abgelegt, war durch die Flure in sein Büro geeilt. Die Front seines Zimmers war bis zum Boden verglast. Falko ließ sich auf eine Corbusierliege sinken und schloss für einen Moment die Augen. Der Versuch, sich zu entspannen und vom Berufs- auf den Privatmodus umzuschalten, wurde vom Telefon auf seinem Schreibtisch unterbrochen. Er stand schimpfend auf, nahm den Hörer ab und blaffte seine Sekretärin an, die doch wisse, dass er gerade ungestört sein wollte. Sie entschuldigte sich und sagte, dass ein Mann am Telefon sei, der ihn unbedingt sprechen wolle. Es sei privat und außerordentlich wichtig.

Da könne ja jeder kommen, stellte Falko fest, wie denn der Typ heiße?

Das habe er nicht gesagt, antwortete sie. Aber er bestehe darauf, zum Professor durchgestellt zu werden. Sie hätten einen gemeinsamen Bekannten. Dessen Name sei Niki.

«Niki?» Falko zögerte, dachte nach. «Meinetwegen, stellen Sie durch.»

«Spreche ich mit Dr. Puttmenger?», meldete sich eine seltsam verzerrte Stimme.

«Ja, Puttmenger hier, wer ist am Apparat?»

«Ein Freund von Niki.»

«Welcher Niki?»

«Niki Steirowitz.»

«Niki ist seit vielen Jahren tot.»

«Ich weiß. Ich wollte mit seinem Namen nur erreichen, dass ich zu Ihnen durchgestellt werde. Ich rufe auch nicht wegen Niki an …»

«Mit wem spreche ich? Sagen Sie Ihren Namen, oder ich lege auf.»

«Auflegen? Das würde ich an Ihrer Stelle nicht tun. Ich möchte über einige Fotos sprechen, die Ihnen vor etwas über zehn Jahren zugegangen sind. Sie erinnern sich?»

Falko spürte, wie sich sein Puls beschleunigte. Er fühlte sich plötzlich schwindelig, musste sich am Schreibtisch festhalten.

«Hat es Ihnen die Sprache verschlagen?», fragte die blecherne Stimme.

«Ich weiß nichts von irgendwelchen Fotos», antwortete Falko.

«Das macht nichts, habe ich mir schon gedacht. Ich werde Ihrer Erinnerung auf die Sprünge helfen. Aber nicht jetzt und auch nicht am Telefon. Ich wollte nur wissen, ob es Ihnen gutgeht. Vor allem in finanzieller Hinsicht. Das wäre nämlich wichtig, für uns beide.» Der Anrufer kicherte, was aufgrund der Sprachverzerrung ziemlich merkwürdig klang.

«Sie sind ja verrückt», schrie ihn Falko durchs Telefon an. «Lassen Sie mich in Ruhe! Und rufen Sie nie wieder an!»

Der Anrufer lachte. «Sie haben schwache Nerven. Das hätte ich nicht gedacht, bei einem Chirurgen, dem Patienten unter Narkose ihr Leben anvertrauen. Lieber Professor, Sie werden von mir hören, ob Sie wollen oder nicht. Und schauen Sie in den nächsten Tagen mal in den Briefkasten.»

«Verpiss dich!»

«Na, na, schwache Nerven und auch noch vulgär. Ich bin enttäuscht. Übrigens …»

Falko legte auf. Er hatte keine Lust, sich das Geschwätz dieses Spinners länger anzuhören. Geschwätz? Spinner? Falko nahm den nächstbesten Gegenstand und warf ihn wütend durch den

Raum. Die sündhaft teure Art-déco-Figur zerschellte auf dem Marmorboden. Nein, natürlich war das kein Geschwätz. Und leider war der Anrufer auch kein Spinner. Aber wie konnte das sein? Nach so langer Zeit? Falko gab sich einen Ruck, versuchte, sich zu beruhigen. Und wenn schon, kein Grund zur Panik. Er ging zum großen Glasfenster und sah hinaus auf das Tal. Wer immer ihn gerade angerufen hatte, würde das noch bereuen.

10

Emilio liebte Barriquekeller. Der Anblick der aufgereihten Weinfässer stimulierte seine Lust auf den Inhalt, dazu das schummrige Licht, der Geruch nach dem Rebensaft, der durch das Holz nach außen diffundierte und dezent die Sinne vernebelte. Im Hintergrund lief klassische Musik, weil das nach Phinas Überzeugung den Reifeprozess positiv beeinflusste. Letzteres hielt Emilio zwar für Unfug, auch konnte er Menschen nicht verstehen, die mit ihren Pflanzen sprachen. Aber wer hörte nicht gerne Vivaldi? Emilio erzählte, dass er als Kind in den Fasskellern des elterlichen Weingutes gespielt habe, dass er sich in dieser Unterwelt einerseits gefürchtet habe, sie ihm andererseits wie aus einem alten Märchen erschienen sei und als geheimer Fluchtort vor den Unbilden des Lebens. Phina, die sich bislang eher von ihrer schroffen Seite gezeigt hatte, sah ihn groß an. Mit dieser Schilderung hatte er unbewusst einen Bann gebrochen, denn sie hatte als Kind ganz ähnliche Erfahrungen gemacht. Plötzlich hatten sie etwas gemeinsam.

Phina erklärte, warum sie Bordelaiser Fässer aus slowenischer Eiche bevorzugte, bei welchen Weinen die Lagerung in Barriques den oxidativen Reifeprozess und die Aromen positiv beeinflusste. Sie sprachen über das Toasting der Fässer und über die Verwendung alter und neuer Barriques. Phina wurde immer lockerer, sie freute sich, dass sie mit Emilio einen kompetenten Gesprächspartner hatte. Er erzählte, dass Barriquefässer während der Französischen Revolution als Straßensperren gedient hätten. Davon würde sich das Wort Barrikade ableiten. Natürlich waren sie sich einig in ihrem Ärger über die Auswüchse internationaler Weinherstellung etwa mit Eichenchips und künstlichen Aromastoffen. Und es fielen ihnen auf Anhieb viele falsch verstandene Barriqueweine ein, die man besser in den Ausguss schütten sollte.

Phina entnahm einige Fassproben, sie zündete eine Kerze an, sie setzten sich auf zwei Hocker und probierten. Sie philosophierten über Stachelbeeraromen, über Nuancen von frisch gemähtem Gras, über Vanillenoten und Walnüsse. Nach einigen Gläsern erzählte Emilio, dass er Fasskeller zwar mochte, dass sie für ihn aber auch eine traurige Komponente hätten, denn sein Vater habe sich zwischen Weinfässern erhängt, das sei lange her, aber er könne es nie vergessen. Wieder sah ihn Phina erstaunt an. Auch sie habe ihren Vater verloren, erzählte sie. Er sei im Weinberg ums Leben gekommen, ein Traktorunfall. Sie habe das Weingut geerbt und führe es seitdem. Als sich Emilio nach den genaueren Umständen des Unfalls erkundigte, kniff sie die Lippen zusammen, auf ihrer Stirn bildeten sich steile Falten. Er spürte, dass es schlagartig vorbei war mit der Nähe, die sie gerade noch empfunden hatte, jetzt gab es wieder diese Distanz, die sie wie einen Schutzwall um sich aufbaute. Dummerweise weckte genau diese Reaktion seine Neugier. Aber ihm war klar, dass er jetzt besser das Thema wechselte. Er kam also auf Niki zu sprechen und auf den Auftrag, den ihm Theresa erteilt hatte. Offenbar war auch das keine gute Idee, denn Phina ließ sich auf kein Gespräch dazu ein. Ob sie Niki gut gekannt habe, fragte er. Sie blieb ihm eine Antwort schuldig, sie stand auf, blies die Kerze aus und sagte, dass die Besichtigung hiermit beendet sei.

11

In Südtirol sind Ansitze ebenso häufig wie landschaftsprägend. Sie gehen zurück auf das späte Mittelalter und waren meist dem niederen Adel vorbehalten. Ansitze finden sich meist inmitten von Weinbergen, haben schlossähnlichen Charakter, ohne aber dessen Größe zu besitzen. Typisch sind angedeutete Festungselemente wie Zinnen und Wehrtürme, die allerdings nur dekorativen Charakter haben. Prof. Dr. med. Falko Puttmenger gönnte sich den Luxus, in einem solchen Ansitz zu wohnen. Auf Reinhold Messner anspielend, meinte er, dass eine solche Behausung für einen erfolgreichen Schönheitschirurgen geradezu bescheiden sei, in einem Land, wo ein Bergsteiger mit Juval ein Schloss besaß und weitere Burgen seinen Namen trugen. Falko kam gerade von einem Spaziergang zurück und öffnete den Briefkasten neben dem hohen Tor aus Schmiedeeisen. Ein großer, brauner Umschlag hatte weder eine Frankierung noch trug er einen Absender. Falkos Puls beschleunigte sich. Auf dem Umschlag stand: «Pisser! Persönlich!» Er glaubte, die blecherne Stimme des anonymen Anrufers zu hören. Er hatte den Wortlaut noch genau im Kopf: «Schauen Sie in den nächsten Tagen mal in den Briefkasten», hatte dieser Scheißkerl gesagt. Und sein spontanes «Verpiss dich!» hatte er wohl persönlich genommen.

Eine Stunde später stand Falko vor seinem offenen Kamin. Obwohl es draußen warm war, hatte er kräftig eingeheizt. Das Holz knackte, und die Flammen loderten. In den Händen hielt er die Fotos aus dem Umschlag. Falko fluchte. Er warf ein Foto nach dem anderen in den Kamin und beobachtete, wie es vom Feuer verschlungen wurde. Natürlich wusste er, dass das Problem auf diese Weise nicht zu lösen war, aber er fühlte sich so besser. Den Erpresserbrief, der den Fotos beigelegt war, behielt er. Er starrte auf die wenigen Zeilen. Die geforderte Geldsumme war eine Unverschämtheit. Er verstand immer noch nicht, wie ihn die Vergangenheit nach so vielen Jahren einholen konnte. Niki Steirowitz war doch tot. Wie lange schon? Falko dachte nach. Zehn Jahre, verdammt noch mal, genau zehn Jahre! Und jetzt? Falko hatte keine Ahnung. Aber dass er nicht zahlen würde, das war klar.

Zu diesem denkbar ungünstigen Augenblick klingelte das Telefon. Falko warf einen kontrollierenden Blick in das Kaminfeuer, die Fotos waren allesamt verbrannt. Er ging ans Telefon und versuchte, sich mit möglichst ruhiger Stimme zu melden.

Der Anrufer war ein gewisser Baron Emilio von Ritzfeld-Hechenstein. Dieser entschuldigte sich für die Störung, Falkos Privatnummer habe er von Frau Steirowitz erhalten.

Bei Nennung dieses Namens wurde Falkos Selbstbeherrschung auf eine harte Probe gestellt. Der Schönheitschirurg war bei seinen Mitarbeitern für seine cholerischen Ausbrüche berüchtigt. Dass er es jetzt schaffte, nicht aus der Haut zu fahren, wunderte ihn selbst. Gerade hatte er die Fotos in der Hand gehalten und an Niki denken müssen, jetzt rief ein ihm unbekannter Baron an und bezog sich auf Frau Steirowitz, damit konnte nur Nikis Mutter gemeint sein. Nun, der Erpresser war das sicher nicht, der hätte sich nicht mit Namen gemeldet, und schon gleich nicht so höflich.

Der Anrufer sagte, dass er im Auftrag von Frau Steirowitz, die in gewisser Weise eine Tante von ihm sei, einige Nachforschungen anstelle. Er würde es sehr begrüßen, wenn der verehrte Professor bei Gelegenheit Zeit für ein kurzes persönliches Gespräch finden könne.

Falko schluckte. Ihm schossen die Worte des Barons durch den Kopf, dann die Fotos, der Erpresserbrief, alles purzelte durcheinander, ergab keinen Sinn. Wo war der Zusammenhang? Oder gab es keinen? Der Anrufer hatte von «Nachforschungen» gesprochen. Nachforschungen wozu, worüber? Niki? Zeit für ein kurzes Gespräch? Falko war dem guten Mann eine Antwort schuldig. Er habe zwar einen vollen Terminkalender, sagte er, auch wisse er nicht, wie er bei welchen Nachforschungen auch immer von Nutzen sein könne, aber er könne ihm einen Gesprächstermin anbieten. Schließlich sei ihm seine Auftraggeberin aus früheren Zeiten bekannt. Er machte einen Vorschlag, der von diesem Baron Ritz-Hechen-Dingsbums sofort angenommen und bestätigt wurde. Nach einer freundlichen Verabschiedung legte Falko auf. Er war mit den Nerven völlig am Ende. In zwei Stunden hatte er eine Nasenoperation, danach eine Fettabsaugung. Die Patienten taten ihm jetzt schon leid!

12

Zu den vielen schlechten Angewohnheiten, von denen Emilio nicht lassen konnte, zählte die Unpünktlichkeit. Seine Frau, die sich vor Jahren von ihm getrennt hatte, pflegte ihm zu unpassenden Gelegenheiten ein Zitat von Gotthold Ephraim Lessing an den Kopf zu werfen: «Bester Beweis einer guten Erziehung ist die Pünktlichkeit.» Was war denn das für eine Logik? Emilio hielt sich für den lebenden Gegenbeweis dieser These, hatte er doch eine vorzügliche Erziehung genossen. Er hielt es lieber mit Oscar Wilde, der festgestellt hatte: «Die Pünktlichkeit stiehlt uns die beste Zeit!» Genau so war es! Deshalb hatte Emilio auf der Terrasse von Phinas Haus noch ein Nickerchen gehalten, bevor er sich auf den Weg zu seinem Termin gemacht hatte. Jetzt war er natürlich viel zu spät dran, aber das bekümmerte ihn nicht. Mit seinem alten Landy, dessen Lenkung so ausgeschlagen war, dass er ständig gegensteuern musste, fuhr er die Serpentinen hinauf auf den Ritten. Dort war er mit Luis Gamper verabredet, der vor zehn Jahren die Ermittlungen geleitet hatte. Am Telefon hatte der pensionierte Kriminalrat einen vielversprechenden Eindruck gemacht, jedenfalls schien er sich noch sehr genau an die Umstände des Todes von Niki Steirowitz zu erinnern.

Emilio hatte zunächst in Erwägung gezogen, die Seilbahn

nach Oberbozen zu nehmen, um von dort mit der Rittner Schmalspurbahn nach Klobenstein zu fahren. Diese Fortbewegungsart hätte ihm zugesagt, sie hätte auch dem Rhythmus einer Region entsprochen, wo im 17. Jahrhundert die Sommerfrische erfunden worden war. Aber schließlich hatte er es doch vorgezogen, flexibel zu sein und mit dem Auto zu fahren. So könnte er später noch einen Abstecher zu den bizarren Erdpyramiden machen, von denen er im Reiseführer gelesen hatte. Er lachte. Nun, das würde er ganz bestimmt nicht tun. Was sollte das bringen? Schon eher würde er auf der Rückfahrt in den Patscheiderhof einkehren und auf der Terrasse einen Spinatknödel essen und ein Glas Wein trinken. Alternativ kämen der Signaterhof in Frage oder die Buschenschank Baumann, wo es hervorragende Schlutzkrapfen geben sollte. Im Auskundschaften von guten Gasthöfen machte ihm keiner was vor.

Er musste vor einer Herde Kühe warten, die über die Straße getrieben wurde, dabei wanderte sein Blick von den vollen Eutern der Wiederkäuer über das Eisacktal hinweg zu den Dolomiten, zum Schlern und zum Rosengarten. Schließlich war auch diese Verzögerung überstanden, er fand nach einer kurzen Irrfahrt in Klobenstein den Weg zum Haus, in dem der Kriminalrat a. D. Gamper wohnte. Dieser war überhaupt nicht verärgert, dass Emilio über eine Stunde zu spät eintraf – was wieder einmal bewies, dass man es im Leben mit Oscar Wilde und nicht mit Lessing halten sollte. Luis Gamper bat Emilio auf den Balkon, dort hatte er einige Notizen bereitgelegt, er brachte zwei Weingläser, ließ sich kurz von Emilio berichten, wie und warum dieser von Nikis Mutter den Auftrag erhalten hatte, Nachforschungen anzustellen, dann begann der pensionierte Kriminalrat unaufgefordert zu erzählen. Emilio lehnte sich entspannt zurück und hörte zu.

Luis Gamper hatte sich nach Emilios Anruf mit dem Fall wieder vertraut gemacht, sich sogar den alten Untersuchungsbericht besorgt und wusste fast alle Details. Allerdings waren keine wirklich neuen Informationen dabei. Den Todestag von Nikolaus Steirowitz habe man nicht genau feststellen können, der Zustand seiner Leiche habe nach gerichtsmedizinischem Gutachten darauf hingedeutet, dass er ein bis drei Wochen vorher abgestürzt sei. Außerdem habe es eine Vermisstenanzeige von einer Angestellten gegeben. Leider habe die Vinothek einige Tage geschlossen gehabt, auch danach habe die junge Dame einige Tage abgewartet, jedenfalls habe man den Tag des Unfalls auch in der Rückrechnung nicht exakt bestimmen können. Befragungen seiner Freunde und seiner Mutter hätten auch nicht weitergeholfen. Die Pathologie habe sich aufgrund des schlechten Zustands des Leichnams mit ihrer Beurteilung schwergetan, aber die multiplen Verletzungen könnten allesamt vom Absturz herrühren. Es habe keinen Hinweis auf eine zum Tode führende Fremdeinwirkung gegeben. Zeugen, die das Opfer womöglich am Berg gesehen hätten, habe es leider nicht gegeben. Der Berg werde von Touristen eher selten erwandert, obwohl der Weg nicht schwer und auch nicht gefährlich sei. Einzig am Gipfel müsse man Obacht geben, weil es unmittelbar hinter dem Kreuz steil nach unten ginge. Bei Befragungen im Umfeld des Opfers habe es keine Hinweise auf irgendwelche Bedrohungen oder persönliche Feinde mit einem Tatmotiv gegeben. Auch die Bergrettung habe einen unglücklichen Fehltritt für wahrscheinlich gehalten. Vielleicht habe der Wind ihm irgendetwas davongeweht, zum Beispiel eine Kappe oder einen Hut, Steirowitz habe versucht, danach zu greifen – und dabei unbedacht einen Schritt in die falsche Richtung getan. Ja, so hätte es passieren können, so oder so ähnlich. Jedenfalls habe man nach sorgfältiger Überprüfung aller Begleitumstände den beklagenswerten Absturz des Nikolaus Steirowitz als mutmaßlichen Unfall ohne Fremdeinwirkung deklariert und zu den Akten gelegt. Luis Gamper machte eine Pause und nahm einen Schluck Wein. Zweifel seien ihm erst später gekommen, sagte er dann.

Emilio, der zuvor eher schläfrig gewirkt hatte, war plötzlich hellwach und sah Gamper fragend an. «Zweifel?»

Der pensionierte Kriminalrat nickte. «In den Monaten vor seinem Tod hat Steirowitz plötzlich auf sehr großem Fuß gelebt, das habe ich erst danach erfahren. Er hat sich einen Porsche gekauft, hat auf den Seychellen Urlaub gemacht, teure Restaurantbesuche und so weiter. Das passt überhaupt nicht zu seinem früheren Lebensstandard. Ich kann mir nicht vorstellen, dass seine Vinothek auf einen Schlag so viel abgeworfen hat, vielleicht aber doch, keine Ahnung. Jedenfalls gehen in meinem alten Kriminalerhirn bei solchen Auffälligkeiten die Alarmglocken an. Dann hatte er noch diese fixe Idee, von der habe ich auch nichts gewusst.»

«Was für eine fixe Idee?»

«Na ja, er wollte unbedingt ein Weingut kaufen und seinen eigenen Wein herstellen.»

«Es gibt schlimmere Wunschträume», sagte Emilio, «dafür wird man nicht umgebracht.»

«Nein, das wohl nicht. Aber bei diesem Traum gibt es zwei Probleme. Erstens ist es in Südtirol unglaublich schwer, Weinberge oder ein Weingut zu kaufen, die gibt keiner gerne her. Und zweitens kostet das richtig viel Geld.»

«Das Problem hat er nicht mehr, er ist tot.»

«Wohl wahr. Aber vielleicht war er an einem Objekt dran, für das sich auch ein anderer interessiert hat …»

«Und der hat ihn dann vom Berg gestoßen?» Emilio sah den Kommissar zweifelnd an. «Das wäre zwar denkbar, ist aber doch ziemlich an den Haaren herbeigezogen.»

«Ich glaub's ja selber nicht», sagte Gamper.

«Er könnte auch Selbstmord begangen haben», sagte Emilio, «weil er sauer war, dass ihm keiner einen Weinberg verkaufen wollte. So eine Art kindliche Trotzreaktion.»

«Das ist genauso absurd.»

«Richtig.»

«Damit hätten wir alle Optionen durch», sagte Gamper. «Es war eben doch ein Unfall.»

Emilio holte die zerknitterte Kopie eines Zettels aus seiner Gesäßtasche, strich sie glatt und zeigte sie dem Kriminalrat. «Das hat Frau Steirowitz vor kurzem in einem alten Sakko von Niki gefunden. Was halten Sie davon?», fragte er.

Gamper las den Text: «WARNUNG! Lieber Nikolaus. Man trachtet dir nach dem Leben. Pass gut auf dich auf! Jemand, der es gut mit dir meint.»

«Hoppla», sagte der Kriminaler.

«Genau, ‹hoppla› trifft es gut.»

«Jedenfalls verstehe ich jetzt, warum Sie sich für den Fall interessieren.»

«Nicht ich, aber die Mutter. Na ja, und deshalb auch ich.»

Gamper sah hinaus auf das Rittner Oberland, hinüber zu einem kleinen Lärchenwald. «Wussten Sie, dass hier früher die deutschen Kaiser durchgezogen sind, um sich in Rom vom Papst krönen zu lassen? Der Weg ging über den Ritten, das Eisacktal unten war zu gefährlich.»

«Sehr interessant», sagte Emilio, etwas verwirrt ob dieses spontanen Themenwechsels.

«Ich bin übrigens Hobby-Imker», fuhr Gamper fort, «für Bienen ist der Ritten ideal. Ich geb Ihnen ein Glas von meinem Honig mit. Mögen Sie Honig?»

«Doch, sehr gerne, vielen Dank.» Langsam beschlichen ihn Zweifel am Geisteszustand des pensionierten Kriminalers.

Gamper hüstelte. «Entschuldigen Sie die Abschweifung. Das ist eine Angewohnheit von mir. Andere Gedanken durchlüften den Kopf, das hat früher schon meine Mitarbeiter irritiert. Zu ihrem Zettel mit der Warnung: Den hätten wir mal vor zehn Jahren haben sollen, dann hätten wir weiterermittelt. Aber heute interessiert sich kein Schwein mehr dafür, da können Sie sicher sein. Die Ermittlungsbehörden in Südtirol sind chronisch unterbesetzt, Sparmaßnahmen aus Rom, Sie verstehen? Die jungen Leute haben keine Ahnung. Uns alte, erfahrene Füchse hat man in den Vorruhestand geschickt. Abgesehen davon sind zehn Jahre einfach zu lange. Da geht nix mehr. Aber vielleicht kriegen Sie was raus? Ich helfe Ihnen gerne, aber ich wüsste nicht, wie.»

«Wie ist Niki eigentlich zum Ausgangspunkt seiner Wanderung gelangt?», fragte Emilio.

«Keine Ahnung.»

«Hat man sein Auto gefunden?»

«Nein, das stand zu Hause in der Garage.»

«Das lässt vermuten, dass er bei jemandem mitgefahren ist. Was bedeutet, er war nicht alleine.»

«Muss nicht sein, es gibt auch einen Bus, ist aber umständlich, mit Umsteigen und so.»

«Würden Sie das machen, wenn Sie ein Auto hätten?»

«Nein, würde ich nicht. Außerdem hatte er einen Porsche. Wer fährt da mit dem Bus?» Gamper dachte nach. «Es könnte ihn auch jemand mitgenommen und dort rausgelassen haben», sagte er, «vielleicht wollte er eine Rundtour machen, da kommt man nicht an den Ausgangspunkt der Wanderung zurück. So was ist sehr reizvoll. Dafür kann man kein Auto brauchen.»

Emilio nickte. «Richtig, das wäre eine Erklärung. Nur komisch, dass sich nach dem Leichenfund keiner gemeldet hat, der ihn mitgenommen hat.»

Gamper zuckte mit den Schultern. «So sind sie, die Menschen. Die einen machen sich wichtig, die anderen halten das Maul.»

«Hatte der Tote einen Autoschlüssel in der Tasche?»

Der Kriminaler überlegte. «Nein, ich glaube nicht.» Er blätterte im Untersuchungsbericht. «Korrekt, kein Autoschlüssel.»

«Wie viele Autoschlüssel hat man bei ihm zu Hause gefunden?»

«Weiß ich nicht. Wird schon einer da gewesen sein.»

«Einer wäre zu wenig», stellte Emilio fest. «Man bekommt für ein Auto immer zwei Schlüssel. Daran wird doch nicht gerade Porsche sparen.»

«Und Sie meinen …»

«Ich meine gar nichts. Aber es wäre auch folgendes Szenario denkbar. Jemand hat ihm am Gipfel aufgelauert, hat ihn niedergeschlagen, im Streit oder vorsätzlich, hat ihn dann den Berg runtergeworfen. Damit man nicht gleich den verlassenen Porsche findet und mit der Suche beginnt, musste der Täter Nikis

Auto wegfahren. Deshalb hat er ihm vorher den Autoschlüssel aus der Tasche genommen, ist mit dem Porsche zurückgefahren und hat ihn in Nikis Garage gestellt.»

«Wie ist er in die Garage gekommen?»

«Per Fernsteuerung.» Emilio machte eine Pause. «Ich gehe davon aus, dass man bei Nikis Leiche seinen Wohnungsschlüssel gefunden hat, richtig?»

Gamper schaute ihn überrascht an, blätterte in den Unterlagen, sah auf den Zetteln mit seinen Notizen nach. «Das darf doch nicht wahr sein», murmelte er. Er fuhr mit dem Finger die Asservatenliste entlang. «Geldbeutel, Armbanduhr, Sonnenbrille …»

«Kein Wohnungsschlüssel?»

«Jedenfalls steht keiner auf der Liste, ich versteh's nicht. Hat man wahrscheinlich vergessen zu notieren. Die übliche Schlamperei. So wird's sein.»

«Oder er hatte wirklich keinen Wohnungsschlüssel bei sich. Das wäre allerdings sehr bemerkenswert. Möglicherweise hat aber auch jemand den Auto- und den Wohnungsschlüssel an sich genommen.»

«Glaube ich nicht. Der Tote hatte bestimmt einen Wohnungsschlüssel bei sich.»

«Steht was in Ihrem Protokoll, ob die Wohnung in einem ordnungsgemäßen Zustand vorgefunden wurde? Also nicht durchwühlt oder verwüstet.»

Der Kriminalrat im Ruhestand schien für einen Augenblick die Geduld zu verlieren. «Also, ich bitte Sie, da muss ich nicht im Protokoll nachschauen. Natürlich war mit der Wohnung alles in Ordnung. Wir sind doch nicht auf den Kopf gefallen.»

«Entschuldigung, war nicht so gemeint.»

Emilio spielte mit dem silbernen Knauf seines Gehstocks.

«Es gibt noch eine andere offene Frage», sagte er nach einer Weile.

«Welche?»

«Wie ist ein möglicher Täter zum Ausgangspunkt der Bergwanderung gekommen? Hat er später auch noch sein eigenes Auto abgeholt? Hatte er Komplizen? Oder ist er auf dem Weg zum Ausgangspunkt der Wanderung bei Niki mitgefahren?»

Gamper runzelte die Stirn. «Sie können ganz schön viele Fragen stellen. Leider bin ich im Ruhestand, oder Gott sei Dank. Aber ich bin gespannt, was Sie herausbekommen. Bitte halten Sie mich auf dem Laufenden. Derweil kümmere ich mich um meine Bienen.»

Sie tranken beide einen Schluck, sahen hinüber zum Lärchenwald und schwiegen.

«Darf ich Sie noch was fragen?»

«Natürlich», antwortete Luis Gamper.

«Was ist eigentlich aus seiner Vinothek geworden, gibt's die noch?»

«Wollen Sie noch einen Vernatsch? Passt zum Thema.»

«Ein halbes Glas, danke, gerne.»

«Ich war letzte Woche in Bozen bei Buratti, um mir neue Wanderstiefel zu kaufen. Vorher habe ich bei Vögele ein Hirschragout gegessen …»

Emilio übte sich in Geduld.

«… mit Röstkartoffeln. Ach ja, und eine Gerstensuppe. Jedenfalls bin ich später zufällig bei der Vinothek vorbeigekommen, die mal dem Steirowitz gehört hat. Um Ihre Frage zu beantworten: Ja, es gibt sie noch. Aber fragen Sie mich nicht, wem sie gehört und wer sie führt. Keine Ahnung. Vielleicht hat seine Angestellte, mit der ich damals gesprochen habe, den Laden übernommen.»

Gamper sah auf einen Zettel. «Valerie Trafoier, eine extrem fesche Person. Fragen Sie doch mal in der Vinothek. Haben Sie die Adresse?»

Emilio nickte. «Ja, habe ich.» Er stand auf, schüttelte dem Kriminalrat die Hand und bedankte sich für das Gespräch und den Wein.

«Der Honig, Sie dürfen den Honig nicht vergessen!»

* * *

Eine halbe Stunde später stand Emilio mit dem Auto in einer Wiese. Es war eine der besonderen Vorzüge seines Land Rovers, dass man sich nicht unbedingt an die vorgegebene Straßenführung halten musste. Der Baron dachte über das vorangegangene Gespräch nach, über die theoretischen und praktischen Möglichkeiten im Zusammenhang mit Nikis Ableben. Er merkte, wie er zunehmend die Konzentration verlor, seine Gedanken schweiften ab. Spontan änderte er sein Programm für den Nachmittag. Kein Patscheiderhof und keine Buschenschank Baumann. Weder Spinatknödel noch Schlutzkrapfen. Aus Gründen, die nur ihn etwas angingen, würde er die kleine Straße Richtung Barbian nehmen, am Penzlhof parken, von dort den Kreuzweg hinaufgehen zur kleinen Kirche Sankt Verena, die man von der Brennerautobahn auf dem Weg nach Süden sieht, hoch oben am Berg. Dort würde er stumm verweilen, an frühere, glückliche Zeiten denken und an seine große Liebe.

13

Obwohl das Wetter schön war, kaum eine Wolke den Himmel über Terlan trübte und eine angenehme Brise durch das Tal strich, hielt sich Ernst Steixner nicht auf der Terrasse seiner Villa auf. Er verschmähte die Sitzbank, von der man einen wunderbaren Blick auf die Etsch hatte und auf die umliegenden Weinberge, die einen so vorzüglichen Weißwein hervorbrachten, dass internationale Kritiker regelmäßig ins Schwärmen gerieten. Steixner liebte die Weine der Kellerei Terlan, er konnte sich am Sauvignon Quarz berauschen, er hatte ein Faible für den Pinot bianco Vorberg, und zu später Stunde mochte er den roten Lagrein Porphyr. Er hätte Vorträge halten können über das einzigartige Terroir von Terlan, über die Bedeutung der Kellerarbeit und über die herausragenden Alterungseigenschaften ausgewählter Tropfen. Aber Steixner hatte Depressionen, in diesen Phasen konnte er den schönen Seiten des Lebens nichts abgewinnen.

Er saß im abgedunkelten Wohnzimmer, den schwermütigen Klavierklängen der Nocturnes von Chopin lauschend, gespielt von Artur Rubinstein. Er starrte vor sich hin, dachte an nichts Spezielles – und doch an alles gleichzeitig. Schon als Kind hatte er als Berufswunsch «Privatier» angegeben, ohne wirklich zu wissen, was das bedeutete. Aber ein Leben ohne Arbeit hatte er toll gefunden. Weil seine Familie sehr vermögend war, hatte er es schließlich auch führen können. Aber hatte es ihn glücklich gemacht? Nein, nicht wirklich, und in den letzten Jahren immer weniger. War das der Preis, den er für das Privileg der finanziellen Unabhängigkeit bezahlen musste? Gab es einen Pakt mit dem Gott der Finsternis, von dem er nichts wusste? Mit einem Mephisto wie in Goethes Faust? Fast schien es so. Aufgewachsen in Salzburg, lebte er schon seit über zwei Jahrzehnten die meiste Zeit des Jahres in Südtirol. Er hatte eine attraktive Frau gefunden, die ihn liebte, er hatte viele Freunde, konnte sich schöne Autos leisten, dieses komfortable Haus am Fuße des Tschögglberges, er konnte Golf spielen, wenn andere ins Büro mussten, er konnte reisen, in den besten Hotels wohnen, in den feinsten Restaurants speisen und seine kulturellen Interessen pflegen. Gewiss gab es Menschen, die ihn beneideten, die gerne mit ihm getauscht hätten, selbst heute noch.

Ihm fiel der Jedermann von Hofmannsthal ein, er glaubte, sich auf einem Bankett zu sehen, an der Seite einer Buhlschaft mit wogendem Busen. Er langte sich an den Kopf. Seit wann läuteten bei Chopin Totenglocken? Rief da jemand seinen Namen? Wer würde mit ihm gehen? Hatte er ein sündhaftes Leben geführt? Nein, hatte er nicht. Aber das Schicksal, das ihn erst so verwöhnt hatte, meinte es nicht mehr gut mit ihm. Steixner schloss die Augen. Seine geliebte Frau war gestorben, nach langer Krankheit. Mit diesem Schicksalsschlag kam er nicht klar, er hatte es versucht, es gelang ihm nicht. Er konnte die Trauer überspielen, in Gesellschaft ging das ganz gut, da konnte er sogar lachen. Aber wenn er alleine war, holte ihn die Depression wieder ein, kam hervorgekrochen aus einem finsteren Loch, wie ein hinterhältiges Tier, das dort nur auf ihn gewartet hatte, das sich nicht abschütteln ließ.

Auch die Erinnerung ließ sich nicht abschütteln, weder jene an seine verstorbene Frau, dafür war er sogar dankbar, noch die Erinnerung an die schrecklichsten Sekunden in seinem Leben. Steixner spürte, wie sich sein Puls beschleunigte, sein Atem ging schneller, gleichzeitig bekam er immer weniger Luft, glaubte zu ersticken. Warum konnte er nicht vergessen? Nach so vielen Jahren? Dabei war der einzige Zeuge gar nicht mehr am Leben, Niki war schließlich tot. Aber es wusste noch jemand von diesem traumatischen Ereignis, jemand, der ihm nicht von der Seite wich – nämlich er selbst!

14

Das schmiedeeiserne Tor am privaten Ansitz des renommierten Schönheitschirurgen Prof. Dr. med. Falko Puttmenger stand weit offen, sodass Emilio ohne weitere Umstände über die gekieste Auffahrt fahren und neben einem roten Ferrari parken konnte. Er stellte den Motor ab, stieg aus und sah sich um. Alles war auf beängstigende Weise perfekt: der Rasen, die akkurat geschnittene Hecke, die Zypressen, die kugelrunden Buchsbäume neben dem Hauseingang, der staubfreie Lack des Sportwagens. Emilio, der das Chaos schätzte und die Unordnung zum Lebensprinzip erklärt hatte, schüttelte missbilligend den Kopf. Wer sich hier wohl fühlte, musste unter massiven Zwangsstörungen leiden. Sigmund Freud hätte von einem analen Charakter gesprochen, der in der frühkindlichen Phase beim lustvollen Ausscheiden von Fäkalien einem unnatürlichen Reinlichkeitszwang unterworfen wurde. Emilio liebte es, Menschen die aberwitzigsten Verhaltensstörungen zu unterstellen, das machte den Umgang mit ihnen kurzweiliger – selbst wenn man sie noch gar nicht kennengelernt hatte, wie in diesem Fall. Dabei gab es beim Professor wahrscheinlich eine ebenso simple wie langweilige Erklärung: Wer auf das äußere Erscheinungsbild einer zahlungskräftigen Klientel spezialisiert war, wer davon lebte, zu straffen und zu glätten, der musste auch sonst auf

Schönheit und perfekte Ordnung bedacht sein. Jedenfalls nach außen. Alles Fassade, denn wie es dahinter aussah, konnte man nicht wissen.

Emilio konnte seine Überlegungen nicht fortsetzen, denn die Haustür öffnete sich, und der Professor kam auf ihn zu. Er habe ihn bereits vor einer halben Stunde erwartet, sagte Puttmenger leicht vorwurfsvoll, aber wahrscheinlich habe der Baron den Weg nicht gleich gefunden. Wie auch immer, er habe noch etwas Zeit, und sie könnten sich gerne unterhalten. Eine kleine Katze strich vorbei. Falko Puttmenger lockte sie, nahm sie auf den Arm und streichelte sie zwischen den Ohren. Er ging voraus, sie setzten sich an einen Tisch unter einer Pergola, die natürlich nicht mit wildem Wein bewachsen war, denn dessen ungezügelte Triebhaftigkeit hätte nicht in diese aufgeräumte Welt gepasst.

Emilio erklärte in kurzen Worten, warum er hier war. Dass er im Auftrag von Frau Steirowitz einige Erkundigungen zum Tode ihres Sohnes Niki anstellte. Dass er dies nur aus alter Freundschaft täte, denn natürlich mache das nach zehn Jahren keinen Sinn mehr. Und dass er von der alten Dame wisse, dass Puttmenger zum engsten Freundeskreis von Niki gezählt habe, deshalb wolle er mit ihm sprechen, sozusagen der guten Form halber, er verstehe schon.

Emilio, der dies alles ohne großes Engagement vorbrachte und dabei unaufmerksam wirkte, geradezu gelangweilt, war in Wahrheit hoch konzentriert und achtete genau auf die Reaktionen seines Gegenübers, dafür hatte er gute Antennen. Gott sei Dank hatte der Botox-Professor keine gelähmte Mimik, und so glaubte Emilio zu erkennen, dass Falko Puttmenger zu Beginn sehr angespannt war. Bei Erwähnung des Todes von Niki hatte sich diese Anspannung sogar noch gesteigert, als er dann aber von der Sinnlosigkeit dieser Ermittlungen gesprochen und den Eindruck vermittelt hatte, dass ihn all dies nicht besonders interessierte, hatten sich die Gesichtszüge des Professors entkrampft, auch die Körperhaltung hatte sich rasch entspannt. Emilio fand diese Gefühlsregungen höchst aufschlussreich, auch wenn er sie nicht zu deuten wusste.

Falko Puttmenger bestätigte, dass er mit Niki befreundet gewesen war, vor allem habe sie die Liebe zum Wein verbunden. Sie hätten sich regelmäßig mit anderen Freunden zu Weinverkostungen getroffen. Ihre Gruppe habe sich den Namen *Amici del Vino* gegeben und auch sonst viel zusammen unternommen. Niki sei ein lustiger Typ gewesen, immer gut drauf und voller Ideen. Sein Bergunfall habe ihn damals sehr erschüttert, nicht nur ihn, der gesamte Freundes- und Bekanntenkreis sei bestürzt und fassungslos gewesen. Keiner habe sich erklären können, wie das passieren konnte. Auf Emilios Frage berichtete Puttmenger, dass er verheiratet sei und zwei Kinder habe. Seine Frau lebe aber die meiste Zeit in München, wo die Kinder zur Schule gingen. Er pendele deshalb häufig zwischen Südtirol und München, in den Ferien und an verlängerten Wochenenden käme seine Familie dann zu ihm. Das sei zwar nicht ideal, ginge aber ganz gut. Falko Puttmenger sah auf die Uhr. Er habe noch etwas Zeit, ob der Baron ein Glas Wein mit ihm trinken wolle, fragte er. Er habe noch einige Flaschen, die ihm Niki mal geschenkt hatte, die sollten auch nach zehn Jahren noch schmecken. Er würde eine aufmachen, sozusagen «in memoriam».

Emilio stimmte dankend zu und folgte der Einladung von Falko Puttmenger, ihn in seinen Weinkeller zu begleiten. Dort stellte er erstens fest, dass der Professor es bei normaler Lebenserwartung nicht mehr schaffen würde, seine gesammelten Weine auszutrinken, auch nicht unter aufopferungsvoller Mitwirkung eines großen Bekanntenkreises. Dies hielt Emilio für einen groben Planungsfehler. Zweitens konstatierte er, dass Puttmenger nicht nur alle gängigen Südtiroler Weine gehortet hatte, darunter auch jene von jungen Winzern, die aktuell für Aufsehen sorgten, sondern darüber hinaus Spitzenweine aus den renommiertesten Weinregionen Italiens und Frankreichs. Was ihn drittens zu der Erkenntnis brachte, dass er vom Gegenwert des Puttmenger'schen Weinkellers ein sorgenfreies Leben führen könnte. Trotzdem wollte er mit dem Mann nicht tauschen, allein der Gedanke erschreckte ihn.

Schließlich saßen sie wieder unter der Pergola. Puttmenger entkorkte die mitgenommene Flasche Blauburgunder, auf deren Etikett groß zu lesen war: «For friends only!» Dabei, erklärte er, handele es sich um eine Spezialabfüllung von Niki. Er roch am Korken, goss etwas Wein in ein Glas, schwenkte es, steckte seine Nase hinein, um dann zufrieden zu nicken. Er goss den Wein in das andere Glas, schwenkte auch dieses, erwähnte dabei die häufig vernachlässigte Notwendigkeit, Weingläser zu avinieren, schüttete den eingegossenen Wein weg, dann füllte er die Gläser und reichte eines Emilio. Mit freudiger Überraschung nahm Puttmenger zur Kenntnis, dass sein Gast den Wein kurz ins Licht hielt, um die Farbe zu begutachten, ihn dann mit einer lockeren Bewegung aus dem Handgelenk im Glas rotieren ließ, daran roch, das Glas in einer fließenden Bewegung kippte, den Tränen einen kurzen Blick schenkte, schließlich erneut schwenkte, dann einen Schluck nahm, etwas Luft durch die Lippen zog, kurz schmatzte –

und schließlich schluckte. Dies alles geschah mit routinierter Selbstverständlichkeit, sodass Puttmenger sofort einen Weinbruder im Geiste zu erkennen glaubte. Ein Eindruck, der sich verstärkte, als Emilio im Plauderton sortentypische Aromen von Sauerkirsche und Brombeeren identifizierte, die rubinrote Farbe rühmte, die sanften Tannine und den ausgewogenen Ausbau im Holzfass. Der Wein habe die zehn Jahre in der Flasche erstaunlich gut überstanden, was natürlich auch auf die perfekte Lagerung zurückzuführen sei. Emilio hob das Glas und bedankte sich für den unerwarteten Genuss. Puttmenger war geschmeichelt – und sah seinen Besucher mit neuen Augen.

Emilio konnte sich ein Grinsen kaum verkneifen. In Wahrheit fand er dieses blödsinnige Getue albern. Aber er hatte richtig vermutet, dass Puttmenger darauf abfahren würde, was sicher hilfreich für den weiteren Gesprächsverlauf war. Um im Bild zu bleiben: Er hatte sozusagen sein Gegenüber «aviniert», ihn zugänglicher und geschmeidiger gemacht. Wie nebenher lenkte er das Gespräch erneut auf Niki. Puttmenger erzählte bereitwillig von gemeinsamen Unternehmungen und Weinverkostungen.

Schließlich kam Emilio auf Nikis Vinothek zu sprechen. Puttmenger lachte. Er sei wohl Nikis bester Kunde gewesen, stellte er fest. Nahezu alle italienischen Weine in seinem Weinkeller habe er von Niki bezogen. Ja, Niki sei gut im Geschäft gewesen, bestätigte er. Der plötzliche Wohlstand mit Porsche, Urlaub auf den Seychellen? Warum denn nicht? Das Leben sei doch dazu da, um es zu genießen. Niki habe es genau richtig gemacht. Sein früher Tod sei doch gerade ein Beweis dafür. Wer auf alles verzichte, seine Wünsche ignoriere und auf schöne Zeiten in der Zukunft hoffe, der habe die falsche Strategie. Carpe diem! Den Leitspruch müsse man richtig interpretieren, es gelte, jeden Tag zu genießen und von den Früchten des Lebens zu pflücken.

Emilio überlegte, von welchen «Früchten des Lebens» wohl der Professor pflückte. Der Ansitz, der Ferrari, der Weinkeller … Er vermutete, dass es noch mehr gab.

«Stimmt es, dass sich Niki ein Weingut kaufen wollte?», fragte Emilio.

Puttmenger drehte am Stil seines Glases. «Ja, das stimmt, das war sein großer Traum», bestätigte er. «Niki wollte nicht nur mit Weinen handeln, er wollte sein eigenes Weingut besitzen, und zwar nicht irgendwo, sondern hier in Südtirol.»

«Wie wollte er das schaffen? Wie ich gehört habe, wird kaum etwas verkauft. Außerdem sind Rebflächen extrem teuer.»

«Aberwitzig teuer, deshalb kann sich eine solche Investition auch nicht rechnen. Man könnte genauso gut die Geldscheine zerreißen und in der Kloschüssel herunterspülen. Das macht aber keinen Spaß. Ein eigenes Weingut», Puttmenger schnalzte mit der Zunge, «das ist schon was. Ich kann Niki verstehen. Vielleicht hätte er es geschafft? Wir werden es nie erfahren.»

«Im Bordeaux gibt es einen schönen Spruch», sagte Emilio. «Wer mit einem Weingut ein kleines Vermögen machen möchte, der muss zuvor ein großes Vermögen einsetzen.»

Puttmenger lachte. «Das ist gut, das muss ich mir merken.»

«Bleibt die Frage, wo hätte Niki das Geld hergenommen?»

Puttmenger zögerte mit der Antwort. «Um ehrlich zu sein, das weiß ich auch nicht. Offenbar hatte er einiges auf der Seite, aber bestimmt nicht übermäßig viel. Den Rest hätte er sich wohl leihen müssen. Niki hat auch bei mir angeklopft, aber ich brauche mein Geld für mich selbst, das meiste stecke ich sowieso in meine Klinik. Bei mir war er an der falschen Adresse. Aber er hat viele Leute gekannt, außerdem gibt's ja Banken. Das hätte er schon hinbekommen, irgendwie.»

«Irgendwie», wiederholte Emilio nachdenklich. «Menschen, die etwas wirklich wollen, die von einem Gedanken besessen sind, die finden einen Weg.»

«Glaube ich auch.»

«Jedenfalls hilft es nicht, sich von einem Berg zu stürzen.»

«Nein, definitiv nicht.»

«Und ein Mordmotiv lässt sich aus all dem leider auch nicht konstruieren, für wen auch immer.»

«Sind Sie jetzt enttäuscht?», fragte Puttmenger.

Emilio lächelte. «Nein, ganz im Gegenteil. Ich bin froh, wenn ich der alten Dame sagen kann, dass es wohl wirklich ein Unglück war.»

«Das war es, davon bin ich überzeugt.»

Emilio nickte bestätigend. Dabei dachte er, dass es Naturvölker gab, bei denen Nicken eine Verneinung bedeutete.

Zum Ausklang unterhielten sie sich über vollmundige Süßweine im Allgemeinen und über aromatischen Rosenmuskateller im Speziellen. Dann sah Puttmenger erneut auf die Uhr. Er müsse jetzt dringend weg, sagte er, er hoffe, dass er dem Herrn Baron habe weiterhelfen können, mit den besten Empfehlungen an die gnädige Frau Steirowitz. Wenn er noch irgendwelche Fragen habe, solle er sich doch bitte wieder melden. Von Emilio erhielt er dessen Visitenkarte, damit er ihn erreichen könne, falls ihm wider Erwarten noch etwas einfiele. Er begleitete Emilio zum Land Rover. Dabei hatte er wieder die kleine Katze im Arm, die er sanft streichelte.

15

Marco war ein ungeduldiger Mensch, er war sich dessen bewusst, aber er fand, dass das Leben zu kurz war, um Zeit zu verplempern. Außerdem hatte man ihm gerade einige wertvolle Jahre gestohlen, er hatte also was aufzuholen. Und dieser gelackte Schönheitsfuzzi ging ihm gehörig auf den Sack.

Marco saß auf einem Hügel unter einem Apfelbaum und beobachtete schon eine ganze Weile das Privathaus von diesem Idioten. Seine Vespa stand einige Meter weiter auf einem Feldweg. Er hatte ein Fernglas dabei und eine Flasche Wasser, die er schon fast ausgetrunken hatte. Er hatte verfolgt, wie vor einer Dreiviertelstunde ein alter Land Rover durch das Tor gefahren war, er hatte sich schon gewundert, warum es offen stand. Ein Mann war ausgestiegen, mit einem Gehstock, er hatte sich sorgfältig umgeschaut, war schließlich von Puttmenger begrüßt worden, der ihn offenbar erwartet hatte. Dann hatte der Chirurg eine Katze in den Arm genommen und gestreichelt. Später hatten die beiden Männer unter der Pergola eine Flasche Wein getrunken. Und jetzt ging der Besucher wieder. Ein komischer Kerl. Marco hatte das sichere Gefühl, ihn schon mal gesehen zu haben, er zermarterte sich den Kopf, aber er konnte sich nicht erinnern. Er hatte einen siebten Sinn für Menschen entwickelt, die Schwierigkeiten machten. Der Mann war so einer, das spürte er, ohne es erklären zu können. Warum hatte der Typ einen Stock? Er hinkte nur leicht, den Gehstock schien er nicht wirklich zu brauchen. Peng, jetzt erinnerte er sich, wo er ihn schon mal gesehen hatte. Und das gefiel ihm nicht, überhaupt nicht. Vor der Quästur in Bozen war er ihm begegnet, in der Via Dante. Marco war dort seiner Meldeverpflichtung nachgekommen, die man ihm als vorzeitig entlassenem Häftling aufgebrummt hatte. Da war der Mann mit dem Gehstock aus dem Kriminalkommissariat gekommen. So eine Scheiße! War das ein Bulle? Nein, jedenfalls kein italienischer, sein Auto hatte ein deutsches Kennzeichen. Aber irgendetwas hatte der Gehstock-Mann mit der Polizei zu tun – und mit dem geschniegelten Doktor. Vielleicht hatte ihn Puttmenger wegen der Erpressung um Hilfe gebeten? Das sähe dem Kotzbrocken ähnlich. An die Polizei hatte sich Puttmenger bestimmt nicht gewendet, da war Marco sich sicher. Dann war der seltsame Besucher womöglich so eine Art Berater für Menschen, die erpresst wurden? Aus Deutschland? Warum nicht. Und in der Quästur hatte er seine Kontakte zur Polizei gepflegt? *Merda*, so kam er nicht weiter. Marco merkte sich das Nummernschild des Land Rovers. Wäre doch gelacht, wenn er die Identität des Mannes nicht herausbekäme.

Der Geländewagen verließ das Grundstück. Marco beobachtete durch sein Fernglas, wie Puttmenger dem Auto hinterhersah. Wieder hatte er dieses blöde Katzenvieh im Arm.

Marco brauchte eine gute Idee. Er wollte beim selbstgefälligen Doktor die Daumenschrauben anziehen, ohne Narkose, das sollte richtig weh tun. Es musste für Puttmenger nur eine Möglichkeit der Schmerzlinderung geben, nämlich indem er zahlte. Das sollte nicht schwer zu verstehen sein, dafür brauchte man keinen Hochschulabschluss. Und dieser merkwürdige Typ würde Puttmenger auch nicht helfen können, ganz sicher nicht. Wenn ihm der Mann in die Quere kam, würde er ihm eine in die Fresse hauen. Oder ihm beide Beine brechen – dann würde der komische Vogel statt seines Gehstocks zwei Krücken brauchen oder einen Rollstuhl.

Marco verließ seinen Beobachtungsposten, die leere Flasche warf er in einen Busch, er hängte sich eine Tasche um, ging zur Vespa und startete diese. Er fuhr hinunter in den Ort. Eine Ampel schaltete auf Rot. Marco entschied sich dafür, die Bremsen seiner Vespa zu schonen. Irgendein *cretino* hupte. Schließlich hielt er vor der Post. Er nahm zwei vorbereitete und bereits frankierte Umschläge aus der Umhängetasche, verpasste ihnen einen fetten Kuss und steckte sie in den Briefkasten, der in wenigen Minuten geleert werden sollte. In Rom oder Neapel wäre er sich da nicht so sicher gewesen, aber in Südtirol würde das klappen. Nein, die Umschläge waren nicht für Puttmenger bestimmt.

Marco schwang sich wieder auf die Vespa, fuhr über den Bürgersteig, verfehlte nur knapp den Schoßhund einer alten Frau, die prompt in Panik aufquietschte. Er lachte und gab Gas. *A tutta velocità!* So machte das Leben Spaß. Was ja nicht bedeutete, dass es für die anderen ein Vergnügen sein musste, ganz im Gegenteil. Den Empfängern der aktuellen Briefsendung würde er jedenfalls keine Freude bereiten, so viel stand fest. Das eine war ein Schuss aus der Hüfte, könnte sein, dass die Kugel ihr Ziel verfehlte. Im zweiten Fall war er sich ziemlich sicher, einen Volltreffer zu landen. Denn was er gegen diesen Typen in den Händen hatte, war für sensiblere Charaktere wie ein Schlag in die Magengrube. Schlimmer noch, ein Tritt in die Eier traf es besser. Der Schmerz würde wie ein Blitz in die Kronjuwelen fahren und den armen Kerl vom Scheitel bis zur Sohle paralysieren. Deshalb hatte Marco nicht nur den Vorfall dokumentiert, er hatte auch gleich die Höhe der ersten Zahlung definiert, ein enges Ultimatum gesetzt und die Übergabemodalitäten erläutert. Das würde rasch gehen, da war er sich ziemlich sicher.

Wenig später parkte er die Vespa neben den Holztischen einer rustikalen Weinschenke. Er bestellte einen Gewürztraminer, jenen kräftigen Weißwein mit seinen intensiven Aromen, der nach dem Ort Tramin an der Südtiroler Weinstraße benannt war und von hier seinen Siegeszug nach Deutschland und ins Elsass, ja sogar bis nach Kalifornien angetreten hatte. Er entwickelte einige Ideen, wie er dem Schönheitsprofessor Feuer unter dem Hintern machen könnte. Als Erstes würde er Puttmengers Ferrari anzünden, das war zwar prinzipiell schade, würde aber seine Wirkung nicht verfehlen. Dann könnte er mit der Schrotflinte seines Schwagers auf die Fensterscheiben von Puttmengers Ansitz schießen. Er dachte nach und verwarf den Gedanken, er würde auch das mit dem Ferrari sein lassen. Mit solchen Aktionen käme nur die Polizei ins Spiel, was nichts brachte und die Sache unnötig verkomplizierte. Der Typ mit dem Land Rover kam schon ungelegen genug. Besser war es, im Stillen zu agieren, aber mit dem gebotenen Nachdruck.

Er nahm einen Schluck vom Gewürztraminer. Offenbar regte dieser seine Gehirnzellen an, denn schon hatte er einen neuen Einfall. Doch, so würde er es machen. Danach würde Puttmenger vollends durchdrehen, da war er sich absolut sicher. Und wer die Kontrolle über sein Handeln verlor, der war ein leichtes Fressen. Marco grinste. Nun hatte sich die Observierung von Puttmengers Anwesen also doch noch ausgezahlt. Erstens wäre ihm sonst die Existenz des Stockmenschen entgangen. Zweitens hätte er nicht gewusst, dass der Arzt eine kleine Katze besaß, die er gerne auf den Arm nahm und streichelte. Marco mochte keine Katzen!

16

Emilio lehnte es ab, Zahlen allzu große Aufmerksamkeit zu schenken. Überhaupt war er der Meinung, dass entschieden zu viel mit Statistiken jongliert wurde. Zahlen verschleierten den Blick aufs Wesentliche. Deshalb interessierte es ihn nicht, dass der Grauburgunder in Südtirol auf 585 Hektar angebaut wurde, der Gewürztraminer auf 520 Hektar, der Lagrein auf 416 Hektar … So stand es jedenfalls in einer Publikation, die er gerade in den Händen hielt. Emilio saß in einer Ecke des Winecenters in Kaltern, das ihn mit seiner modernen Architektur überrascht hatte, und blätterte in Büchern, Zeitschriften und Broschüren, die er vor sich auf einem Tisch liegen hatte. Über 5000 Weinbauern, 5300 Hektar Rebfläche, Gesamtproduktion 327 000 Hektoliter … Er hätte fast mal einen Reiseführer erwürgt, der ihm in einer Kathedrale alle Jahreszahlen der fünfhundertjährigen Geschichte vortragen wollte, dazu im Detail die Höhen- und Breitenmaße des Bauwerks.

Emilio fand es völlig ausreichend, sich grobe Orientierungen einzuprägen. Im konkreten Fall fand er es bemerkenswert, dass im einstigen Rotweinland Südtirol heute über die Hälfte der Weinberge mit weißen Reben bepflanzt waren. Er stellte fest, dass in den Weinführern der Weißburgunder mit schöner Regelmäßigkeit die höchsten Auszeichnungen bekam. Das fand er ausgesprochen erfreulich. Emilio stiegen sanftwürzige, fruchtige, zartrauchige Aromen in die Nase, am Gaumen glaubte er, eine leichte Säure zu spüren. Ein guter Weißburgunder hatte seine Sympathien, das galt in gleicher Weise für einen italienischen Pinot bianco wie für einen französischen Pinot blanc – weil ja alles dieselbe Rebsorte war.

Emilio überflog die weiteren weißen Trauben, die in Südtirol angebaut wurden: Sauvignon blanc, Grauburgunder, Silvaner, Riesling, Gewürztraminer, Veltliner, Kerner ... Dann die roten Sorten: Lagrein, Blauburgunder, Merlot, Vernatsch ... Na prost, wollte er alle verkosten, noch dazu von verschiedenen Erzeugern, wäre er die nächsten Tage respektive Wochen voll ausgelastet und permanent betrunken. Aber das Projekt hätte zweifellos seinen Reiz.

Emilio kam nicht dazu, darüber weiter nachzudenken und eine aufopferungsvolle Weinverkostung ernstlich in Erwägung zu ziehen, denn sein Handy machte sich mit einem penetranten Klingelton bemerkbar. Theresa Steirowitz war dran und fragte, wie er vorankäme. Fast hätte er geantwortet, dass er gerade auf dem besten Wege sei, die empfehlenswerten Erzeuger von Weißburgunder herauszufinden. Er räusperte sich und sortierte seine Gedanken. Wie er vorankäme? Gute Frage. Nun, er habe schon einige aufschlussreiche Gespräche geführt, antwortete er. Dabei sei noch nichts Konkretes herausgekommen, aber er mache Fortschritte. War das ein Widerspruch?

Ob er immer noch glaube, dass Niki Opfer eines Bergunfalls geworden sei, fragte Theresa.

Schon wieder eine gute Frage. Darauf hatte er keine Antwort. Es gab bei Ermittlungen Phasen, da war es besser, keine voreiligen Theorien zu entwickeln. Er hatte gelernt, einfach abzuwarten, die Dinge auf sich zukommen zu lassen. Dann würde man sehen. Dies galt erst recht bei diesem Fall. Er erinnerte sich, dass er ohne sonderliche Ambitionen nach Südtirol gefahren war. Den Auftrag von Theresa hatte er nicht ernst genommen, nur den Vorschuss, den hatte er gut brauchen können. Und jetzt? Er stellte fest, dass seine anfängliche Gleichgültigkeit einer zunehmenden Neugier gewichen war. Nikis Schicksal fing an, ihn zu interessieren. Theresa wartete auf eine Antwort. Wieder räusperte sich Emilio. Er habe noch keine Meinung, antwortete er wahrheitsgemäß, aber er wolle eine Gewalttat nicht ausschließen. Noch sei er sich über Nikis damalige Lebensumstände nicht wirklich im Klaren, vielleicht habe er sich Feinde gemacht …

Ein einziger Feind reiche schon, fiel ihm Theresa ins Wort.

Da habe sie recht, sagte Emilio. Schwieriger werde es bei einer größeren Anzahl von potenziellen Tätern, die vielleicht alle ein Motiv hätten. Aber das sei hypothetisch, noch habe er keinen gefunden.

Niki sei sehr beliebt gewesen, stellte Theresa fest.

Emilio dachte, dass die meisten Mütter dies von ihren Söhnen behaupten würden. Aber bei Niki schien es sogar zu stimmen, jedenfalls hatte sich der Schönheitschirurg entsprechend geäußert.

Ja, allgemein beliebt sei Niki wohl gewesen, bestätigte Emilio schon deshalb, um der alten Dame eine Freude zu machen. Wo eigentlich die privaten Sachen von Niki seien, fragte er spontan. Sie habe doch von einem alten Sakko gesprochen, in dem ihre Haushälterin Greta den ominösen Zettel mit der Warnung gefunden habe.

Theresa sagte, dass sich alles in ihrem Meraner Haus befände, im alten Jugendzimmer von Niki, verpackt und verstaut in Umzugskartons. Sie habe es bis heute nicht geschafft, diese durchzusehen oder Dinge wegzuwerfen. Er müsse das verstehen, sie könne immer noch nicht glauben, dass Niki niemals wiederkäme.

Er fragte, ob er sich die Kartons mal anschauen dürfe.

Natürlich, antwortete Theresa. Er müsse sich nur bei Greta melden, sie würde ihr schon mal Bescheid geben und sein Kommen avisieren.

Emilio vertröstete Theresa auf die nächsten Tage und stellte weiteren Erkenntnisgewinn in Aussicht. Woher nahm er diese Zuversicht? Er wusste es nicht, er hatte auch keine Strategie. Aber das machte nichts, er hatte nur selten einen Plan. Nach seiner Lebenserfahrung kam man so am besten ans Ziel.

Immerhin wusste er, dass er mit Phina zum Mittagessen verabredet war. Er stand auf, gab die Bücher und Zeitschriften zurück, einen Weinführer kaufte er, dann machte er sich auf den Weg. Allerdings kam er nicht weit, denn gleich mehrere Kellereien hatten ihre Verkaufs- und Degustationsräume in unmittelbarer Nähe. Und so blieb ihm nichts anderes übrig, als dort zu halten und einige Weine zu verkosten. Leider unter Verwendung eines Spuckkübels, schließlich musste er noch fahren. Weinverkostungen dieser Art kamen ihm vor wie ein Coitus interruptus – der Höhepunkt war ausgesprochen unbefriedigend, aber besser, als in Keuschheit zu darben.

17

Die *Amici del Vino* hatten sich auf Puttmengers Ansitz zusammengefunden, genauer gesagt in seinem Weinkeller. Florian Welswacker, Besitzer einer Werbeagentur in Meran. Armin Rottenthaler, prominentes Mitglied des Bozner Gemeinderates. Ernst Steixner, Privatier aus Terlan mit häufigen Depressionen. Christoph Gimeno, Steuerberater aus Eppan. Und natürlich der Gastgeber: Prof. Dr. med. Falko Puttmenger, Schönheitschirurg mit zittrigen Händen. Natürlich waren Puttmengers feingliedrige Chirurgenhände normalerweise die Ruhe selbst, aber nicht heute und nicht in diesem Augenblick. Nach einem Erlebnis heute Morgen hatte er sich erst übergeben, dann alle beruflichen Termine abgesagt, schließlich seine alten Freunde für dieses Treffen zusammengetrommelt. Normalerweise öffneten sie an dem großen Eichentisch inmitten der Weinregale Flaschen aus aller Welt, sie degustierten und diskutierten – nicht nur über Weine, sondern ganz allgemein über die schönen Dinge des Lebens. Aber nicht an diesem Tag!

Auf einem Computerbildschirm war groß ein Foto zu sehen. Falko hatte es am Morgen mit seiner digitalen Kamera aufgenommen. Gezeigt wurde eine Katze, die nicht nur tot, sondern auf bestialische Weise mit einem großen Nagel an seiner antiken Haustür aufgespießt war. Falko war nicht zart besaitet, das brachte schon sein Beruf mit sich. Auch wenn seine Kundinnen ihn für einen Künstler hielten, gehörte der unappetitliche Umgang mit aufgeschnittenem Fettgewebe zu seinem Alltag. Aber diese kleine Katze hatte er in sein Herz geschlossen, er hatte ihr feines Fell gerne zwischen den Ohren gestreichelt, sie konnte zärtlich schnurren und hatte geheimnisvolle Augen. Und jetzt diese unglaubliche Gräueltat. Wer brachte es fertig, das unschuldige Kätzchen zu ermorden, mit dem einzigen Ziel, auf ihn Druck auszuüben. Am Urheber gab es keinen Zweifel: Heute früh hatte ihn ein Anrufer mit blecherner Stimme geweckt. Der Erpresser hatte ihm einen guten Morgen gewünscht und seiner Hoffnung Ausdruck verliehen, dass er seine Botschaft richtig verstehen möge. Zu diesem Augenblick hatte Puttmenger noch nicht gewusst, was gemeint war. Er hatte sich umgedreht und war wieder eingeschlafen.

«Das ist eine riesengroße Schweinerei», stellte Puttmenger erregt fest, auf das Bild mit der toten Katze deutend.

«Stimmt», bestätigte Welswacker, dessen Aufmerksamkeit allerdings auf das Etikett einer Weinflasche gerichtet war, die er in den Händen hielt. «Aber deshalb hättest du uns nicht anrufen müssen. Du brauchst jemand, der deine Haustür sauber macht. Kauf dir eine neue Katze, und die Welt ist wieder in Ordnung.»

Rottenthaler reichte Welswacker einen Korkenzieher. «Mach auf, ist ein guter Jahrgang.»

«Glaubt ihr wirklich, ich habe euch nur wegen der Katze angerufen? Wie blöd seid ihr …»

«Na, na, mach mal halblang!»

«… das betrifft uns alle», fuhr Puttmenger erregt fort, «ihr werdet schon sehen.»

Gimeno sah ihn skeptisch an. «Deine Katze? Uns alle? Da bin ich aber neugierig.» Er reichte Welswacker sein Glas. «Komm, schenk ein!»

«Vergesst nicht, wir haben etwas gemeinsam», sagte Puttmenger.

«Meinst du die rothaarige Nutte in Trastevere?»

«Euch hat man ins Hirn gepinkelt.»

«Komm, mach's nicht so spannend.»

«Erst probieren wir den Wein.»

«Meinetwegen. Euch wird gleich die gute Laune vergehen.»

«Warum? Ist der Sauvignon so schlecht?»

«Riecht nach Holunder.»

«Und nach Katzenpisse.»

«Du bist pietätlos.»

Welswacker zuckte mit den Schultern. «Ist aber so, das kommt bei Sauvignon gelegentlich vor, steht sogar in der Literatur.»

Puttmenger schlug mit der Faust auf den Tisch. «Schluss jetzt. Ihr wollt wissen, was wir gemeinsam haben? Wir waren alle mit Niki befreundet …»

«Niki Steirowitz? Der ist doch schon ewig tot.»

«Niki, der Trottel. Fällt einfach vom Berg.»

«Fällt, oder wurde gefallen.»

«Was willst du damit andeuten?»

«Ach, nur so.»

«Wir haben noch etwas gemeinsam», sagte Puttmenger. «Wir sind mal erpresst worden.»

«Du vielleicht, ich nicht.»

«Tu nicht so scheinheilig, du doch auch.»

«Ist doch egal», stellte Welswacker fest. «Das Ganze ist

über zehn Jahre her. Seitdem ist Ruhe im Karton. Lass uns als Nächstes den Merlot aufmachen. Oder doch lieber den Cabernet? Was meint ihr?»

«Die Flaschen bleiben zu!», entschied Puttmenger und beschlagnahmte den Korkenzieher. «Ich bin noch nicht fertig.»

«Dafür schaust du ganz schön fertig aus.»

«Was hat deine Katze mit Niki und den Erpressungen zu tun?», fragte Steixner, der sich damit zum ersten Mal am Gespräch beteiligte.

«Auch Niki ist damals erpresst worden», erwähnte Rottenthaler.

«Stimmt, und dann war er tot.»

«Alle mal herhören», sagte Puttmenger, «ich werde erneut erpresst. Und zwar mit der gleichen Scheiße wie damals.»

«Oh, das ist nicht gut.»

«Du könntest uns ruhig mal verraten, was du angestellt hast.»

«Ganz bestimmt nicht», sagte Puttmenger. «Ich mach's kurz», fuhr er fort, «mich hat jemand angerufen, der ganz offenbar von der alten Sache weiß ...»

«Na und?»

«... er hat mir dieselben Fotos wie damals geschickt.»

«Upps.»

«Er will sich sein Schweigen bezahlen lassen, und zwar kräftig.»

«Und jetzt hat dir der Fuzzi die Katze an die Tür genagelt, damit du ihn ernst nimmst?»

«Ganz genau.»

«Nicht gut, gar nicht gut.»

«Ich denke, das betrifft uns alle. Wenn es bei Falko wieder losgeht, dann könnte das Gleiche auch bei uns passieren.»

«Bei mir nicht. Von mir wollte noch keiner was», behauptete Welswacker.

«Du Unschuldslamm. Warum fährst du immer nach Zürich?»

«Vielleicht gibt's da auch eine rothaarige Nutte?»

«Von mir gibt's keine Fotos», stellte Gimeno fest.

«Woher willst du das wissen?»

«Ist außerdem längst verjährt.»

«Willst du es darauf ankommen lassen?»

Puttmenger nickte. «Na bitte, habe ich endlich eure Aufmerksamkeit. Ich bin noch nicht fertig. Mich hat ein Schnüffler aus München aufgesucht, ein Baron, der im Auftrag von Nikis Mutter Nachforschungen zu dessen Tod anstellt.»

«Ein Schnüffler? Nach zehn Jahren?»

«Ganz genau. Warum gerade jetzt? Erstens die Erpressung, zweitens Nachforschungen zu Niki. Beides zehn Jahre her. Ist nicht gut, wenn die alten Sachen wieder hochkommen.»

Rottenthaler klopfte mit einem Schlüssel gegen sein leeres Weinglas und bat um Ruhe. «Bei mir läuft auch was», sagte er, «ein Umschlag mit Fotos war heute im Briefkasten, ich habe die Bilder gleich vernichtet.»

«Was für Fotos?»

«Ich sag's euch sogar. Eine alte Frauengeschichte. Ist schon ewig her, deshalb hat's mich nicht beeindruckt. Aber nun sehe ich die Sache mit anderen Augen.»

«Jetzt rück den Korkenzieher raus. Auf den Schrecken brauche ich einen Schluck.»

«Was heißt Schrecken? Bei mir ist nichts!»

«Abwarten, mein Freund, abwarten.»

«Schrecken, Schreck, Schreckbichl ...»

«Was ist das für ein Baron? Seit wann gibt es adlige Privatdetektive?»

«Der Adel ist auch nicht mehr, was er mal war.»

«Aber dieser Baron versteht was von Weinen», stellte Puttmenger fest.

«Müssen wir ihn deshalb lieben?»

«Glaubst du, er hat was mit den Erpressungen zu tun?»

«Nein, glaube ich nicht. Das passt nicht zusammen. Der Mann würde auch keine Katze umbringen.»

«Sehr beruhigend.»

«Apropos UMBRINGEN ...»

«Ja, bitte.»

«Wer von uns hat eigentlich Niki umgebracht?»

Das Zusammentreffen im Weinkeller endete in tumultartigem Durcheinander. Dabei ging eine Flasche Moscato Giallo Passito zu Bruch, der süße Duft des Goldmuskatellers erinnerte an Anis und Orangen. Aber das merkte keiner.

18

Sherlock Holmes hatte mit Dr. John H. Watson einen Freund, der ihm bei der Aufklärung der Fälle als Gesprächspartner zur Seite stand. Auch konnte der Meisterdetektiv lästige Aufgaben an ihn delegieren. Im Fernsehen hatte Oberinspektor Derrick mit Harry einen Assistenten, der nicht nur dazu da war, den Wagen zu holen. Bei Maigret gab es einen Lucas.

Schon vor Jahren hatte Emilio festgestellt, dass jeder vernünftige Detektiv oder Kommissar einen Assistenten hatte, am besten einen, den man bei schlechter Laune piesacken konnte, der einem die Drecksarbeit abnahm – vor allem aber geduldig zuhörte, wenn der Meister seine Theorien zum aktuellen Fall entwickelte, und waren diese noch so schwachsinnig.

Als logische Konsequenz hatte auch Emilio wiederholt mit dem Gedanken gespielt, sich einen Assistenten zuzulegen. Leider überstieg das seine finanziellen Möglichkeiten. Vor einigen Jahren hatte er sich einfach einen ausgedacht und ihm sogar einen Namen gegeben: «Rebstock». Der Assistent war sozusagen virtueller Natur. Das hatte Vor- und Nachteile. Um mit den positiven Aspekten anzufangen: Rebstock verlangte kein Honorar, brauchte keine Unterbringung und Verpflegung. Er war im besten Sinne genügsam. Er gab keine Widerworte und war ein guter und ausdauernder Zuhörer. Man konnte ihn unflätig beschimpfen und ihm die Schuld in die Schuhe schieben, wenn man nicht vorankam. Er roch weder nach Knoblauch, noch schmatzte er beim Essen. Und er war Antialkoholiker. So einen Assistenten musste man im wahren Leben erst mal finden.

Nun gut, es gab auch unleugbare Nachteile. Rebstock war ein Totalausfall, wenn es darum ging, jemanden zu beschatten. Gleiches galt für seine Fähigkeiten im Recherchieren. Die Erledigung von Drecksarbeiten lehnte er kategorisch ab – da ließ er sich lieber beschimpfen. Dass Rebstock nie das Auto holte, war dagegen unerheblich.

Emilio hatte in der Vergangenheit gute Erfahrungen mit einem virtuellen Hund gemacht. Mit ihm war er jeden Tag spazieren gegangen – bei jedem Wetter. Das hatte seiner Gesundheit gutgetan. Die Menschen sollten sich viel häufiger virtuelle Vierbeiner zulegen, die hinterließen wenigstens keine Hundescheiße auf dem Gehsteig.

Letztlich war sein eingebildeter Assistent aber keine wirkliche Hilfe gewesen. Weshalb ihn Emilio eines Tages fristlos gefeuert hatte. Jetzt hatte er das Problem, dass er mit sich selbst sprechen musste, wenn er über einen Fall nachdachte. Was im Ergebnis aufs Gleiche herauskam.

* * *

Phina hatte ihm eine SMS geschickt und mitgeteilt, dass sie eine halbe Stunde später kommen würde, also parkte er in Girlan, um einige Schritte zu gehen. Das förderte die Durchblutung der Gehirnzellen, jedenfalls in der Theorie.

«Die Situation ist unübersichtlich», sprach Emilio laut vor sich hin. Früher hatte seine Angewohnheit, Selbstgespräche zu führen, bei zufälligen Passanten verwunderte Blicke und mitleidiges Kopfschütteln ausgelöst. Dank des technischen Fortschritts bestand heute die Möglichkeit, dass er mit einem miniaturisierten Headset telefonierte. Früher hielt man ihn für kopfkrank, heute für dynamisch – so änderten sich die Zeiten. Die Welt war ein Irrenhaus.

«Faktisch haben wir keine neuen Erkenntnisse zum Ableben von Niki», fuhr Emilio fort. «Das ist ein ziemlich schwacher Ermittlungsstand. Ich resümiere: Wir haben das Mysterium, dass Niki sein Auto nach seinem Sturz vom Berg quasi post mortem nach Hause gefahren hat. Es könnte auch anders gewesen sein, aber das mit dem Auto kommt mir komisch vor. Außerdem hatte der tote Niki womöglich keinen Wohnungsschlüssel bei sich. Das wäre nun wirklich merkwürdig. Vielleicht hat der Täter den Wohnungsschlüssel an sich genommen, um sich Zugang zu Nikis Wohnung zu verschaffen? Eine interessante Variante.»

Emilio ging schweigend einige Schritte. Dann fuhr er fort: «Es gibt den Zettel mit der Warnung, nun gut, den gibt es schon länger, aber der Zettel ist sozusagen das Salz in der Suppe. Wir haben eine vollschlanke Sachbearbeiterin in der Quästur von Bozen, die Maronenplätzchen mag. Sie würde mir weiterhelfen. Fragt sich nur, wobei? Wir haben einen pensionierten Kriminalrat, der gerne Honig macht, sich an vieles erinnert, aber keinen zündenden Gedanken hat. Wir haben mit Phina eine attraktive Winzerin, die Niki gekannt hat, leider aber ausgesprochen distanziert ist. Dabei hat sie ganz wunderbare …»

Er unterbrach sich und sah sich um. Nein, es waren keine Zuhörer in der Nähe. «Wir haben einen gockelhaften Schönheitschirurgen», fuhr er fort, «der zu Nikis engen Freunden gehört hat und längst nicht so entspannt ist, wie er tut. Der aufwendige Lebensstil von Niki und sein Traum vom eigenen Weingut könnten der Schlüssel sein. Kann man mit einer Vinothek so viel verdienen? Woher hatte er plötzlich das Geld? Von seiner Mutter hat er nichts bekommen, das weiß ich. Entweder hat er in den letzten Monaten vor seinem Tod über seine Verhältnisse gelebt, dann fragt sich, woher der Sinneswandel kam. Oder er hat eine neue Einnahmequelle erschlossen. Wäre interessant zu wissen, wie die aussah. Wie wollte er das erträumte Weingut finanzieren? Brauchte er dafür nicht jeden Euro? Aber kauft man sich in dieser Situation einen Porsche und jettet auf die Seychellen? Angenommen, er hatte wirklich Geld, schön für ihn. Aber wer bringt den Goldesel um, bevor er scheißt?»

Emilio blieb stehen, bückte sich und machte eine doppelte Schleife in einen gelösten Schnürsenkel. Er murmelte was von einem «gordischen Knoten», dann setzte er seinen Spaziergang fort. «Der Kriminalrat hat eine fesche Person erwähnt, die damals für Niki gearbeitet hat», stellte er fest. «Mit dieser Valerie Trafoier sollte ich reden. Ist sie die heutige Besitzerin der Vinothek? Dann hätte ich noch den Bergführer, der Nikis Leiche entdeckt hat. Wie war sein Name? Steff, richtig. Der steht auch auf meiner Liste. Aber ich sag's gleich, auf den Berg begleite ich ihn nicht, das ist viel zu anstrengend. Außerdem habe ich Höhenangst. Was noch? Ach ja, ich wollte mir Nikis Jugendzimmer ansehen, um in seinen alten Sachen zu wühlen. Das ist eigentlich unter meinem Niveau. Aber mangels Assistenten muss ich alles selber machen.» Emilio drehte um und lief schweigend zurück zum Auto. Was hatte sein Selbstgespräch gebracht? Um es auf den Punkt zu bringen: nichts! Er sollte diese Marotte ablegen – oder sich wirklich einen Rebstock zulegen, dem man die Ohren vollschwätzen konnte.

19

Der Ansitz Pillhof lag außerhalb von Bozen an der Weinstraße nach Eppan, stammte aus dem 15. Jahrhundert und hatte eine Zufahrt, die Emilio zunächst verwirrte, dann auf die Unsitte schimpfen ließ, möglichst viele Kreuzungen durch einen Kreisverkehr zu ersetzen. Diese erschwerten die Orientierung, führten bei mehrfacher Umrundung zu Schwindelanfällen und standen zudem im Widerspruch zur mathematischen Erkenntnis, dass die kürzeste Verbindung zwischen zwei Punkten eine Gerade ist. Nachdem Emilio vor dem Ansitz geparkt hatte, stellte er mit liebevollem Blick auf seinen alten und verbeulten Landy fest, dass dieser aussah, als ob er schon am Koreakrieg teilgenommen und später mehrfach die Sahara durchquert hatte. Diese Patina verlieh seinem Geländewagen jedenfalls mehr Persönlichkeit, als es eine polierte Luxuskarosse je aufweisen könnte – sie würde nämlich vorher auseinanderfallen.

Im Ansitz war eine weithin bekannte Vinothek nebst Restaurant untergebracht, in der er mit Phina verabredet war. Er überquerte den stimmungsvollen Innenhof, warf nur einen flüchtigen Blick auf die Menschen an den dort eingedeckten Tischen und betrat durch einen kleinen Glasvorbau das Lokal. Die rechte Wand wurde von einem gigantischen Weinregal eingenommen, links eine große Theke zum Verkosten, überall Kisten mit Weinen, ein begehbarer Weinklimaschrank. Dass es hier auch etwas zu essen gab, fand Emilio plötzlich völlig nebensächlich. Er versuchte, die Zahl der Weinflaschen im großen Regal zu schätzen. Dann entdeckte er Phina, die ihn zu seinem Erstaunen freundlich anlächelte, er ging zu ihr und ließ sich als Begrüßung zu einem dreifachen Wangenkuss hinreißen, den sie bereitwillig akzeptierte. Eine Reaktion, die ihn in der Ansicht bestätigte, dass er aus Phina nicht schlau wurde. Nun gut, das machte sie jedenfalls entschieden interessanter als zum Beispiel dieses stromlinienartige Geschöpf am Nebentisch, das einem nie Rätsel aufgeben könnte – weil es ihr dafür mutmaßlich an Intelligenz mangelte und an Lebenserfahrung. Solche Damen hatten Erfahrung nur auf einem Gebiet – wie langweilig.

Gemischte *Bruschetta*, danach Salat mit *Prosciutto crudo croccante e dressing di caprino*. Das klang doch viel schöner als «knuspriger Rohschinken und Ziegenfrischkäsedressing». Er liebte die italienische Sprache, nicht nur weil seine Mutter ursprünglich aus Italien kam und ihn zweisprachig erzogen hatte. Für die schönen Dinge des Lebens gab es im Italienischen einfach die wohlklingenderen Wörter. Und wenn es ums Schimpfen ging, war Italienisch ohnehin allen anderen Sprachen überlegen. «*Porca madonna*», stimmte ihm Phina mit einem Schmunzeln zu, was zwar blasphemisch war, aber noch relativ gesittet.

Die Fortsetzung des mittäglichen Menüs erwies sich insofern als Herausforderung, als er die passenden Weine auswählen musste, die erfreulicherweise glasweise ausgeschenkt wurden. Phina hielt sich zurück, er konnte also sein Auto hier stehen lassen und die Rückfahrt mehr oder minder alkoholisiert als Beifahrer bewältigen. Gutes Konzept!

Nach dem Sekt zum Auftakt, einem Arunda Brut aus Mölten und einem nachfolgenden Gewürztraminer von Phinas eigenem Weingut fühlte er sich von einem Chardonnay Löwengang von Lageder angesprochen. Er murmelte etwas von alten Reben, von tiefgründigen Schotterböden und einem Ausbau auf der Hefe. Dann fiel ihm ein, dass der Winzer Alois Lageder ein herausragender Vertreter der biodynamischen Landwirtschaft war, die auch von Phina mit großer Leidenschaft betrieben wurde. Er erfuhr von ihr, dass ihr verstorbener Vater die Grundsätze der Anthroposophie abgelehnt hatte, dass er den österreichischen Philosophen Rudolf Steiner für einen Scharlatan gehalten und über die Wirkung der Zyklen des Mondes, der Sonne und der Planeten gelacht hatte.

«Ein spannendes Thema», sagte Emilio, «da sind wohl Weltanschauungen aufeinandergeprallt.»

«So könnte man sagen. Mein Vater war ein überzeugter Traditionalist, der mit chemischen Pflanzenschutzmitteln, Herbiziden und Kunstdünger arbeitete. Das lehne ich alles ab.»

«Und das geht?»

«Na klar. Sieht man doch zum Beispiel beim Lageder, beim Weingut Manincor in Kaltern oder bei mir. Die Umstellung dauert nur etwas. Immerhin muss sich das gesamte Ökosystem im Weinberg erst regenerieren, die Rebstöcke werden widerstandsfähiger und entwickeln unglaubliche Selbstheilungskräfte. Das ist der Wahnsinn, man muss es selbst erlebt haben. Das macht zwar viel Arbeit, aber ist es wert. Meine Weine entwickeln sich im Einklang mit der Natur», sagte Phina, «sie sind glücklich und haben Charakter. Mein Gewürztraminer, den wir gerade im Glas hatten, war doch der beste Beweis dafür, oder?»

Emilio schnalzte mit der Zunge. «Ja, das war ein guter Botschafter, keine Frage. Aber all die anderen Winzer und Kellereibetriebe in Südtirol haben auch ihre Daseinsberechtigung», schränkte er ein.

«Natürlich», gab Phina zu, «jeder muss wissen, was er tut und wie weit er geht. Der verantwortliche Umgang mit den natürlichen Ressourcen wird heute in Südtirol von vielen umweltbewussten Winzern und genossenschaftlichen Kellereibetrieben ernst genommen. Das freut mich. Das biodynamische Konzept geht einen Schritt weiter, zugegeben, es ist ein bisschen speziell, mit Steiner kann nicht jeder was anfangen, außerdem muss alles zusammenpassen: Man kann keinen biodynamischen Wein machen und dabei selber als Ökoschwein leben.»

«Kann man schon, aber es ist unglaubwürdig.»

«Genau. Bei meinem Vater wäre das nie etwas geworden. Er war im Herzen ein Jäger. Die legen das Gewehr an und schießen das Wild über den Haufen. Peng, tot! Und genau so hat er seinen Wein gemacht. Ein Schädling im Weinberg? Spritzen, peng, tot!»

Emilio kostete den Chardonnay Löwengang von Lageder und dachte nach. Phina, die sich bei den letzten Sätzen etwas ereifert hatte, beruhigte sich bei einem Safranrisotto mit kleinem Lammossobuco.

«Darf ich eine hypothetische Frage stellen?», sagte er.

«Nur zu!»

«Wenn Ihr Vater noch leben würde, wären Sie nicht hier, richtig?»

«Nein, dann wäre ich auf und davon. Er hat mich nicht ernst genommen. Schon deshalb, weil ich kein Junge war.»

Emilio vertrat die Auffassung, dass man nicht immer um den heißen Brei herumreden sollte. Mit Mut zum Risiko traf er die nächste Aussage: «Dann hat der tödliche Unfall Ihres Vaters, bei aller Tragik, Ihrem Leben eine positive Wendung gegeben.»

Zu seiner Überraschung blieb Phina ganz ruhig. Sie sah ihn nachdenklich an. «Ein Außenstehender könnte das glauben, aber es stimmt nicht. Obwohl wir oft Streit hatten, vermisse ich ihn sehr, er war immerhin mein Vater.»

«Das Leben ist wie ein Labyrinth», sagte Emilio nachdenklich, «es ist unübersichtlich, verwirrend, mit vielen Wendungen und auch Sackgassen, aber am Schluss findet jeder einen Ausgang. Und manchmal eröffnen sich danach für die Zurückgebliebenen neue Perspektiven.»

«Sie haben ja eine philosophische Ader …»

«Nichts liegt mir ferner!» Emilio schüttelte sich. «Schmeckt der Risotto?», fragte er, vom Thema ablenkend. Was hatte er geglaubt? Dass Phina ihre Beherrschung verlieren würde? Natürlich hat der Tod des Vaters ihrem Leben eine positive Wendung verliehen, auch wenn sie das nicht zugab. Aber das hatte noch lange nicht zu bedeuten, dass Phina nachgeholfen hatte. Außerdem, was ging ihn das an? War er deshalb hier? Er leerte sein Glas mit dem Chardonnay. Dabei fiel ihm ein weiser Spruch ein, den er vor kurzem auf der blauen Schürze eines Südtiroler Weinbauern gelesen hatte: «Die Realität ist nur eine Illusion, die sich aus Mangel an Alkohol einstellt.» Dagegen konnte man was tun. Er nahm die Flasche und schenkte nach.

Sie sprachen die nächsten Minuten über weniger brisante Themen, schwiegen dann eine Weile. Schließlich fragte er nach

Phinas Beziehung zu Theresa. Wie kam die alte Dame dazu, bei ihr von ihrer «alten Freundin» zu sprechen. Bei allem Respekt, der Altersunterschied sei doch eklatant, und auch sonst könne er wenig Gemeinsamkeiten erkennen – das sei bitte als Kompliment zu verstehen.

Phina lächelte. Theresa sei gelegentlich etwas wundersam, gab sie zu, aber ein überaus liebenswerter Mensch. Theresa war mit ihren Eltern befreundet gewesen, mit ihrer Mutter habe sie Karten gespielt. Und sie habe sich immer für Phina eingesetzt, Theresa habe genau gespürt, wie schwer sie es mit ihrem autoritären Vater hatte, welche Seelenqualen sie oft erdulden musste. Theresa habe sie häufig zu sich nach Meran eingeladen, um sie abzulenken und ihr wieder Lebensmut zu schenken. Ihrem Vater sei es egal gewesen, er habe sie nicht vermisst. Daraus habe sich eine innige Freundschaft entwickelt, das Alter spiele da keine Rolle.

«Warum hat Theresa mich ausgerechnet bei Ihnen einquartiert?», fragte Emilio.

«Das möchte ich auch gerne wissen.»

Emilio grinste frech.

«Nein», sagte Phina, «deshalb bestimmt nicht.»

Er wolle noch einmal auf Niki zu sprechen kommen, sagte Emilio nach einer kleinen Pause, wobei er hoffte, dass sie diesmal nicht einfach aufstehen würde. Was sei das für ein Mensch gewesen, fragte er. Mochte sie ihn? Wo hatte er plötzlich das viele Geld her? Warum wollte er unbedingt ein Weingut kaufen?

«Ganz schön viele Fragen auf einmal», antwortete Phina, «ich will versuchen, sie zu beantworten, schließlich sind Sie wegen Niki hier.»

Sie bestellte zum Dessert ein Zitronenparfait mit Haselnusskrokant. Emilio hatte längst auf flüssige Kalorien umgestellt und sich für einen Rosenmuskateller von Elena Walch entschieden.

«Ich mach's kurz.» Sie hob den Zeigefinger in die Höhe. «Erstens war mir sein plötzlicher Wohlstand selber schleierhaft. Seine Vinothek in Bozen lief nicht schlecht, aber so gut nun auch wieder nicht.»

Zum Zeigefinger der Mittelfinger. «Zweitens wäre er nie ein guter Weinbauer geworden. Niki war viel zu oberflächlich, und er wollte sich die Hände nicht schmutzig machen. Bei euch sagt man: ein feiner Pinkel. Das mit dem Weingut war eine fixe Idee, weil das toll fürs Image ist. Damit kann man renommieren.»

Jetzt der Ringfinger. «Drittens, ob ich Niki gemocht habe? Theresa, bitte weghören. Niki war ein Orschkopf.»

«Wie bitte?»

«Ein Orschkopf? Das ist Südtirolerisch für Arschloch!»

20

Ernst Steixner verspürte einen Würgereiz. Und ihm war schlecht. Er fürchtete, dass er gleich auf den Terracottaboden kotzen musste. Vor einer halben Stunde hatte er die Post aus seinem Briefkasten geholt. Er tat dies nur alle paar Tage. Es gab in seinem Leben nichts mehr, was besondere Eile erforderte. Also hatte er noch eine Tasse Tee getrunken, dann erst im Stapel diesen merkwürdigen Umschlag entdeckt, der keinen Absender trug. Sofort hatte er an die zurückliegende Versammlung der *Amici del Vino* denken müssen, an die Erpresserbriefe, die Falko Puttmenger und Armin Rottenthaler erhalten hatten. Sekunden später hatte er Gewissheit. Auch ihn hatte die Vergangenheit eingeholt. Er krümmte sich zusammen, langte sich an den Hals und übergab sich.

Jetzt saß er mit geschlossenen Augen in einem alten Lehnstuhl. Vor ihm auf dem Tisch lagen die Unterlagen, die sich im Umschlag befunden hatten. Kopien von Zeitungsausschnitten, die von einem tragischen Verkehrsunfall berichteten, bei dem ein zwölfjähriges Mädchen den Tod gefunden hatte. Der Autolenker hatte Fahrerflucht begangen. Nein, nicht gestern, nicht letzte Woche, auch nicht im letzten Monat. Fast fünfzehn Jahre datierten die Meldungen zurück. Im Umschlag hatten sich zudem Fotos befunden, die einen verbeulten Kotflügel eines Sportwagens zeigten. Wenn man genau hinsah, hätte man auf dem Blech Blutspuren entdecken können, unter dem Mikroskop vielleicht auch Haare, aber Steixner hatte nur einen schnellen, panischen Blick auf die Fotos geworfen. Mehr musste nicht sein. Auf einem beigefügten Blatt waren stichwortartig einige Angaben zur Unglücksfahrt aufgelistet, außerdem die Adresse der Werkstatt im fernen Bologna, wo der Wagen später repariert worden war. Auch fand der Name des Mannes Erwähnung, der damals als Beifahrer dabei gewesen war: Niki Steirowitz! Von ihm gab es zudem eine handschriftliche Notiz, in der er eine Zeugenaussage machte. Dann gab es ein weiteres Blatt: Auf dem stand eine Zahl mit vielen Nullen. Die Summe sollte er zahlen, damit das Belastungsmaterial nicht der Polizei übergeben würde. Auch war genau geregelt, wann, wo und wie die Übergabe des Schweigegeldes erfolgen sollte. Ernst Steixner hatte die Zeilen nur überflogen. Sie interessierten ihn nicht, es würde nicht dazu kommen.

Er legte wie in letzter Zeit so oft die Nocturnes von Chopin auf. Er holte aus seinem Klimaschrank den besten und teuersten Rotwein, den er hatte, entkorkte und dekantierte ihn. Er goss ein wenig in ein Glas, ließ den Wein kreisen, schnupperte – nahm einen Schluck, trank das Glas schließlich aus. Er bekreuzigte sich. «Und Jesus nahm den Kelch und sprach: Das ist mein Blut. Wahrlich, ich sage Euch, ich werde fortan nicht trinken vom Gewächs des Weinstocks bis zu dem Tag, an dem ich neu trinke im Reich Gottes!»

Im Reich Gottes? Gehörte dazu auch das Fegefeuer?

Steixner steckte alles zurück in den Umschlag, schob ihn unter den Teppich, ging dann in den Flur, setzte sich einen Strohhut auf und eine Sonnenbrille, dann verließ er seine Villa in Terlan. Er nahm den Spazierweg hinunter an das Ufer der Etsch. Er sah auf die Uhr. Noch blieb ihm etwas Zeit. Er überquerte den Radweg Kaiserin Maria Theresia, blieb auf einer Brücke stehen und schaute auf das strömende Wasser, das vom Reschenpass in den Ötztaler Alpen durch das Vinschgau und über Meran den Weg hierher gefunden hatte. Das Wasser war wie das Leben, es konnte nicht wissen, ob die weitere Reise nur noch kurz oder lang war. Jedenfalls würde der Fluss die Klarheit und die Unschuld der Quelle verlieren, immer schlammiger und schmutziger werden, ganz wie der Mensch, der auch im Laufe des Lebens viel Dreck ansammelte. Die Etsch würde nicht alleine bleiben, kurz nach Bozen gesellte sich der Eisack hinzu. Die weiteren Stationen waren vorgezeichnet, aber Wasser wie Mensch hatten keine Ahnung, was auf sie zukam. Die Salurner Klause, Verona. Der jugendliche Überschwang aus den Ötztaler Alpen war dann längst dahin. Die Etsch war dort träge und undurchsichtig, um sich schließlich im Mündungsgebiet des Po und im Adriatischen Meer zu verlieren. Dann war es dahin mit der eigenen Existenz, das Leben hatte sich im ewigen Nichts aufgelöst. Vorbei und vergessen.

Wieder blickte Steixner auf die Uhr. Er dachte an das zwölfjährige Mädchen, er sah die Lichtkegel der Scheinwerfer auf dem Asphalt, ein flüchtiger Schatten, ein Schlag …

Steixner wendete sich vom Fluss ab und fand wie in Trance den Weg, der ihn seinem Ziel näher brachte. Er dachte an seine verstorbene Frau, an den Kummer und die Trauer, die kein Ende nehmen wollten. Dann wieder an das kleine Mädchen, das ihn traurig ansah. Schließlich hatte er die richtige Stelle erreicht, er warf einen letzten Blick hinauf zur Burg Maultasch, kletterte über den Schotter – und stand schließlich auf dem Gleis der

Bahnlinie, die Bozen mit Meran verband. Den Zeitplan hatte er im Kopf. Er wusste genau, wann der nächste Zug kommen würde und aus welcher Richtung, auch dass der Lokführer ihn aufgrund einer leichten Kurve erst im letzten Augenblick sehen würde. Er blieb mit dem Rücken zum herannahenden Zug auf dem Gleisbett stehen, er hörte ihn schon kommen. Steixner faltete die Hände und bat um Vergebung.

21

Ob seine Nervenschwäche auf die langen Jahre hinter geschlossenen Mauern und verriegelten Türen zurückzuführen war? Doch, ganz bestimmt, worauf denn sonst. Marco erinnerte sich, dass er früher als cooler Hund bekannt gewesen war, der nicht so schnell nervös wurde – sah man einmal von seinem Jähzorn ab, wenn ihm jemand blöd kam. Aber in den Wochen seit seiner Entlassung hatte er feststellen müssen, dass er nicht mehr der Alte war. Der harmlose Einbruch in die Villa hatte ihn gestresst. Dieser Ignorant Puttmenger trieb ihn in den Wahnsinn. Der komische Typ mit dem affigen Gehstock war ihm sogar im Traum erschienen. Die beiden Kandidaten Rottenthaler und Steixner, die sich einfach nicht rührten. Dann die Frage nach dem verschwundenen Geld. Er hatte das Gefühl, das ihm alles über den Kopf wuchs, dass er nicht mehr Herr der Lage war. Gleichzeitig ging nichts voran, das war zum Mäusemelken. Er sah auf seine nackten Füße. Die blasse Haut erschreckte ihn. Seine Beine, die Oberschenkel, alles bleich und irgendwie welk. Er schielte auf seinen Bauch. Früher war dieser flach und muskulös gewesen, jetzt fühlte er sich an einen Algunder Graukäse erinnert. Aber deshalb war er ja hier. Er musste dringend besser in Form kommen, in jeglicher Hinsicht.

Dass Marco den Namen Matteo Thun nicht kannte, war kein

Wunder. Das würde auch so bleiben, denn natürlich interessierte er sich einen feuchten Kehricht für Design und Architektur. Zwar war auch Matteo Thun in Bozen aufgewachsen, aber das war schon die einzige Gemeinsamkeit. Dessen vielfach ausgezeichneten Leuchten, Armbanduhren, Bürostühle, Häuser und Hotels, das von ihm gestaltete Vigilius Mountain Resort – all das hatte in Marcos Welt keine Bedeutung. Und so wusste er auch nicht, dass er seinen aktuellen Aufenthaltsort dem renommierten Südtiroler Architekten zu verdanken hatte. Von Bozen war Marco mit seiner Vespa nach Meran gefahren, um den Tag in der großen Therme zu verbringen. Dort gab es viele Innen- und Außenbecken, es dampfte und sprudelte, man konnte sich von Unterwasserdüsen massieren und sich radonhaltiges Wasser vom Vigiljoch auf den Kopf plätschern lassen. Man konnte sich in die Sonne legen und jungen Frauen hinterherschauen. All das hatte es im Mailänder Gefängnis nicht gegeben, nur einen rostigen Duschkopf und eine Kloschüssel, die wackelte. Marco sprang ins klare Wasser, kraulte und tauchte, rempelte gegen andere Menschen, streifte eine vollbusige Brünette, stand prustend unter einem Wasserfall. Das Leben, es konnte so schön sein. Es brauchte nur etwas Zeit, bis er wieder alles unter Kontrolle hatte: sich selbst, seinen Körper, seine Nerven – und die Arschgesichter, die wohl zu blöd waren, den Ernst der Lage zu kapieren.

Nicht weniger als tausend Besucher hatte die Meraner Therme jeden Tag. Für Marco war das ideal, denn er liebte es, wenn das Leben um ihn herum pulsierte, darauf hatte er lange Jahre verzichten müssen. Gleichzeitig war man in dieser Masse anonym, in Meran kannte ihn sowieso keine Sau, auch das wusste er zu schätzen. Zwar gab es keinen Grund, sich zu verstecken, aber er konnte so besser entspannen. Dass gerade jetzt sein *telefonino* läutete, war deshalb störend, aber auf dem Display sah er, dass es Raphaele war, dem er einen Auftrag erteilt hatte. «*Pronto*», meldete sich Marco, «*come va, tutto a posto?*» Dann hörte er zu, was ihm sein alter Kumpel zu sagen hatte. Gerade noch hatte er entspannt gelächelt, jetzt kniff er die Augen zusammen, sein Puls beschleunigte sich. Dabei war er nicht wirklich überrascht, so etwas Ähnliches hatte er erwartet. Trotzdem hätte er sich in diesem Fall lieber getäuscht. Raphaele hatte mit dem Kennzeichen des alten Geländewagens vor Puttmengers Haus etwas anfangen können. Jetzt wusste er, dass der Mann mit dem Gehstock einen komplizierten Namen hatte und ein Baron war. Scheiß drauf. Aber dass der Blödmann in München als Privatdetektiv registriert war, ging ihm doch auf den Geist. Er hatte es geahnt, immerhin konnte er sich noch auf seine Instinkte verlassen, die waren im Gefängnis nicht verkümmert. Den Schnüffler hatte er aus der Quästur in Bozen kommen sehen. Was hatte er dort gemacht? Und er hatte mit dem Schönheitsfuzzi geredet. Warum, wieso? Weil dieser Puttmenger das Fracksausen bekommen hat? Hat der den Baron verpflichtet, um ihm aus der Scheiße zu helfen? Na klar, was denn sonst.

Marco stand auf, reckte und dehnte sich. Auch wenn er nicht mehr so fit war wie früher, für den *tedesco* würde es locker reichen, den hätte er schneller plattgemacht, als der gucken konnte. Aber das wäre die falsche Reihenfolge, würde alles nur noch komplizierter machen. Vielleicht kam der Typ gar nicht richtig ins Spiel, stand nur dumm rum?

Er würde die Erpressung mit Falko Puttmenger so durchziehen wie geplant, aber den ungebetenen Gast nach Möglichkeit im Auge behalten. Dazu wäre aber gut zu wissen, wo sich der Mann herumtrieb und wo er wohnte. Nun, das würde er auch noch rausbekommen.

Marco sah auf die große Uhr der Therme. In acht Minuten war es so weit. Er zog sich ein T-Shirt über, schlüpfte in Badelatschen und hängte sich seine Sporttasche über die Schulter. Er machte sich auf den Weg zu den Kabinen mit den Münzfernsprechern. Schön, dass es so was überhaupt noch gab. Sie wurden kaum benutzt, sodass er keine Probleme hatte, sich auf sein Gespräch vorzubereiten. Er nahm den Zettel mit der Telefonnummer von Ernst Steixner, legte die Münzen bereit und wartete. Er hatte in seinem Schreiben seinen Anruf für exakt diese Uhrzeit angekündigt. Jetzt würde er die Bedingungen der Geldübergabe präzisieren. Steixner hatte genug Zeit gehabt, den Schock zu verarbeiten und den Geldbetrag zu besorgen. Er hatte in seinem Fall ein gutes Gefühl und glaubte nicht, dass es Schwierigkeiten geben würde. Ernst Steixner war im Unterschied zu Falko Puttmenger ein ausgesprochenes Weichei. Nach Erhalt der Unterlagen hatte er wahrscheinlich geheult und geschlottert – um dann zu tun, was unvermeidlich war. Marco hatte sein Opfer schon vor vielen Jahren studiert, hatte damals Informationen aus erster Hand erhalten. Und wenn er etwas gelernt hatte im Leben, dann dieses, dass sich Menschen nicht veränderten. Manche glaubten, es wäre möglich, aber da täuschten sie sich. Warum musste er jetzt an die Psychologin im Gefängnis denken? Weil die blöde Nuss auch gedacht hatte, dass er sich geändert hatte. Jetzt musste Marco grinsen. Um so einen Schwachsinn zu glauben, musste man schon studiert haben.

Noch eine halbe Minute. Marco warf die vorbereiteten Münzen ein und wählte. Es war völlig unerheblich, ob das Gespräch hierher zurückverfolgt werden konnte. Erstens glaubte er nicht daran, und zweitens wäre der Hinweis auf einen öffentlichen Fernsprecher in einer überfüllten Therme absolut wertlos, sozusagen ein Schlag ins Wasser. Marco hörte das Freizeichen, klopfte nervös mit den Fingern gegen die Scheibe. Na, komm schon, geh endlich ran! Warum meldete sich der Arsch nicht? Marco begann zu fluchen. Bei Steixner war er sich so sicher gewesen, absolut sicher. Der musste doch mit seinen Nerven am Boden sein, Tränen des Selbstmitleids vergießen und inständig hoffen, dass sich die Sache mit einer Geldzahlung aus der Welt schaffen ließ. So eine Art Ablasshandel, der ihn von seinen Sünden befreite. Eigentlich sollte ihm der Mann dankbar sein. Marco kontrollierte die gewählte Nummer auf dem Display. Obwohl sie stimmte, legte er auf und wählte erneut. Wieder nichts. Marco sah entgeistert den Telefonhörer an, als ob dieser etwas dafür konnte. Schließlich riss er ihn wütend aus dem Apparat und warf ihn mitsamt dem Kabel auf den Boden der Kabine. Erschrocken sah er sich um, Gott sei Dank, ihn hatte niemand beobachtet. Da ging dieser Steixner einfach nicht ans Telefon. War die Post nicht angekommen? Oder nahm ihn einfach keiner mehr ernst? Waren die alle verrückt? Dem Puttmenger hatte er seine blöde Katze an die Tür nageln müssen, damit der jetzt hoffentlich versteht, was Sache ist. Bei Steixner hatte er geglaubt, auf solche Mätzchen verzichten zu können. Aber wer nicht hören will, muss fühlen. Er würde sich was einfallen lassen. Beim Verlassen der Kabine versetzte er dem Telefonhörer am Boden noch einen kräftigen Tritt. Das war keine gute Idee, jetzt taten ihm die nackten Zehen weh.

22

Dem heutigen Tag sah Emilio mit großem Misstrauen entgegen. Was er vorhatte, widersprach fundamental seinen Überzeugungen. So hatte er in aller Frühe aufstehen müssen. Gab es einen logischen Grund, warum Bergwanderer beim ersten Hahnenschrei losmarschierten? Litten sie alle unter Schlafstörungen? Des Weiteren stand zu befürchten, dass er eine längere Strecke bergauf gehen musste, nur um irgendwann umzudrehen und dieselbe Strecke talwärts in umgekehrter Richtung zu absolvieren. Am Schluss war man wieder genau dort, wo man angefangen hatte. Wo lag da der tiefere Sinn? Wenn man Pech hatte, gelangte man nicht an den Ausgangspunkt zurück. Dann war man entweder abgestürzt oder hatte sich verlaufen. Weder das eine noch das andere schien erstrebenswert. Immerhin konnte er auf einen guten Ausgang der Exkursion hoffen, denn mit Steff hatte er einen erfahrenen Bergführer an seiner Seite.

Emilio hatte Steff in Partschins abgeholt, jetzt folgte er den Anweisungen des Bergführers, steuerte über eine Forststraße und parkte schließlich an einer Stelle, wo nach Steffs Einschätzung mit großer Wahrscheinlichkeit auch Niki sein Auto abgestellt hatte – vor über zehn Jahren. Jedenfalls konnte man auch mit einem Sportwagen wie mit einem Porsche hierher gelangen. Emilio zog die Wanderstiefel an, die ihm Phina zur Verfügung gestellt hatte, ihr Vater hatte die gleiche Schuhgröße gehabt, jedenfalls so ungefähr. Steff fragte, ob Emilio die Trekkingstöcke verwenden wolle, die der Bergführer am Rucksack befestigt hatte. Emilio sah ihn vorwurfsvoll an. Er würde sich doch nicht zum Affen machen, wobei Affen bestimmt keine albernen Blechstöcke verwendeten, um sich fortzubewegen. Außerdem hatte er seinen Gehstock, der musste reichen. Steff schmunzelte, er schien die Entscheidung zu begrüßen. Sie gingen los. Schon nach wenigen Minuten stellte der Bergführer fest, dass sein Begleiter längst nicht so fußlahm war, wie er zunächst geglaubt hatte. Sein zügiges Tempo hielt er mühelos mit, konnte sich dabei ohne Atemnot im Plauderton unterhalten, machte aber ein Gesicht, als ob es zur Schlachtbank ginge. Steff erklärte ihm, dass dies der einzig brauchbare Weg zum Gipfel sei, ganz sicher habe Niki damals diese Route gewählt.

«Die Frage ist, ob hier außer Niki zur selben Zeit noch jemand unterwegs war», sagte Emilio. Dass Steff darauf keine Antwort hatte, war klar.

«Da vorn, das ist der Kas-Rudl», sagte Steff einige Zeit später. Gerade hatten sie einen rutschigen Steig überquert, der Emilio erneut an der Sinnhaftigkeit des Unternehmens zweifeln ließ. Tatsächlich entdeckte er auf der anderen Seite einer Almwiese eine knorrige Gestalt, die langsam näher kam. Rudl sei Senner, erklärte Steff, ein wortkarger Eigenbrötler, der hier am Berg mit seinen Kühen und Ziegen seit Jahrzehnten den Sommer verbringe und in seiner kleinen Almhütte einen gefragten Rohmilchkäse herstelle.

«Griasti, Rudl», sagte Steff.

«Hoi», erwiderte dieser die Begrüßung.

Kas-Rudl hatte eine dicke knubblige Nase, abstehende Ohren und eine wettergegerbte Haut, die an einen Elefanten erinnerte. Auf Steffs Frage, wie es ihm ginge, antwortete Rudl mit einem knappen «guat». Durch seine Augenschlitze musterte er Emilio, der mit seinem abgewetzten englischen Kaschmirsakko und dem polierten Gehstock mit Silberknauf nicht gerade dem Bild des üblichen Bergwanderers entsprach.

Steff erzählte ihm, warum sie hier waren, dass sie sich anschauen wollten, wo vor zehn Jahren der Mann vom Berg gefallen sei, dessen Leiche Steff später gefunden habe.

«Asou», sagte der Senner. Dabei wirkte er nicht so, als ob ihn das besonders interessierte.

Dann erklärte ihm Steff, dass Emilio an kein Bergunglück glaube und gerne herausfinden würde, was damals wirklich passiert sei. Aber nach zehn Jahren sei das natürlich nicht mehr möglich.

«Hmmm.»

Man wisse ja nicht einmal den genauen Tag, sagte Steff, er habe ja die Leiche erst sehr viel später gefunden. Man werde nie erfahren, ob am Unglückstag auch andere Wanderer unterwegs gewesen seien oder wie das Wetter gewesen sei ...

«Guat», sagte der Alte unvermittelt.

Steff sah ihn überrascht an. Ob er meine, dass das Wetter am Unglückstag gut gewesen sei, fragte er.

«Sowieso», sagte Rudl.

Wie er das wissen könne, fragte Steff, nach so langer Zeit, außerdem kenne man das genaue Datum nicht.

Emilio beschränkte sich aufs Zuhören, versuchte aber, im Gesicht des Senners zu lesen, was aufgrund der tiefen Falten und Furchen fast unmöglich war. Die Augenschlitze unter den buschigen Brauen wurden jetzt noch schmaler, Kas-Rudl schmatzte und pulte sich im rechten Ohr. Eine Erklärung gab er nicht. Stattdessen verabschiedete er sich mit einem «Pfiat enk», drehte sich um und ging davon.

«Was hatte das zu bedeuten?», fragte Emilio.

Steff wischte sich mit der Hand über die Augen. Der Kas-Rudl sei nicht mehr ganz richtig im Kopf. Der spreche nur mit seinen Kühen, Ziegen und Gänsen. Am besten gingen sie jetzt weiter, sie hätten erst einen kleinen Teil der Strecke geschafft.

Eine halbe Stunde später hob Emilio die Hand und blieb stehen. Er machte nicht den Eindruck, als ob er eine Atempause brauchte.

«Das geht jetzt so weiter?», fragte er.

«Ja, noch etwas über eine Stunde.»

«Und oben ist dann das Gipfelkreuz. Deshalb die ganze Mühe?»

«Der Gipfel und eine herrliche Aussicht.»

«Gibt's davon Fotos?»

«Natürlich, ich hab einen schönen Bildband zu Hause.»

«Ich schaue mir lieber die Fotos an», entschied Emilio, «wir drehen um.»

«Wollen Sie nicht sehen, wo der Steirowitz abgestürzt ist?»

Emilio überlegte. «Nein, nicht wirklich. Sie sagen, es kann ein Unfall gewesen sein, weil es gleich hinter dem Kreuz steil in die Tiefe geht. Ich glaube Ihnen!»

«Es kann ihn aber auch jemand runtergestoßen haben», sagte Steff, dem es zunehmend gefiel, an einem Kriminalstück mitzuwirken.

«So ist es», bestätigte Emilio, «aber dieser Fußmarsch wird diesbezüglich keine weiteren Erkenntnisse liefern.»

«Sie entscheiden, also drehen wir um.»

«Dort wo Sie den Leichnam gefunden haben, das ist doch unten in einem Tal?»

«Ja, auf der anderen Seite des Berges.»

«Kann man da mit dem Auto hinfahren?»

Steff grinste. «Sie laufen nicht gerne, oder?»

«Wenn es alternative Möglichkeiten der Fortbewegung gibt, kann ich darauf verzichten.»

«Mit Ihrem Land Rover könnten wir zwei Drittel fahren. Das ist zwar verboten, aber das ginge. Der restliche Weg ist ziemlich eben.»

«Klingt gut, dann machen wir das.»

Als sie einige Zeit später das Ziel erreicht hatten, setzte sich Emilio auf einen Stein und sah die steile Felswand hinauf. Er beglückwünschte sich zur Entscheidung, den «Gipfelsturm» abgebrochen zu haben. Sonst hätte er von oben in die Tiefe blicken müssen. Kein verlockender Gedanke für einen Akrophobiker, dem es schon auf einem Hocker stehend beim Einschrauben einer Glühbirne schwindlig wurde. Dass Niki hier aus Versehen runtergefallen war, schien ihm ausgesprochen unwahrscheinlich. Als Einheimischer wusste Niki von diesem steilen Abbruch, da begab man sich nicht in Gefahr. Noch dazu bei schönem Wetter. Bei schönem Wetter? Ihm ging der Kas-Rudl nicht aus dem Kopf. Obwohl sein «guat» überhaupt keinen Sinn machte, auch nicht das «sowieso».

Steff hob den Zeigefinger vor die Lippen und gab ihm ein Zeichen, leise zu sein. Er deutete zu einigen windschiefen Bäumen in der Nähe. Emilio strengte sich an, konnte aber nichts entdecken. «Ein Auerhahn», flüsterte Steff. Jetzt sah auch Emilio den Vogel. Der Bergführer legte zum Schein an wie mit einem Gewehr, kniff ein Auge zu und krümmte den Zeigefinger. «Peng», sagte er leise.

«Sind Sie Jäger?», fragte ihn Emilio mit gedämpfter Stimme.

«Freilich», bestätigte Steff. «Aber leider dürfen Auerhähne nicht geschossen werden, zu keiner Jahreszeit. Schade, das ist ein besonders schönes Exemplar.»

23

Die letzten Stunden hatte Phina in ihrem ältesten Weinberg gearbeitet, hatte mit einigen Helfern Reben ausgedünnt, um den Ertrag zu begrenzen und die Qualität zu steigern, danach Tee- und Baldrianpräparate ausgebracht, damit sich die Pflanzen wieder beruhigten. Der abnehmende Mond würde bei der Entspannung helfen. Ihr Vater hätte sie für verrückt erklärt. Phina lächelte. Vielleicht war sie das auch, aber die Rebstöcke dankten es ihr. Und in einigen Monaten würde sich die Harmonie der Natur und ihre Leidenschaft für den biodynamischen Anbau im Wein wiederfinden.

Phina schwang sich auf ihren Traktor, startete den Diesel, umkurvte einen Rosenstrauch, der das Ende einer Rebzeile markierte, dort nicht nur schön aussah, sondern zudem offenbarte, dass hier alle gesund und glücklich waren. Glücklich? Nun, das galt hoffentlich für die Rebstöcke, aber ganz bestimmt nicht für sie selbst. Phina nahm einen kleinen Feldweg, bog dann so ab, dass sie unterhalb einer Mauer zwischen den terrassierten Rebflächen zurückfahren konnte. Sie überlegte, wann sie sich das letzte Mal so richtig glücklich gefühlt hatte. Sie konnte sich nicht erinnern, es musste verdammt lange her sein. Ob es daran lag, dass sie alleine lebte, dass sie seit Jahren alle Männer auf Abstand hielt? Quatsch, daran lag es bestimmt nicht, die Bedeutung der Männer wurde allgemein überschätzt.

Phina fuhr immer langsamer, schließlich blieb sie stehen und machte den Motor aus. Sie sah auf die Mauer, die ohne Mörtel aus groben Steinen zusammengefügt war. Die Mauer sah hier neuer aus als noch vor einigen Metern. Auch oben verlief ein kleiner Weg, dahinter kamen die ersten Rebstöcke. Früher wurden die Pflanzen in den trockenen Sommermonaten großzügig bewässert, nicht mit sparsamen Tröpfchenanlagen, sondern mit riesigen Gestellen, die in der Fläche sprühten. Und überall lagen Schläuche herum, gab es Anschlüsse oder Pumpen. Da kam es schon mal vor, dass es an einigen Stellen leckte. Oft spritzte das Wasser unter Druck durch die Gegend, stundenlang und ohne dass es jemand bemerkte. Wie damals, vor vielen Jahren. Phina starrte auf die Mauer. Dort hatte ein Schlauch unauffällig im Gras gelegen und die Mauer mit Wasser unterspült, mit viel Wasser. Wie lange? Lange genug!

Ihr Vater hatte nach getaner Arbeit immer den höher gelegenen Weg gewählt, er war ein Mann der festen Gewohnheiten und deshalb berechenbar, im Guten wie im Bösen. Hier, an dieser Stelle war es passiert. Plötzlich war unter seinem Traktor die aufgeweichte Mauer weggebrochen – und mit ihr der kleine Weg und die schwere Arbeitsmaschine. Der Traktor hatte sich seitwärts überschlagen und ihren Vater unter sich begraben.

War es ein Zufall, dass sie das aus der Entfernung mit angesehen hatte? Wie in Zeitlupe war alles geschehen, ganz langsam und doch unaufhaltsam und mit tödlichem Ausgang. Sie hatte sich eine Weile nicht bewegt, dann war sie losgelaufen, erst langsam, dann immer schneller, war gestürzt, hatte sich aufgerappelt, hatte den umgestürzten Traktor erreicht und versucht, ihren darunterliegenden Vater hervorzuziehen. Ihre Hände waren voller Blut gewesen, sie hatte geschrien und geweint – weil sie wusste, dass ihr Vater starb. Ihr Vater, für den sie zuvor keine Liebe empfunden hatte.

Ohne eine Träne zu vergießen, startete Phina die Maschine und fuhr weiter. Die Zeiten hatten sich geändert. Ihre Rebstöcke waren stark, sie hatten tiefe Wurzeln und mussten kaum bewässert werden. Es lagen keine Schläuche herum, es konnte nicht passieren, dass etwas unbemerkt unterspült wurde. Heute würde die Mauer halten. Aber damals, da hatte die Mauer Phinas Leben verändert.

24

Emilio hatte einen der Liegestühle vor Phinas Haus in den Schatten gerückt. Hier ruhte er schon seit Stunden, mit hochgelegten Beinen und geschlossenen Augen. Er hatte sich diese Pause verordnet, nachdem er festgestellt hatte, dass die letzten Tage geradezu hektisch verlaufen waren. Jedenfalls gemessen an dem, was er als überzeugter Phlegmatiker für erstrebenswert hielt. Schlimm genug, dass die meisten Menschen als Getriebene durch das Leben hechelten. Wie Stubenfliegen, die planlos hin und her sausten – um nach wenigen Wochen zu sterben. Da nahm er sich lieber ein Krokodil zum Vorbild, das konnte lange Zeit bewegungslos daliegen, völlig apathisch, kaum atmend, mit verlangsamtem Herzschlag. Krokodile existierten schon seit über zweihundert Millionen Jahren, und sie wurden ziemlich alt, das Konzept konnte folglich nicht falsch sein. Es war nicht einzusehen, dass er für den Vorschuss von Theresa seine Gesundheit aufs Spiel setzte.

Obwohl es in seinem linken Arm kribbelte, widerstand Emilio der Versuchung, sich zu bewegen. Auch hatte er erfolgreich einen Niesreiz niedergekämpft. Das krokodilhafte Daliegen erforderte viel Disziplin, war nichts für Anfänger. Wichtig war, dass auch der Kopf seinen Betrieb weitgehend einstellte. Es gab Menschen, bei denen war das der Normalzustand, die mussten sich dafür nicht besonders anstrengen. Fast hätte Emilio gelächelt. Er merkte, wie sich die Erstarrung langsam löste. Vorsichtig öffnete er ein Auge. Ein Krokodil könnte jetzt von einer Sekunde auf die andere zum Angriff übergehen, seine Beute packen und ihr den Garaus machen. Das könnte er nicht. Außerdem war keine Beute zu sehen.

Emilio richtete sich stöhnend auf, suchte seine Sonnenbrille und nahm einen Schluck aus einer Wasserflasche. Dann blätterte er in einer Bozner Tageszeitung vom gestrigen Tag. Eigentlich schaute er sich nur die Fotos und Anzeigen an, zum Lesen war er zu müde. Plötzlich stutzte er. Unter einem Bild, auf dem ein Bahngleis zu sehen war, mit einer rot markierten Stelle, und einem kleineren Foto von einem Zug, stand ein Name, der ihm bekannt vorkam. Steixner, Steixner, Emil Steixner … Doch, doch, ganz sicher … Jetzt wusste er es, der Name stand auf Theresas Liste mit Nikis alten Freunden, gleich unter dem Schönheitschirurgen Prof. Puttmenger. Auch mit Steixner hatte er sprechen wollen. Ob das noch möglich war? Emilio las den kurzen Artikel. Da hatte der gute Mann aber Glück gehabt. Offensichtlich hatte er in Terlan ein Bahngleis überquert, den herannahenden Zug übersehen, hatte sich im letzten Moment mit einem Sprung gerettet, war dabei noch von der Lok gestreift worden und dann die Böschung heruntergestürzt. Jetzt lag er verletzt im Bozner Zentralkrankenhaus. Emilio las den Artikel ein zweites Mal und sah sich die Fotos genauer an. Das musste ja eine tolle Abkürzung sein, dachte er, dass man dafür einen solch beschwerlichen Weg wählte. Vom Risiko ganz zu schweigen. Wenn er das richtig sah, handelte es sich bei dem Zug auf dem Bild um eine Diesellok. Wie auch immer, den herannahenden Zug musste man doch hören? Vielleicht war der

Steixner schwerhörig, das wäre eine Erklärung. Schwerhörig, aber gut auf den Beinen. Warum nicht? Aber ziemlich unwahrscheinlich.

Emilio blieb noch eine Weile liegen. Aber mit der stoischen Ruhe war es vorbei. Schließlich stand er auf und ging ins Haus. Dort überzeugte er sich, dass der Name stimmte. Dann fand er beim Telefon im Flur ein Telefonbuch. Er suchte die Nummer des Zentralkrankenhauses in Bozen und rief dort kurzentschlossen an. Er gab sich als Freund von Emil Steixner aus und sagte, dass er ihn gerne besuchen wolle, ob das möglich wäre? Selbstverständlich, bekam er zur Antwort, und weil Steixner auf der Privatstation liege, gebe es auch keine Besuchszeiten. Emilio lehnte das Angebot, sich verbinden zu lassen, dankend ab. Sein Besuch solle eine Überraschung sein.

Er setzte sich auf einen Schemel und dachte nach. Er hatte ohnehin vorgehabt, sich in Bozen mal das Museum für moderne Kunst anzuschauen, vor allem die Architektur des Glasbaus interessierte ihn, vielleicht auch die aktuelle Ausstellung, aber das konnte man vorher nie wissen. Er erinnerte sich, dass bei der Eröffnung des «Museion» ein Frosch für einen veritablen Skandal gesorgt hatte. Der Künstler hatte die Kröte wie Christus an ein Kreuz genagelt, mit Bierkrug und heraushängender Zunge. Die gottesfürchtigen Südtiroler waren nicht amüsiert gewesen, außerdem stand ein Besuch des Papstes bevor. Emilio hatte einen schrägen Humor, ihm gefielen solche Episoden. Leider hatte man das Corpus Delicti längst entfernt.

Nun, Steixner und der Frosch, der eine hatte mit dem anderen nichts zu tun, sah man einmal davon ab, dass der gute Mann fast auch ans Kreuz genagelt worden wäre. Und die heraushängende Zunge … Emilio stellte fest, dass er seinen eigenen Gedanken nicht mehr folgen konnte. Das kam häufiger vor und störte ihn nur wenig.

* * *

Eine gute Stunde später betrat er nach kurzem Anklopfen das Krankenzimmer von Ernst Steixner. Dieser hatte zwar einen Kopfverband und einen geschienten Arm, ansonsten wirkte er auf den ersten Blick wesentlich lebendiger als besagter Frosch. Emilio stellte sich kurz vor und fragte, ob sein Besuch ungelegen käme. Steixner versicherte sich zunächst, dass Emilio nicht von der Presse war, auch nicht von der Polizei oder von einer Versicherung, dann bot er ihm einen Platz auf dem Besucherstuhl an. Emilio erzählte von Theresa und von seinem Auftrag, auch dass er bereits mit Professor Puttmenger gesprochen habe.

Steixner sah ihn interessiert an. «Habe ich richtig verstanden? Sie sind Privatdetektiv?»

«Nicht immer», antwortete Emilio, «lieber bin ich gar nichts. Aber ich bin korrupt, man kann mich kaufen.»

«Und jetzt sollen Sie herausfinden, ob Niki eines natürlichen Todes gestorben ist? Deshalb sind Sie in Südtirol?»

«Korrekt.»

«Es gibt keinen anderen Grund?»

Emilio zog die Augenbrauen nach oben. «Einen anderen Grund? Welcher könnte das sein?»

«Wüsste ich auch nicht, war nur eine Frage.»

«Und? Was meinen Sie, wie ist Niki ums Leben gekommen? War das ein Unfall, oder hat jemand versucht, ihn umzubringen?»

«Keine Ahnung.»

«Hatte Niki Feinde?»

Steixner wartete mit der Antwort. «Nun, sagen wir mal so, es könnte sein, dass er sich welche gemacht hat. Aber das ist reine Spekulation, mehr kann ich dazu nicht sagen.»

«Können Sie nicht, oder wollen Sie nicht?»

«Suchen Sie sich's aus.»

«Es gibt noch eine andere Möglichkeit», sagte Emilio nach einer Weile.

«Welche?»

«Es könnte auch Selbstmord gewesen sein.» Dass Steixner bei dem Wort «Selbstmord» zusammenzuckte, entging Emilio nicht, außerdem hatte er es fast erwartet. Wie auch die Tatsache, dass der Mann keine Probleme mit den Ohren hatte, trotz des Kopfverbandes.

Steixner schluckte. «Glaube ich nicht», sagte er.

Emilio lehnte sich entspannt zurück. «Ich habe übrigens keine Berührungsängste bei diesem Thema», sagte er mit ruhiger Stimme. «Mein Vater hat sich erhängt. Ich selbst habe zweimal versucht, mich umzubringen. Beide Male habe ich im letzten Augenblick gekniffen.»

Steixner sah ihn wortlos an. Diesmal dauerte das Schweigen länger. Emilio machte das nichts aus, er hielt auch das Nichtreden für eine gelungene Form der Kommunikation.

«Bereuen Sie es?», fragte Steixner schließlich.

«Dass ich es nicht durchgezogen habe?» Emilio sah an die Decke des Krankenzimmers. «Es gibt Momente, aber nur selten, meistens bin ich froh, dass mich der Mut verlassen hat.»

«Es sind natürlich Gründe denkbar ...» Steixner führte den Satz nicht zu Ende.

«Ja, zweifellos. Das muss jeder Mensch für sich selbst entscheiden. Ich denke, man hat das Recht dazu.»

«Die Kirche sieht das anders.»

Emilio zuckte mit den Schultern. «Das war mir egal.»

«Mir auch», flüsterte Steixner.

«Wir reden nicht mehr über Niki, richtig?»

«Nein, tun wir nicht ...»

Es klopfte. Eine Krankenschwester wollte ins Zimmer.

«Bitte lassen Sie uns einige Minuten alleine», sagte Steixner. Dann sah er Emilio an. «Seltsam, dass ich mit Ihnen darüber rede, ich kenne Sie doch gar nicht.»

«Vielleicht ein Vorteil.»

«Offiziell war es ein Unfall. Ich weiß nicht, ob die Polizei wirklich daran glaubt, ist aber egal, so steht's im Protokoll.»

«Dann war es auch ein Unfall. Punktum.»

«Ja, das war es.» Steixner zeigte ein leises Lächeln. «Ich kann nicht verstehen, wie ich so unvorsichtig sein konnte.»

Emilio spielte mit dem Silberknauf seines Gehstocks. Steixner nahm einen Schluck aus einer Schnabeltasse.

«Kennen Sie das Gelassenheitsgebet?», fragte Emilio.

«Nein, kenne ich nicht. Ein Gebet? Sind Sie also doch gläubig?»

Emilio schüttelte den Kopf. «Schon lange nicht mehr. Trotzdem gefällt mir dieses Gebet, wenn man den Gott dabei weglässt, macht's immer noch Sinn.»

«Schießen Sie los.»

«Es stammt von dem amerikanischen Theologen Niebuhr. Gott, gib mir die Gelassenheit, zu akzeptieren, was nicht zu ändern ist. Gib mir den Mut, zu ändern, was zu ändern ist. Und gib mir die Weisheit, zwischen beidem zu unterscheiden.»

«Gelassenheit, Mut, Weisheit. Gefällt mir. Und was wollen Sie mir damit sagen?»

«Denken Sie in Ruhe darüber nach. Ich kenne Ihre Situation nicht, weiß nicht, was Ihnen auf dem Herzen liegt. Vielleicht klappt es mit der Gelassenheit. Oder Sie brauchen den Mut, etwas zu ändern. Beides sind gute Optionen.» Emilio stand auf und nahm Steixners gesunde Hand. «Hat mich gefreut, Sie kennenzulernen. Passen Sie auf sich auf.»

«Wie kann ich Sie erreichen?», fragte Steixner.

Emilio reichte ihm eine Visitenkarte. «Hier, meine Handynummer. Ich bleibe sicher noch einige Tage.»

«Ich melde mich.»

«Tun Sie das. Vielleicht fällt Ihnen doch noch was zu Niki ein.»

«Zu Niki? Ach so, natürlich.»

25

Marco hatte wieder seinen Beobachtungsposten auf dem Hügel vor Puttmengers Anwesen bezogen. Er wollte nicht lange bleiben, aber wenn der Professor gerade jetzt nach Hause kommen sollte, was zu dieser Tageszeit gut möglich war, dann würde er gerne seine Reaktion sehen. Er hatte ihm nämlich einen Umschlag vor die Tür gelegt und diesen mit einer Dose Katzenfutter beschwert. Er musste kichern. Das war doch wirklich eine intelligente Anspielung, so was sollte einem Akademiker gefallen. Vor allem hatte die Katze auf dem Etikett Ähnlichkeiten mit der Mieze, die der Mann so gerne gestreichelt hatte – und die jetzt vermutlich irgendwo auf dem Grundstück beerdigt war.

Ein Auto näherte sich dem Haus. Nicht Puttmengers roter Ferrari, sondern ein schwarzer SUV, den er schnell als Porsche Cayenne identifizierte, das neueste Modell. Mit Autos kannte er sich aus, das war eine Leidenschaft von ihm. Im Gefängnis hatte er neben Pornoheftchen am liebsten Autozeitschriften angeschaut. Wenn alles gut lief, könnte er sich seine Träume bald erfüllen. Im Puff war er schon gewesen, sogar zweimal, aber das meinte er nicht. Er dachte an eine ständige Begleiterin mit knackiger Oberweite – und an einen ähnlichen Ferrari, wie ihn Puttmenger besaß. Vielleicht sollte er kein Geld verlangen, sondern gleich das Auto? Nein, das funktionierte nicht, außerdem brauchte er darüber hinaus noch Geld zum Tanken und für die Annehmlichkeiten des Lebens. Aber er könnte ihm das Auto klauen. Doch, das war eine gute Idee. Nach erfolgter Geldübergabe, sozusagen als Bonuszahlung. Der Gedanke gefiel ihm.

Jetzt hielt der Cayenne vor dem Eingangstor. Wer zum Teufel war das? Das elektrische Tor öffnete sich von selbst, also gab es eine Funkfernsteuerung, gut zu wissen. Das Auto fuhr über die gekieste Zufahrt, hielt schließlich vor dem Ansitz.

Marco nahm sein Fernglas und stellte scharf. Eine Frau stieg aus, zwar in Jeans und legerer Bluse, aber eine elegante Erscheinung, das sah er sofort. Dann gingen die Türen im Fond auf, und zwei halbwüchsige Kinder erschienen, ein Junge und ein Mädchen. Okay, alles klar. Er hatte vergessen, dass Puttmenger verheiratet war. Seine Frau lebte mit den Kindern in Deutschland. An den Wochenenden und in den Schulferien besuchten sie sich, abwechselnd mal hier und dort. Mist, das passte nicht in seinen Plan. Wenn die länger blieben, kam alles durcheinander. Und vielleicht besprach Puttmenger seine Probleme mit seiner Frau? Marco dachte nach und grinste. Ganz bestimmt nicht, so viel war sicher.

Er sah, wie sich die Frau bückte. Ach du Scheiße, jetzt hatte sie den Umschlag und die Dose mit dem Katzenfutter entdeckt. Hatte er den Umschlag zugeklebt? Ja, hatte er, Gott sei Dank. Und was hatte er draufgeschrieben? «Mein herzliches Beileid!» Das war weniger direkt als «Pisser» – und würde die Ehefrau vielleicht davon abhalten, den Umschlag zu öffnen. Später war dann Puttmengers Kreativität gefordert, um ihr zu erklären, was ein Kondolenzschreiben mit einer Dose Katzenfutter zu tun hatte. Und das alles, ohne ihr den Inhalt des Umschlags zu zeigen. Marco hoffte, dass dem Professor das gelingen würde. Und vor allem, dass ihn die werte Familie nicht davon abhielt, den Forderungen zu entsprechen und den vorgegebenen Zeitplan für die Übergabe einzuhalten. Aber der Mann hatte studiert, und er machte seinen Patientinnen vor, dass sie nach den Schönheitsoperationen besser aussahen als vorher. Wer das schaffte, dem sollte es auch gelingen, seiner Frau und den Kindern ein glaubwürdiges Märchen aufzutischen. Allerdings musste die Oberschichten-Tussi zuvor darauf verzichten, den Umschlag zu öffnen.

Marco war erleichtert, als er ein Motorengeräusch hörte. Er musste sich nicht umdrehen, um den Ferrari von Puttmenger zu identifizieren. Zwölfzylinder, 480 PS, obenliegende Nockenwelle, 48 Ventile …

Die Familie war bereits im Haus verschwunden, die Frau hatte den Umschlag mitgenommen, auch das Katzenfutter. Das Eingangstor stand noch offen. Der Professor hielt vor dem Haus, ließ zur Begrüßung den brachialen Motor aufheulen. Marco erschauderte. Das war fast so gut wie ein Orgasmus.

26

Emilio setzte seine Besichtigung der Weingüter fort. In Tramin besuchte er den futuristischen Neubau der dortigen Genossenschaftskellerei. Als Architekt vermutete er einen Außerirdischen, der beim Entwurf der Pläne zu viel Pinot grigio getrunken hatte. Dass die grünen Verstrebungen eine Weinrebe symbolisieren sollten, wäre ihm nicht in den Sinn gekommen, eher schon eine fleischfressende Pflanze. Aber er lernte gerne dazu. Immerhin hatte man von der schwebenden Önothek einen phantastischen Blick auf die umliegenden Weinberge. Beim Verkosten ließ er vom Weißweincuvée Stoan über den Ruländer Unterebner bis zum Gewürztraminer Spätlese Terminum nichts aus. Mit dem Außerirdischen hatte er sich längst versöhnt.

Im Anschluss fuhr er am Kalterer See vorbei zum Weingut Manincor. Phina hatte ihm nicht nur von den biodynamischen Weinen des Grafen Goëss-Enzenberg vorgeschwärmt, zum Beispiel vom Sauvignon Lieben Aich und vom Blauburgunder Mason, sondern auch von der tollen Architektur. Bemerkenswerterweise war von dieser zunächst nichts zu sehen. Nur ein schöner alter Ansitz und ein reduzierter Glasbau für den Verkauf. Die eigentliche Kellerei war unterirdisch in den Weinberg hineingebaut, das hatte ihm Phina erzählt. Undercover sozusagen. Das Konzept gefiel ihm, vor allem blieb dadurch die Natur intakt, und es musste kein Meter der wertvollen Lagen geopfert werden. Wie beim Wein schlummerten die Werte verborgen im Inneren. Bei manchen Menschen war es nicht anders, oft waren jene am interessantesten. Emilio hatte sich vorausschauenderweise einen Termin geben lassen. Und so wurde ihm das besondere Vergnügen zuteil, von der Gräfin Sophie persönlich durch die Anlage geführt zu werden. Mehrere Geschosse verbargen sich im Weinberg, die Produktion so angeordnet, dass sie der natürlichen Schwerkraft folgen konnte, mit schrägen Wänden aus einem speziellen Beton, in dem sich Mikroorganismen ansiedeln konnten, die für einen Weinkeller wichtig waren. Eiserne Türen und Tore in rostiger Optik. Minimalistisch und modern, Funktion und Design. Ein natürliches Raumklima durch die umgebende Erde und mittels eines ausgetüftelten Belüftungssystems. Holzfässer, Gärbehälter, Edelstahltanks, Abfüllanlagen … Spätestens jetzt hatte Emilio wieder mal vergessen, was ihn eigentlich nach Südtirol geführt hatte. Schließlich saß er mit der Gräfin in einem Verkostungsraum an einem langen Tisch, links die Kollektion der Weine von Manincor, an der Stirnseite eine riesige Glasfront mit weitem Blick in die Natur, im Weinglas als Referenz an seine Gastgeberin ein Chardonnay Sophie. Sie plauderten angeregt über den Südtiroler Weinbau. Dann brachte Emilio behutsam Phina und ihr Weingut ins Gespräch. Ihn interessierte, was man sich so von ihr erzählte. Gerade war er beim tödlichen Unfall ihres Vaters angelangt …

Unvernünftigerweise hatte er sein Handy dabei. Statt den Klingelton zu ignorieren, nahm er das Gespräch entgegen. Der Anrufer meldete sich mit Steixner. Goldmuskateller, Lagrein,

Steixner? Emilio brauchte einen Moment, um zu realisieren, dass es sich dabei um keine Rebsorte handelte. Er entschuldigte sich bei der Gräfin und führte das Telefonat. Es dauerte nicht lange. Steixner bat um einen erneuten Besuch im Krankenhaus. Er müsse ihm etwas erzählen. Außerdem könne er womöglich seine Hilfe gebrauchen. Emilio versprach, zu kommen, schaltete das Handy auf stumm und steckte es wieder ein. Wo waren sie stehengeblieben? Ach so, Phina und der Traktorunfall.

* * *

Nach seinem ausgedehnten Besuch bei Manincor wurde Emilio von einer bleiernen Müdigkeit übermannt. Steixner würde warten müssen. Er fuhr zu Phinas Haus, schaffte mit Mühe die Treppe zu seinem Zimmer. Der Einfachheit halber ließ er sich kopfüber aufs Bett fallen, so angezogen, wie er war. Sekunden später war er eingeschlafen.

* * *

Es war am frühen Abend, als Emilio durch heftiges Klopfen aus seinem Schlaf gerissen wurde. Er wühlte sich aus dem Kopfkissen, stellte überrascht fest, dass er noch seine Schuhe anhatte, und öffnete die Tür.

«Haben Sie geschlafen?», fragte Phina, auf seine zerzausten Haare blickend, dann auf seine Schuhe.

«Wie kommen Sie denn darauf?», entgegnete Emilio entrüstet. «Nein, ich wollte gerade aufbrechen.»

«In diesem Fall sollten Sie zumindest Ihr Hemd in die Hose stecken.»

Emilio blickte an sich herunter, dann in den Spiegel im Flur, um festzustellen, dass sein Aussehen beträchtliche Defizite aufwies.

«Vielen Dank für den Hinweis», sagte er, «darf ich fragen, was Sie zu mir führt?»

Phina lächelte. «Reden Sie immer so geschraubt, wenn Sie geweckt werden?»

«Ich sagte doch schon …»

«Ist schon gut. Ich wollte nur schauen, ob es Ihnen gutgeht. Es war so still in Ihrem Zimmer.»

«Sehr aufmerksam.»

«Immerhin scheinen Sie nicht zu schnarchen.»

«Das ist tatsächlich eine meiner Tugenden», sagte Emilio, «man hat mir dies wiederholt von dritter Seite bestätigt.»

«Von dritter Seite?»

Emilio räusperte sich. «Sozusagen, gewissermaßen.»

«Sie wollen wirklich weg?»

«Ja, nach Bozen, ich möchte einen Krankenbesuch absolvieren.»

«Nach Bozen?» Phina sah auf die Uhr. «Würden Sie mich mitnehmen?», fragte sie spontan. «Ich hätte was zu erledigen. Und hinterher könnten wir zusammen abendessen.»

Emilio zog eine Augenbraue nach oben. «Mit dem größten Vergnügen.»

«Aber nur unter einer Voraussetzung.»

«Ja, bitte.»

«Dass Sie aufhören, so g'schwolln zu reden.»

«Das ist mein natürlicher Duktus», erwiderte er, «damit bin ich groß geworden.» Nun musste er selber lächeln. «Aber ich werde mich bessern.»

«In zehn Minuten?»

«Passt, geht scho!», antwortete Emilio, um einen bodenständigen Dialekt bemüht.

«Jetzt gefallen Sie mir besser.»

* * *

In Bozen angelangt, ließ er Phina am Bahnhof aussteigen, dann fuhr er weiter Richtung Moritzing zum Zentralkrankenhaus in der Lorenz-Böhler-Straße. Es war gut ausgeschildert, deshalb verirrte er sich nur ein einziges Mal. Ernst Steixner hatte so spät nicht mehr mit seinem Besuch gerechnet. Er sah ihn überrascht an, war aber offenbar mit seinem Kommen einverstanden und bot ihm den Besucherstuhl an.

«Sie wollen mir was erzählen?», sagte Emilio.

«Jetzt bin ich mir nicht mehr sicher, ob ich das noch will.»

Emilio zuckte mit den Schultern. «Dann lassen Sie es sein. Ich bin Ihnen nicht böse. Wir können auch über Andreas Hofer reden und vom Berg Isel.»

«Andreas Hofer? Der arme Kerl wurde in Mantua erschossen.»

«Egal, dann halt über das Kloster Neustift, den berühmten Freskenzyklus in der Viktorskapelle, die Stiftskirche …»

Steixner winkte ab. «Dann schon lieber über den Sylvaner der Chorherren.»

Emilio nickte. «Gefällt mir auch besser. Den Praepositus habe ich in guter Erinnerung.»

Steixner schwieg eine Weile. Dann fragte er: «Sind Sie eigentlich zum Schweigen verpflichtet? Ich meine, als Privatdetektiv erfahren Sie ja vermutlich sehr vertrauliche Dinge.»

«Ob ich zum Schweigen verpflichtet bin, weiß ich nicht», antwortete Emilio, «jedenfalls nicht wie ein Pfarrer, der das Beichtgeheimnis respektieren muss. Aber die Verschwiegenheit ist in meinem Beruf eine wichtige Geschäftsgrundlage. Außerdem bin ich extrem vergesslich.»

Steixner kratzte sich mit der gesunden Hand am Kopfverband. «Rein hypothetisch: Wie wäre es, wenn Sie Kenntnis von einer Straftat erlangen?»

«Hypothetisch? Das hängt davon ab.»

«Wovon?»

«Von den Details. Aber ich würde nicht zur Polizei gehen, wenn Sie das meinen. Mit einer Ausnahme: wenn ich nur auf diese Weise ein zukünftiges Gewaltverbrechen verhindern kann.»

Steixner überlegte. «Kann ich das schriftlich haben?»

Emilio lächelte. «Wozu? Das war doch nur eine hypothetische Frage. Außerdem wäre so ein Papier völlig wertlos. Sie müssten mir schon vertrauen, anders geht's nicht.»

«Oder ich erzähle nicht alles.»

Emilio nickte. «Das wäre auch eine Möglichkeit. Hilft aber meist nicht wirklich weiter.»

Steixner gab sich einen Ruck. «Okay, ich gebe Ihnen hiermit den Auftrag, für mich als privater Ermittler tätig zu werden und meine Interessen wahrzunehmen. Dafür zahle ich Ihnen den üblichen Tagessatz, die Höhe ist mir egal. Und Sie verpflichten sich zur Verschwiegenheit. Einverstanden?»

«Im Prinzip schon. Sie sind mir sympathisch. Ich arbeite nur für Leute, bei denen ich ein gutes Gefühl habe. Aber erst möchte ich mir anhören, worum es geht. Falls wir nicht zusammenkommen, verspreche ich Ihnen, alles zu vergessen. Wie gesagt, das kann ich hervorragend.» Er deutete auf seinen Kopf. «Meine Festplatte hat nur eine begrenzte Speicherkapazität.»

Wieder machte Steixner eine lange Pause. Dann fing er an, zu erzählen: «Also, ich werde erpresst. Jemand weiß etwas, was er nicht wissen sollte, und will für sein Schweigen bezahlt werden. Ich habe einen Umschlag mit belastendem Material erhalten. Auch ist bereits geregelt, wie viel ich zu zahlen habe und wie die Übergabe des Geldes zu erfolgen hat. Der Termin ist bereits verstrichen. Sie müssen wissen, mir geht es psychisch schon seit längerem nicht gut. Meine Frau ist vor einigen Jahren gestorben. Ich bin bis heute nicht darüber hinweggekommen. Dann dieser anonyme Brief. Das war alles zu viel …»

Steixner brach ab, redete nicht weiter.

«Haben Sie den Umschlag am bewussten Tag erhalten?», fragte Emilio.

Steixner nickte. «Ja, habe ich. Das hat mir den Rest gegeben.»

«Womit werden Sie erpresst?», fragte Emilio.

«Das will ich nicht sagen.»

«Dann wird es schwierig bis aussichtslos, den Erpresser zu finden.»

«Wahrscheinlich, Sie haben recht. Dann halt nicht.»

«Oder Sie haben den Mut zu ändern, was zu ändern ist.»

«Ja, dieses Gebet. Ich habe viel darüber nachgedacht. Deshalb habe ich Sie ja hergebeten.»

«Also, dann fassen Sie sich ein Herz und erzählen. Oder Sie finden die Gelassenheit, alles so hinzunehmen, wie es kommt.»

«Das kann ich nicht.»

«Eben.»

«Ich fang mal anders an: Ich bin nicht der Einzige, der erpresst wird. Es gibt da so einen Freundeskreis, wir nennen uns

Amici del Vino. Vor mir haben mindestens zwei andere einen Brief mit belastendem Material bekommen und einer Aufforderung, für das Schweigen zu bezahlen.»

Emilio verschränkte die Arme vor der Brust. «Darf ich raten? Einer von Ihnen ist Professor Puttmenger, richtig?»

Steixner sah ihn fassungslos an und stammelte: «Woher wissen Sie?»

Emilio lächelte. «Ich weiß es nicht, ich habe geraten. Aber der Professor hat mir von den *Amici del Vino* erzählt, auch dass Niki der Gruppe angehört hat. Außer Puttmenger kenne ich niemanden.»

«Niki, der gute alte Niki.»

«Stimmt das nun mit Puttmenger?»

«Das ist seine Angelegenheit, dazu sage ich nichts. Aber Fakt ist, dass einige von uns erpresst werden. Offensichtlich hat jemand belastendes Material gesammelt. Wobei die Dinge, um die es geht, bei jedem anders gelagert sind.»

«Das wissen Sie?»

«Ganz sicher, definitiv. Mein Fall ist sowieso speziell und hat nur mit mir zu tun. Von einem anderen weiß ich, dass es Fotos von einer außerehelichen Liebschaft gibt. Das würde seine Frau nicht mögen. Vor allem hat sie das Geld in die Ehe gebracht, und der Mann steht in der Öffentlichkeit.»

«Die verschiedenen Fälle haben nichts miteinander zu tun? Das ist schon seltsam, oder?»

«Da ist noch etwas sehr seltsam: Das Belastungsmaterial ist steinalt, reicht viele Jahre zurück. Das ist bei mir so und offensichtlich auch bei meinen Freunden. Da hat jemand ganz lange gewartet, um jetzt zuzuschlagen.»

«Wirklich? Das ist in der Tat ziemlich seltsam.»

«Einige von uns sind schon früher mal erpresst worden, mit den gleichen Sachen, das ist ewig her, da hat Niki noch gelebt. Dann war plötzlich Schluss. Und jetzt geht's wieder los.»

«Sie sagten, damals habe Niki noch gelebt? Ist er auch erpresst worden?»

«Das hat er jedenfalls behauptet.»

«Klingt nicht so, als ob sie sich da sicher wären.»

«Keine Ahnung. Manche von uns haben schon geglaubt …»

«Was haben sie geglaubt?»

«Na ja, nach Nikis tragischem Unfall war plötzlich Ruhe. Keine Erpressung mehr, nichts. Da kommt man schon auf die dümmsten Gedanken.»

«Ach so.»

«Können Sie mir helfen? Nehmen Sie den Auftrag an?»

Emilio nickte. «Mach ich, außerdem scheint es Überschneidungen mit meinem eigentlichen Fall zu geben, jedenfalls was einige Personen betrifft.»

«Gut, dann wäre das geklärt. Finden Sie den Erpresser und legen Sie ihm das Handwerk.»

Emilio lachte. «Das hört sich gut an. Und ganz einfach. Aber dafür müssten Sie mir schon den Rest der Geschichte erzählen.»

«Den Rest? Ist das wirklich nötig?»

«Sonst können Sie es vergessen, ist doch klar. Zum Beispiel hätte ich gerne den Umschlag, um ihn mir genauer anzusehen. Damit würde ich sowieso erfahren, was man gegen Sie in der Hand hat.»

«Der Umschlag? Ja, den brauchen Sie, das verstehe ich. Sie gehen nicht zur Polizei?»

«Nein, sagte ich doch.»

Steixner machte die Schublade des Beistelltischs auf. «Hier ist mein Hausschlüssel. Der Umschlag liegt unter dem Teppich in meinem Arbeitszimmer.»

«Vielen Dank. Ich werde Ihr Vertrauen nicht missbrauchen. Aber wenn ich es sowieso erfahre, dann können Sie es mir doch gleich hier und jetzt erzählen.»

«Nein, ich mag nicht darüber reden. Nur so viel: Was im Erpresserschreiben behauptet wird, ist leider zutreffend. Es war ein tragisches Unglück. Ich habe tausendmal um Vergebung gebeten, ich kann es nicht rückgängig machen. Es ist nun mal passiert. Es gab nur einen einzigen Zeugen, und der lebt nicht mehr.»

«Nicht etwa …?»

«Doch, Niki war der einzige Zeuge. Ich hatte gehofft, es ist alles vorbei.»

27

Während Puttmenger dem Cayenne hinterherwinkte, atmete er tief durch. Das war gerade noch mal gutgegangen. Der Umschlag lag ungeöffnet auf dem Wohnzimmertisch, die Dose mit dem Katzenfutter stand in der Küche. Er hatte sich in der vergangenen Stunde einiges ausdenken müssen, um die Krisensituation zu bewältigen.

Der anonyme Umschlag mit der Aufschrift «Herzliches Beileid»? Ach, nichts Besonderes, wahrscheinlich wegen der Patientin, die letzte Woche verstorben ist, das wäre ihm ans Herz gegangen. Aber er wolle sich in seiner Freizeit nicht damit belasten. Der Brief könne warten.

Das Katzenfutter? Ja, der Umschlag sei bestimmt von seiner OP-Schwester, die mochte doch ihre Katze so sehr, da habe sie eben eine Dose mitgebracht, das sei doch nett.

Wo denn die kleine Mieze sei, hatte seine Tochter gefragt. Keine Ahnung, hatte er geantwortet, heute früh war sie noch da, sie sei eben eine kleine Rumtreiberin, wahrscheinlich suche sie einen Kater.

Seine Frau und die Kinder hatten ihm geglaubt, Gott sei Dank. Es war ihnen eigentlich auch ziemlich egal gewesen, nach der langen Fahrt und voller Wiedersehensfreude. Nun, zumindest die Kinder hatten sich gefreut. Bei seiner Frau Anja war er sich da nicht so sicher. Sie machte immer einen gelangweilten Eindruck. Deshalb war sie auch nicht auf die Idee gekommen, zu fragen, wie die OP-Schwester das geschlossene Eingangstor überwunden hatte. Stattdessen hatte sie eine Flasche Champagner aus dem Kühlschrank geholt, die Schuhe in eine Ecke geworfen und sich ein Glas eingegossen. Anja trank Champagner zu jeder Tages- und Nachtzeit. Ihr Stoffwechsel hatte sich anscheinend darauf eingestellt, weitgehend ohne Wasser auszukommen. Puttmenger hielt seine Frau für ein medizinisches Wunder.

Der Cayenne war außer Sicht. Er drückte auf die Fernsteuerung und schloss das Tor. Die nächsten Minuten wollte und musste er alleine sein. Es hatte ihm einige Mühe bereitet, seine Frau zu motivieren, nach Meran zu fahren, um Lebensmittel zu kaufen, frisches Obst, Vinschgauer, Bergkäse, Fleisch für den Grill und so weiter. Er habe es leider nicht geschafft, wegen der vielen Arbeit. Das war gelogen, er hatte es schlicht vergessen – aber das hatte sich jetzt als Vorteil erwiesen. Die beiden Quälgeister von Kindern hatten nicht mitgewollt. Aber sie waren bestechlich: Je ein Hunderter, um sich irgendeinen Mist zu kaufen und im Bistro 7 unter den Lauben oder bei Rossini was zu trinken, schon waren sie dabei. Leider könne er nicht mitkommen, er müsse noch einen Bericht diktieren, hatte er gesagt.

Puttmenger schloss die Haustür, ging zum Wohnzimmertisch und nahm den Umschlag in die Hand. «Mein herzliches Beileid!» So ein Bastard. Erst die Katze umbringen und dann dieser Zynismus. Die Dose war der Gipfel der Dreistigkeit. Wenn er nur wüsste, wie er diesen Drecksack finden könnte.

Er schlitzte den Umschlag auf und entnahm ihm eine vorgedruckte Kondolenzkarte mit einem schwarzen Kreuz. Die wenigen handschriftlichen Zeilen, in krakeligen Großbuchstaben, hatte er schnell gelesen. Der Erpresser schien die Geduld zu verlieren. Die zu zahlende Summe hatte er kurzerhand um zehn Prozent erhöht. Ort und Zeitpunkt der Übergabe waren angegeben. Keine Polizei. Und auch sonst kein Sterbenswort zu irgendjemandem. Kein Privatdetektiv. Kleine Scheine. Letzte Chance. Und wieder ein Bild, diesmal mit durchstochenen Augen. Puttmenger schluckte. Das war heftig. Er würde wohl zahlen müssen, um diesen Idioten ruhigzustellen. Aber er musste sich was einfallen lassen, um ihm bei dieser Gelegenheit auf die Spur zu kommen. Er brauchte die Fotos, und zwar alle, auch den Speicherchip oder die Negative, was auch immer.

Da gab es noch ein kleines Problem. Wie sollte er seiner Frau erklären, dass er spät nachts aus dem Haus musste? Ein Notfall in der Klinik, okay, das war einfach. Ach so, und das Geld. Das war keine Kleinigkeit, aber er hatte Schwarzgeld im Tresor, und den Rest würde er ranschaffen, irgendwie. Blieb die Frage, welche Falle er dem Erpresser stellen könnte. Was stand im Brief? Kein Privatdetektiv? Eigentlich keine schlechte Idee. Vielleicht dieser Baron aus München? Aber konnte man so jemandem vertrauen? Außerdem hatte der Mann eine Gehbehinderung, beim kleinsten Windstoß würde er umfallen. Er brauchte einen Kämpfer – aber er kannte keinen. Es war ohnehin besser, das Ding alleine durchzuziehen. Er brauchte keinen weiteren Mitwisser, aber einen Plan. Hoffentlich ließ sich seine Familie Zeit. Er musste nachdenken. Er holte die angebrochene Flasche Champagner und hoffte auf die stimulierende Wirkung der Kohlensäureperlchen und der Polyphenole.

28

Hoffentlich beobachtete ihn niemand und verständigte die Polizei. Der Hausbesitzer liegt im Krankenhaus, und ein wildfremder Mann kämpft mit dem Türschloss. Er hasste diese Spezialschlüssel, von denen man nicht wusste, wo oben und wo unten war. So, geschafft! Emilio betrat Steixners Haus und zog die Tür hinter sich ins Schloss. Keine Alarmanlage, gesegnetes Südtirol – oder grob fahrlässig. Obwohl draußen die Sonne schien, war es im Haus fast dunkel. Die schweren Vorhänge waren zugezogen, und auch viele Rollläden unten, das hatte er schon von außen festgestellt. Er fand einen Schalter und machte Licht. Puh, da würde er auch Depressionen bekommen. Eine antike Standuhr tickte, das Pendel schwang hin und her. Mitten im Raum stand ein Konzertflügel. Über dem Sofa hing ein gemaltes Porträt, wahrscheinlich seine verstorbene Frau. Steixner hatte das Haus am helllichten Tag verlassen. Wer sich umbringen will, zieht keine Vorhänge zu und lässt die Rollläden runter, das war dann auch schon egal. Offenbar hatte sich Steixner von der Außenwelt zurückgezogen. Fragte sich nur, ob schon vor Erhalt des Briefes oder erst danach?

Emilio ging zur Stereoanlage, Bang & Olufsen, vom Feinsten. Er nahm die Fernsteuerung, wählte den CD-Player. Chopin, das hörte er sofort, schon bei den ersten Anschlägen. Wenn ihn nicht alles täuschte, war das eine seiner Nocturnes. Sehr schön, aber auch nicht gerade ein Stimmungsaufheller. Wo ging es zum Arbeitszimmer? Emilio landete im Badezimmer, er öffnete die Hängeschränke über dem Waschbecken und inspizierte die reichlich vorhandenen Medikamente. Keine Frage, der Mann hatte wirklich Probleme. Gästetoilette, Kellertreppe, Küche. Dort entdeckte er auf dem Tisch eine angebrochene Schachtel mit Trüffelpralinen. Na immerhin, Schokolade sollte ja die Ausschüttung von Glückshormonen anregen. Die Menge hatte bei Steixner wohl nicht gereicht.

Emilio steckte eine Praline in den Mund, auch er konnte Glückshormone brauchen. Nun, der gestrige Abend mit Phina war nicht so schlecht verlaufen. Sie hatten auf dem Rückweg von Bozen einen Abstecher zum Marklhof in Girlan gemacht. Dort hatten sie einen angeregten und vielversprechenden Abend verbracht. Nach seinem Eindruck hatte es zwischen ihnen sogar deutlich geknistert, aber da hatte er sich offenbar getäuscht. Die Verabschiedung in Phinas Haus hatte er weit weniger förmlich erwartet. Im Bett war ihm die Erinnerung an Tatar von heimischen Tieren geblieben, natürlich aus artgerechter Aufzucht, an Ziegenfrischkäse mit hausgemachter Feigenmarmelade – und an Phinas hellblaue Augen, die einen so durchdringend ansehen konnten.

Emilio nahm die Pralinenschachtel und setzte seine Suche nach dem Arbeitszimmer fort. Im ersten Stock wurde er schließlich fündig. Hier waren sogar die Vorhänge aufgezogen, es war beängstigend hell. Ein Lounge Chair von Charles Eames, der Schreibtisch von Corbusier. Der große Teppich war ein moderner Klassiker, er tippte auf Eileen Grey. An den Wänden handsignierte Bilder von Paul Flora. Keine Frage, Steixner hatte Geschmack und das nötige Kleingeld. Er bückte sich, fand den Umschlag unter dem Teppich, er machte es sich auf dem Lounge Chair bequem und naschte eine weitere Praline. Hatte er es eilig? Nein, hatte er nicht. Emilio schloss die Augen, ließ die Praline im Mund zergehen und entspannte. Der Umschlag konnte warten. Nur weil er jetzt zwei Aufträge zur gleichen Zeit hatte, musste er sich nicht überschlagen.

Emilio war kurz davor einzunicken, da läutete das Telefon auf dem Schreibtisch. Einmal, zweimal, immer wieder. Der Anrufer war ganz schön penetrant. Bevor es ewig weiterklingelte, beschloss er, ranzugehen. Er meldete sich mit einem Räuspern, dann mit einem kurzen: «Ja bitte.»

«Herr Steixner?»

Emilio zögerte. Er war noch nicht richtig wach. Er entschied sich für ein unverbindliches «Hmmm».

«Warum sind Sie nicht zur verabredeten Zeit ans Telefon gegangen?», sagte der Anrufer. «Sie haben doch meine Nachricht bekommen.»

Jetzt war Emilio wach, sogar hellwach. Mit schnellem Griff zog er sein Smartphone aus der Jacke und schaltete die Sprachaufzeichnung ein. An Steixners Telefon drückte er auf den Knopf mit dem Lautsprechersymbol.

«Ja, habe ich», antwortete Emilio. Das war kein Risiko, woher sollte der Anrufer, falls es der Erpresser war, Steixners Stimme kennen? Oder doch? Gleich würde er es wissen.

«Dann hätten Sie ans Telefon gehen müssen. Ich mache keine Witze.»

Emilio klemmte den Hörer hinters Ohr, öffnete mit fliegenden Händen den Umschlag und breitete den Inhalt auf dem Schreibtisch aus.

«Das ist mir klar», sagte er, um Zeit zu gewinnen. Es ärgerte ihn, dass er sich vorhin nicht schlaugemacht hatte. Seine Augen rasten über die Unterlagen. Er überflog den Brief, sah die Fotos mit dem verbeulten Sportwagen, die Werkstatt in Bologna, die Zeitungsberichte, die zu lesen er jetzt keine Zeit hatte, mit dem Foto eines Mädchens, das laut Überschrift überfahren worden war, der Fahrer flüchtig. Ein Blatt mit der geforderten Geldsumme. Das tote Mädchen, das verbeulte Auto ... Was hatte Steixner im Krankenhaus gesagt? Es sei alles wahr, hatte er gesagt. Und dass es ein tragisches Unglück gewesen sei.

«Hören Sie überhaupt zu?», herrschte ihn der Anrufer an.

Was hatte er vorher gesagt? Tatsächlich hatte Emilio nicht hingehört. Er hatte versucht, möglichst schnell zu verstehen, worum es ging. Und er war keine Frau, die zwei Dinge zur gleichen Zeit machen konnte.

«Doch, doch», beschwichtigte Emilio. Und weil er sich erinnerte, dass Steixner aus Salzburg stammte, versuchte er, seiner Sprache eine leicht österreichische Färbung zu geben. «Das ist nicht leicht für mich», fuhr er fort, «ich bin völlig fertig. Ich hatte einen Nervenzusammenbruch und war im Krankenhaus, deshalb konnte ich nicht ans Telefon gehen.»

«Haben Sie das Geld?»

«Noch nicht, der Nervenzusammenbruch, Sie verstehen ...», stammelte Emilio.

«Ich verstehe gar nichts. Sie stecken tief in der Scheiße, und wenn Sie da wieder rauskommen wollen, müssen Sie zahlen. Oder Sie wandern ins Gefängnis, so einfach ist das. Ein junges Mädchen überfahren und dann abhauen. Da sitzen Sie lange, das können Sie mir glauben.»

«Es war ein Unglück», sagte Emilio mit weinerlicher Stimme.

«Das interessiert keine Sau. Wann können Sie zahlen?»

«Zwei, drei Tage brauche ich noch. Ich habe das Geld nicht flüssig, muss erst einige Anlagen abstoßen.»

«Zwei Tage, höchstens zwei Tage, keine Minute länger. Ich rufe Sie morgen wieder an, zur gleichen Zeit.»

«Verstanden», sagte Emilio, «ich werde da sein.»

«Und noch was ...»

«Ja?»

«Passen Sie auf, dass Sie nicht wieder einen Nervenzusammenbruch bekommen.» Der Anrufer lachte. «Das ist nicht gut für unsere Geschäftsbeziehung.» Dann legte er auf.

Emilio stoppte die Aufzeichnung. Er fuhr sich durch die Haare. Verdammt, darauf war er nicht vorbereitet gewesen. Hatte er alles richtig gemacht? War es klug gewesen, sich als Steixner auszugeben? Emilio nahm wieder auf dem Lounge Chair Platz und legte die Beine hoch. Egal, er konnte es nicht mehr ändern. Außerdem eröffnete das Telefonat interessante Möglichkeiten. Er schob eine weitere Praline in den Mund und hörte sich die Aufzeichnung an. Der Mann war Südtiroler, das war nicht zu überhören. Aber sein Dialekt hatte eine merkwürdige Färbung. Vielleicht konnte ein Einheimischer was damit anfangen? Er wusste, dass Pustertaler ein anderes Südtirolerisch sprachen als etwa Vinschgauer. Nur konnte er es nicht unterscheiden.

Emilio überlegte, ob und wann er Steixner ins Bild setzen sollte. Er war in einer prekären Lage. Das konnte ebenso falsch wie richtig sein, aber verschweigen konnte er den Anruf nicht. Vielleicht kannte Steixner die Stimme? Nein, bestimmt nicht, sonst hätte der Erpresser nicht so unbeschwert gesprochen, ohne seine Stimme zu verzerren oder zu verstellen, das hätte man gehört. Spontan kam Emilio ein Gedanke, den er schon gestern gehabt hatte, dass nämlich sein Auftraggeber im zweiten Fall der Mörder im ersten sein konnte. Jedenfalls hätte Steixner ein Motiv gehabt, Niki umzubringen. Emilio erinnerte sich noch genau an seine Worte: «Es gab nur einen einzigen Zeugen, und der lebt nicht mehr.» Und was hatte er noch gesagt? «Ich habe gehofft, es ist alles vorbei.» Mal angenommen, Steixner war mit dem Unfall schon einmal erpresst worden, und zwar vor etwas über zehn Jahren, dann hätte er allen Grund gehabt, besagten einzigen Zeugen umzubringen. Emilio fragte sich, ob er das wirklich glaubte. Nein, sein Bauchgefühl sprach dagegen. Aber er wäre vom Affen gepudert, wenn er diese Möglichkeit völlig ausschloss.

29

Nach dem Telefonat, das er zur Sicherheit von einem öffentlichen Fernsprecher geführt hatte, fühlte sich Marco leicht, locker und beschwingt. Na bitte, diesen Steixner brauchte er nicht lange weichklopfen, der war schon jetzt mürbe, so hatte er sich das bei dem Typen vorgestellt. Dass der gute Mann nach Erhalt seines Schreibens gleich mit einem Nervenzusammenbruch ins Krankenhaus musste, hatte er zwar nicht auf der Rechnung gehabt. Aber das machte nichts, sorgte nur für eine kleine Verzögerung. Jetzt brauchte Steixner eben etwas Zeit, um das Geld lockerzumachen, das war glaubhaft. Aber in zwei Tagen sollte das zu schaffen sein – da kannte er kein Pardon.

Marco schlenderte durch die Grebergasse und gelangte zum Parkhotel Laurin. Dort fand er auf der nach hinten gelegenen Terrasse zum Garten einen Platz und bestellte einen Sprizz Veneziano. In den Jahren seiner Gefangenschaft hatte sich manches verändert, es gab einiges nachzuholen. So war der in Norditalien schon länger bekannte Aperol mit Prosecco in der Zwischenzeit zu einem ausgesprochenen Modegetränk geworden. Er fand den Sprizz zwar irgendwie weibisch, aber er passte sich gerne an. Was hatte seine bescheuerte Gefängnispsychologin gesagt? Er solle sich in die Gesellschaft integrieren. Genau das tat er soeben. Er sah zufrieden auf die Rolexuhr an seinem Handgelenk, schob die Sonnenbrille ins gegelte Haar und machte einen gelangweilten Gesichtsausdruck. Ganz so, als ob er jeden Tag auf der Terrasse von Bozens feinstem Hotel zu entspannen pflegte. Daran könnte er sich gewöhnen. Jetzt mussten die Weicheier nur noch bezahlen, damit er sich diesen Lebensstandard auch wirklich leisten konnte. Steixner hatte er wohl so weit. Bei Professor Puttmenger glaubte er jetzt auch daran. Und bei diesem Armin Rottenthaler würde er noch etwas Zeit in die Recherche investieren müssen. Natürlich ließ der sich nicht mit einer steinalten Affäre erpressen. Wahrscheinlich war die Tussi schon auf dem Sperrmüll. Außerdem hatte er schon einmal dafür bezahlt. Aber der Rottenthaler schlug garantiert noch immer über die Stränge. Einmal *bunga bunga*, immer *bunga bunga*.

Ihm fiel das Telefonat ein, das er gerade geführt hatte. Tatsächlich hatte er nicht erwartet, dass Steixner wirklich an den Apparat gehen würde. Allzu oft hatte er es zuvor vergeblich versucht. Er hatte auch nicht die präparierte Alumuschel dabeigehabt, mit der er bei seinen Telefonaten mit Puttmenger seine Stimme verändert hatte. Aber das machte nichts, ihn kannte sowieso niemand. Er kam sozusagen aus dem Nichts, wie ein Phantom. Der Überraschungseffekt war umso größer. Hatte man ja bei Steixner gemerkt, der war gerade völlig von der Rolle gewesen. Was hatte der gestammelt? «Sie müssen verstehen, nicht leicht für mich, bin fertig, Nervenzusammenbruch …» Na ja, oder so ähnlich. Marco dachte nach. Doch, das war absolut überzeugend gewesen. Er war sich sicher, dass wirklich Steixner am Telefon gewesen war. Nun, theoretisch hätte es auch jemand von der Polizei sein können, der sich als

Steixner ausgab. Nein, korrigierte sich Marco, das war ausgeschlossen, dann hätte der Mann einen Südtiroler Dialekt gesprochen. Außerdem würde Steixner nie zur Polizei gehen, nicht mit einem überfahrenen Mädchen. Der Mann war verwirrt und überfordert gewesen, außerdem weinerlich und mit einem Zittern in der Stimme. Es gab keinen Grund zu zweifeln. Marco rührte nachdenklich mit einem Strohhalm im Sprizz. Trotzdem würde er Steixners Haus in Terlan mal ein wenig observieren. Und er könnte in den umliegenden Krankenhäusern nachfragen, ob vor einigen Tagen ein gewisser Ernst Steixner mit einem Nervenzusammenbruch eingeliefert worden war. Doch, das würde er tun, nur um auf Nummer sicher zu gehen.

Der Schönheitsfuzzi machte ihm erheblich mehr Sorgen. Aber auch hier glaubte er sich kurz vor dem Ziel. Der gute Mann tat nur so, als ob er starke Nerven hatte. In Wahrheit fehlten ihm die *coglioni*. In der kommenden Nacht würde es sich zeigen. Leider hatte Marco niemanden, mit dem er wetten konnte. Sonst hätte er die Rolexuhr gesetzt. Er schaute auf die fünfzackige Krone. Na ja, vielleicht besser nicht, er hatte sich schon an die Uhr gewöhnt. Und bei diesem Arschloch von Puttmenger konnte man sich nicht wirklich sicher sein. Er würde sich in Acht nehmen müssen. Vielleicht hatte der Schönheitsschnipsler einen kreativen Einfall? Marco grinste. Egal, dann hätte er selbst einfach einen besseren!

30

Falko Puttmenger hatte die letzte Operation des Tages hinter sich gebracht. Er pflegte die Eingriffe nach den Gängen eines Menüs zu ordnen. Als Amuse-Gueule eine diskrete Faltenunterspritzung, als Horsd'œuvre eine kleine Nasenkorrektur, als Vorspeise eine dezente Bruststraffung, als Zwischengericht Tränensäcke, als Hauptgang eine massive Fettabsaugung – unter Vollnarkose, weshalb er das unappetitliche Procedere seinem Oberarzt überlassen und in der Zwischenzeit einen Cappuccino trinken konnte, die Patientin würde es nicht merken, Hauptsache der Name des Professors stand später auf der gesalzenen Rechnung. Zum Dessert schließlich ein labioplastischer Eingriff – die deutsche Übersetzung vermied er tunlichst, obwohl er nicht prüde war, aber so klang es seriöser. Jedenfalls hatte das chirurgische Menü gepasst, für seine Verhältnisse war es eher bescheiden ausgefallen, aber schließlich hatte er für den heutigen Tag noch andere Programmpunkte. Am Nachmittag war er mit seiner Frau und den Kindern verabredet. Sie hatten ein neues Outlet-Center ausgekundschaftet, wo sie unbedingt mit ihm hinwollten. Ihm war klar, dass seine Gesellschaft nicht wirklich von Bedeutung war, seine Brieftasche mit den Kreditkarten hätte es auch getan. Am Abend würden sie zusammen essen gehen, er hatte bei Luigi einen Tisch reserviert, im Kallmünz in Meran. Er mochte dort die japanisch inspirierte Küche, zum Beispiel Sashimi vom Lachs und Thunfisch, seine Kinder könnten ja Spaghetti essen, und seiner Frau war alles egal, Hauptsache, sie bekam ihren Champagner. Er würde dafür sorgen, dass sie reichlich davon trank, damit sie richtig müde wurde und bald zu Bett wollte. So würde sie kaum mitbekommen, dass er wegen eines «nächtlichen Notfalls» überraschend in die Klinik musste. Abgesehen davon wäre es ihr auch egal. Um die Kinder musste er sich keine Sorgen machen, denen war er keine Rechenschaft schuldig.

Puttmenger ging durch das Vorzimmer seines Privatbüros, wies seine Sekretärin an, ihn bis auf Widerruf nicht zu stören, keine Telefonate, kein Notruf, auch solle sie ihren vorwitzigen Kopf nicht mit einer blöden Frage in sein Zimmer stecken, er brauche unbedingte Ruhe. Ob sie das verstanden habe? Ihr beleidigter Gesichtsausdruck ließ keinen Zweifel: Ja, sie hatte verstanden! Dennoch sperrte er die Tür zu. Das hatte er noch nie gemacht, aber es interessierte ihn nicht, was sich seine Sekretärin dabei dachte.

Mit der Fernsteuerung schloss er die Jalousie an der großen Glasfront. Dann holte er einen schwarzen Pilotenkoffer aus dem Schrank, stellte ihn auf den Schreibtisch und öffnete den Wandsafe. Er stapelte einige Geldbündel auf dem Tisch, holte ein Handy aus seinem Aktenkoffer und begann mit den Vorbereitungen. Um Mitternacht sollte er das Geld hinterlegen, auf einem Friedhof, hinter einem Grabstein. Sein Erpresser hatte Sinn für Dramatik. Die Details der Übergabe waren exakt vorgegeben. Puttmenger grinste. Einerseits würde er sich daran halten, andererseits wieder nicht. Er hielt ein kleines Handy in der Hand, das er extra für diesen Zweck gekauft und angemeldet hatte. Es war aufgeladen und passte perfekt in eine kleine Seitentasche im Pilotenkoffer, die man nicht sofort entdeckte und wohl für wichtige Reisedokumente und Ausweispapiere bestimmt war. Das Handy war nichts Besonderes, aber er hatte es bei einem Trackingsystem registrieren lassen, damit war es dann doch sehr speziell. «Schützen Sie Ihr Kind durch Handy-Ortung» hatte es in der Werbung geheißen. Man könne sein Kind per GPS metergenau orten und sich die Position auf Google-Maps darstellen lassen. Er hatte das Handy freigeschaltet, das Trackingsystem eingerichtet und bereits ausprobiert. Funktionierte tadellos. Wieder musste er lächeln. Die Handy-Ortung sollte nicht sein Kind schützen, seine Tochter würde ihm einen Vogel zeigen, sondern sein Geld, das war fast genauso wichtig. Und weil er sich ungern davon trennte, stopfte er erst mal einige zusammengefaltete Zeitungen in den Pilotenkoffer. Darauf schichtete er bis zur Oberkante einige Geldbündel, ganz akkurat, sodass von den Zeitungen nichts mehr zu sehen war. Das machte einen guten Eindruck. Oben drauf legte er einen vorbereiteten Briefumschlag mit einem kleinen, freundlichen Schreiben. Nun, allzu freundlich war es nicht, das ging schon bei der Anrede los: «Du blödes Arschloch», hatte er geschrieben. Seinen Kindern hatte er die Fäkalsprache verboten, aber hier drängte sie sich einfach auf. Es fiel ihm nicht schwer, sich auf dieses sprachliche Niveau herabzulassen. Es handele sich hierbei um eine Anzahlung, hatte er sinngemäß geschrieben, den Rest gebe es erst zu einem zweiten Termin – und diesmal zu seinen Bedingungen. «Mit der Zeitung kannst du dir den Hintern abwischen», hatte er zum Schluss geschrieben. Zugegeben, das war ziemlich emotional formuliert und definitiv unter seinem Niveau. Aber er wollte dem Erpresser verdeutlichen, dass mit ihm nicht zu spaßen war. Puttmenger schloss den kleinen Koffer, schüttelte ihn, machte ihn wieder auf – alles an seinem Platz, perfekt. Hatte er etwas vergessen? Er ging erneut zu seinem Safe und entnahm ihm eine Pistole. Aus einer Schachtel versorgte er sich mit Munition, füllte das Magazin und schob es in die Waffe. Dabei dachte er an seine tote Katze. Der Erpresser war zu weit gegangen, entschieden zu weit!

31

Leuchtende, strohgelbe Farbe mit leicht rötlichem Reflex.» Emilio betrachtete den Wein im Glas. Der Beschreibung im Katalog mit den Weinen von Alois Lageder konnte er beipflichten. Wie ging es weiter? «Kräftiges, komplexes Aroma mit Spätlesecharakter. Tropische Früchte in Kombination mit Geruchsnoten, die an Blumen und Kräuter erinnern ...» Er roch am Gewürztraminer. Doch, auch das konnte er so durchgehen lassen. Da war noch ein Zitruston. Der «Am Sand» gefiel ihm. «Trocken, mit frischer Säure und einer Bitternote im Abgang.» Einverstanden. Er nahm noch einen Schluck, schaute das Glas wehmütig an – und schüttete den Rest in einen Spuckkübel. Warum hatte er keinen Chauffeur?

Er saß in der Vineria Paradeis in Margreid, gelegen ganz im Süden der Weinstraße, der *Strada del Vino*, die von Eppan über Kaltern und Tramin hierherführte. Genau genommen, saß er unter einem weißen Schirm im idyllischen Innenhof, ein Bein hatte er auf einem Stuhl gelagert, es schmerzte, obwohl es sein gesundes war. Er hatte längst aufgegeben, seinen Körper verstehen zu wollen. Man könne hier bei einem guten Glas Wein einfach die Zeit vergessen, hatte er gelesen. Genau das versuchte er, in die Tat umzusetzen, allerdings fand er die Beschränkung auf ein einziges Glas wenig zielführend.

Zuvor war er durch Margreid geschlendert, der Ort hat sich den Charme vergangener Zeiten bewahrt, mit seinen malerischen Gassen und Torbögen. An einer Hausmauer hatte er der mit über 400 Jahren ältesten Weinrebe Europas seine Referenz erwiesen. Dann hatte er sich mit Alois Lageder getroffen, dem wohl bekanntesten Winzer Südtirols. Den Termin hatte er schon in München verabredet, unter Vermittlung eines gemeinsamen Bekannten. So war ihm vergönnt gewesen, von Lageder persönlich durch dessen Kellerei im Ansitz Löwengang geführt zu werden. Wie schon bei seinen Gesprächen mit Phina und auf Manincor stand wieder der biodynamische Weinbau im Fokus der Unterhaltung. Alois Lageder orientierte sich konsequent und in allen Bereichen an dieser Philosophie, für die er in Südtirol als Vorreiter galt. Natürlich war auch die Kellerei nach baubiologischen und ökologischen Kriterien errichtet. Von Alois Lageder hatte er sich den verwunschenen Park des Ansitz Hirschprunn zeigen lassen, mit uraltem Baumbestand, mit Farnen und Stauden, hergerichtet nach den Plänen eines australischen Gartengestalters. Auch hatte Lageder den Palast Casòn Hirschprunn aufgesperrt und ihm die historischen Räume gezeigt, wo bei Kerzenschein schon legendäre Weinverkostungen und Jazzkonzerte stattgefunden haben.

Währenddessen hatte Emilio wieder mal verdrängt, warum er eigentlich in Südtirol war. Obwohl er sich in diesem Punkt nicht so sicher sein konnte, schließlich hatten die Weine den Ausschlag gegeben, den Auftrag von Theresa anzunehmen. Natürlich, da war auch der Vorschuss. Dabei fiel ihm ein, dass er mit Steixner dringend einen selbigen vereinbaren und die Zahlung in die Wege leiten musste. Wenn es dumm lief, brachte sich der gute Mann doch noch um – dann stünde er mit leeren Händen da. Das wäre ausgesprochen unerfreulich. Emilio bat sich selbst um Vergebung: Ganz so emotionslos war er nicht, natürlich wünschte er Steixner auch aus menschlicher Anteilnahme ein langes Leben. Die Fixierung auf den schnöden Mammon schuldete er seiner notorisch klammen Finanzsituation. Diese wendete sich allerdings gerade zum Besseren. Zwei Aufträge zur gleichen Zeit hatte er schon lange nicht mehr gehabt. Er hob das Glas mit dem nächsten Wein seiner kleinen Verkostung, einem «Cor Römigberg Cabernet Sauvignon», und stieß symbolisch auf seine positive Geschäftsentwicklung an. Er könnte es auf die Spitze treiben und Professor Puttmenger als weiteren Kunden akquirieren, schließlich wusste Emilio von Steixner, dass auch der Schönheitschirurg erpresst wurde. Die Aufklärung des einen Falles erledigte den anderen gleich mit. Warum dafür nicht doppelt kassieren?

«Konzentriertes Fruchtaroma, fruchtig, würzig und floral», las er in der Beschreibung. Er ließ den Wein im Glas rotieren und roch an ihm. «Kirsche, schwarze Johannisbeere ...» Das war leicht, jeder vernünftige Cabernet hatte diese Geruchsnoten. «Tabak, Veilchen, Minze ...» Warum wollte er das so genau wissen, war er bescheuert? Der Wein war kein Quiz, sondern zum genussvollen Trinken da. Er dachte nicht länger über das Bouquet nach und nahm einen kräftigen Schluck. Fast hätte er aus Vergnügen gerülpst, aber das verbot ihm seine gute Kinderstube. Wo war er stehengeblieben? Den Professor Puttmenger als weiteren Kunden anwerben und erneut einen Vorschuss kassieren? Auf einen Versuch könnte er es ankommen lassen. Es widerstrebte ihm zwar grundsätzlich, sich aktiv um Aufträge zu bemühen, aber in diesem Fall könnte es sogar der Aufklärung dienlich sein. Je mehr Informationen er bekam, umso größer die Chancen. Und wenn er mit seiner Arbeit scheiterte, was nicht auszuschließen war, dann hätte er wenigstens die Vorschüsse im Portemonnaie. «Lang anhaltendes, frisches und fruchtiges Finale ...» Der Cabernet hielt die Versprechungen in der Weinbeschreibung. Wie war es mit ihm? Würde er seine Versprechungen halten? Was für Versprechungen? Seine «Tante» Theresa hatte er darauf vorbereitet, dass nach zehn Jahren sehr wahrscheinlich nichts mehr dabei herauskommen würde. Und dem Herrn Steixner hatte er auch keine Versprechungen gemacht. Er könnte genauso gut hier sitzen bleiben, Ravioli mit Salbeisauce bestellen und sein lädiertes Bein schonen. Stattdessen fragte er nach der Rechnung. Er war sich wieder einmal selbst ein Rätsel. Menschen mit preußischem Pflichtbewusstsein waren ihm zutiefst suspekt. Er wollte dieser Gattung definitiv nicht angehören. Es gab nur eine Erklärung, die gleichzeitig als Entschuldigung gelten mochte: Seine aktuellen Aufträge fingen an, ihm Spaß zu machen. Er glaubte zu spüren, wie Adrenalin durch seine müden Knochen strömte, was vermutlich eine medizinische Unmöglichkeit war.

* * *

Einige Stunden später betrat er das Bozner Zentralkrankenhaus. Als Erstes ging er zur Rezeption und ließ sich dort von einer jungen Frau bestätigen, dass man Anrufern oder Besuchern keine Auskünfte über Patienten geben würde. Im Anschluss fragte er, ob Ernst Steixner noch stationär im Krankenhaus sei. Als sie ihm das freundlich bestätigte und auch die Station nannte, bat er um einen umgehenden Besuch ihres Vorgesetzten in Steixners Krankenzimmer, er würde dort auf ihn warten.

Im Krankenzimmer angekommen, informierte er Steixner über den Telefonanruf des Erpressers. Dann spielte er ihm das aufgezeichnete Gespräch vor. Steixners Gesicht wurde noch blasser, als es ohnehin schon war. Emilio beruhigte ihn. Sie sollten froh sein, das hätte nicht besser laufen können. Ob ihm die Stimme bekannt vorkäme?

Steixner schüttelte verneinend den Kopf, auch könne er den Dialekt nicht zuordnen, er lebe zwar schon lange in Südtirol, sei aber kein Einheimischer. Nach einer Pause fragte Steixner, ob er das geforderte Geld beschaffen solle. Er könne das innerhalb eines Tages bewerkstelligen.

Emilio winkte ab. Noch bräuchten sie das Geld nicht. Steixner könne vorsichtshalber die nötigen Schritte in die Wege leiten, damit man im Notfall schnell handeln könne. Aber er hoffe, dass es nicht dazu kommen würde.

Während Emilio redete, ging ihm durch den Kopf, dass er Unsinn faselte. Worauf begründete sich seine Hoffnung, dass es zu keiner Zahlung kommen würde?

Apropos Zahlung, sagte Emilio, ob es sehr unhöflich wäre, auf einem kleinen Vorschuss zu bestehen, das sei in seinem Gewerbe so üblich. Er nannte einen Eurobetrag, den er doppelt so hoch angesetzt hatte wie üblich. Steixner sagte, dass das selbstverständlich in Ordnung ginge, ließ sich Emilios Bankverbindung und Kontonummer geben und versprach, die Überweisung vom Krankenbett aus in die Wege zu leiten.

Es klopfte an der Tür. Der Besucher stellte sich als Abteilungsleiter der Krankenhausverwaltung vor. Man habe ihm gesagt, es gebe ein Problem.

Ein Problem? Steixner sah ihn ratlos an.

Nein, es gebe kein Problem, sagte Emilio. Sie hätten nur

eine kleine, aber wichtige Bitte. Steixner wusste immer noch nicht, worum es ging. Aus sehr privaten Gründen, fuhr Emilio fort, wäre es Herrn Steixners ausdrücklicher Wunsch, dass sein Aufenthalt in diesem Krankenhaus mit äußerster Diskretion behandelt würde. Es wäre wichtig, dass etwaige Anrufer oder Besucher keine Auskunft bekämen. Oder noch besser: Man solle sagen, dass Herr Steixner schon vor Tagen entlassen wurde. Ob das möglich sei?

Der Verwaltungsmensch sah Steixner zweifelnd an. Ob das wirklich sein ausdrücklicher Wunsch sei, fragte er. Steixner kratzte sich am Kopfverband, sah Emilio fragend an, dieser nickte auffordernd. Ja, das sei sein Wunsch, bestätigte Steixner. Wobei man ihm ansah, dass er erst langsam den Grund verstand.

Das ließe sich arrangieren, sagte der Klinikangestellte. Man könne im Belegungssystem einen entsprechenden Vermerk anbringen. Das habe es in der Vergangenheit schon häufiger gegeben, meist auf Betreiben der Polizei oder der Staatsanwaltschaft, aber durchaus auch aus rein privaten Gründen, die man selbstverständlich respektiere. Man wolle alles tun, damit die Genesung der Patienten ungestört voranschreiten könne.

Emilio und Steixner bedankten sich. Emilio fragte, ob der Klinikangestellte ein gebürtiger Südtiroler sei, er höre sich so an. Nicht nur Südtiroler, antwortete dieser lachend, sondern ein waschechter Bozner.

Ob er ihm etwas vorspielen dürfe, fragte Emilio, einem spontanen Einfall folgend. Mit leise gestellter Lautstärke suchte er eine unverfängliche Stelle. Dann spielte er sie vor: «Warum sind Sie nicht zur verabredeten Zeit ans Telefon gegangen? Sie haben doch meine Nachricht bekommen … Dann hätten Sie ans Telefon gehen müssen. Ich mache keine Witze.»

Ob er den Dialekt zuordnen könne, fragte Emilio, der Anrufer sei doch zweifelsfrei ein Südtiroler, der sich zwar bemühe, Hochdeutsch zu sprechen, der aber seine Herkunft nicht verleugnen könne. Aber irgendwie habe die Sprache eine komische Färbung. Ob er eine Vermutung habe, wo der Anrufer herkäme?

«Kann ich es noch mal hören», fragte der Klinikangestellte. Emilio spielte die Passage erneut vor.

«Alles klar. Habe ich mir gleich gedacht.»

«Was haben Sie sich gedacht?»

«Das ist ein Spaghetti», sagte der Klinikangestellte, um sich sofort für diese Wortwahl zu entschuldigen. Das sei politisch nicht korrekt, er habe vielmehr gemeint, es handele sich um einen Mitbürger mit italienischen Vorfahren, wahrscheinlich aus Bozen, die hätten diese typische Sprachfärbung. Eigentlich sehr sympathisch, diese Spaghetti.

«Sympathisch? Finde ich nicht», sagte Emilio, der an den Erpresser dachte, dem er definitiv keine Sympathien entgegenbrachte, gleichzeitig dachte er an seine italienische Mutter, die hervorragende Spaghetti machen konnte. Dass der Besucher seine Anmerkung völlig anders interpretierte, fiel ihm erst auf, als sich dieser mit einem kameradschaftlichen Händedruck verabschiedete.

Emilio blieb noch eine Weile, um seinem Klienten die weitere Vorgehensweise und die verschiedenen Optionen zu erläutern. Dann ließ er sich einen Weg beschreiben, wie er Steixners Villa unbemerkt durch den Garten und einen Schuppen betreten konnte. Er musste nur bei seinem nächsten Besuch eine Hintertür entriegeln. Später lenkte er das Gespräch auf Niki und achtete dabei genau auf Steixners Reaktionen. Entweder verstellte er sich gut, oder er hatte mit dessen Tod wirklich nichts zu tun. Ein Thema sparte Emilio aus: Mit keinem Wort ging er auf den Inhalt des Umschlags ein, auf den Tod des Mädchens und die Unfallflucht. Und umgekehrt sprach ihn Steixner nicht darauf an. Als ob sie eine stillschweigende Übereinkunft getroffen hätten.

32

Dick nach Tramin steht mein Gedank», hatte der Südtiroler Minnesänger Oswald von Wolkenstein seinem bevorzugten Rebensaft schon im Mittelalter ein dichterisches Denkmal gesetzt. Der Gewürztraminer tat seiner Kehle gut und förderte offenbar seine Sangeskraft. Bis heute ist der goldfarbene, würzige und bukettreiche Wein der ganze Stolz des alten Weindorfs Tramin. Gerne werden auch die drei bedeutsamen Kirchen von Tramin erwähnt, wobei Sankt Valentin insofern einen Sonderstatus hat, als die Kirche etwas außerhalb des Orts liegt, direkt an der Weinstraße nach Kurtatsch. Sankt Valentin ist eine Friedhofskirche, umringt von Grabsteinen und Zypressen – gelegen inmitten von Rebhügeln. Es gibt Menschen, die schwärmten von dem Freskenzyklus im Kirchenschiff, die wussten von den alten Meistern der Bozner Schule zu erzählen und von der Valentinslegende. Die beiden Männer, die sich spät am Abend Sankt Valentin näherten, taten dies nicht aus kunsthistorischem Interesse, sie wollten auch keinem Angehörigen am Grab gedenken. Sie hatten weit niedere Beweggründe. Der eine war wesentlich früher dran als der andere. Er bezog ein Versteck hinter einem mächtigen Grabstein aus schwarzem Marmor. Dort verweilte er und wartete.

Die mitternächtliche Geisterstunde rückte näher. Marco

dachte, dass er Puttmenger einige Gemeinheiten zutraute. Auch blieb ein kleines Risiko, dass statt dem Schönheitschirurgen plötzlich die Carabinieri auftauchten. Aber die Wahrscheinlichkeit war minimal, geradezu winzig. Schließlich wusste er, was sonst keiner wusste. Vom Professor abgesehen, und der würde alles daran setzen, dass es ein Geheimnis blieb. Vorsichtshalber hatte Marco seinen Fluchtweg genau einstudiert, erst im Spurt nach oben, dann hinter dem großen Steinkreuz zum Gedenken an die Toten aus dem Ersten Weltkrieg nicht durch das schmiedeeiserne Tor, denn es war zu dieser späten Stunde verriegelt, sondern an einem Rosenstrauch vorbei über die Mauer – auf der anderen Seite wartete bereits seine Vespa auf ihn. Den ersten Kilometer würde er mit Vollgas im Blindflug ohne eingeschalteten Scheinwerfer finden. Leider leuchtete der Mond so hell, dass er auf seiner Armbanduhr die Zeit erkennen konnte. Etwas finsterer wäre ihm die Nacht entschieden lieber gewesen. Aber das fahle Licht hatte auch seine Vorteile, Puttmenger würde sich nicht unbemerkt nähern können. Blieb nur noch eine entscheidende Frage: Wo blieb der Saukerl?

* * *

Prof. Dr. med. Falko Puttmenger hatte seinen Ferrari vor der Klinik gegen einen Fiat Cinquecento eingetauscht. Er wusste seine Frau Anja tief schlafend im Ehebett, was nicht nur am reichlich konsumierten Champagner lag, sondern durch ein Schlafmittel aus der Stoffgruppe der Benzodiazepine unterstützt wurde. Seinen Kindern hatte er mit einem Kuss eine gute Nacht gewünscht und einen Notfall in der Klinik angedeutet. Über Eppan und Kaltern war er auf der Weinstraße nach Tramin gefahren. Dort steuerte er auf den Parkplatz vor dem Friedhof mit der Kirche Sankt Valentin. Er machte den Motor aus, drehte die Seitenscheibe nach unten und versuchte, sich zu orientieren. Leider hatte er es nicht geschafft, dem Friedhof schon vorher und bei helllichtem Tag einen Besuch abzustatten. Aber er hatte ja seine Familie im Nacken gehabt. Na egal, wenn das Trackingsystem mit dem Handy funktionierte, würde er der Spur seines Geldes folgen können. Er hatte nicht die Absicht, es auf dem Friedhof zur direkten Konfrontation kommen zu lassen. Aber wenn es nötig sein sollte, würde er diese nicht scheuen. Er tastete nach der Pistole, die im Gürtel unter seinem Poloshirt steckte. Es machte keinen Sinn, die Sache hinauszuzögern. Seine Augen hatten sich an die Dunkelheit gewöhnt, der helle Sternenhimmel und der Mond tauchten den Totenhügel in ein gespenstisches Licht. Es war kein anderes geparktes Auto zu sehen, auch keine Menschenseele. Puttmenger öffnete die Tür und stieg aus. Er nahm den Pilotenkoffer vom Beifahrersitz und machte sich auf den Weg. Zwischen zwei Zypressen stieg er auf die niedrige Mauer und sprang auf der anderen Seite hinunter. Rechts war die Kirche, von dort nach links die Reihen mit den Grabsteinen, er fand die richtige und lief los. Einige Grablichter brannten. Er dachte nicht an die Seelen der Verstorbenen, stattdessen versuchte er, sich nicht zu verzählen. Schließlich stand er vor einem ovalen Grabstein mit einem schmiedeeisernen Kreuz. Kurz schaltete er seine Taschenlampe an, um die Inschrift zu kontrollieren. Sie stimmte mit den Angaben auf dem Erpresserbrief überein, er hatte sein Ziel erreicht. Puttmenger hielt für einen Moment den Atem an. Nichts zu hören, gar nichts, nur die gelegentlichen Autos auf der Straße, die am Friedhof vorbeiführte und deren Insassen keine Notiz von dem kleinen Fiat auf dem Parkplatz nahmen.

Ob ihn der Erpresser beobachtete? Einem spontanen Einfall folgend, hob er den Pilotenkoffer mit gestreckten Armen in die Höhe, er drehte sich theatralisch einmal im Kreis, dann stellte er ihn hinter dem Grabstein ab, wedelte mit den leeren Händen in der Luft und machte sich auf den Rückweg. Beim Übersteigen der Mauer rutschte die Pistole aus seinem Gürtel. Erschreckt bückte er sich, um sie aufzuheben. Gott sei Dank war die Waffe gesichert, und es hatte sich kein Schuss gelöst. Zurück im Auto, startete er den Motor, er machte die Scheinwerfer an, stieß zurück, steuerte auf die *Strada del Vino*, gab kräftig Gas und fuhr nach Norden Richtung Ortszentrum von Tramin. Wenn er tatsächlich unter Beobachtung stand, sollte das entschlossen genug wirken. Schon kam rechts die Abzweigung nach Neumarkt und zur *Autostrada*, dort wendete er. Puttmenger fuhr mit wenig Gas ein Stück zurück Richtung Friedhof, parkte dann rechts auf einem kleinen Feldweg neben einer Steinmauer, umgeben von Rebstöcken. Er machte den Motor und die Scheinwerfer aus, nahm sein Handy und aktivierte die Ortung. Es dauerte nur wenige Sekunden, dann zentrierte sich die angezeigte Landkarte, ein kleiner, blauer Stecknadelkopf erschien, langsam blinkend, sich nicht von der Stelle bewegend. Puttmenger nickte zufrieden, noch schien der Koffer mit dem Geld an seinem Platz zu sein. Er blieb ruhig sitzen und wartete ab. Irgendwann würde sich der Punkt bewegen, dann würde er die Verfolgung aufnehmen.

Nach zwanzig Minuten wurde er langsam unruhig. Warum verharrte der Punkt an ein- und derselben Stelle? Puttmenger zündete sich eine Zigarette an. Dreißig Minuten, nichts.

Warum ließ sich der Erpresser so viel Zeit? Vierzig Minuten, nichts. Er dachte an sein schönes Geld. Ihm fielen auch die alten Zeitungen ein und sein Brief mit der liebevollen Anrede: «Du blödes Arschloch!» Wo blieb dieses Arschloch jetzt? Hatte er Dünnpfiff bekommen und war zu Hause geblieben? Oder hatte der Erpresser eine engelsgleiche Geduld und würde erst am Morgen kommen, kurz vor den ersten Besuchern des Friedhofs beziehungsweise der Kirche? An diese Möglichkeit hatte er nicht gedacht. So lange konnte er nicht warten. Nun gut, seine Frau würde ausschlafen, dafür hatte er gesorgt. Bei seinen Kids war alles möglich, mal standen sie früh auf, mal blieben sie bis Mittag in der Kiste. Aber selbst wenn sie ihn vermissten, würde sie das nicht weiter beunruhigen. Allerdings stand sein Ferrari vor der Klinik, irgendwann würde man ihn suchen. Kein Problem, er könnte in der Klinik anrufen und eine Geschichte erfinden. Und die OP-Termine am Vormittag? Die hatte er vorsorglich schon zuvor auf seine Oberärzte verteilt. Was regte er sich also auf? Wie lang hielt eigentlich der Akku, wenn er ständig das Display anhatte? Verdammte Scheiße.

Eine Stunde, nichts. Der blinkende Punkt fing an, ihn zu nerven. Puttmenger entschied sich gegen eine weitere Zigarette, er stieg aus, in der einen Hand die Taschenlampe, ein robustes amerikanisches Modell, mit dem man auch zuschlagen konnte. Er kontrollierte den Sitz der Pistole im Gürtel, warf einen erneuten Blick auf sein Handy, er schaltete die Displaybeleuchtung aus, dann lief er los, an den Weinreben entlang Richtung Friedhof.

Schließlich stand er wieder vor der niedrigen Mauer, zwar an einer anderen Stelle, aber er ahnte die Richtung, wo es zu dem Grabstein mit dem Geldkoffer ging. Er kniete sich hin, verdeckte mit der Hand das Display und schaltete ein. Er hatte dies in den letzten Minuten immer wieder gemacht. Der blaue Punkt blinkte penetrant an derselben Stelle. Keine Bewegung, null. Er konnte sich einfach nicht vorstellen, dass ein Kleinkrimineller so viel Gelassenheit aufbrachte, einen Koffer mit Geld stundenlang hinter einem Grabstein unbeaufsichtigt stehen zu lassen.

Puttmenger wusste nicht, was er tun sollte. Wahrscheinlich wäre es am klügsten gewesen, im Auto abzuwarten. Wenn der blaue Punkt und damit sein Koffer plötzlich davonbrausen sollten, musste er erst den Fiat holen, um die Verfolgung aufzunehmen. Aber er hatte ja sein Trackingsystem. Hier an der Mauer einfach hocken zu bleiben, machte am wenigsten Sinn. Die Knie taten ihm jetzt schon weh. Er war in jeder Beziehung zu weit weg – sowohl von seinem Auto als auch von seinem Geldkoffer. Kurz entschlossen stieg er über die Mauer. Er steckte das Handy in die Hosentasche. Die Taschenlampe in der einen und den Revolver in der anderen Hand, suchte er gebückt den Weg zwischen den Grabsteinen. Immer wieder blieb er stehen, um auf verdächtige Bewegungen oder Schatten zu achten, auch auf auffällige Geräusche. Aber nichts dergleichen. Er stellte fest, dass er sich in der Reihe vertan hatte. Aber da vorne war er, der ovale Grabstein mit dem schmiedeeisernen Kreuz. Puttmenger legte sich auf den Boden, machte sich ganz flach, langsam kroch er vorwärts. Irgendwie hatte er sich das alles anders vorgestellt. Souverän im Auto sitzend, mit dem Trackingsystem den Erpresser verfolgend, in jeder Minute Herr der Lage. Stattdessen robbte er kurzatmig über den Boden, wie ein vertrottelter Jugendlicher, der sich für einen Indianer auf Kriegspfad hielt.

Jetzt sah er die Umrisse des Pilotenkoffers. Er war also noch immer da, seine Handy-Ortung hatte nicht versagt. Puttmenger kniff die Augen zusammen, was seine Sehkraft nicht wirklich verbesserte. Aber sie reichte aus, dass sich sein Puls beschleunigte. Denn sein Pilotenkoffer stand nicht mehr so da, wie er ihn hingestellt hatte, vielmehr lag er geöffnet auf der Seite, außen herum die verstreuten Seiten einer Zeitung. Puttmenger richtete sich auf. Ihm war klar, dass er sich nicht mehr verbergen musste, er war zu spät dran, er hatte es verbockt. Er machte die Taschenlampe an, leuchtete in den leeren Koffer, fand auf dem Grabstein das kleine Handy, das unverdrossen seinen Standort an das Trackingsystem sendete. Darunter sein Brief, in dem er dem Erpresser den Vorschlag unterbreitet hatte, sich mit den Zeitungen den Hintern abzuwischen.

Jenseits der Friedhofsmauer, irgendwo in den angrenzenden Weinbergen, wurde ein Motor angelassen. Es hörte sich an wie eine Vespa, jedenfalls wie ein Motorroller. Wie zum Hohn hupte es einige Male. Dann wurde Gas gegeben, das Motorengeräusch wurde erst lauter, durch die erhöhte Drehzahl, dann mit zunehmender Entfernung leiser, um schließlich von der Nacht verschluckt zu werden. Puttmenger setzte sich ermattet auf einen Grabstein. Da fuhr es hin, sein liebes Geld. Und dennoch hatte er den Erpresser damit nicht zufrieden gestellt, ganz im Gegenteil, er hatte ihn provoziert. Selbstkritisch stellte er fest, dass er so ziemlich alles falsch gemacht hatte. Er hatte geglaubt, dass man als überdurchschnittlich intelligenter Professor der Medizin mit einem minderbemittelten Ganoven leicht fertig werden konnte, auch ohne einschlägige Erfahrungen auf diesem Gebiet. Ganz offenbar hatte er sich getäuscht, hatte er einen schweren Fehler begangen. Unterschätze nie deinen Gegner! Diese Maxime hatte er missachtet. Das würde ihm nicht noch einmal passieren.

33

Erst zog sie sich die Bettdecke bis ans Kinn, dann strampelte sie sich wieder frei, sie rollte sich auf die Seite, umklammerte das Kopfkissen, als ob sie es erwürgen wollte, sie zog die Beine an und kam sich dabei vor wie ein Embryo. Dann legte sie sich auf den Bauch, schließlich auf den Rücken, gerade ausgestreckt, die Hände gefaltet – wie im Sarg. In dieser Haltung endlich fand Phina zu einem unruhigen Halbschlaf. In ihren Träumen wusste sie nicht zu unterscheiden, was Realität war, was sie als Erinnerung aus weiter Vergangenheit heimsuchte, was Hoffnung war und Freude, und was Verzweiflung.

Vor dem Zubettgehen hatte sie noch zum Mond hinaufgeschaut und an die kosmischen Kräfte gedacht, an die sie fest glaubte. Als Anhängerin des biodynamischen Weinbaus führte sie beispielsweise den Rebschnitt nur bei abnehmendem Mond durch, dem Unkraut widmete sie sich grundsätzlich bei zunehmendem Mond. Sie verstand nicht, warum dem Einfluss des Mondes auf die Menschen und die Natur nicht mehr Beachtung geschenkt wurde. Der Mond verursachte Ebbe und Flut, beeinflusste je nach seiner Stellung zur Erde und zu den Planeten das Wachstum der Pflanzen. Phina orientierte sich bei ihrer Arbeit am Mondkalender von Maria Thun und damit an der anthroposophischen Weltsicht von Rudolf Steiner. Es stand für sie zweifelsfrei fest, dass bei zunehmendem Mond der Saft der Rebstöcke nach oben stieg und bei abnehmendem Mond nach unten in die Wurzeln wanderte. Die Feuerzeichen Widder, Löwe und Schütze gaben ihren Trauben Kraft und Wärme. Sie ging nicht so weit, dass sie sich nur die Haare schneiden ließ, wenn der Mond im Löwen stand. Aber im Weinberg versuchte sie, möglichst wenig Kompromisse zu machen. Sie versuchte sogar, das Geschmacksbild ihrer Weine über die Wärmeplaneten Merkur und Saturn zu beeinflussen, sie vollmundiger zu machen und ausdrucksstärker. Ihr Vater hätte sie für schwachsinnig erklärt und in eine geschlossene Anstalt eingewiesen.

Der Mond dirigierte das Wasser auf der Erde. Und weil der Mensch zu zwei Dritteln aus Wasser bestand, war es für sie nur logisch, dass die Mondphasen nicht nur ihren Wein beeinflussten, sondern auch ihr ganz persönliches Wohlbefinden. Heute Nacht stand der Mond in einer ungünstigen Konstellation. Phina fühlte sich zerschlagen, zugleich erschöpft und nervös, mal war ihr kalt, dann wieder heiß. Ihre Gedanken gingen wirr durcheinander. Sie war alles andere als im Einklang mit den kosmischen Kräften. Kein Wunder, dass sie nicht richtig schlafen konnte.

Gerade hatte sie noch vom Mond geträumt, hatte sich selbst durch den Weinberg schweben sehen, im weißen Nachthemd, mit der Rebschere in der Hand. Aus dem Mond war das Gesicht ihres Vaters geworden, der sie erst liebevoll anlächelte, dann aber immer böser dreinblickte, sich schließlich in eine wütende Fratze verwandelte. Phina schreckte auf, saß schweißnass in ihrem Bett. Was war mit ihr los?

Sie ging ins Bad, zog das Nachthemd aus und nahm eine eiskalte Dusche. Danach ging es ihr besser. Sie betrachtete ihren nackten Körper im Spiegel. Sie war durch ihre Arbeit muskulös, hatte gleichzeitig ausgesprochen weibliche Proportionen. Aber was hatte sie davon? Warum dachte sie jetzt an ihren Hausgast? Dieser Baron Emilio war ein seltsamer Mensch. Merkwürdigerweise fühlte sie sich von ihm angezogen. Wahrscheinlich gerade deshalb, weil er so anders war, sie vor allem nicht anbaggerte. Phina wusste, dass sie daran nicht unschuldig war. Sie hatte ihm einige Male die Tür vor der Nase zugeschlagen, im übertragenen Sinne, zum Beispiel im Barriquekeller, wo sie sich zum ersten Mal etwas nähergekommen waren. Aber erstens hatte sie genau davor plötzlich Angst gehabt. Zweitens hätte er nicht nach dem Traktorunfall ihres Vaters fragen dürfen. Und drittens ging es ihn nichts an, wie gut sie Niki gekannt hatte.

Sie zog einen Bademantel an und trat hinaus auf den Balkon. Trotzdem, dieser verrückte Baron hatte was. Man wusste nie, was er als Nächstes tat oder sagte. Manchmal hatte sie das Gefühl, er wusste es selber nicht. Auch schien er häufig zu vergessen, warum er hier war. Statt sich mit Theresas Auftrag zu beschäftigen, saß er im Liegestuhl, ging spazieren oder besuchte Weingüter. Nun gut, dagegen hatte sie nichts, ganz im Gegenteil. Sie war der Meinung, dass man die Vergangenheit ruhen lassen sollte.

Emilios leichtes Hinken störte sie nicht, vor allem hatte sie gelegentlich das Gefühl, dass das kaum mehr war als eine Attitüde. Denn wenn er es eilig hatte, was zugegebenermaßen selten vorkam, schien das Beinleiden plötzlich verschwunden und der Gehstock die eigentliche Behinderung. Dass er sich über andere Menschen gerne lustig machte und sie mit abfälligen Bemerkungen bedachte, amüsierte sie. Denn erstens hatte er meistens recht, und zweitens war sie sich auch in diesem Punkt nicht sicher, ob das seine wahre Haltung widerspiegelte oder der Zynismus nur eine Art von schwarzem Humor war. Darauf angesprochen, hatte er mal Oscar Wilde zitiert: «Ich bin durchaus nicht zynisch, ich habe nur meine Erfahrungen, was allerdings ungefähr auf dasselbe hinauskommt.» Jedenfalls war der Baron ausgesprochen unterhaltsam, auch wenn er nichts sagte, missbilligend anderen Menschen hinterhersah – oder sie einfach völlig ignorierte, als ob sie in seiner Welt nichts zu suchen hatten.

Phina sah hinauf zum Mond und bat den Erdtrabanten, ihr jetzt die Ruhe zu schenken, die sie brauchte. Dann ging sie zurück ins Schlafzimmer, zog die Vorhänge zu und legte sich im Bademantel aufs Bett. Kurz dachte sie noch an Emilio und daran, dass sie das nächste Mal weniger abweisend sein würde. Dann schlief sie ein.

34

Es gab Menschen, die machten sich keine Sorgen um ihre Gesundheit, die hatten keine Angst, von einer plötzlichen Krankheit dahingerafft zu werden. Emilio gehörte nicht zu diesem ignoranten Personenkreis. Er registrierte mit großer Aufmerksamkeit alle Warnsignale, die sein Körper aussendete. Dass seine Frau ihn deshalb für einen Hypochonder gehalten hatte, war einer der vielen Gründe für ihre Trennung gewesen. Emilio fürchtete nicht den Tod, den sehnte er sogar gelegentlich herbei, aber der Gedanke an ein leidvolles Siechtum durch einen irreversiblen Krankheitsverlauf konnte ihn in Panik versetzen. An diesem Morgen war es wieder mal so weit. Nach einer Nacht, in der er ohnehin schlecht geschlafen hatte, war er mit bohrenden Schmerzen im Brustkorb aufgewacht. Sie strahlten aus in den linken Oberarm, der sich irgendwie taub anfühlte. Er kannte die typischen Symptome für einen Herzinfarkt. Er verspürte ein beklemmendes Gefühl im Brustbereich. Was machte sein Atem? Bekam er genug Luft? War ihm übel? Bestimmt hatte er eine fahle Gesichtsfarbe und kalten Schweiß auf der Stirn. Das fehlte noch, dass ihn ausgerechnet hier in Südtirol ein Herzinfarkt ereilte. Im günstigsten Fall war es ein Angina-pectoris-Anfall, eine Durchblutungsstörung des Herzens durch eine Stenose eines Herzkranzgefäßes. Über die Jahre hatte sich Emilio ein großes Maß an medizinischen Kenntnissen angeeignet. Das machte sein Leben nicht einfacher.

Er stand stöhnend auf, massierte seinen Brustkorb, dann den linken Arm. Sich im Spiegel betrachtend, stellte er fest, dass er gar nicht so ungesund aussah, wie er dachte. Auch schien sich sein Atem zu normalisieren. In den tauben Oberarm kehrte langsam das Gefühl zurück. Die Schmerzen in der Herzgegend ließen nach, verschwanden schließlich vollends. Nach einigem Nachdenken fand Emilio eine ebenso beruhigende wie logische Erklärung für seine Panikattacke. Vermutlich hatte er sich beim Schlafen in Seitenlage den linken Arm oder den Ellbogen so unglücklich gegen die Brust gepresst, dass es zu diesen irreführenden Symptomen gekommen war. Außerdem hatte er gestern Abend auf dem Zimmer noch eine Flasche Wein geköpft – die hatte sein Bewusstsein etwas eingenebelt. Er war sich mittlerweile sicher, dass ihm nichts fehlte. Noch mal Glück gehabt! Mit einem Blick auf die Uhr stellte er fest, dass es sieben am Morgen war. Das war nun wirklich keine Zeit, um aufzustehen. Er wusste nicht, ob sein Kreislauf mit dieser ungewohnten Herausforderung fertig werden würde. Andererseits, wenn er schon mal wach war … Er versuchte, sich zu erinnern, was er sich für den heutigen Tag alles vorgenommen hatte. Dann ging er unter die Dusche.

* * *

Eine gute Stunde später betrat Emilio die Villa von Ernst Steixner in Terlan. Von Phina hatte er sich nicht verabschieden können, die war schon mit ihrem Traktor in einem ihrer Weinberge unterwegs gewesen. Er fand den Schuppen und auch die Hintertür, von der ihm sein Auftraggeber erzählt hatte. Er entriegelte diese und prägte sich ein, wie er das Haus in Zukunft unbemerkt durch den Garten betreten konnte. Dann stand er im Wohnzimmer vor dem Konzertflügel, den er schon bei seinem ersten Besuch bewundert hatte. Er klappte den Deckel hoch und betrachtete die Tastatur. Mit einem Finger klimperte er «Hänschen klein». Er massierte sich die Hände, nahm Platz, holte tief Luft – und begann fulminant mit der «Rhapsody in Blue» von George Gershwin. Es ging besser, als er das nach den vielen Jahren erwartet hatte. Hoppla. Noch mal von vorne … Wie lange war das her? Im Schloss seiner Eltern hatte es ein Klavierzimmer gegeben, während seines Studiums in England hatte er als Barpianist Jazz, Pop und Evergreens gespielt. Damals war seine Welt noch eine andere gewesen. Über eine halbe Stunde spielte er Gershwin. Er mochte diesen amerikanischen Jazzkomponisten, er dachte an Ella Fitzgerald, Louis Armstrong und Judy Garland. Später fielen ihm zu seinem Leidwesen andere Namen ein: Niki Steirowitz, Ernst Steixner, Professor Puttmenger. Mitten in «Summertime» brach er ab. Er stand auf und klappte den Deckel zu. Die plötzliche Stille im Haus war fast schon beängstigend. Aber so paranoid war er nicht, dass er an einen Hörsturz glaubte.

* * *

In Meran angekommen, ging Emilio zunächst in die Laubengasse, um dort zu frühstücken. Sein morgendlicher Tatendrang war ungewohnt genug, mit nüchternem Magen würde er ihn kaum überleben. Nach Cornetto, Parmaschinken und

Cappuccino fühlte er sich besser. Er fuhr nach Obermais, wo er sich bei Theresas Haushälterin angemeldet hatte. Er wollte sich im alten Familiensitz der Familie Steirowitz die dort gelagerten privaten Sachen von Niki ansehen. Jedenfalls hatte er diese Absicht gegenüber Theresa leichtfertig angekündigt. Er hatte keine Ahnung, was das bringen sollte. Der einzige Sinn bestand wohl darin, gegenüber Theresa einen gewissen Aktionismus erkennen zu lassen und damit seinen Vorschuss zu legitimieren. Nun gut, dann diente sein Besuch wenigstens einem gutem Zweck.

Greta freute sich, ihn wiederzusehen, das letzte Mal wäre er noch ein Kind gewesen. Emilio tat so, als ob auch er sich freute – dabei hatte er an Theresas Haushälterin keine Erinnerung. Sie führte ihn hinauf in den zweiten Stock. Dort bat sie Emilio, auf eine Stehlampe aufzupassen. Die habe neuerdings eine Beule, was ihr unerklärlich sei, weil sie sich nicht erinnern konnte, dass sie jemals umgefallen wäre. Auch habe sie die Birne auswechseln müssen. Greta langte vor Nikis Zimmer auf den Türsims. «Wo isch denn der vermaledeite Schlüssel?» Mit der Hand tastete sie von links nach rechts. «Do isch er jo», sagte sie. «Des isch obr seltsam», murmelte sie, «i hett schwer'n kennen, dass i ihn wia immer ganz links hingleg hon.» Sie steckte den Schlüssel ins Schloss. «Egal, Hauptsach, er isch no da.» Emilio warf einen Blick auf die Stehlampe, sah dann zu Greta, die auf ihn einen ausgesprochen gewissenhaften Eindruck machte. Die Haushälterin ging voraus. Nikis altes Kinder- und Jugendzimmer war sehr groß, in der Mitte waren Umzugskartons gestapelt. Greta zog die schweren Vorhänge auf und erzählte in ihrem Südtiroler Dialekt, dass Niki diesen Raum bis zu seinem Tod genutzt habe. Obwohl er in Bozen eine schöne Wohnung hatte, habe er hier immer wieder vorbeigeschaut, in seinem Zimmer gearbeitet, auch mal eine Nacht geschlafen. Das sei sein Rückzugsort gewesen, berichtete Greta, hier habe er sich von ihr verwöhnen lassen. Sie habe ihm seine Lieblingsgerichte gekocht, seine Wäsche gewaschen und gebügelt. Jetzt sei er schon zehn Jahre tot, der arme Bua. Sie könne es noch immer nicht glauben. Ob sie Emilio bei der Durchsicht der Kartons helfen könne, fragte sie. Er schüttelte den Kopf. Nein, vielen Dank, er wisse selber nicht, wonach er konkret suche. Greta zeigte ihm den Karton, in dem sie das Sakko mit dem Zettel gefunden hatte, mit dieser merkwürdigen Warnung, dass Niki gut auf sich aufpassen solle, weil ihm jemand nach dem Leben trachte. Da sei es ihr kalt den Buckel runtergelaufen.

Allein im Zimmer ging Emilio langsam auf und ab. Er betrachtete die Bilder an der Wand, inspizierte die Bücher im Regal. Im Fenster stand das Modell eines Schiffes, mit verstaubtem Segel. Er setzte sich auf einen Umzugskarton und fragte sich, was es bringen sollte, in den Kisten herumzuwühlen. An Nikis Klamotten war er jedenfalls nicht interessiert. Schon eher an irgendwelchen Aktenordnern oder Dokumenten, die ihm einen Einblick in Nikis Leben und Umfeld erlaubten. Nur stand beim Studium der Aufwand in keinem Verhältnis zum möglichen Erkenntnisgewinn. Emilios Blick fiel auf ein Sofa, das mit einem großen Tuch zugedeckt war. Er überlegte, ob er sich hinlegen sollte. Schließlich hatte er einigen Schlaf nachzuholen. Seine Augen wanderten gedankenverloren über den Eichenboden – und blieben bei einem großen Schraubenzieher hängen. Ein Schraubenzieher, der hier einfach auf dem Boden herumlag? In einem Haus, in dem Greta für Ordnung sorgte? Plötzlich war Emilio hellwach. Er dachte an den Schlüssel, der nicht an seinem Platz gelegen hatte, an die Stehlampe mit der unerklärlichen Beule. Er stand auf, ging zum Schraubenzieher, blieb dort stehen und sah sich um. Gab es hier irgendetwas mit großen Schrauben? Fehlanzeige! Er kniete sich hin, nahm den Schraubenzieher, fuhr mit dem Finger über die Klinge, an der er braune Spuren entdeckte. Wie von einer Farbe? Oder waren das feine Holzspäne? Wieder sah er sich um. Der Raum hatte eine umlaufende, braune Holztäfelung, die vom Fußboden bis etwa Schulterhöhe reichte. In der nächstgelegenen Ecke fand er am Boden einige Schleifspuren, die ihm relativ frisch erschienen. Er drehte den Schraubenzieher um und klopfte gegen die Holzverschalung. Tatsächlich klang sie an einer Stelle hohl, aber nur hier. Er kontrollierte die Ränder der ineinander verfugten Platten. Und siehe da: Hier hatte jemand unverkennbar rumgefummelt. Wenn man genauer hinsah, wurde einem klar, dass es sich zum Teil um alte Beschädigungen handelte, die mit Farbe überstrichen waren. Aber einige Kratzer wirkten ziemlich neu. Emilio nahm den Schraubenzieher, schob ihn in den Spalt und hebelte vorsichtig an der Holzplatte, die sich schon bei den ersten Versuchen lockerte, bald aus dem Rahmen fiel und einen dahinterliegenden Hohlraum offenbarte. Am Boden liegend, leuchtete er mit dem Licht seiner Handykamera hinein. Er fand einen leeren Karton und ein rotes Modellauto, das ihm wie ein alter Ferrari erschien – aber er war kein Experte für Sportkarossen. Das Modellauto steckte er in seine Jackentasche, den leeren Karton schob er zurück, anschließend presste er die Holzvertäfelung wieder in ihren Rahmen. Schade, da entdeckte man mit Fortune und besonderem Scharfsinn einen geheimen Hohlraum, und dann war nichts drin. Emilio musste zugeben, dass er enttäuscht war. Er schlug die Decke zurück und setzte sich aufs Sofa. Er spielte mit dem Modellauto und dachte nach. Immerhin ließ sich eine schlüssige Arbeitshypothese aufstellen. Vor nicht allzu langer Zeit, die man mit Gretas Hilfe noch genauer eingrenzen könnte, hatte ein unbekannter Besucher erstens die Lampe im Flur umgestoßen, zweitens den Schlüssel an die falsche Stelle gelegt, drittens mit einem mitgebrachten Schraubenzieher den Hohlraum geöffnet, von dessen Existenz er viertens gewusst haben musste, um fünftens den Inhalt des Kartons mitzunehmen oder, sechstens, darüber hinaus noch weitere Dinge, die im Zimmer versteckt gewesen waren. Siebtens hatte er vielleicht gar nichts gefunden und ebenso dumm geschaut wie soeben Emilio. Achtens hatte er das Modellauto missachtet. Oder neuntens, es umgekehrt erst im Hohlraum deponiert – was eher unwahrscheinlich war. Und zehntens hatte der Besucher den Schraubenzieher vergessen!

Emilio spielte mit den Rädern, drehte das Auto um und las die Modellbezeichnung: Ferrari 246 GT. War er jetzt sehr viel klüger? Im Gegenteil, das alles war ausgesprochen verwirrend. Was sollte der Kinderkram mit Nikis Tod zu tun haben oder mit den aktuellen Vorfällen? Nichts, absolut nichts. Er kam sich vor wie ein Spürhund, der statt Rauschgift oder Schmuggelware grüne Gummibärchen gefunden hatte. Er fuhr mit dem Ferrari über die Lehne des Sofas. Fehlte nur noch, dass er mit dem Mund Motorengeräusche nachahmte. Dann wäre seine kindliche Verblödung bedenklich weit fortgeschritten.

Der Ferrari entglitt seinen Fingern und stürzte von der Lehne auf den Boden, dabei sprang die Motorhaube auf – und statt eines verchromten Zwölfzylinders kam ein kleiner Schlüssel zum Vorschein, der hier eingekeilt war. Emilio zog den Schlüssel heraus und stellte fest, dass es sich zweifelsfrei um einen

Safeschlüssel handelte, mit einer eingravierten Nummer. Er lächelte zufrieden. Jetzt hatte der Spürhund doch etwas anderes gefunden als grüne Gummibärchen. Leider war ein Safeschlüssel nicht viel wert, wenn man nicht wusste, wo sich der zugehörige Safe oder das betreffende Bankschließfach befand. Also hatte er ein weiteres Fragezeichen auf seiner an Fragezeichen nicht armen Liste. Er musste aufpassen, dass er nicht den Überblick verlor. Wieder musste er lächeln. Welchen Überblick? Wenn es etwas gab, was ihm in seiner momentanen Situation gänzlich abging, dann war es jegliche Form eines Überblicks. Also konnte ihm selbiger auch nicht abhandenkommen.

35

Du blödes Arschloch, hatte auf dem Zettel im Pilotenkoffer gestanden. Und dass er sich mit der Zeitung den Hintern abwischen könne. Die wenigen Zeilen hatte Marco im Kopf, jede Silbe, jeden Buchstaben, jede Unverschämtheit. Schon beim Gedanken an den Brief, den er auf dem Grabstein in Tramin zurückgelassen hatte, bekam er einen roten Kopf. Dieser Professor war ein harter Brocken, das hatte er sich schon gedacht. Marco hatte mit irgendeinem hinterhältigen Trick gerechnet und deshalb den Koffer nicht einfach mitgenommen, sondern sofort am Friedhof geleert. Die Geldbündel hatte er in einen mitgebrachten Rucksack gestopft, die Zeitungsseiten wütend in der Gegend verstreut, und das alberne Handy als Briefbeschwerer zurückgelassen. Für wie blöd hielt ihn der Typ? Dann hatte sich Marco zurückgezogen und oben an der Friedhofsmauer neben dem steinernen Kreuz gewartet. Sein Fernglas war ziemlich lichtstark, es gehörte seinem Schwager Franco, der es auf der Jagd in der Nacht verwendete. Eigentlich hätte er einfach abhauen können, aber es interessierte ihn, ob Puttmenger zurückkam. Und tatsächlich, es hatte zwar länger gedauert als erwartet, aber dann kam er angekrochen. Mit dem Fernglas hatte er ihn genau im Visier. Mit dem Jagdgewehr seines Schwagers hätte er ihn ohne weiteres abknallen können.

Wie eine Wildsau, die sich zwischen den Grabsteinen verirrt hatte. Aber was sollte das bringen? Eine tote Sau ließ sich nicht erpressen. Und dass das Spiel noch nicht zu Ende war, stand für Marco außer Frage. Der Professor würde die zweite Rate bezahlen. Dass er diese großzügig nach oben aufrunden würde, verstand sich von selbst. Und wenn der Schönheitsschnipsler glaubte, ihm die Bedingungen der Übergabe diktieren zu können, wie er es im Brief frech angekündigt hatte, dann hatte er sich gehörig geschnitten – sozusagen mit seinem Skalpell in den eigenen Hintern.

Marco erinnerte sich, dass er mit seiner Vespa zum Abschied einige Male gehupt hatte. Das hatte Puttmenger auf dem Friedhof sicher gehört. Sein blödes Gesicht hätte er gerne gesehen. Denn sein Geld war weg, das hatte den Besitzer gewechselt. Marco hatte die Geldbündel vor sich auf dem Tisch gestapelt. Viele waren es nicht, aber es war ein Anfang. Zusammen mit dem Geld aus Nikis Versteck hatte er jetzt schon mehr beieinander, als er mit ehrlicher Arbeit im Weinkeller einer Genossenschaft verdienen könnte. Dabei ging es erst richtig los. Es gab also keinen Grund frustriert zu sein. Es war nur alles etwas umständlicher als erwartet. Aber wer trennte sich schon gerne von seinem Geld? Selbst verweichlichte Sesselfurzer taten sich damit schwer.

Warum Puttmenger überhaupt Geld in den Koffer getan hatte, konnte Marco nicht verstehen. Entweder nur Zeitungen oder eben die komplette Summe. Ob ihm das der Privatschnüffler aus München geraten hatte? Der Trick mit dem Handy war bestimmt dieser Ratte eingefallen. Marco hatte keinen Zweifel mehr, dass Puttmenger den Mann engagiert hatte, um ihm aus der Scheiße zu helfen. Deshalb hatte Marco am Friedhof immer auch nach einem zweiten Mann Ausschau gehalten. Vor dem Baron hatte er größeren Respekt als vor Puttmenger, auch wenn er einen Gehstock brauchte und nicht besonders sportlich aussah, aber er war ein Profi – hoffentlich ein schlechter. Ganz sicher sogar, denn nur ein Blödmann konnte Puttmenger zu so einer bescheuerten Geldübergabe raten.

Was waren die nächsten Schritte? Er würde Puttmenger mitteilen, dass sich die Summe verdoppelt hatte. Er würde ihm noch einmal einige Fotos schicken, davon hatte er genug. Er würde Puttmenger unmissverständlich klarmachen, dass er nur noch eine letzte Chance hatte, danach würden die Fotos an die Presse gehen. Marco überlegte, ob er den Baron aus dem Verkehr ziehen sollte. Dafür sprach einiges, der Mann war ein Risiko und konnte alles durcheinanderbringen. Andererseits brachte er nur ungern jemanden um, vorsätzlich hatte er das noch nie gemacht, nur im Affekt. Aber vielleicht konnte man ihn krankenhausreif zusammenschlagen? Damit war der Mann aus dem Spiel, und er hatte seinen Spaß dabei. Doch, das würde er machen, der Entschluss stand fest. Und Steixner? Den würde er heute Nachmittag anrufen, zur selben Zeit wie gestern. Vorher würde er noch einige Erkundigungen einholen. Es reichte, dass ihm Puttmenger Schwierigkeiten bereitete, bei Steixner wollte er auf Nummer sicher gehen. Aber bei dieser Pfeife machte er sich keine wirklichen Sorgen. Der pfiff schon jetzt auf dem letzten Loch.

36

Er parkte seinen Landy in einiger Entfernung und schlich sich durch die Hintertür ins Haus. Emilio hatte zwar nicht den Eindruck, dass Steixners Villa beobachtet wurde, aber er wollte kein Risiko eingehen. Im Weinkeller holte er sich aus einem Klimaschrank eine Flasche Weißburgunder, genauer gesagt, einen Pinot bianco Vorberg von der Kellerei Terlan. Von diesem Wein hatte Steixner solche Mengen gelagert, dass es auf eine Flasche mehr oder weniger nicht ankam. Nach dem ersten Schluck beglückwünschte sich Emilio zu seiner Wahl. Nicht von ungefähr war der feine und gleichzeitig doch ausdrucksstarke Vorberg in vielen Weinführern, so auch im Gambero Rosso, sehr hoch bewertet. Den Quarz kannte er sowieso, dieser Sauvignon blanc der Kellerei Terlan hatte es auf die Weinkarten vieler Nobelrestaurants in aller Welt geschafft, genoss fast schon Kultstatus. Auch von diesem Tropfen hatte Steixner größere Bestände in seinem Weinkeller, allerdings nur Magnumflaschen – daran wollte sich Emilio nun doch nicht vergreifen. Er sah auf die Uhr. Noch hatte er Zeit bis zum verabredeten Anruf. Er hatte keinen Zweifel, dass sich der Erpresser melden würde. Mit Steixner hatte er alles abgesprochen, sein Smartphone mit der Aufnahmefunktion lag bereit. Darüber hinaus blieb ihm nichts anderes übrig, als sich überraschen zu lassen und zu improvisieren.

Emilio saß wie das letzte Mal auf dem Lounge Chair, er hatte die Beine hochgelegt, trank gelegentlich vom Weißburgunder und blätterte in einem Buch über die Geschichte der Südtiroler Weine. Schon in vorrömischer Zeit hatten die Räter im heutigen Südtirol Weinbau betrieben. Dort hatte man den Wein bereits in Holzfässern gelagert und transportiert, als die Römer nur Schläuche und Amphoren kannten. Auch pflegte man die Reberziehung in Form von Pergeln. Im Mittelalter hatten bayerische und schwäbische Klöster Südtiroler Weingüter erworben, damit die Mönche keinen Durst leiden mussten. Später kamen die Südtiroler Klöster hinzu, die sich intensiv dem Weinbau widmeten, so zum Beispiel die Klosterkellerei Neustift im Eisacktal. Bald wurden die ersten Traminer-Weine auch ins Ausland geliefert. Im 19. Jahrhundert förderte Erzherzog Johann von Österreich den Südtiroler Weinbau. Er initiierte den Anbau neuer Rebsorten wie zum Beispiel Riesling, Cabernet, Weiß- und Spätburgunder. 1893 wurde in Andrian der erste Genossenschaftsbetrieb gegründet …

Das Telefon klingelte vor der verabredeten Zeit. Emilio schaltete den Lautsprecher ein und aktivierte die Tonaufzeichnung seines Smartphones. Er hob ab und meldete sich zunächst mit einem Räuspern, dann mit dem Namen seines Klienten: «Steixner, ja bitte?»

Der Anrufer war weit weniger zurückhaltend. «Warum haben Sie mich angelogen?», kam er statt einer Begrüßung gleich auf den Punkt.

Das ging ja gut los. Emilio zögerte mit der Antwort. «Wie

kommen Sie denn darauf?», wies er den Vorwurf mit einer Gegenfrage zurück.

«Sie hatten keinen Nervenzusammenbruch, wie Sie behauptet haben, in Wahrheit haben Sie versucht, sich das Leben zu nehmen.»

Emilio atmete tief durch. Mit diesem Vorwurf der Lüge konnte er leben. «Das Leben zu nehmen ...», wiederholte er stammelnd die letzten Worte.

«Ganz genau. Ich hab die Nachricht erst jetzt in einer alten Zeitung entdeckt. Sie wollten sich vor den Zug werfen, stimmt's?»

«Nein», widersprach Emilio, «das wollte ich nicht. Ich hatte wirklich einen Nervenzusammenbruch, nachdem ich Ihren Umschlag geöffnet habe. Ich wollte frische Luft schnappen und bin beim Überqueren der Gleise unvorsichtig gewesen.»

«Das können Sie Ihrer Schwiegermutter erzählen.»

«Ist außerdem egal», sagte Emilio, «ich lebe ja noch.»

«Wenn Sie sich umbringen, übergebe ich das Material der Polizei und der Presse. Dann wird Ihr Name noch nach Ihrem Tod in den Schmutz gezogen. Machen Sie also keinen Scheiß!»

«Das würden Sie tun?», fragte Emilio mit weinerlicher Stimme.

«Worauf Sie einen lassen können. Den Spaß mache ich mir.»

«Das ist kein Spaß. Was soll ich tun?»

«Das wissen Sie doch. Haben Sie das Geld?»

«Noch nicht, aber ich habe alles in die Wege geleitet. Ich krieg's zusammen, ganz bestimmt. Geben Sie mir noch zwei Tage.»

«Nein, die gebe ich Ihnen nicht. Morgen zur gleichen Zeit rufe ich Sie wieder an. Dann möchte ich, dass Sie mir bestätigen, dass das Geld auf mich wartet. Ich erkläre Ihnen dann wie die Übergabe erfolgt.»

«Ich kann es nicht versprechen …»

«Doch, können Sie. Sie haben nämlich keine Alternative.»

«Ich versuche es.»

«Versuchen reicht nicht. Morgen Abend erfolgt die Geldübergabe. Im Austausch bekommen Sie das gesamte Belastungsmaterial, dann können Sie wieder ruhig schlafen.»

«Wer garantiert mir, dass Sie keine Kopien behalten?», fragte Emilio.

Der Anrufer lachte. «Niemand. Das müssen Sie mir einfach glauben.»

«Einfach glauben …», wiederholte Emilio in gespielter Hilflosigkeit.

«Und noch was. Kommen Sie nicht auf die Idee, die Polizei zu verständigen oder sich sonst irgendwo Hilfe zu holen. Wenn was schiefläuft, geht das Material automatisch an die Presse.»

«Bitte nicht. Sie bekommen ja das Geld.»

«Dann sind wir uns ja einig. Warum haben Sie eigentlich alle Vorhänge zugezogen?»

«Woher wissen Sie das? Beobachten Sie mein Haus?»

«Ja, sogar in diesem Augenblick. Sie sollten mal den Rasen mähen. Ich wünsche noch einen schönen Tag.»

37

Professor Dr. med. Falko Puttmenger verließ zwischen einer Nasenkorrektur und einer Brustoperation, bei der die Implantate zwecks weiterer Vergrößerung ausgewechselt werden sollten, seine Klinik. Offiziell, um einen Spaziergang zu machen. Was seine Angestellten verwundert zur Kenntnis nahmen, schließlich wussten sie, dass er das sinn- und ziellose Herumlaufen in der Landschaft für einen Zeitvertreib für Versager oder für Rentner kurz vor der Verwesung hielt. Vergleichbares kam für ihn nur in Frage, wenn ein Golfball im Spiel war. Aber es war ihm heute egal, was man über ihn dachte. Er hatte andere Probleme. Zum Beispiel musste er dringend ein Telefonat führen, bei dem er keine Mithörer brauchen konnte. Selbst in seinem Arbeitszimmer konnte er sich da nicht sicher sein. Die Neugier seiner Sekretärin durchdrang Wände und hatte schon manche Telefonanlage überlistet.

Puttmenger lief durch eine Apfelplantage, dann stand er mitten auf einer Wiese, wo ihn nur Maulwürfe belauschen könnten. Lange hatte er überlegt, ob er das Gespräch wirklich führen sollte, ob er diesen Schritt gehen sollte, welche Gefahren sich daraus ergeben könnten. Er war ein Mann, der seine Probleme gerne im Alleingang löste. Andererseits wusste er, dass man keine Operation ohne Hilfe machen konnte, man brauchte

Assistenten und einen Anästhesisten. Vor allem mussten diese ihr Handwerk beherrschen, er konnte in seinem Job nur Profis gebrauchen. Womit er beim Thema war. Denn die Geldübergabe auf dem Friedhof hatte er wie ein ahnungsloser Amateur verbockt. Heute früh hatte er wieder einen Umschlag in seinem Briefkasten gefunden. Sein Erpresser hatte die nächste Runde eingeläutet. Und Puttmenger ahnte, dass diese die Entscheidung bringen würde. Sollte oder sollte er nicht? Noch immer zögerte er. Er hielt die Visitenkarte in der Hand, die ihm der Baron bei seinem Besuch überreicht hatte. Der Mann war schon lange Jahre Privatdetektiv, das hatte Puttmenger im Internet bestätigt gefunden, er hatte einen souveränen Eindruck gemacht, schien aber gleichzeitig nicht besonders an seinem Auftrag interessiert zu sein. Falko Puttmenger hatte den Eindruck gewonnen, dass der Baron Nikis Tod nicht wirklich aufklären wollte. Der Mann hatte auf ihn eher gelangweilt gewirkt. Ein Profi also, der keine besonderen Ambitionen hegte, die Wahrheit herauszufinden. Das musste in seinem Fall kein Nachteil sein, ganz im Gegenteil. Er brauchte Rat, vielleicht auch tätige Unterstützung, aber er konnte niemanden gebrauchen, der anfing zu schnüffeln. Dass der Baron nicht aus dieser Gegend stammte, war ein weiterer Vorteil. Er würde wieder verschwinden. Was also konnte passieren? Vor allem durfte der Baron nicht herausbekommen, womit man ihn erpresste. Dies auf keinen Fall. Er sollte nicht in der Vergangenheit herumstochern. Auch hatten ihn die wahren Zusammenhänge nicht zu interessieren. Und wenn er es doch tat? Dann würde er ihn erschießen! Falko Puttmenger zuckte zusammen. Meinte er das im Ernst? Er wusste es nicht, aber die dafür nötige Pistole, die hatte er jedenfalls. Aber das war eine andere Geschichte.

Er entschied sich, nicht länger zu warten. In einer halben Stunde war die Brustvergrößerung angesetzt. Er gab die Nummer von der Visitenkarte ein. Der Baron meldete sich unverzüglich und sprach ihn direkt mit Namen an: «Guten Tag, Herr Professor. Was verschafft mir die Ehre?»

Puttmenger war überrascht. Aber die Erklärung lag auf der Hand. Offenbar hatte der Baron seine Handynummer abgespeichert. Er erwiderte die Begrüßung und kam nach einigen Höflichkeitsfloskeln sehr schnell auf den Punkt. Nein, er habe keine weiterführenden Erkenntnisse zum Unfalltod von Niki Steirowitz, deshalb rufe er auch nicht an. Vielmehr brauche er seinen professionellen Rat in einer anderen, ausgesprochen delikaten und sehr persönlichen Angelegenheit. Er würde sich gerne mit dem Baron treffen, um ihm den Sachverhalt darzulegen. Es wäre allerdings ziemlich dringend, ob er heute am frühen Abend Zeit habe?

«Aber gerne», antwortete Emilio. Bei dem nächsten Satz wäre Puttmenger fast das Handy aus der Hand gefallen. Sagte der Baron doch ganz entspannt und wie selbstverständlich: «Dann können wir über Ihre Erpressung sprechen.»

«Sie wissen …?», stotterte Puttmenger.

«Dass Sie erpresst werden? Ich habe es mir gedacht, aber Sie können ganz beruhigt sein, ich kenne keine Details.»

38

Die ausschließliche Konzentration auf den Vernatsch war der Anfang vom Ende», erklärte Phina Pernhofer der kleinen Gruppe von Weintouristen, die auf ihrem Weingut zu Besuch war. «Man hat die Traube praktisch überall angebaut, unten in der Ebene genauso wie oben am Berg. Die Nachfrage war so groß, dass es nur noch darum ging, einen möglichst hohen Ertrag zu erzielen – zu Lasten der Qualität.» Phina hatte keine Freude an solchen Terminen, weder war sie gerne unter Menschen, noch mochte sie über Südtiroler Weine dozieren. Aber leider gehörten Veranstaltungen wie diese zum Geschäft. Man musste sich die Zeit nehmen – auch wenn sie lieber im Weinberg gearbeitet hätte. Es gab Winzerkollegen, denen machte es Spaß, die hatten dafür Talent. Bei ihr war das anders, trotzdem machte sie weiter. «Wir haben in Südtirol die unterschiedlichsten Böden», erklärte sie, «von Kies und Sand bis zum Dolomitkalk. Die Weinberge haben alle möglichen Himmelsausrichtungen und liegen in Höhen von 200 bis 1000 Metern. Es gibt auf wenigen Kilometern die unterschiedlichsten Klimazonen. Diese Vielseitigkeit ist unser größtes Kapital», sagte sie. «Man muss bei jedem Weinberg entscheiden, welche Sorten für den Standort am besten geeignet sind. Das Ergebnis sind individuelle Weine, die uns keiner so schnell nachmachen kann. Überall Vernatsch anzubauen, das war Schwachsinn.»

Phina machte eine Pause. Sie dachte an ihren Vater, der genau das gemacht hatte. Gemeinsam probierten sie von ihrem Sauvignon. Die Gruppe schien begeistert. Vielleicht kauften sie hinterher einige Kartons. Wobei ihr das ziemlich egal war. Ihre Weine waren begehrt und regelmäßig ausverkauft.

«Nach der Krise in den siebziger und achtziger Jahren hat sich das Weinland Südtirol neu erfunden», fuhr sie fort. «Heute haben wir prozentual die meisten Qualitätsweine in ganz Italien. Natürlich gehört der Vernatsch immer noch dazu, aber eben als eine Traube unter vielen. Diese autochthone Rebsorte ist bei uns seit dem Mittelalter heimisch. Sie braucht warme Lagen, wird traditionell auf Pergel erzogen und ergibt leichte, gerbstoffarme Weine. Sie alle kennen ja den Vernatsch als Kalterersee und als Sankt Magdalener, der meist etwas kräftiger ist.»

«Stimmt es, dass der deutsche Trollinger mit dem Vernatsch verwandt ist?», fragte jemand aus der Besuchergruppe.

«Ganz genau. Im Wort steckt *Tirolinger* als Hinweis darauf, wo die Traube herkommt.» Phina beschloss, ihren Vortrag etwas abzukürzen. Wenn die Leute anfingen, Fragen zu stellen, bestand die Gefahr, dass es sich in die Länge zog. Der nächste Wein wurde ausgeschenkt.

«Kommen wir zum Lagrein, der sich in tiefen Lagen besonders wohl fühlt, so auch auf den Schwemm- und Schotterböden rund um Bozen. Der Lagrein liegt momentan im Trend. Unsere Spitzenselektion ist in Barriquefässern ausgebaut. Der Sauvignon Blanc, den Sie vorhin im Glas hatten, braucht große Temperaturunterschiede, ähnlich wie der Weißburgunder empfiehlt er sich für Lagen über 400 Meter. Beide Rebsorten kamen schon im 19. Jahrhundert nach Südtirol. Nicht zu vergessen unser Blauburgunder, der dem Pinot noir oder Spätburgunder entspricht. Er bevorzugt kalkhaltige Schotterböden und mittlere Höhenlagen.»

Phina fiel es schwer, sich zu konzentrieren. Die letzte Nacht, in der sie kaum geschlafen hatte, steckte ihr noch in den Knochen. Außerdem gingen ihr wirre Gedanken durch den Kopf. Mal dachte sie an Emilio, dann wieder an ihren Vater oder sogar an Niki, den sie längst vergessen glaubte. Irgendwie kam alles wieder hoch, die ganze beschissene Vergangenheit. Was hatte sich Theresa nur dabei gedacht, Emilio mit diesbezüglichen Nachforschungen zu beauftragen? Als Hausgast war ihr der Baron sehr angenehm, als Ermittler hatte sie ihn weniger gern. Vor allem dann, wenn durch ihn das Rad der Zeit zurückgedreht wurde. Die Gegenwart war schwierig genug, der Blick zurück alles andere als hilfreich.

Phina hatte keine Lust, alle Rebsorten ausführlich zu kommentieren, die in Südtirol angebaut wurden. Immerhin waren das rund zwanzig an der Zahl. Sie ging noch auf den Gewürztraminer ein, den sie gemeinsam verkosteten und der als Aromasorte durch seinen intensiven Duft nach Rosenblättern und Litschi überwältigte. Bei den Weißweinen, die heute über 50 Prozent der Südtiroler Weine ausmachten, kam sie in knappen Worten noch auf den Chardonnay zu sprechen, auf den nach ihrer Meinung allzu populären Pinot grigio, auf den Sylvaner, der vorwiegend im Eisacktal angebaut wurde, auf den Riesling und Goldmuskateller. Bei den Roten zählte sie den Merlot auf und den Cabernet. Uralte Spezialitäten wie den «Blatterle» sparte sie sich. Sie schenkte noch eine Cuvée aus

Cabernet und Merlot aus – dann verabschiedete sie ihre Gäste und trat die Flucht ins Freie an. Sie schwang sich auf ihren Traktor und fuhr in die Weinberge. Dabei machte sie einen großen Bogen um die Stelle, wo ihr Vater zu Tode gekommen war.

39

Jetzt war es also passiert. Nach einer monatelangen Durststrecke ohne Ermittlungsaufträge sah es ganz so aus, als ob er nun drei gleichzeitig an der Backe hatte. Das Leben war wie eine Flasche Ketchup: Erst kommt lange gar nichts – und dann alles auf einmal. Emilio steuerte seinen Land Rover an Meran vorbei Richtung Naturns, fand zu seiner eigenen Überraschung die richtigen Abzweigungen und gelangte schließlich auf den Forstweg, wo er in Begleitung des Bergführers Steff geparkt hatte, um von hier in geliehenen Stiefeln loszumarschieren. Er hatte nicht die Absicht, dieses Programm zu wiederholen, weder hatte er Stiefel an, noch wollte er zum Gipfel wandern, von dem Niki in den Tod gestürzt war. Emilio ignorierte ein «Gesperrt»-Schild und fuhr einfach weiter. Schließlich gelangte er an eine geschlossene Schranke. Das Vorhängeschloss war relativ neu und sehr solide. Jetzt zahlte sich aus, dass er sich mal von einem professionellen Einbrecher hatte ausbilden lassen. Ein Lederetui mit den erforderlichen Instrumenten hatte er dabei. Keine zwei Minuten später setzte er seine Fahrt fort. Sollte ihn jemand aufhalten, würde er sagen, dass er sich selber über die geöffnete Schranke gewundert habe. Der Forstweg führte immer steiler bergan, wurde zunehmend holpriger, ging schließlich in einen besseren Feldweg über. Dieser verfügte allerdings über eine ausreichende Breite für seinen Landy, davon hatte er sich schon bei seiner Wanderung mit Steff überzeugt. Er schaltete das Reduziergetriebe ein, mal drehte ein Rad durch, dann krachte es in der Hinterachse – aber es ging stetig voran. Er durchquerte ein Schlammloch. Er musste den Scheibenwischer einschalten, um zu sehen, wo es weiterging. Jetzt wurde es wieder ebener, vorne war schon die Almwiese zu sehen, wo sie den Senner getroffen hatten, der ihm seitdem nicht mehr aus dem Kopf ging. Er erreichte den Steig, den er von der Wanderung kannte. Am Gebirgsbach war auch für den Landy Schluss. Emilio stoppte. Er wendete den Geländewagen, wobei er kurz den Atem anhalten musste, denn für einen Augenblick hatte er das Gefühl, umzukippen. Dabei schoss ihm Phinas Vater und sein Traktor durch den Kopf. Schließlich stand der Landy abfahrbereit mit den Vorderrädern talwärts. Emilio nahm seinen Gehstock, stieg aus, ging vorsichtig über den glitschigen Steig, wanderte mit unzureichendem Schuhwerk, aber dennoch festen Trittes über die Almwiese. Die dort weidenden Kühe stufte er als gefahrlos ein. Er hatte keine Ahnung, wo sich die Almhütte befinden könnte. Er hörte einen Pfiff. Die mampfenden Kühe drehten ihre Köpfe träge bergwärts. Tatsächlich, da kam er daher, der wortkarge Senner, den Steff «Kas-Rudl» genannt hatte. Er blieb vor Emilio stehen, sah ihn mit einer Mischung aus Neugier und Misstrauen an, um ihn schließlich mit einem «Griasti» zu begrüßen.

Emilio lächelte. Das hatte er schon mal gehört. «Servus» sagte er.

Dann schwiegen sie, alle beide. Nach einer Weile fragte Rudl: «Willsch a Jausn?»

Emilio nickte. «Gerne.»

«Dann kimsch mit.» Rudl dreht sich um und ging voraus.

Später saßen sie vor seiner Almhütte. Emilio hatte vor sich ein Holzbrett mit frischer Butter, Bergkäse, einigen dicken Scheiben Speck und knusprigen Fladen aus Roggenmehl und Sauerteig. Auch hatte Rudl aus einem Glasballon Rotwein eingeschenkt. Das alles ohne ein weiteres Wort zu verlieren. Er sah Emilio beim Essen zu, trank reichlich vom Wein – und schwieg.

Es dauerte lange, bis Emilio die Initiative ergriff.

«Du kannst dich genau an den Tag erinnern, oder?», fragte er. «An den Tag vor zehn Jahren, als der Mann vom Berg gefallen ist.»

Rudl kniff die Augen zusammen. «Hmmm.»

«Zu Steff hast du gesagt, dass das Wetter gut gewesen sei.»

Der Senner zeigte ein angedeutetes Nicken.

Emilio ließ sich Zeit, bevor er weitermachte. «Du hast sicher recht», sagte er.

«Sowieso.»

Wieder gab es eine lange Pause. Rudl nahm ein Stück vom Speck.

«Woher weißt du das?», fragte Emilio schließlich. «Nach so langer Zeit?»

Der Senner nannte als Antwort Tag und Monat, ohne weiteren Kommentar.

Emilio stellte fest, dass die Angabe stimmen konnte. Was noch nicht erklärte, warum Rudl sich daran erinnerte. Der nahm noch einen Schluck vom Rotwein. Dann sagte er lapidar: «Der Sterbetag meiner Muatr.»

«Ach so», sagte Emilio, «tut mir leid.»

Rudl zuckte mit den Schultern. «I hob Enzian pflückt, für ihr Marterl.»

«Hast du den Wanderer gesehen, der später ums Leben gekommen ist?»

Rudl nickte: «Freilich.»

Emilio wusste nicht, ob er den Bogen überspannte, aber er hakte nach: «Wie hat er ausgesehen?»

Rudl pulte mit einem Finger im Ohr. «Rote Hosn, rote Jackn», sagte er schließlich.

«Das war Niki», bestätigte Emilio.

«Sowieso», sagte Rudl.

Emilio dachte, es sei besser, mit der nächsten Frage etwas zu warten. Der Senner räumte das Holzbrett und die Weingläser weg.

«Hast du außer Niki damals noch jemanden gesehen», fragte Emilio, «oder irgendwas beobachtet?»

Rudl massierte sich sein Ohrläppchen. «Hmmm.»

Dann stand er auf und gab Emilio seine schwielige Hand. «Pfiati», sagte er, drehte sich um und verschwand in seiner Hütte.

Emilio blieb noch eine Weile sitzen. Er kam zur Erkenntnis, dass jeder weitere Versuch zum Scheitern verurteilt wäre. Er überlegte, ob er Rudl für die Brotzeit etwas Geld dalassen sollte. Aus dem Bauch heraus entschied er sich dagegen. Er sagte laut «Servus» und machte sich auf den Rückweg über die Almwiese, an den Kühen vorbei zu seinem Landy.

40

Falko Puttmenger war froh, dass seine champagnerselige Ehefrau und die beiden missratenen Kinder wieder zurück nach Deutschland gefahren waren. Sie trieben ihn schon im Normalfall in den Wahnsinn, in seiner momentanen Situation konnte er sie erst recht nicht brauchen. Er hatte immer noch Zweifel, ob es richtig war, diesen Baron einzuschalten. Normalerweise war es am besten, heikle Dinge im Alleingang und ohne Mitwisser zu erledigen. Mit dieser Strategie war er in der Vergangenheit immer gut gefahren. Aber der aktuelle Fall war alles andere als normal. In seinem Berufsleben war er es gewohnt, seine Gegner zu kennen. Dann konnte man sie analysieren, einen Plan entwerfen und sie in einem gut vorbereiteten Überraschungsangriff aus dem Feld schlagen. Aber im aktuellen Fall war ihm der Feind unbekannt. Er wusste nicht, wie er aussah, woher er seine Informationen hatte, wo seine Stärken lagen – und seine Schwachstellen. Wie konnte man einen Angriff parieren und zum Gegenschlag ausholen, wenn man einem Phantom gegenüberstand? Sein Versuch, die Initiative zu ergreifen, war auf dem Friedhof in Tramin kläglich gescheitert. Er wusste nicht mehr weiter, hatte keine neue Idee. Sein Pulver war verschossen. Er kam sich vor wie ein dressierter Tanzbär, der am Nasenring durch die Manege geführt wurde.

Ein Bild, das ihm ganz und gar nicht gefiel. Wenn schon, dann waren die anderen die Tanzbären und er der Dompteur, aber nicht umgekehrt. Natürlich, er könnte einfach bezahlen und hoffen, dass es dann vorbei wäre. Aber erstens hing er an seinem Geld, und zweitens misstraute er dem Prinzip Hoffnung.

Puttmenger sah auf die Uhr. Wo blieb der Baron? Pünktlichkeit schien seine Stärke nicht zu sein. Es war ihm immer noch ein Rätsel, wie der Mann ahnen konnte, dass er erpresst wurde. Ihm fiel das Treffen mit den *Amici del Vino* ein. Seinen Freunden hatte er davon erzählt, in der Hoffnung, dass man in der Not zusammenstehen würde. Immerhin hatte auch Rottenthaler bestätigt, dass er erpresst wurde. Und die anderen hatten entweder gelogen oder waren tatsächlich nicht betroffen. Jedenfalls hatten die Idioten nichts begriffen. Statt sich zu solidarisieren, hatten sie sich angeschrien und über die Umstände von Nikis Tod gestritten. Einer von ihnen musste gegenüber dem Baron geplaudert haben, eine andere Erklärung fiel Puttmenger nicht ein. Aber warum? Und vor allem wer? Oder hatte der Baron andere Informationsquellen?

Puttmenger dachte an die Fotos im Umschlag und an die Hintergründe der infamen Erpressung. Sie lagen zwar über zehn Jahre zurück, hatten aber nichts an ihrer Brisanz verloren. Kam die Wahrheit ans Licht, wäre sein schönes Leben ein einziger Scherbenhaufen. Dann könnte er nur noch auf eine abgelegene Insel in die Südsee fliehen, wo ihn keiner kannte. Das durfte nicht passieren. Wenn ihn der Baron nicht überzeugte, musste er sich was anderes einfallen lassen, noch in dieser Nacht. Denn die Zündschnur brannte. Sie wurde in erschreckendem Tempo kürzer. Blieb das Risiko, dass der Baron herausbekam, womit er erpresst wurde. Dann hätte er noch ein Problem. Aber in diesem Fall würde er seinen Feind kennen.

Na endlich. Vom Erker seines Ansitzes sah er, wie der Land Rover auf sein Grundstück fuhr. Verbeult war der alte Geländewagen schon das letzte Mal gewesen, jetzt war er zudem eindrucksvoll verschlammt, die Reifen sahen aus, als ob der Wagen durch einen Kuhstall gefahren wäre.

Bei der Begrüßung entschuldigte sich der Baron für seine dreckigen Schuhe, er habe sich auf unbekanntem Terrain bewegt. Puttmenger bat ihn herein, das Angebot eines Weines lehnte Emilio ab, stattdessen fragte er nach einem doppelten Espresso. Dann nahmen sie am runden Tisch im Erker Platz. Als Erstes wollte Falko Puttmenger wissen, woher der Baron Kenntnis von der Erpressung habe.

Emilio lächelte hintergründig. Er sei ein ebenso verschwiegener wie vergesslicher Mensch, sagte er, deshalb könne er sich bei bestem Willen nicht mehr an seine Quelle erinnern. Da er über keine weiteren Informationen verfüge, würde er den Professor bitten, ihn kurz ins Bild zu setzen. Dann könne er ihm sagen, ob und inwieweit er in der Lage sei, ihm zu helfen.

Ob der Baron denn Erfahrungen mit Erpressungen habe, wollte Puttmenger wissen.

Das letzte Mal ging es um eine Million Euro, sagte Emilio. Eine reiche und verheiratete Industrieerbin habe sich mit einem Gigolo eingelassen. Die weiteren Details seien ihm leider ebenso entfallen wie der Name der werten Dame.

Wie denn der Fall ausgegangen sei, wollte Puttmenger wissen.

Sehr unerfreulich, sagte Emilio.

Wie bitte?

Für den Gigolo, nicht für die Dame aus besserer Gesellschaft. Leider habe sich der Erpresser dem Zugriff entzogen und sei mit seinem Auto so unglücklich von der Straße abgekommen, dass er dabei den Tod gefunden habe. Die Tasche mit der Million habe ihm Emilio zuvor abnehmen und später der Dame zurückgeben können. Auch sei das Belastungsmaterial durch ein Versehen in Flammen aufgegangen. Wie gesagt, alles sehr unerfreulich. Aber seine Klientin wäre sehr zufrieden gewesen und führe jetzt eine glückliche Ehe.

Falko Puttmenger schien zufrieden. Das sei eine Problemlösung nach seinem Geschmack, meinte er. Was er nicht wusste, war die Tatsache, dass sich Emilio die Geschichte gerade ausgedacht hatte.

Zögernd begann Puttmenger mit seinem Bericht. Er erzählte von den Anrufen des Erpressers, auch dass er Umschläge mit belastendem Material erhalten habe, ohne auf den Inhalt mit einem Wort einzugehen. Dann schilderte er, was der «Mörder» mit seinem Kätzchen gemacht habe, an das sich der Baron sicherlich noch erinnern könne. Er zeigte das Foto. Erzählte dann von dem makabren Scherz mit dem Katzenfutter.

Emilio stellte keine Fragen, er hörte nur zu, nickte gelegentlich, bei dem Katzenfoto zeigte er Zeichen der Abscheu und des Mitgefühls.

Puttmenger zögerte, überlegte, ob er weitermachen sollte. Dann fuhr er mit der Schilderung der Ereignisse auf dem Friedhof fort. Er sparte nichts aus, nur verschwieg er die geladene Pistole. Schließlich machte er ein abschließendes Statement: Er würde sich definitiv unter keinen Umständen dazu äußern, womit er erpresst wurde. Das müsse der Baron akzeptieren. Und falls er durch einen Zufall davon Kenntnis bekäme, dürfe er keine Fragen stellen und müsse schweigen bis zum Tode. Das klinge vielleicht etwas dramatisch, aber das sei sein voller Ernst. Sonst könne der Baron diesen Raum sofort verlassen.

Emilio schmunzelte. Eine ähnliche Vereinbarung habe er auch mit der Dame aus der Industriellenfamilie gehabt, sagte er. Allerdings habe er vom Gigolo gewusst, anders ginge es eigentlich nicht. Aber in Puttmengers Fall würde er eine Ausnahme machen. Ganz konkret ginge es ja darum, den Erpresser bei der nächsten Geldübergabe zu schnappen. Das sollte möglich sein. Grundsätzlich sei die Idee mit der Handyortung ja nicht so schlecht gewesen. Hätte durchaus funktionieren können. Aber im Detail hätte man es besser machen können, vor allem hätte es eines Plan B bedurft.

Puttmenger sagte, dass die neuen Übergabemodalitäten noch nicht bekannt seien, auch nicht der Zeitpunkt. Möglicherweise sei es bereits morgen Abend so weit.

Das sei kein Problem, meinte Emilio. Für den Plan B könne er bereits einige Vorbereitungen treffen, ganz unabhängig davon, was schließlich konkret anstünde. Der Professor solle auf alle Forderungen des Erpressers eingehen und ihn umgehend informieren. Dann würden sie das Kind schon schaukeln. Nur müsse Puttmenger die Entscheidung treffen, ob schwanger oder nicht.

Was er denn damit meine, fragte Puttmenger.

Nun, entweder könne er die gesamte geforderte Geldsumme bereitstellen, mit dem Risiko, dass das Geld eventuell verlustig gehe, oder alternativ keinen einzigen Cent. Halbschwanger wie das letzte Mal sei unsinnig und habe die Natur nicht vorgesehen. Ihm sei es im Prinzip egal. Aber wenn die Sache schiefgehe, sei der Erpresser im ersten Fall vielleicht zufriedengestellt und gebe zukünftig Ruhe. Was aber eine eher vage Hoffnung sei, die der Lebenserfahrung widerspräche.

Puttmenger nickte. Ihm sei das Problem bewusst. Er tendiere dennoch zur Schwangerschaft – und hoffe auf einen «Abruptio graviditatis», auf einen erfolgreichen Schwangerschaftsabbruch.

Emilio lächelte amüsiert. Dann fragte er, ob der Professor in dieser Angelegenheit schon mal erpresst worden sei, vielleicht vor gut zehn Jahren?

Falko Puttmenger blieb völlig gelassen. Wie der Baron denn darauf käme? Nein, natürlich nicht!

Emilio, der seine Reaktion genau beobachtet hatte, dachte, dass Puttmenger entweder beim Pokern gut bluffen konnte oder gerade eben die Wahrheit gesagt hatte.

Bevor sich Emilio verabschiedete, besprach er noch den obligatorischen Vorschuss, der kein Problem darstellte. Er erwähnte wie beiläufig, dass er eine Idee habe, wie man dem Erpresser unabhängig von der Geldübergabe auf die Spur kommen könne.

Puttmenger sah ihn neugierig an.

Emilio schüttelte lächelnd den Kopf. Das bliebe sein Berufsgeheimnis. Er mache das wie bei der feinen Dame mit ihrem Gigolo.

41

Beim Aufwachen Verdacht auf Herzinfarkt, dann den Hintereingang in der Steixner'schen Villa präpariert, eine halbe Stunde George Gershwin auf dem Flügel gespielt, das Jugendzimmer von Niki in Meran inspiziert, dort einen Hohlraum sowie einen mysteriösen Safeschlüssel gefunden, sich für einen anderen ausgegeben und den Anruf des Erpressers entgegengenommen, auf die Alm zu Kas-Rudl gefahren und dem Südtiroler Zenmeister des Schweigens eine Info zu Nikis Todestag entlockt, Professor Puttmenger ohne Eigeninitiative als dritten Auftraggeber gewonnen – Baron Emilio fand, dass er in den zurückliegenden Stunden ein komplettes Wochenpensum absolviert hatte. Entsprechend schlapp fühlte er sich, als er das Haus seiner Gastgeberin betrat – mit dem festen Vorsatz, ohne weitere Nahrungs- und Flüssigkeitsaufnahme zu Bett zu gehen. Aber dann roch es verführerisch aus der Küche. Dort fand er Phina am Herd stehend. Komisch, er hatte die Möglichkeit überhaupt nicht in Erwägung gezogen, dass seine resolute Winzerin auch kochen konnte. Als ob das ein Widerspruch wäre.

«Ich dachte schon, Sie geben mir einen Korb», sagte sie mit leichtem Vorwurf in der Stimme und mit Blick auf die Uhr.

«Wie kommen Sie denn darauf? Nie und nimmer würde ich

Ihnen einen Korb geben», antwortete er. «Aber mir war nicht bewusst, dass wir eine Verabredung hätten.»

«Ich habe Ihnen eine SMS geschickt.»

Emilio suchte sein Handy und stellte fest, dass er nicht nur Phinas Einladung zum kleinen Abendessen übersehen hatte, sondern auch eine Nachricht von Ernst Steixner, der wissen wollte, was es Neues gebe. Er hatte vergessen, ihn über das Telefonat und die weitere Vorgehensweise zu informieren. Er hoffte, dass dies kein Indiz dafür war, dass ihn drei Aufträge zur gleichen Zeit überforderten.

«Tut mir leid, habe ich übersehen», sagte er. «Aber offenbar hat mich meine innere Stimme gerade noch rechtzeitig hierhergeführt.»

«Du redsch wieder gschwolln und an Schmarrn.»

«Hast du mich gerade geduzt?», fragte Emilio mit Sinn für das Wesentliche.

«Ja, aber ein Bussl gibt's koans», entschied sie.

«Schade. Dann bleiben wir besser beim förmlichen Sie.» Er sah ihr über die Schulter. «Knödel?»

«Ja, Knedl. Auf Hochdeutsch: Spinatknödel. Du meinst das nicht im Ernst, oder?»

«Doch», insistierte Emilio.

Der Kuss kam so überraschend, dass er ihn erst registrierte, als er schon vorbei war.

«So, jetzt sind wir beim Du», stellte sie grinsend fest. «Machst bitte einen Wein auf.»

Er entkorkte die bereitstehende Flasche, einen relativ jungen Blauburgunder von Phinas Weingut. Nach einer kurzen Probe im Glas fand er, dass der Wein noch etwas Luft brauchte, um sich zu entwickeln. Phina stimmte zu, verwies aber darauf, dass die Spinatknödel schon in fünfzehn Minuten fertig wären.

«Kein Problem», sagte er. «Darf ich den Küchenmixer benutzen?»

«Wozu?»

Schon leerte Emilio die Flasche in die Maschine.

«Bist du verrückt?», schrie Phina. «Mein schöner Blauburgunder.»

«Ich habe das in einem amerikanischen Weinmagazin gelesen», sagte Emilio. «Ich wollte das immer schon mal ausprobieren. Die Amis nennen die Methode *Hyperdecanting*. Das Schlagen im Mixer soll besser sein als jedes Dekantieren mit der Karaffe.»

«Das ist Folter!», jammerte Phina.

Emilio schaltete den Mixer ein, die scharfen Klingen rotierten auf der höchsten Stufe. «Dreißig Sekunden sollten reichen. Geht natürlich nur bei jungem Wein.»

«Oh mein Gott.»

«Wir müssen dann nur noch warten, bis der Schaum weg ist. Mit etwas Glück ist der Wein gleichzeitig mit den Spinatknödeln fertig.»

«Können wir uns bitte wieder siezen?»

«Nein», entschied Emilio. «Das Bussi ist rechtskräftig und unumkehrbar.»

* * *

Eine halbe Stunde später saßen sie zufrieden am Küchentisch. Phina hatte die Spinatknödel vor dem Servieren mit brauner Butter begossen und mit geriebenem Parmesan und Schnittlauch bestreut. Sie hatte ihm auch das Rezept verraten: Schalotten und Knoblauch kleinhacken, in Butter anschwitzen, Spinat kurz in Salzwasser kochen, gut abtropfen lassen und kleinschneiden. Knödelbrot mit den angeschwitzten Schalotten und dem Knoblauch mischen, dazu der Spinat, Eier, geriebener Almkäse, Mehl, warme Milch, Salz, Pfeffer, Muskatnuss … Zu Phinas großer Verwunderung hatte der Blauburgunder die Tortur überstanden und präsentierte sich von seiner besten Seite. Was nach ihrer Überzeugung nicht am Dekantieren im Küchenmixer lag, sondern einzig und allein an der Qualität ihres Weines, der eben auch solche Brachialmethoden verkraftete. Sie sprachen über unverfängliche Themen, kamen sich wieder einmal ein Stück näher, hielten aber dennoch eine gewisse Distanz. Bei Phina geschah dies aus Angst vor dem eigenen Mut. Emilio dagegen kämpfte mit einer Müdigkeit, die ihm fast schon peinlich war. Und so wurde aus dem Abend nicht mehr als ein nettes Zusammensein. Phina ärgerte sich später über ihre Passivität und erinnerte sich an ihre Vorsätze aus der vergangenen, schlaflosen Nacht. Emilio kroch derweil gähnend ins Bett und dachte, dass es gut wäre, wenn man die Methode des Hyperdekantierens auch zur Belüftung unreifer Beziehungen anwenden könnte.

42

Das Problem beim Vorsatz, jemanden krankenhausreif zu verprügeln, bestand darin, dass man ihn erst finden musste. Marco hatte keine Ahnung, wo sich der Baron herumtrieb, wo er in Südtirol wohnte und mit wem er sich traf. Das war ausgesprochen ärgerlich, denn er wollte den Mann mit dem Gehstock sobald wie möglich aus dem Verkehr ziehen. Wenn sein Verdacht stimmte und der Privatschnüffler für Puttmenger arbeitete, woran Marco keinen Zweifel hatte, dann konnte er ihn bei der nächsten Geldübergabe so wenig brauchen wie ein Furunkel am Hintern. Der Mann musste weg, so einfach war das. Er störte seine Pläne. Am größten war die Chance vor Puttmengers Villa, dort hatte er ihn immerhin das erste und bislang einzige Mal gesehen. Sah man einmal von der Quästur in Bozen ab, aber dort würde er sich bestimmt nicht auf die Lauer legen. Er konnte auch nicht den Tag damit verbringen, auf einem Hügel unter einem Apfelbaum zu sitzen und blöde auf ein Haus zu starren. Er hatte Wichtigeres zu tun. Während des Tages war der Professor in der Klinik, überlegte Marco, vielleicht traf er sich dort mit dem Baron? Möglich, aber unwahrscheinlich. Er wollte vermutlich nicht mit dem Mann gesehen werden und unnötige Fragen provozieren.

Marco ärgerte sich, dass er keinen Einfall hatte, wie er den Baron finden konnte. Über alles Weitere machte er sich keine Gedanken. Er hatte sich schon als Kind auf den Straßen von Bozen geprügelt. Und in den zehn Jahren, die er in der *Opera* verbringen musste, hatte es häufig Auseinandersetzungen gegeben, die mit den Fäusten ausgetragen wurden. Die einzige Gefahr würde darin bestehen, den Mann nicht aus Versehen totzuschlagen. Immerhin war ihm das schon mal passiert, in jener Nacht vor der Disco in Bozen. Der *stronzo* mit den geföhnten Haaren war plötzlich umgefallen – und er im Gefängnis gelandet. Das war das Problem, wenn man sich mit Weicheiern anlegte. Die Typen hatten keine Nehmerqualitäten. Die gaben von einer Sekunde auf die andere den Löffel ab, dabei hatte man sie nur zart angestoßen. Der Baron war ein klassischer Vertreter dieses Menschenschlages.

Vom Adel hatte Marco noch nie viel gehalten. Über Jahrhunderte hatte er das Land ausgebeutet und die Bauern für sich schuften lassen. Ob im Vinschgau, im Meraner Land, rund um Bozen oder im Unterland: Überall zeugten Burgen und Schlösser von der jahrhundertelangen ungerechten Verteilung des Wohlstandes. Burg Tirol, Schloss Runkelstein, Schloss Lebenberg, Burg Sigmundskron, Schloss Juval … Er hatte mal gelesen, dass es in Südtirol zwischen Brenner und Salurner Klause rund 800 Schlösser und Burgen geben sollte. Er bekam einen dicken Hals, wenn er nur daran dachte, wie es sich der Adel dort hatte gutgehen lassen. Zur Verteidigung des relativ kleinen Landes hatte es diese Vielzahl an Burgen jedenfalls nicht gebraucht. Sie dienten nur dazu, ihren adligen Bewohnern ein schönes Leben zu ermöglichen. Die meisten waren immer noch in Privatbesitz. Das nannte er mal ungerecht! Wie konnte man es ihm da verübeln, dass er auch ein Stück vom Kuchen einforderte?

Nun gut, dieser Baron aus München hatte damit nichts zu tun, auch war sein Adelstitel nichts Besonderes, und offenbar musste der Mann als Privatdetektiv sein Geld verdienen. Das immerhin war erfreulich: Viele Adlige hatten heute leere Taschen und mussten sich irgendwie durchs Leben schlagen. Und wenn einer von ihnen Marco in die Quere kam, kriegte er auf die Fresse.

43

Nach dem gestrigen Stressprogramm hatte sich Emilio heute eine Entschleunigung vorgenommen. Eigentlich war er ein überzeugter Anhänger des chinesischen Wu Wei, also des Handelns durch Nichthandeln. Viele Dinge erledigten sich von selbst. Im Daoismus hält man es für weise, sich zurückzuhalten und dem Schicksal seinen Lauf zu lassen, blinder Aktionismus und unnützer Eifer sind verpönt, allenfalls reagiert man in großer Ruhe und intuitiv auf die Ereignisse. Emilio bedauerte zutiefst, dass er immer wieder gegen dieses Lebensprinzip verstoßen musste. Aber irgendwie passten Wu Wei und sein Beruf nicht zusammen. Seine Aufträge ließen sich nicht erfüllen, indem er konsequent nichts tat. Er hatte das schon probiert, ohne Erfolg. Dennoch wollte er keinen falschen Ehrgeiz zulassen, wollte er wie Wasser über die Steine fließen, den natürlichen Kräften keinen Widerstand entgegensetzen und dem rechten Weg des Dao vertrauen.

In seiner unergründlichen Weisheit hatte ihn das Dao heute Vormittag zur Weinkellerei von Elena Walch nach Tramin geführt. Beyond the clouds, Kermesse, Cashmere, Kastelaz – schon die Namen ihrer Weine konnten ihn in Verzückung versetzen. Er fand es beeindruckend, wie sich eine gelernte Architektin zu einer «Donna del Vino» gewandelt hatte, zur

Spitzenwinzerin in Südtirol. Er hatte sich von Elena Walch das Prinzip der Nachhaltigkeit erklären lassen, das nichts zu tun hat mit dem biodynamischen Konzept von Phina. Ziel sei es, die Umwelt zu schonen, ohne die wirtschaftlichen Aspekte aus den Augen zu verlieren. Teile des biologischen Arbeitens wurden übernommen, ohne den Betrieb rein biologisch auszurichten. Er hatte den Weinkeller in historischen Gewölben besichtigt, mit seiner modernen Technik, und im Kontrast die Kulisse der großen slawonischen Eichenfässer und der kleinen Barriques. Er hatte Castel Ringberg als wichtigste Weinlage kennengelernt, wo Chardonnay angebaut wurde, Lagrein und Cabernet.

Jetzt saß er im «Gartenbistrot» und trank einen Cappuccino. Dabei dachte er über die unterschiedlichen Konzepte des Südtiroler Weinbaus nach. Das Spektrum reichte von traditionellen Betrieben wie den meisten Genossenschaftskellereien, über nachhaltig orientierte wie jener hier von Elena Walch, bis hin zu biodynamischen wie von Alois Lageder, von Manincor – und von Phina Pernhofer. Das war eine Frage der Überzeugung und der Leidenschaft. Bei Phina hatte der Glaubenskrieg innerhalb ihrer Familie stattgefunden, zwischen den Generationen. Der Vater starr an der Tradition festhaltend, die Tochter vom biodynamischen Weinbau überzeugt. Sie hätten wohl nie zusammengefunden. Der Traktorunfall hatte den Konflikt entschieden. Emilio wollte den Gedanken eigentlich nicht zulassen, aber wieder einmal ging ihm durch den Kopf, dass dieses «Unglück» vielleicht keines gewesen war. Dass die sympathische und gleichzeitig rätselhafte Phina womöglich nachgeholfen hatte. Jedenfalls trat sie jedes Mal die Flucht an, wenn er das Gespräch auf ihren Vater und den Traktorunfall brachte. Ähnlich reagierte sie auf Niki, nur nicht so emotional und verstört. Aber auch über ihn wollte sie nicht reden.

Emilio rührte im Cappuccino, er leckte den Löffel ab und machte sich seine Gedanken. Er dachte an Phinas hellblaue Augen, an den flüchtigen Kuss von gestern Abend. Er hoffte, dass er sich täuschte. Wollte er es wirklich wissen? Besser nicht! Außerdem ging es ihn nichts an. Leider hatte er eine Charakterschwäche: Er war von Natur aus neugierig und wissbegierig.

Er schaute auf sein Handy. Keine SMS, keine Anrufe. Das Dao meinte es heute gut mit ihm. Er zahlte und stand auf. Dann würde er jetzt eben seiner Intuition nachgeben und sich nach Bozen treiben lassen. Eine knappe Stunde später spazierte er durch die Innenstadt. In der Osteria dai Carrettai aß er einige Crostini. Dann machte er sich auf die Suche nach der Vinothek, die mal Niki gehört hatte. Die Adresse kannte er. Und er erinnerte sich, dass der Kriminalrat Luis Gamper bestätigt hatte, dass sie noch existierte. Auch hatte er von einer «feschen» Person namens Valerie Trafoier gesprochen, die zum Zeitpunkt von Nikis Tod in der Vinothek angestellt gewesen war.

Emilio fand den Laden, der eine rote Markise vor dem Schaufenster hatte, zwei Stehtische mit Barhocker auf dem Bürgersteig, eine kreativ gestaltete Auslage nicht nur mit Südtiroler Weinen, sondern aus ganz Italien. Als Besonderheit handelte es sich dabei ausschließlich um Magnumflaschen. An der Glastür standen die Öffnungszeiten, darunter ein Name: Valerie Trafoier. Da hatte der alte Kriminaler mit seiner Vermutung doch recht gehabt, die Angestellte von damals war die Besitzerin von heute.

Emilio betrat den Laden. Von einem Verkäufer oder einer Verkäuferin war nichts zu sehen. Also verschaffte er sich einen

Überblick über die Weinregale, das war ohnehin eine Passion von ihm. Bemerkenswerterweise gab es auch hier nur Großflaschen. Das sah eindrucksvoll aus und vermittelte einen Hauch von Exklusivität. Letztere bestätigte sich durch die Auswahl der Weine, die fast durchwegs von renommierten Weingütern stammten und auch nur gute bis sehr gute Jahrgänge berücksichtigten.

«Kann ich Ihnen helfen?»

Emilio drehte sich um. Als Erstes fragte er sich, wie es die Frau geschafft hatte, sich auf Highheels unbemerkt zu nähern. Zweitens stellte er fest, dass sie bemerkenswert gut aussah. Was drittens die Schlussfolgerung erlaubte, dass es sich nur um Valerie Trafoier handeln konnte. Die blonden Haare waren fast so lang wie der Rock kurz, bei der weißen Bluse fehlten die oberen Knöpfe, was irritierende Einblicke erlaubte. Ach so, auch ihr Gesicht war hübsch anzusehen, mit sympathischen Lachfalten und vollen Lippen. Wenn sie sich heute so präsentierte, wie mochte sie erst vor zehn Jahren ausgesehen haben, als sie vom Kriminalrat Gamper befragt worden war. Wahrscheinlich träumte der alte Mann noch heute von ihr.

Emilio räusperte sich. «Sie haben eine Vorliebe für alttestamentarische Könige», stellte er fest.

Valerie Trafoier lächelte. «Da haben Sie wohl recht. Jeroboam, Rehoboam …»

«Méthusalem, Salmanazar», setzte Emilio die Namen der Flaschengrößen fort, «Balthazar, Nebukadnezar.»

«Respekt», sagte sie. «Das bringt kaum einer fehlerfrei auf die Reihe.»

Er fragte, ob sie Frau Trafoier sei.

«Vom Scheitel bis zur Sohle», sagte sie und sah ihn herausfordernd an.

Da hatte er es ja mit einem wirklich heißen Feger zu tun, dachte Emilio. Er konnte sich kaum vorstellen, dass Männer beim Weinkauf konzentriert blieben. Und wahrscheinlich gab keiner gerne zu, dass ihm eine Flasche zu teuer war.

Emilio stellte sich vor, gab Valerie seine Visitenkarte und erklärte, was ihn hierhergeführt hatte. Mit wenigen Worten schilderte er seinen Auftrag. Auch machte er deutlich, dass er nach den vielen Jahren keine wirklich neuen Erkenntnisse erwartete. Dennoch würde er gerne mit ihr über Niki sprechen, über den Bergunfall, die Vinothek und so weiter. Sie sei ja damals bei Niki Steirowitz angestellt gewesen. Es freue ihn zu sehen, dass sie die Vinothek übernommen habe und weiterführe.

«Ganz schön viel auf einmal», sagte Valerie, die weiterhin freundlich lächelte und offenbar keine Probleme damit hatte, mit der Vergangenheit konfrontiert zu werden. «Wollen wir gleich darüber sprechen? In fünf Minuten sperre ich den Laden sowieso zu, da habe ich Mittagspause.»

«Sehr gerne», sagte Emilio. «Darf ich Sie zu einem kleinen Mittagessen einladen?» Ihm fielen die Crostini ein, die er gerade verdrückt hatte. Als vernunftbegabtes Wesen hätte er den Vorschlag mit dem Mittagessen nicht machen dürfen. Aber wer reagierte angesichts einer solchen Frau vernünftig?

Valerie nahm die Einladung ohne zu zögern an. Wenig später saßen sie unter weißen Markisen auf der kleinen Terrasse des nahegelegenen Kaiserkron, einem der besten Restaurants in Bozen, tranken Champagner und bestellten Lachstatar auf Burrata, danach *Tagliata di bue nostrano cotta nel forno*, Ochsentagliata vom Holzkohleofen. Immer wenn sich Valerie am

Tisch nach vorne beugte, wusste Emilio nicht so recht, wohin er seinen Blick richten sollte. Ihm schien, dass bei der Bluse auf magische Weise ein weiterer Knopf abhandengekommen war. Dennoch gelang es ihm, ein einigermaßen zielorientiertes Gespräch zu führen. Darauf konnte er stolz sein. In relativ kurzer Zeit hatte er in Erfahrung gebracht, dass Valerie mit Niki ein Verhältnis gehabt hatte, dass sie über den Bergunfall auch nichts Genaueres wusste, dass sie froh war, damals die Vinothek übernehmen zu können, dass sie das Konzept auf Großflaschen umgestellt und einige Investitionen getätigt hatte. Auch hatte sich beiläufig die Information ergeben, dass Valerie ledig war und offenbar à la carte lebte.

Emilio überlegte, dass es Früchte gab, die schwer zu ernten waren, wobei er an Phina dachte. Und es gab süße Früchte, die wurden auf einem Silbertablett serviert – wobei man weder wissen konnte, ob sie wirklich zum Verzehr bestimmt waren, noch wusste man etwas über ihre Bekömmlichkeit.

Emilio sprach Nikis fixe Idee an, sich ein Weingut zu kaufen. Ob das tatsächlich der Fall gewesen sei, wollte er wissen.

Das sei sehr wohl so gewesen, sagte Valerie. Niki habe da wirklich gesponnen.

Emilio fragte, warum das eine Spinnerei gewesen sei. Ein eigenes Weingut könne doch Spaß machen und eine Rendite abwerfen.

Letzteres sei eben nicht der Fall, antwortete Valerie. Das zentrale Problem sei, dass man in Südtirol kaum einen Weinberg kaufen könne. Der Boden sei nicht nur knapp, sondern auch sündhaft teuer. Emilio erinnerte sich, Ähnliches bereits von Phina und von Puttmenger gehört zu haben. Es gebe eine große Diskrepanz zwischen dem Kaufpreis für eine Parzelle und den erzielbaren Flaschenpreisen, das würde sich nie und nimmer rentieren, wäre betriebswirtschaftlicher Unfug. Valerie nannte Zahlen und machte eine Rechnung auf, die ihre Aussage schlüssig belegte. Für Südtiroler Weine könne man nun mal nicht so viel verlangen wie für einen Grand Cru aus dem Bordeaux. Der Boden koste aber fast gleich viel. Das sei die Misere.

Emilio staunte. Die Dame hatte nicht nur ein aufregendes Äußeres, sondern war auch noch gescheit und konnte gut kopfrechnen.

Auch mache es keinen Sinn, fuhr Valerie fort, einem Weinbauern, der seine Trauben an eine Kellereigenossenschaft lieferte, sein kleines Stück Rebland abzukaufen. Damit könne man keinen Betrieb aufziehen, der seine Weine selber vermarktet. Das habe auch Niki gewusst, deshalb habe er systematisch bei den wenigen Weinbergbesitzern hingesägt, die über ausreichend große Rebflächen verfügten.

Zum Dessert bestellten sie eine Sorbetvariation mit frischen Früchten. Wo denn Niki das Geld für einen Kauf hergenommen hätte, fragte Emilio. Er könne sich nicht vorstellen, dass die Vinothek so viel abwerfe.

Nein, das gewiss nicht. Aber Niki habe zuvor einige Geschäfte gemacht, über die sie auch nichts Genaueres wisse, jedenfalls seien sie sehr einträglich gewesen. Niki habe sich einen Porsche leisten können. Valerie schmunzelte. Und immerhin auch eine Frau, wie sie es sei. Den Rest hätte er wohl finanziert.

Emilio schmunzelte. Den Rest? Von Ihnen?

Valerie lachte. Nein, sie sei nicht auf Kredit zu haben. Sie meine natürlich das Weingut. Außerdem hätten sie ihre private Beziehung einige Monate vor seinem Tod beendet. Sie hätten aber trotzdem weiter zusammengearbeitet. Ohne Probleme.

Emilio fragte, ob sich Niki bei irgendeinem konkreten Weingut besondere Chancen ausgerechnet habe.

Valerie leckte das Sorbet so lasziv vom Löffel, dass es Emilio abwechselnd heiß und kalt wurde. Außerdem beugte sie sich dabei wieder aufreizend weit nach vorne. Immerhin funktionierte sein Hormonsystem, das war beruhigend.

Ja, bestätigte Valerie, ein solches Weingut habe es gegeben. Niki habe sogar schon Pläne für den Umbau gezeichnet. Und er habe mal davon gesprochen, dass er unter der Hand bereits eine Anzahlung geleistet hätte.

Jetzt fuhr sich Valerie mit der Zunge über die Lippen. Die Frau machte ihn noch verrückt.

Warum der Winzer sein Weingut habe verkaufen wollen, fragte Emilio. Sie habe doch gerade erklärt, dass sich keiner von seinen Weinbergen trennen würde.

In diesem Fall schon, sagte sie. Das wäre ja womöglich die einmalige Chance gewesen. Der Weinbauer sei schon älter gewesen, habe keinen Sohn gehabt, der den Betrieb hätte übernehmen können. Nur eine Tochter, der er das nicht zugetraut habe. Seine Frau hatte Asthma und wollte ans Meer. Deshalb spielte er mit dem Gedanken, zu verkaufen.

Emilio sah Valerie starr an. Nur eine Tochter, der er das nicht zugetraut habe? Obwohl sich die Frage fast erübrigte, stellte er sie dennoch. Die Antwort konnte ihn nicht mehr überraschen. Es war Phinas Vater gewesen, der sich mit der Absicht getragen hatte, sein Weingut an Niki zu verkaufen. Vielleicht wäre es dazu gekommen. Phina wäre leer ausgegangen. Aber dann stürzte Niki vom Berg in den Tod. Gerade zum richtigen Zeitpunkt. Und einige Jahre später kam ihr Vater im Weinberg ums Leben. Emilios Magen verkrampfte sich. Die Reaktion kam nicht vom Sorbet.

44

Unter der Kunststoffschiene am Arm juckte es, auch hatte er häufig Kopfweh, trotz der schmerzstillenden Medikamente, er hatte Probleme beim Atmen – aber davon abgesehen ging es Ernst Steixner nicht so schlecht. Die Ärzte machten sich Sorgen um seine Lungenfunktion, einige Rippen waren gebrochen. Deshalb durfte er nicht nach Hause. Letztlich war ihm das egal. Wahrscheinlich war es sogar besser so. Hier wurde für ihn gesorgt, er war für den Erpresser nicht erreichbar, er konnte nicht in Versuchung geführt werden, die Dokumente im Umschlag zu studieren, die alten Zeitungsausschnitte und die Fotos, die ihn belasteten. Er lief nicht Gefahr, sich auf ein Bahngleis zu stellen und auf den nächsten Zug zu warten. Im letzten Augenblick erst hatte er sich zur Seite geworfen.

Hier im Krankenhaus konnte er in Ruhe nachdenken. Über sein Leben, das ihm viele schöne und glückliche Augenblicke beschert hatte, aber auch einige schlimme Momente und Tragödien.

Seit dem Tod seiner Frau hatte er keinen wirklichen Antrieb mehr, konnte keine echte Freude mehr empfinden, hielt sich viel in seinem Haus auf, hörte klassische Musik und pflegte seine Depressionen. Begab er sich unter Menschen, konnte er sein Stimmungstief überspielen, wirkte auf andere fast normal, er lachte sogar und nahm an den oberflächlichen Gesprächen teil. Wenn er aber alleine war, brach die schöne Fassade zusammen. Er kam sich vor wie ein janusköpfiger Mensch. Mit einem zweiten, verborgenen Gesicht, das nach hinten gerichtet war, rückwärts blickend und von großer Schwermut erfüllt. Er hatte gehofft, aus dem Loch wieder herauszufinden – dann war dieser Umschlag gekommen, der hatte ihm den Rest gegeben. Wie ein Schlag in die Magengrube, der einem die Luft zum Atmen nimmt. Wie oft hatte er von dem zwölfjährigen Mädchen geträumt, das in jener Nacht den Tod gefunden hatte? Er empfand tiefe Schuld, weil er einfach weitergefahren war. Dabei hätte er den Unfall sogar im nüchternen Zustand wohl kaum vermeiden können. Das Mädchen war plötzlich von der Seite in seinem Scheinwerferkegel aufgetaucht, war vor Schreck mitten auf der Straße stehen geblieben – seinen entsetzten Blick würde er nie vergessen. Er hatte voll gebremst, mit blockierenden Rädern hatte er gleichzeitig versucht, auszuweichen. Ein dumpfer Schlag, hektische Lenkbewegungen, um den schleudernden Wagen auf der Straße zu halten. Schließlich die schicksalhaften Sekunden, in denen er eine Entscheidung treffen musste. Er hatte damals Angst gehabt, zurückzulaufen und ein zerschmettertes Kind vorzufinden. Aber er hatte auch Skrupel empfunden, einfach weiterzufahren. Den Ausschlag hatte Niki gegeben, der ihn angebrüllt hatte: «Nichts wie weg! Gib Gas!» Beide hatten sie zu viel Alkohol getrunken, ihr Verstand war vernebelt und der Mut zum Risiko übersteigert gewesen. Nachdem er sich entschieden hatte, war alles zu spät, gab es kein Zurück mehr. Mit Tränen in den Augen war er weitergebrettert, hatte mit überhöhter Geschwindigkeit die Flucht angetreten.

Bei realistischer Betrachtung trug das Mädchen die Hauptschuld. Wie konnte es in stockfinsterer Nacht vor einem rasch näher kommenden Auto die Straße überqueren und dann plötzlich stehen bleiben? Sein Sportwagen hatte einen lauten Motor gehabt und eine infernalische Auspuffanlage. Das Mädchen hätte schon taub sein müssen, um ihn zu überhören. Natürlich war er zu schnell unterwegs gewesen und seine Reaktionszeit durch den Alkohol womöglich verzögert. Aber auch sonst hätte er den Unfall nicht vermeiden können, davon war er überzeugt. Aus den Zeitungsberichten wusste er, dass das Mädchen sofort tot gewesen war. Es wäre also vergebens gewesen, wenn er gestoppt hätte, um zu ihm zurückzulaufen, die Polizei und die Rettung zu verständigen. Aber diese Überlegungen nahmen ihm nicht den Druck, der seitdem auf seiner Seele lastete. Er war zur falschen Zeit am falschen Ort gewesen, ein Mädchen hatte wegen ihm sterben müssen. Heute wäre es eine junge Frau, die ihr Leben immer noch vor sich hätte.

Ernst Steixner dachte an den Baron, den er beauftragt hatte, den Erpressungsversuch irgendwie abzuwenden. Es war ihm unerklärlich, wie ihn die Vergangenheit nach so vielen Jahren hatte einholen können. Niki Steirowitz war als Beifahrer der einzige Mitwisser gewesen, hatte ihn sogar zur Fahrerflucht überredet. Aber Niki lebte nicht mehr, seit seinem Tod hatte sich Steixner sicher gefühlt.

Er hatte keine Ahnung, wie ihm der Baron helfen konnte, aber der Mann hatte einen souveränen Eindruck gemacht, auch wenn er so gar nicht seiner Vorstellung eines Privatdetektivs entsprach. Der Baron war kultiviert, wirkte ruhig und entspannt, vielleicht etwas exzentrisch und zerstreut. Sicher war er jemand, der jeder körperlichen Auseinandersetzung aus dem Weg ging. Außerdem brauchte er einen Gehstock. Aber im Gespräch hatte Steixner zu ihm Vertrauen gefasst. Er glaubte, dass es der Baron irgendwie schaffen würde, die Angelegenheit zu regeln. Auch war er zuversichtlich, dass dieser sein Geheimnis für sich behalten würde. Und wenn nicht? Steixner dachte lange darüber nach. Eine Schwester kam herein, um seinen Blutdruck zu messen, Temperatur, Puls und den Sauerstoffgehalt seines Blutes. Dann war er wieder alleine. In ihm reifte ein Entschluss. Noch war er nicht so weit, aber er hoffte, dass er den Mut aufbringen würde.

45

Selten hatte er sich so verwirrt gefühlt, war es ihm so schwergefallen, seine Gedanken zu sortieren, logische Schlussfolgerungen zu ziehen und die richtigen Entscheidungen zu treffen. Emilio saß scheinbar entspannt im Liegestuhl vor Phinas Haus, im Schatten eines Sonnenschirms. Aber in seinem Kopf ging es rund. Wobei sich wieder einmal zeigte, dass es nicht gut war, wenn Emotionen ins Spiel kamen. Das geschah bei ihm höchst selten. Die meisten Menschen waren ihm ziemlich egal. Wenn er ihnen notgedrungen eine größere Aufmerksamkeit schenken musste, stellte sich im Regelfall heraus, dass sie entweder dumm waren oder ausgesprochen unsympathisch. Sehr häufig kam beides zusammen. Bei den meisten Kriminalfällen, mit denen er in der Vergangenheit zu tun hatte, war er sich vorgekommen wie ein Insektenkundler, der unter der Lupe seltsame Gliederfüßler studierte, mit widerlichen Augen, unappetitlichen Mundwerkzeugen und höchst befremdlichen Verhaltensmustern. Irgendwann hatte er sie dann einfach aufgespießt. Aber diesmal war alles anders. Trotz ihrer bemerkenswerten erotischen Ausstrahlung war Valerie Trafoier dabei sein kleinstes Problem. Prinzipiell war er willensstark genug, solchen Reizen zu widerstehen – außer er entschied sich ganz bewusst dagegen, was er im Falle der

Bozner Weinhändlerin durchaus in Erwägung zog. Nun war er wirklich kein Insektenkundler, das fehlte noch, aber ihm schoss dennoch der Gedanke durch den Kopf, dass es sich bei ihr um eine Gottesanbeterin handeln könnte, eine attraktive Vertreterin der sogenannten Fangschrecken, bei denen es seines Wissens vorkommen konnte, dass das Weibchen das Männchen nach der Paarung auffraß. Gleichwohl durfte er die Dame nicht leichtfertig aus dem Spiel nehmen. Denn immerhin hätte auch sie ein Motiv gehabt, Niki Steirowitz zu ermorden. Jedenfalls dann, wenn er sie mit einer anderen Frau betrogen hatte, was schwer vorstellbar war.

Allerdings war ihre Beziehung beendet gewesen, das hatte sie gesagt. Auf die Seychellen war er mit einer anderen geflogen. Vielleicht hatte Valerie mehr von seinen einträglichen Geschäften gewusst, als sie zugegeben hatte. Und sie hatte die Möglichkeit gesehen, nicht nur ihren untreuen Liebhaber zu beseitigen, sondern gleichzeitig auch etwas von seinem Kapital aufs eigene Konto umzuschichten und in der Vinothek fortan als Besitzerin und nicht mehr als kleine Angestellte zu wirken. Also doch eine Gottesanbeterin? Der Verdacht war zu vage, um eine Präpariernadel durch ihren hübschen Chininpanzer zu bohren.

Puttmenger, Steixner, der ominöse Erpresser … – diese seltsamen Käfer und Ameisen ließen Emilio im Augenblick völlig kalt, konnten sein Interesse nicht wecken. Sein Fokus richtete sich ausschließlich auf eine junge Winzerin. Zu Phina hatte er in kurzer Zeit eine emotionale Beziehung aufgebaut, die sicherlich kompliziert war, aber doch faszinierend und vielversprechend. Jedenfalls ganz anders als es bei einer Valerie je möglich wäre. Sollte sich jetzt herausstellen, dass er einer gefährlichen Vogelspinne ins Netz gegangen war, deren Biss tödlich sein konnte und die in der Vergangenheit schon zweimal Beute gemacht hatte? Die Niki Steirowitz vom Berg gestoßen hatte, damit er nicht das väterliche Weingut kaufen konnte. Und die später ihren Vater umgebracht hatte, um das Weingut zu erben. War das so absurd? Nein, das war es nicht, und es würde manche Reaktion von Phina erklären.

Emilio stand auf, nahm seinen Stock und machte sich auf den Weg zum Weinberg, in dem Phina auch heute wieder mit Ausdünnen beschäftigt war. Der Spaziergang tat ihm gut und durchlüftete sein Hirn. Schließlich entdeckte er Phina, wie sie mit einem Strohhut auf dem Kopf und mit drei Mitarbeitern die Rebstöcke von übermäßigen Trauben befreite, damit sich die ganze Kraft in den verbleibenden konzentrieren konnte. Als er näher kam, lächelte sie auf so bezaubernde Weise, dass er am liebsten vergessen hätte, mit welchen Gedanken und mit welcher Absicht er hierhergekommen war. Er begrüßte Phina und fragte mit Blick auf die Mitarbeiter, ob er sie alleine sprechen könne.

Natürlich, sagte sie. Sie nahm den Hut ab, steckte die Rebschere in die Erde und ging mit ihm einige Schritte. Ob es denn wichtig sei, fragte sie. Er habe sie bislang noch nie bei der Arbeit im Weinberg aufgesucht.

Emilio blieb stehen und sah sie an. Ja, es sei wichtig, ausgesprochen wichtig. Er müsse ihr zwei unangenehme Fragen stellen. Er könne verstehen, wenn sie danach kein Wort mehr mit ihm reden wolle und er seine Koffer packen müsse.

«Du machst es ja dramatisch», sagte Phina mit ernstem Gesicht, «dann ist es vielleicht besser, du lässt es sein und ich mach mit meinen Rebarbeiten weiter.»

«Würde ich gerne, geht aber nicht», sagte Emilio und berührte sie vertrauensvoll an der Schulter, sie zuckte kaum merklich zurück. «Du musst wissen, dass ich dich mag», fuhr er fort und sah ihr dabei in die Augen, «sehr sogar, auch wenn wir uns kaum kennen. Und glaub mir, ich mag nicht viele Menschen.»

Phina lächelte verkrampft. «Das wolltest du mir sagen? Ist doch gar nicht so schlimm.»

Er schüttelte leise den Kopf.

«Ach so, das waren ja keine Fragen, nur eine Feststellung. Das dicke Ende kommt also noch.» Ihr war anzusehen, dass sie nur so tat, als ob sie locker wäre. In Wahrheit stand sie unter Hochspannung.

«Phina, ich muss es einfach wissen. Stimmt es, dass Niki deinem Vater sein Weingut abkaufen wollte und unter der Hand schon einen Vorschuss bezahlt hat?»

Phinas Lippen zitterten. «Das war die erste Frage? Ja, das stimmt. Aber das mit dem Vorschuss sollte keiner wissen.»

«Meine erste Frage hat noch einen Anhang.»

«Aha!»

«Bist du sicher, dass du mit Nikis Tod nichts zu tun hattest?»

«Spinnst du? Natürlich nicht, ich meine …», stotterte sie. «Ich will sagen, natürlich hatte ich mit seinem Tod nichts zu tun. Glaubst du etwa, ich hätte Niki umgebracht?»

«Ich weiß nicht, was ich glauben soll, deshalb frage ich dich ja. Immerhin wollte er dir dein Weingut wegnehmen.»

«Hat er aber nicht. Zweite Frage.»

«Ich weiß, du willst nicht darüber sprechen. Ich kann das verstehen, will es aber dennoch wissen.»

Sie kniff die Augen zusammen. «Bitte nicht», sagte sie in Vorahnung, was nun kommen würde.

«Ich verspreche dir, dass ich dich nie mehr darauf ansprechen werde. Wie ist dein Vater mit dem Traktor verunglückt? Warst du dabei?»

Sie atmete schwer. «Eine Trockensteinmauer war unterspült. Sie ist unter seinem Traktor weggebrochen, der hat sich zur Seite überschlagen und meinen Vater unter sich begraben ...» Phina schossen Tränen in die Augen, sie schluchzte und zitterte. «Ich war einige Hundert Meter entfernt und habe alles mit angesehen. Dann bin ich zu ihm gerannt, habe versucht, ihn unter dem Traktor hervorzuziehen, er hat noch geatmet. Meine Hände waren voller Blut. Dann war alles vorbei. Es war schrecklich.»

Emilio hätte sie gerne in den Arm genommen und getröstet. Aber er wusste, dass sie das nicht zulassen würde. Außerdem war er nicht fertig, das Schlimmste stand ihm noch bevor. Es half nichts, er musste da durch. «Auch meine zweite Frage hat einen Anhang», sagte er leise.

«Warum machst du alles kaputt?», fragte sie kaum hörbar.

«Phina, ich will nur die Wahrheit wissen, dann ist alles gut. Hast du bei dem Traktorunfall nachgeholfen?»

Sie sah ihn schweigend an, wischte sich mit dem Ärmel die Tränen aus dem Gesicht. Das Zittern hörte auf, sie wurde plötzlich ganz ruhig.

«Du hattest vorhin recht», sagte sie, «du kannst deine Koffer packen, ich will nie mehr mit dir reden, ich will dich nie mehr sehen.»

46

Eine Stunde später saß Emilio auf einer Parkbank an einem Waalweg. Er blickte starr vor sich hin, nahm weder den großartigen Ausblick zur Kenntnis noch die Grüße der Wanderer, die an ihm vorbeikamen. Schließlich stand er auf und ging zurück zu seinem Landy. Zwischen den Rückbänken befand sich sein Reisegepäck, die Hemden lagen verstreut auf dem Boden, darauf seine Schuhe. Er hatte wahllos alles ins Auto geworfen und war losgefahren. Nicht einmal einen Zettel hatte er zurückgelassen, mit einer Entschuldigung oder mit einem Abschiedsgruß. Warum auch? Sie hätte ihn zerrissen und weggeworfen.

Emilio fuhr zu Steixners Villa, betrat diese durch den Hintereingang und legte sich auf die Couch. Er verschränkte die Hände hinter dem Kopf und dachte nach. Später warf er die Espressomaschine an und machte sich einen Café corretto – mit einem großen Schuss Grappa. Er setzte sich an den Flügel und spielte eine Klaviersonate in B-Dur von Beethoven: «Appassionato e con molto sentimento!» Dann gab er sich einen Ruck und schlug den Tastendeckel zu. Aus Steixners Weinkeller entwendete er einen Blauburgunder, auch nahm er eine Flasche Grappa mit.

Zwischen Bozen und Meran musste er tanken. Schließlich

bog er in den mittlerweile vertrauten Forstweg ein und fuhr bis zur Schranke, die er das letzte Mal ordentlich hinter sich verriegelt hatte. Das Schloss bereitete ihm erneut keine Schwierigkeiten, er schaltete das Reduziergetriebe ein, durchpflügte später das Schlammloch und wendete vor dem Bachlauf mit dem Steig. Er nahm die Tüte mit den Flaschen und machte sich auf den Weg. Wieder hatte er ungeeignetes Schuhwerk an, aber das war ihm egal. Auch dass er einmal ausrutschte und sich dabei die Hose verdreckte, nahm er kaum zur Kenntnis. Immerhin waren die Flaschen nicht zu Bruch gegangen.

«Bischt wieda da», rief es von der Seite. Aus dem Nichts war die knorrige Gestalt des Kas-Rudl aufgetaucht, er kam näher und reichte Emilio die Hand.

«Griasti.»

«Servus.» Emilio hob die Tüte. «Hab uns was zum Trinken mitgebracht.»

«Guat.»

Rudl ging voran zu seiner Almhütte. Emilio stellte die Flaschen auf den groben Holztisch. Der Senner holte Gläser, einen Korkenzieher und ein großes Stück Südtiroler Speck. Er schnitt einige Scheiben ab. Dazu tranken sie vom Blauburgunder.

«Guater Tropfen», sagte er anerkennend und schmatzte.

«Den Grappa lass ich dir da, als Dankeschön.»

«Sowieso», sagte Rudl.

Wieder ließ sich Emilio viel Zeit. Wortlos beobachtete er die Kühe auf der Hochweide. Sie hatten alle Hörner. Was ihn eigentlich interessierte, denn ihm war aufgefallen, dass heute den meisten Kühen die Hörner abgesägt wurden. Aber er wollte Rudl nicht ohne Grund zum Sprechen nötigen. Schließlich hielt er den Zeitpunkt für gekommen.

«Ich wollte fragen, ob dir noch was eingefallen ist», sagte er.

«Hmmm.»

«Du weißt schon, damals vor zehn Jahren, als Niki vom Berg gefallen ist.»

Rudl nickte. Er verzog sein wettergegerbtes Gesicht zu einer Grimasse, pulte sich ein Stück Speck aus den Zähnen, spülte mit dem Blauburgunder hinterher.

«Ich glaube, du hast noch jemanden gesehen, nicht nur den Mann mit der roten Hose und Jacke. Stimmt's?»

«Sowieso», antwortete der Senner.

Emilio zügelte seine Neugier. Eine Ziege näherte sich ihrem Jausenplatz.

«Schleich di», sagte der Senner. Die Ziege gehorchte.

«Do is no oane kemmen», sagte er.

Emilio hatte Mühe, den Satz zu verstehen. Es half ihm, dass er schon lange in München lebte, aber Rudls Südtiroler Dialekt war eine besondere Herausforderung.

«Da ist noch eine gekommen?», versuchte er sich an einer Übersetzung.

«Genau. A Weibets is ihm nachgstieg'n.»

«Eine Frau?»

«Sowieso. Storkes Gstell, blonde Hoar, stramme Wadln. Schnell isch gwesn, des Weibets.»

«Also eine Frau mit blonden Haaren, sportlicher Figur und guter Kondition?»

«Woll.»

Emilio schluckte. Das heute war nicht sein Tag. Schon bereute er es, dass er den Senner zum Sprechen gebracht hatte.

Er gab Rudl Zeit, sich von seiner Sprachorgie zu erholen. Dann hakte er nach.

«Wie kommst du darauf, dass die Frau dem Mann mit der roten Hose nachgestiegen ist?»

«Woast eh, i hob Enzian pflückt, für meine Muatr.»

«Richtig, das war ja ihr Todestag.»

«Sowieso. Da hon i des Weibets wiedr kemmen gsegn. Erscht hot's an Rucksack g'hobt, iatz zwoa. So an gackerlgelben, wie ihn der Rothosige zuerscht g'hobt hat. Zwoa Rucksäck, verstehst?»

«Sie hatte auf dem Retourweg zwei Rucksäcke? Und zwar zusätzlich einen gelben, wie ihn Niki beim Aufstieg gehabt hatte?»

Rudl sah ihn an, als ob er schwer von Begriff wäre. Entsprechend kurz fiel seine Antwort aus.

«Sowieso.»

Emilio fuhr sich durch die Haare. Alles hatte er hören wollen, aber nur das nicht. Phina, Phina, Phina … Natürlich, auch Valerie Trafoier war blond, aber sie hatte außer im Bett bestimmt keine gute Kondition, wäre körperlich wohl auch nicht in der Lage, einen erwachsenen Mann im Zweikampf in den Abgrund zu stoßen. Aber Phina war kräftig, durch ihre Arbeit in den Weinbergen hatte sie Hände, die zupacken konnten wie ein Schraubstock. Und dann gab es noch etwas. Emilio verfluchte sein gutes Gedächtnis. In der Garage, wo Phina ihren Traktor parkte, hing an einem Haken über dem Waschbecken ein alter Rucksack. Er hatte eine ungewöhnliche Farbe, er war gelb!

47

Schon am Morgen hatte Emilio mit der Quästur in Bozen telefoniert, genauer gesagt mit der vollschlanken Mitarbeiterin, die einen guten Cappuccino machte und in der Schublade größere Bestände von Maronenplätzchen hortete. Sie war entzückt, dass er sein Versprechen hielt und sich bei ihr meldete. Natürlich würde sie sich über einen erneuten Besuch freuen. Ihr Chef sei wieder einmal auf einer Fortbildungsveranstaltung, sie habe Zeit. Auch versprach sie, das Protokoll herauszusuchen, um das Emilio gebeten hatte.

Jetzt lief der Baron durch Bozen. Kreuz und quer, ohne Ziel. Mal blieb er vor einem Schaufenster stehen, ohne wirklich zu sehen, was dort angeboten wurde. Auf dem Waltherplatz beobachtete er einige Tauben. Am Obstmarkt setzte er sich an ein Tischchen vor dem «Banco 11» und bestellte ein Glas Wasser, obwohl es bei Birgitta feine Weine gab. Er dachte an das Gespräch mit Phina im Weinberg, an die Tatsache, dass sie ihn rausgeschmissen hatte, an seinen Ausflug zu Kas-Rudl. Er hatte keinen Grund, seine Aussage in Zweifel zu ziehen. Zu gut passte alles zusammen. Warum er von seinen Beobachtungen nichts der Polizei erzählt habe, hatte Emilio von ihm noch wissen wollen. «I mog mei Ruah», hatte der Senner geantwortet.

Angesichts der aktuellen Informationen durchlebte Emilio

ein Wechselbad der Gefühle. Alles sprach dafür, dass Phina für Nikis Tod verantwortlich war, wobei es natürlich auch ein Unglück gewesen sein konnte. Vielleicht hatten sie sich unter dem Gipfelkreuz gestritten, er hatte sich geweigert, seine Kaufpläne aufzugeben, sie hatte ihn unter Druck gesetzt, es war zu einem Handgemenge gekommen, in dessen Folge er gestrauchelt und über den Abbruch in die Tiefe gestürzt war. Nein, es musste definitiv kein vorsätzlicher Mord gewesen sein, vielleicht Körperverletzung mit Todesfolge oder fahrlässige Tötung oder einfach nur ein tragisches Unglück, dem ein Streit vorangegangen war. Er hatte nicht einmal Beweise, dass es wirklich Phina war, die Rudl am Berg gesehen hatte. Aber es sprach alles dafür.

Eine halbe Stunde später saß Emilio in der Quästur bei der unterbeschäftigten Mitarbeiterin. Er bedankte sich für den Tipp mit Luis Gamper, dem Kriminalrat im Ruhestand. Mit ihm habe er ein interessantes Gespräch geführt. Außerdem habe er einiges über Bienenhonig gelernt. Erwartungsgemäß gab es einen Cappuccino, dazu die vorzüglichen Maronenplätzchen. Er sagte, dass er die Ermittlungen zum Tod von Nikolaus Steirowitz eingestellt habe, die Polizei habe damals solide Arbeit geleistet, es habe sich wohl wirklich um ein tragisches Bergunglück gehandelt.

Sie legte ihm eine Mappe auf den Tisch. Warum er an diesem Unfallprotokoll interessiert sei, fragte sie. Ob es Zweifel am Hergang gebe.

Nein, überhaupt nicht, sagte er. Er sei mit Josephina Pernhofer gut befreundet, sie würde heute noch unter diesem traumatischen Ereignis leiden und sich weigern, darüber zu sprechen. Um ihr bei der psychischen Verarbeitung helfen zu können, wäre es gut zu wissen, was sie damals erlebt hat, warum sie bis heute nicht darüber hinweggekommen ist. Die Kommissariatsangestellte nahm seine Hand. Sie habe das Gefühl, der Baron sei ein guter Mensch. Gerne könne er sich das Protokoll durchlesen. Sie lasse ihn einige Minuten alleine.

Emilio brauchte nicht lange, um bestätigt zu finden, was ihm Phina erzählt hatte. Dem Protokoll waren Fotos vom umgestürzten Traktor beigefügt. Auch hatte man die Überreste der Trockensteinmauer abgelichtet. Vermutlich sei sie über einen längeren Zeitraum durch einen vergessenen Wasserschlauch unterspült worden und schließlich unter dem Gewicht des Traktors eingebrochen. Der tödlich verunfallte Weinbauer sei diesen Weg regelmäßig gefahren, es habe vorher keinen Hinweis auf eine statische Veränderung der Trockensteinmauer gegeben. Dies habe auch die Tochter des Unfallopfers bestätigt, die als Erste am Unglücksort gewesen sei und die Polizei und Rettung verständigt hatte.

Emilio schloss die Mappe mit dem Unfallprotokoll. Phina hatte ihn nicht angelogen. Und dennoch: Vergessener Wasserschlauch? Kein Hinweis auf eine statische Veränderung? Phina war intelligent, und sie kannte den Weinberg und die Fahrtroute ihres Vaters. Es wäre für sie ein Leichtes gewesen, die Mauer an einer geeigneten Stelle mit einem versteckten Wasserschlauch zu unterspülen. Dabei gab es kein Risiko. Entweder es klappte oder eben nicht. Dann hätte sie sich was Neues ausgedacht. Es gab viele Möglichkeiten, in einem Weinberg oder im Weinkeller ums Leben zu kommen. Eine gängige Methode war die Vergiftung durch Kohlenmonoxid bei der alkoholischen Gärung.

Emilio konstatierte, dass es auch in diesem Fall keinen Beweis für Phinas Schuld gab – aber ebenso wie am Berg passte alles zusammen. Und vor allem: Sie hatte ein Motiv!

Als die freundliche Mitarbeiterin des Kommissariats zurückkam, fragte sie, ob Emilio jetzt klarer sehen würde. Diese Josephina täte ihr leid, und es sei eine gute Christentat, ihr zu helfen. Man stelle sich vor: Eine Tochter sieht mit an, wie ihr geliebter Vater mit dem Traktor verunglückt, sie will ihm helfen, sie kann es nicht, er stirbt in ihren Armen. Das würde das arme Kind nie in seinem Leben vergessen.

Emilio musste ihr recht geben, mit einer entscheidenden Einschränkung: Phina hatte allen Grund gehabt, ihren Vater nicht wirklich zu lieben.

Er bestätigte, dass es Josephina Pernhofer nicht leicht habe, man merke ihr den großen Kummer an. Sie sprachen noch ein wenig übers Wetter, dann verabschiedete sich Emilio galant mit einem angedeuteten Handkuss. Sie lächelte verzückt und bot ihm auch in Zukunft jede erdenkliche Unterstützung an.

* * *

Emilio überquerte die Brücke, die neben der Quästur über die Talfer führte, er nahm einen Fußweg, der ihn am Fluss entlang ins historische Zentrum zurückführte. Hoch oben am Berg sah er Schloss Runkelstein. Er nahm mit seinem Handy ein Telefonat entgegen, es war Theresa, von der er schon lange nichts gehört hatte. Sie wusste, dass er in ihrem Haus in Meran gewesen war, Greta habe es ihr erzählt. Wie er mit seinen Ermittlungen vorankäme, wollte sie wissen, ob er was herausbekommen habe?

Er dachte, dass der Anruf zu einem denkbar unglücklichen

Zeitpunkt erfolgte. Es gelang ihm, seine «Tante» zu vertrösten. Was ihm deshalb leichtfiel, weil sie ihre morgige Rückkehr nach Meran ankündigte. Dort würde er sie bald besuchen, versprach er, und mit ihr über alles reden. Er solle Phina grüßen, sagte sie noch. Er könne sie doch nach Meran mitbringen, das wäre nett. Emilio murmelte eine unverständliche Antwort und beendete das Gespräch.

* * *

Er hatte Glück, die Vinothek war geöffnet. Die beiden Stehtische wurden von einer kleinen Gruppe belagert, die sich fröhlich zuprostete. Im Laden traf er Valerie, die gerade höchst vorteilhaft auf einer Leiter stand, um eine Flasche aus dem Regal zu nehmen. In Highheels, mit angespannter Wadenmuskulatur, kurzem Rock und, wie aus dieser Perspektive gut zu sehen war, mit rotem Slip. Emilio mochte die erotischen Fotografien des verstorbenen Helmut Newton. Seine «Big Nudes» waren ein ästhetischer Hochgenuss. Newton liebte Frauen, die in hochhackigen Schuhen posierten, die sich selbstbewusst in ungewöhnlichen Perspektiven als Lustobjekt präsentierten. Dass sich Feministinnen darüber aufregten, fand Emilio amüsant. Doch die Inszenierungen eines Helmut Newton hatten mit der Realität wenig zu tun – hatte er jedenfalls immer geglaubt. Valerie Trafoier belehrte ihn gerade eines Besseren. Er nahm ihr die Flasche ab und half ihr von der Leiter. Dabei lächelte sie ihm vieldeutig zu.

Später saßen sie in der Probierecke und unterhielten sich. Valerie lud ihn zu einer abendlichen «Blindverkostung» ein. In Völs am Schlern gebe es ein Sensorium, wo man in völliger Dunkelheit Weine probieren könne. Sie habe das schon mal gemacht, das sei ein faszinierendes Erlebnis. Man würde im Dunkeln wesentlich intensiver riechen und schmecken. Sie schmunzelte. Das träfe übrigens auch auf den Tastsinn zu, aber dafür wäre der Anlass ungeeignet.

Emilio fand die Idee spannend, vor allem eine spätere Fortsetzung der intensivierten Sinneswahrnehmung im privaten Rahmen. Außerdem hatte er gerade kein Dach über dem Kopf. Dennoch musste er für dieses Mal ablehnen. Er habe leider einige Termine, sagte er. Aber er hoffe, dass er auf das Angebot zurückkommen dürfe.

Valerie sagte, dass er sich zwecks einer Terminvereinbarung Tag und Nacht bei ihr melden dürfe. Sie könne sich auch andere Formen der Freizeitgestaltung vorstellen, sie sei da ganz flexibel und experimentierfreudig.

Emilio fragte, ob Valerie gerne in die Berge ginge, um zu wandern.

Sie lachte. Ehrlich gesagt, habe sie sich gerade andere Betätigungen vorgestellt. Außerdem habe sie noch nie in ihrem Leben Wanderstiefel angezogen, auch halte sie Rucksäcke für abscheulich. Kurzum: Das Wandern sei ihr zutiefst wesensfremd, dafür müsse er sich leider eine andere Partnerin suchen.

Emilio erwiderte ihr Lachen. Auch er habe mit Wandern nichts am Hut. Er könne nicht verstehen, warum Menschen freiwillig in den Bergen herumliefen. Er habe nur aus purer Neugier gefragt. Was nicht gelogen war. Er konnte sich Valerie tatsächlich nicht als dynamische Wandersfrau vorstellen. Phina aber schon, leider.

Valerie deutete auf seinen Gehstock. Vermutlich sei das Wandern für den Baron auch zu beschwerlich, sagte sie.

Er zog eine Augenbraue nach oben. Nein, da täusche sie sich. Der Stock sei nur ein liebgewordenes Requisit. Er könne sehr wohl auch ohne ihn laufen, sogar sehr schnell und ausdauernd.

Was mit seinem Bein passiert sei, wollte sie wissen.

Eine Schussverletzung, sagte er lapidar. Er verzichtete auf abenteuerliche Ausschmückungen.

«Mein Lieber, das tut mir aber leid», sagte sie und streichelte seinen Oberschenkel. Dabei beugte sie sich nach vorne. Er hatte das schon vermisst. Auch die heutige Bluse eröffnete anregende Einblicke. Vielleicht sollte er ihr doch mitteilen, dass er eine Übernachtungsmöglichkeit suchte? Aber er brauchte seinen Schlaf. Es gab mutmaßlich bald andere Herausforderungen, denen er sich stellen musste.

Einer spontanen Eingebung folgend, zeigte er ihr den Safeschlüssel. Er habe ihn unter Nikis Sachen gefunden. Ob sie wisse, wo er passen könne, fragte er.

Er fand es schon immer faszinierend, wie schwer Frauen ihre Neugier verbergen konnten. Valeries Augen begannen zu funkeln, sie nahm den Schlüssel, hielt ihn in der Hand wie ein Schmuckstück von Cartier, ihre schlanken Finger liebkosten ihn. Nur zögernd gab sie Emilio den Schlüssel zurück. Das sei nun wirklich ein aufregendes Fundstück, sagte sie. Leider habe sie nicht den Hauch einer Ahnung.

Emilio sah auf die Uhr. Er war spät dran. Er müsse aufbrechen, sagte er. Er habe ihre Gesellschaft erneut sehr genossen. Phina hätte geantwortet: «Du redsch wieder gschwolln.» Valerie hauchte stattdessen: «Das Vergnügen war ganz auf meiner Seite.»

48

Marco war bester Laune und voller Zuversicht. Gerade hatte er mit Ernst Steixner telefoniert. Der Mann war ihm etwas atemlos vorgekommen, als ob er sich zuvor gehetzt hatte. Aber er hatte keine Schwierigkeiten gemacht. Wie immer hatte Steixner eine weinerliche Stimme und schien der Herausforderung des Gesprächs kaum gewachsen. Dieses Verhalten war ihm entschieden lieber als ein polternder und aggressiver Puttmenger. Steixner hatte gesagt, dass er das Geld so gut wie zusammenhabe. Morgen Vormittag würde er die restlichen Scheine bei der Bank abholen. Ab Mittag könne die Übergabe erfolgen. Selbstverständlich würde er allen Anweisungen Folge leisten. Nein, natürlich habe er nicht die Polizei verständigt und auch sonst zu keinem ein Sterbenswörtchen gesagt. Das sei selbstverständlich, es dürfe doch kein Mensch erfahren, was er getan habe. Deshalb zahle er ja, damit das für immer ein Geheimnis bliebe. Aber im Austausch wolle er das gesamte Belastungsmaterial bekommen, das sei ja wohl die Vereinbarung.

Marco hatte es ihm versprochen.

Er stieg auf seine Vespa und lachte. Wie konnte der Mann so blöd sein. Selbstverständlich würde er von allem Kopien behalten. Sollte er mal wieder Geld brauchen, hatte er mit Steixner einen Goldesel im Stall. Im möglichen Wiederholungsfall musste er nur aufpassen, dass das Weichei nicht wieder eine Panikattacke bekam und auf Bahngleisen spazieren ging.

Marco wusste genau, wie er die Geldübergabe arrangieren würde. Er hatte Steixner gesagt, er solle sein Auto auftanken, sein Handy laden und morgen ab 14 Uhr startbereit sein. Irgendwann würde er sich melden, vielleicht aber auch erst am Abend. Etwas Spannung musste sein.

Auch mit Puttmenger hatte er Kontakt aufgenommen. Der Professor hatte was von Schwierigkeiten bei der Geldbeschaffung gefaselt, aber wenn alles glattginge, könne er morgen liefern. Marcos Geduld war am Ende. Er hatte ihm ein letztes Ultimatum bis morgen 18 Uhr gesetzt. Bestimmt dachte sich Puttmenger bis dahin eine neue Schweinerei aus, zusammen mit dem Baron, dessen Namen er sich nicht merken konnte. Der Privatdetektiv gehörte abserviert, so schnell wie möglich. Seine einzige Chance, ihn zu finden, bestand darin, Puttmengers Ansitz zu observieren. Mit etwas Glück würde er dort auftauchen, um sich mit dem Professor zu besprechen. Dann könnte Marco sich an seine Fersen heften und den richtigen Moment abwarten. Er ließ den Lenker seiner Vespa los, fuhr ein Stück freihändig. Den Baron würde er windelweich prügeln, er freute sich schon darauf. Und morgen war Zahltag. *La vita è bella*, das Leben ist schön – vorausgesetzt, man war in Freiheit und es gab nützliche Idioten, die für die Unkosten aufkamen.

49

Noch immer hatte er keine Ahnung, wo er die kommende Nacht verbringen würde. Emilio fiel es schwer, sich darauf zu konzentrieren, was gerade Priorität hatte. Nein, es war nicht Valeries erotische Ausstrahlung, die seine Sinne vernebelte. Vielmehr kreisten seine Gedanken fortwährend um Phina. Leider war es nicht möglich, mit ihr ein ruhiges und vernünftiges Gespräch zu führen. Jetzt schon gar nicht mehr, nachdem sie ihn hochkant rausgeschmissen hatte. Wie gerne würde er mit Phina über alles sprechen, ihre Version der tragischen Ereignisse hören, versuchen, sie zu verstehen und für ihr Verhalten Verständnis aufzubringen. Er würde gemeinsam mit ihr überlegen, was zu tun sei. Sie würden einen Weg finden. Aber all das war ihm verwehrt. Stattdessen musste er sich auf die morgige Geldübergabe vorbereiten. Der Erpresser, mit dem er telefoniert hatte, wollte ihn mit dem Auto losschicken und per Handy dirigieren. Hoffentlich tat er das erst im Dunkeln, sonst merkte er womöglich noch, dass sein Opfer gedoubelt wurde. Mit Steixner hatte Emilio gesprochen. Das Geld würde ihm morgen Vormittag in die Klinik gebracht, Emilio könne es sich abholen. Dort müsste mittlerweile auch das Paket angekommen sein, das er sich an die Klinikadresse aus Deutschland hatte schicken lassen. Mit einigen netten elektronischen Geräten im Miniaturformat. Darunter ein winziger Sender, den man zwischen die Geldscheine schieben konnte. Und einiges Raffiniertes mehr.

Von Bozen war Emilio zu Puttmengers Anwesen gefahren, wo er schon erwartet wurde. Der Professor bat ihn in sein Arbeitszimmer, dort saßen sie lange zusammen. Emilio verschwieg, dass er auch für Steixner arbeitete, dass er ebenso wie der Professor bereits mehrfach mit dem Erpresser telefoniert hatte. Und dass offenbar beide Geldübergaben morgen Nachmittag beziehungsweise Abend über die Bühne gehen sollten. Das verdoppelte die Chance des Zugriffs. Denn wenn es das erste Mal schiefging, konnte man aus den Fehlern lernen und es erneut versuchen.

Wofür sich Puttmenger entschieden habe, fragte Emilio, für schwanger oder nicht schwanger?

Der Professor lächelte gequält. Nach den Erfahrungen auf dem Friedhof und um der Sache ein Ende zu bereiten, habe er sich für schwanger entschieden, ergo für einen Koffer mit der gesamten geforderten Summe. Es wäre dann Emilios Aufgabe, für einen «Schwangerschaftsabbruch» zu sorgen. Aber wenn es schiefginge, hätte der Erpresser wenigstens sein Geld und würde hoffentlich Ruhe geben.

Das sei eine vage und trügerische Hoffnung, sagte Emilio. Aber er plädiere auch dafür, es so zu machen. Er würde ihn gerne morgen Mittag besuchen und einige technische Geräte vorbeibringen, die man für einen professionellen Schwangerschaftsabbruch benötigte.

Puttmenger nickte zufrieden. Das höre sich gut an.

Zum Abschied gaben sie sich die Hand. «Wird schon werden», sagte Emilio beruhigend. «Das kriegen wir hin.»

«Hoffen wir es.»

«Wir sehen uns morgen.»

«Ich werde ab zwölf Uhr hier sein», sagte Puttmenger, «und für den Nachmittag alle Operationen absagen.»

Auf dem Weg zum Auto dachte Emilio, dass er jegliche Hektik verabscheute, dass er keine Action-Filme mochte und Konfrontationen am liebsten aus dem Weg ging. Der morgige Tag versprach nichts Gutes, er würde seine Vorstellungen von einem geruhsamen Leben ad absurdum führen. Noch immer wusste er nicht, wo er die kommende Nacht verbringen konnte. Er hatte keine Ahnung, was er mit Phina machen sollte. Er fühlte sich krank und hatte eine ausgesprochen miese Laune.

50

Als Baron Emilio von Ritzfeld-Hechenstein seinen Landy von Puttmengers Grundstück steuerte, schimpfte er auf sein Getriebe, das beim Schalten wieder Probleme bereitete. Die Scheibenwaschanlage funktionierte nicht, und das linke Bein tat weh.

Währenddessen hatte Marco allen Anlass zu jubeln. Jetzt hatte er doch tatsächlich den degenerierten Typen aufgespürt. Es hatte sich also gelohnt, Puttmengers Haus zu beschatten. Er würde den Mann nicht mehr aus den Augen lassen. Seine Vespa hatte einen starken Motor, mit der alten Schrottkarre konnte er spielend mithalten.

Emilio überlegte, zurück nach Bozen zu fahren und sich dort ein Quartier zu suchen. Oder sollte er Steixner fragen, ob er in dessen Villa schlafen durfte? Er könnte ihm ja im Krankenhaus einen Besuch abstatten. Vielleicht freute er sich über eine Flasche Wein? Steixner hatte sich über den Kamillentee auf der Station beklagt. Alternativ könnte er zu Phina fahren. Den Gedanken verwarf er so schnell, wie er ihm gekommen war.

Der Land Rover umrundete zweimal einen Kreisverkehr, bog dann in eine Straße ab, die hinauf in die Weinberge führte. Die Vespa folgte ihm in größerem Abstand, lief aber nie Gefahr, den Anschluss zu verlieren.

Emilio justierte den Innenspiegel. Leider war die Heckscheibe so verdreckt, dass er nicht viel erkennen konnte. Der linke Außenspiegel wackelte, weshalb es ihm beim Hinsehen schwindlig wurde. Den rechten Spiegel hatte mal jemand abgebrochen, zur Strafe, weil er in München auf dem Bürgersteig geparkt hatte. Trotz dieser eingeschränkten Sicht nach hinten wusste er schon lange, dass er von einem Motorroller verfolgt wurde. Leider hatte er keine Ahnung, wo die gewählte Straße hinführte, rechts und links waren Weinberge. Menschen waren keine zu sehen, weit und breit auch kein Haus. Es dämmerte schon. Emilio beschloss, einen Spaziergang zu machen. Er hielt auf einem Parkplatz, nahm seinen Stock und stieg aus. Ohne sich umzusehen, lief er los, auf einem kleinen Weg, der durch die Rebstöcke führte. Merlot oder Blauburgunder? Weder noch, entschied Emilio, er tippte auf Lagrein.

Marco parkte seine Vespa frech hinter dem Geländewagen. Er war in Hochstimmung. Besser ging es nicht. Jetzt machte dieser Idiot einen Abendspaziergang. Ohne Begleitung, in einem einsamen Weinberg. Marco hängte den Helm über das Lenkrad. Er entnahm dem Staufach einen Schlagring und steckte sich ein Kampfmesser in den Gürtel. Dann folgte er dem Baron auf seinem Weg in den Weinberg.

Zehn Minuten später sah sich Marco ratlos um. Er hatte den Mann aus den Augen verloren. Das durfte doch nicht wahr sein.

«Haben Sie sich verlaufen?»

Marco wirbelte herum. Der Baron sah ihn freundlich an. Er stand keine drei Meter entfernt zwischen den Rebstöcken, mit der einen Hand lässig auf seinen Gehstock gestützt, in der anderen hielt er einige Trauben, von denen er naschte. «Sind noch nicht reif», sagte er und spuckte die Kerne aus.

Marco grinste. Der Mann war ja noch bescheuerter als gedacht. Die unreifen Trauben würden ihm gleich im Halse stecken bleiben.

«Könnte es sein, dass Sie mich verfolgen?», fragte Emilio. «Wenn ja, wäre es am besten, wenn Sie mir sagen, was Sie wollen. Wir werden uns sicherlich verständigen.»

«Das glaub ich kaum», zischte Marco und hob die Hand mit dem Schlagring. Mit der anderen zog er das Messer aus dem Gürtel.

Emilio sah ihn verwundert an. «Was haben Sie vor? Bitte machen Sie keinen Ärger.»

Marco genoss den Augenblick. Dann griff er an.

* * *

Dreißig Sekunden später war alles vorbei. Reglos lag der Körper auf dem Boden. An der linken Schläfe sickerte Blut aus der aufgeplatzten Haut. Der Atem ging flach. Wäre Marco nicht ohnmächtig gewesen, hätte er sich vielleicht erinnert, wie sein Schlag ins Leere ging. Aus den Augenwinkeln hatte er wahrgenommen, wie der Baron aus dem Gehstock plötzlich einen Degen herauszog. Hätte er etwas davon verstanden, hätte er einen perfekten Patinando erkannt, einen Schritt mit anschließendem Ausfall, eine spielerische Cavation mit kreisförmiger Bewegung des Degens und einem anschließenden Coupé. Aber im Unterschied zu Emilio hatte Marco keine Ahnung vom Fechtsport. Er konnte nicht wissen, dass der Baron in seiner Internatszeit in der ersten Mannschaft gekämpft hatte. Auch hatte er noch nie von antiquarischen Spazierstöcken gehört, die im Inneren einen Degen verbargen. In Emilios Fall handelte es sich um ein Erbstück. Solche Degenstöcke waren früher gar nicht so selten, sind heute aber verboten. Und erst recht nichts wusste Marco von einem alten englischen Stockkampf, der an Emilios Internat gelehrt wurde. Während er noch mit Schrecken die Degenspitze an seiner Kehle spürte, hatte ihn der Stock mit voller Wucht an der Schläfe getroffen – dann war er zu Boden gegangen.

* * *

Emilio schob den Degen in die schwarz polierte Stockhülle, die aus massivem Holz gefertigt war, und verriegelte den silbernen Knauf. Er stützte sich mit beiden Händen auf den Stock und atmete schwer. Er war völlig außer Form. Nicht auszudenken, wenn ihn sein Gegner wirklich gefordert hätte. Er hatte vom Überraschungsmoment profitiert und von einer Technik, die er mal gut beherrscht hatte, jetzt aber ausgesprochen verbesserungsfähig war. Beim Patinando wäre er fast gestolpert. Er nahm sich vor, in München wieder Fechtunterricht zu nehmen. Auch musste er an seiner Fitness arbeiten. Außerdem tat sein Bein höllisch weh. Und jetzt fing sein Opponent auch noch an, sich zu bewegen. Emilio beugte sich zu ihm herunter, suchte die richtige Stelle am Hals, drückte eine Weile zu, dann war wieder Ruhe. Gott, wie hasste er solche Situationen.

Er hob das Messer auf, das sein Gegner hatte fallen lassen. Es hatte furchterregende Zacken und Blutrinnen. Emilio schauderte es. Erst wollte er es in die Rebstöcke werfen, dann steckte er es in seinen Gürtel. Vielleicht konnte er es mal brauchen. Zum Speckschneiden wäre es allerdings zu martialisch. Emilio kniete sich ächzend hin und entnahm der Gesäßtasche des

Bewusstlosen einen Geldbeutel, in dem sich der Führerschein befand und eine Krankenversicherungskarte. Marco Giardino. Jedenfalls wusste er jetzt, wie der Grobian hieß. In der Seitentasche fand er Marcos Handy. Diesmal konnte er der modernen Kommunikationstechnik eine positive Seite abgewinnen. Denn die Anrufliste war wirklich aufschlussreich. Vermutlich hatte das Handy eine anonyme Prepaid-Karte, sonst hätte sich Marco wohl kaum getraut, einige Gespräche mit Puttmenger direkt von seinem *telefonino* zu führen. Auch entdeckte er im Speicher die Telefonnummer von Ernst Steixner. Emilio lächelte. Ein kluger Mann hatte mal gesagt: Ich suche nicht, das Gesuchte findet mich! Diese Weisheit bestätigte sich einmal mehr: Es gab keinen Zweifel, dass Marco Giardino der von ihm gesuchte Erpresser war. Aber nicht Emilio hatte ihn gefunden, sondern umgekehrt.

Er durchstöberte die Anrufliste, glich diese mit dem Adressverzeichnis ab, stieß immer wieder auf den Namen Laura mit einer Adresse in Lana. Er stellte fest, dass diese identisch war mit der Angabe auf Marcos Krankenversicherungskarte. Kurz entschlossen nahm er sein Handy und rief dort an. Ob er Marco sprechen könne, fragte er. Nein, ihr Bruder sei unterwegs, bekam er zur Antwort. Er komme wahrscheinlich erst spät nach Hause. Am besten könne er ihn morgen früh erreichen. Emilio bedankte sich und legte auf. Er war sich unschlüssig, was er machen sollte. Marco der Polizei übergeben? Dann kam zwangsweise heraus, womit der Ganove Steixner und Puttmenger erpresst hatte, das war nicht im Sinne seiner Klienten. Emilio kniete sich wieder hin, was sein Bein mit einem stechenden Schmerz beantwortete, zog Marco den Gürtel aus der Hose, rollte ihn auf den Bauch, bog seine Arme auf den Rücken und fesselte diese, so gut er konnte. Marco machte keinen Mucks. Nach kurzem Zögern opferte er auch seinen eigenen Gürtel, den hatte schon sein Vater getragen, das Kampfmesser steckte er in die Erde, und fesselte auch Marcos Beine. Dann rollte er ihn wieder auf den Rücken. Er hob ein Augenlid von Marco und kontrollierte seine Pupille. So schnell würde er nicht zu Bewusstsein gelangen. Sein Atem ging gleichmäßig, er hatte sich auch nicht erbrochen. Er würde es überstehen. Emilio nahm Marcos Schlüssel für die Vespa an sich, das Handy und das Kampfmesser. Er machte noch ein Foto von ihm. Dann ließ er Marco liegen und lief mit rutschender Hose zurück zum Parkplatz. Dabei merkte er sich die Rebzeilen. Im Staufach der Vespa fand er ein Schlüsseletui. Den Vespaschlüssel steckte er ins Zündschloss. Dann bestieg er seinen Landy und fuhr los. Er hatte eine Idee.

* * *

In Lana fand er die Straße mit der angegebenen Adresse von Laura. Er parkte und beobachtete das Haus. Es war Licht an, und man ahnte das Flackern eines Fernsehers. Marcos Schwester hieß mit Nachnamen nicht Giardino, sondern Marinelli, also war sie verheiratet. Ob auch ihr Ehemann im Haus wohnte? Ob sie Kinder hatte? Einen Hund? Lauter Fragezeichen, viel zu viele Fragezeichen für einen vernünftigen Plan. Aber versuchen konnte Emilio es. Er nahm sein Handy, bei dem er wohlweislich die Nummer unterdrückt hatte, und rief erneut bei Marcos Schwester an. «Wir haben vorhin schon miteinander gesprochen», sagte er. «Bitte regen Sie sich nicht auf, es ist nichts Schlimmes passiert. Ihr Bruder hatte einen kleinen Unfall und braucht dringend Ihre Hilfe. Er hat mich gebeten, Ihnen zu sagen, dass Sie keinesfalls die Polizei verständigen sollen. Ich beschreibe Ihnen jetzt den Weg, wo Sie Marco finden können. Und falls Ihr Mann zu Hause ist, nehmen Sie ihn bitte mit, Sie werden seine Hilfe brauchen.»

Laura nahm den Anruf relativ gefasst entgegen, offenbar war sie von ihrem Bruder einiges gewohnt. Er hatte den Eindruck, dass sie auch ohne seinen Hinweis nicht auf die Idee gekommen wäre, die Polizei zu verständigen. Er beschrieb die Strecke zum Parkplatz, wo Marcos Vespa stand, und von dort den weiteren Weg mit genauer Angabe der Rebzeile. Dann legte er auf und wartete.

Es dauerte nur wenige Minuten, dann gingen im ganzen Haus die Lichter aus. Eine junge Frau kam herausgelaufen, hinter ihr ein kräftiger Mann mit einem Jagdgewehr. Sie bestiegen einen kleinen Alfa und entfernten sich mit hoher Geschwindigkeit.

Emilio blieb noch etwas sitzen. Vielleicht hatten sie in der Aufregung was vergessen und kehrten um. Im Haus war alles dunkel. Was gegen die Existenz von Kindern sprach, die bei dem überstürzten Aufbruch sicher wach geworden wären. Emilio stieg aus, sah sich um, fühlte sich unbeobachtet, ging zum Haus und sperrte mit Marcos Schlüssel auf. Er zog die Tür hinter sich ins Schloss und wartete. Kein Geräusch, auch kein Hund. Kurz entschlossen machte er das Licht an. Er hatte keine Taschenlampe im Auto, was ihm wieder mal vor Augen führte, was für ein schlechter Detektiv er war. Das Haus war nicht groß, er hatte sich schnell einen Überblick verschafft. Unter dem Dach fand er ein kleines, unaufgeräumtes Zimmer, in dem offenbar Marco hauste. Auf dem Boden standen einige

Schuhkartons mit Fotos, Computerdisketten, die längst nicht mehr gebräuchlich waren, mit Dokumenten und Notizen. Er erkannte die belastenden Fotos, die ihm aus Steixners Umschlag bekannt waren. Auf dem Bett lag eine Mappe, in der er Entlassungspapiere einer Justizvollzugsanstalt in Mailand fand. Offenbar war Marco Giardino erst vor kurzem aus dem Gefängnis entlassen worden. Emilio nahm aus dem Schrank einen Gürtel und machte seine Hose rutschfest, dann ging er runter in die Küche, fand dort in einem Wandschrank große Müllsäcke, ging wieder hinauf und packte rigoros alles an Material ein, das in Marcos Zimmer so rumlag. Er verschwendete keine Zeit damit, sich noch irgendetwas genauer anzuschauen.

Wenige Minuten später hatte er die Säcke in seinem Auto verstaut. Das Haus war wieder dunkel. In der Nachbarschaft hatte sich niemand für ihn interessiert. Außerdem verdiente die Straßenbeleuchtung ihren Namen nicht. Emilio startete seinen Landy und machte sich davon. Von unterwegs rief er Ernst Steixner im Krankenhaus an, der hatte schon geschlafen und brauchte eine Weile, um ihm folgen zu können. Er wolle jetzt nicht ins Detail gehen, sagte Emilio, aber er habe den Erpresser aufgespürt, ihn vorläufig aus dem Verkehr gezogen und sei im Besitz des Belastungsmaterials. Steixner müsse nichts bezahlen und könne ruhig schlafen. Er habe allerdings eine Bitte. Ob er in Steixners Villa übernachten könnte, fragte Emilio. Er habe gerade keine andere Möglichkeit und wolle sich ungestört mit den Personalien des Erpressers beschäftigen und das umfangreiche Material sichten.

Ernst Steixner bedankte sich tausendmal, gratulierte Emilio zum überraschenden Erfolg und sagte, dass er so lange bleiben könne, wie er wolle. Er hoffe nur, das sei alles wahr.

Emilio fuhr auf der Landstraße nach Terlan. Er konnte es noch nicht fassen. An ein und demselben Tag hatte er entscheidende Erkenntnisse über Nikis Tod erlangt, Erkenntnisse freilich, die ihn nicht erfreuten, und gleichzeitig hatte er die Erpressung an Puttmenger und Steixner aufgeklärt. Er dachte an Wu Wei und an das Dao des Nichthandelns. Allerdings musste man im entscheidenden Moment hellwach sein und genau das Richtige tun. Das schien ihm heute geglückt zu sein. Jetzt fühlte er sich müde und zerschlagen. Er würde heute Nacht nicht mehr in der Lage sein, sich die Unterlagen genauer anzuschauen. Auch gelang es ihm nicht, seine Gedanken so zu ordnen, dass er die logischen Folgen der Ereignisse abschätzen und die richtigen Handlungsstrategien ableiten konnte. In Steixners Haus würde er als Erfolgsgratifikation eine gute Flasche Wein entkorken und sich dann aufs Ohr hauen. Morgen war auch noch ein Tag.

51

Laura Marinelli war froh, als sie mit dem Alfa endlich vor ihrem Haus in Lana angelangt war. Es war bereits spät am Abend. Die ganze Fahrt über hatte Marco vor sich hin geschrien, dann wieder mit den Fäusten wütend gegen das Armaturenbrett getrommelt und wüste Beschimpfungen ausgestoßen.

«Pezzo di merda! Fatti fottere!»

Zwar hatte Laura vor ihrem Bruder keine wirkliche Angst, er würde ihr nie ein Härchen krümmen, auch hatte sie schon früher erlebt, dass er seine Fassung verlor, aber so schlimm wie heute war es noch nie. *«Adesso mi incazzo!»*

Sie stellte den Motor ab und flehte ihn an, sich zu beherrschen. Die Nachbarn würden sonst aus dem Bett fallen.

«Den Baron mache ich kalt!», zischte Marco gefährlich leise, bevor er ausstieg. Laura schauderte es. Er schien es ernst zu meinen.

Hinter ihnen stoppte Lauras Mann, der Marcos Vespa gefahren hatte. Franco nahm sein Jagdgewehr aus dem Kofferraum des Alfas und fragte Marco, ob er das Stück Weg zum Haus alleine gehen könne. Marco nickte. *«Naturalmente, senza problemi.»* Seine Handgelenke waren blutig, weil er vor dem Eintreffen seiner Schwester und seines Schwagers verzweifelt versucht hatte, sich seiner Fesseln zu entledigen. In seinem Kopf pochte es. Am meisten aber schmerzte sein verletztes Ego. Wie hatte ihn ein verweichlichter *cretino* zu Boden strecken können? Ihn, Marco Giardino, einen verurteilten Totschläger, der zehn Jahre *Opera* ohne Niederlage überstanden hat. Der Baron hatte unglaubliches Glück gehabt. Alles war so schnell gegangen. Wer war schon auf einen Degen vorbereitet, der wie bei den Musketieren mit einem Pfeifen durch die Luft schnitt und dessen Spitze Sekundenbruchteile später gegen den Kehlkopf bohrte? Unwillkürlich langte sich Marco an den Hals. Es hätte noch schlimmer ausgehen können. Gott sei Dank war das Arschloch nicht gestolpert.

Marco folgte seiner Schwester ins Haus. Sein Gang war noch etwas unsicher, aber er schaffte es alleine. Kaum schloss hinter ihnen die Haustür, begann Marco erneut zu fluchen. Sein Schwager Franco, der einen Kopf größer war, an Jahren älter und von stämmiger Statur, gab ihm einen Klaps auf den Hinterkopf. «*Chiudi il becco!* Halt's Maul!»

In der Küche bekam er von seiner Schwester ein Glas Wasser und Kopfschmerztabletten. Franco reichte ihm eine Flasche Grappa. Marco weigerte sich zu erzählen, was genau im Weinberg vorgefallen war. Er konnte nicht verstehen, woher der Baron von seiner Schwester wusste, und erst recht nicht, warum er sie angerufen und gebeten hatte, ihm zu helfen. Das war doch idiotisch, wer machte denn so was? Wenn der Baron glaubte, dass er ihm dafür dankbar war, hatte er sich geschnitten.

Nach einiger Zeit gab ihm Laura den Rat, auf sein Zimmer zu gehen und sich hinzulegen. Er müsse sich ausruhen und von den Strapazen erholen. Wenn es ihm plötzlich schlechter ginge, solle er sich melden, dann würde sie einen Arzt verständigen. Marco bedankte sich für ihre Hilfe, umarmte Laura und Franco, dann ging er zur Treppe. Die Flasche Grappa klemmte er sich unter den Arm.

Es dauerte keine Minute, da gellte ein Schrei durch das Haus. Laura zuckte zusammen. Man hörte ein Splittern. Sie sprang auf und rannte los. «Sei vorsichtig», rief ihr Franco hinterher, «jetzt spinnt er endgültig.» Oben angelangt, sah sie, wie Marco einen Stuhl durch das Zimmer warf, dann stampfte er wie irrsinnig auf einem leeren Karton herum.

«*Calma, calma*», versuchte ihn Laura zu beruhigen.

«Dieses Schwein war hier», brüllte Marco. «Und er hat alles mitgenommen, alles.»

«Wie bitte, wer war hier?»

«Der *cretino*, der mich niedergeschlagen hat.»

«Du meinst, er war hier, in unserem Haus?»

«*Ma certo*, er hat alles mitgenommen.»

«Aber die Haustür war doch abgesperrt.»

Marco schlug sich mit der flachen Hand gegen die Stirn. «Die Vespa, das Staufach, mein Schlüsseletui …»

«Im Staufach war kein Schlüsseletui», sagte Franco, der in der Tür stand.

«Eben, der *stronzo* hat den Schlüssel an sich genommen, hat euch angerufen, und während ihr unterwegs zu mir wart, ist er gemütlich ins Haus spaziert und hat mein Zimmer ausgeräumt. Ich bring ihn um!»

Laura zitterte. «Ein Fremder, in unserem Haus?»

«Er ist längst über alle Berge», sagte Franco, «kein Grund zur Panik.»

«*Pezzo di merdaaaaa!*», schrie Marco, der sich zwischenzeitlich nur kurz beruhigt hatte. Er nahm ein Kissen und schleuderte es gegen die Nachttischlampe, die zu Bruch ging. Mit der Handkante fuhr er sich theatralisch über die Kehle. «Du bist schon so gut wie tot!» Er nahm die Grappaflasche, holte aus …

«*Finito!* Jetzt ist Schluss», sagte Franco mit ruhiger, aber entschiedener Stimme. Gleichzeitig entsicherte er sein Jagdgewehr, das er auf Marco angelegt hatte. «Du hörst sofort auf, oder ich jage dir eine Ladung Schrot auf den Pelz. Das ist unser Haus, du bist hier zu Gast. Hier wird nicht randaliert. Nimm eine kalte Dusche und hau dich in die Kiste.»

Marco atmete tief durch, stellte die Grappaflasche auf den Tisch und lächelte verkrampft. «*Piano, piano*, ich bin ganz ruhig, mach kein' Scheiß.»

«Ich sehe, wir verstehen uns.»

Marco hob die Hände. «*Scusi, mi dispiace …*»

«Du brauchst dich nicht zu entschuldigen. Es reicht, wenn du dich ruhig verhältst. *Buona notte.*»

«*Buona notte.*» Marco gab seiner Schwester einen Kuss. Als sich hinter den beiden die Tür schloss, wiederholte er leise: «Du bist schon so gut wie tot!»

52

Du musst wissen, dass ich dich mag, sehr sogar.» Obwohl es nach Mitternacht war und sie am zurückliegenden Tag wie eine Geisteskranke im Weinberg geschuftet hatte, bis zur totalen Erschöpfung, um sich abzureagieren, konnte Phina nicht schlafen. Stattdessen glaubte sie Emilios Stimme zu hören, sie sah seine traurigen Augen und spürte, wie er sich hatte überwinden müssen. Es war ihm sichtlich nicht leichtgefallen, die beiden folgenschweren Fragen zu stellen. Warum hatte er es dann getan, warum hatte er damit alles kaputtgemacht?

Aus ihrer Beziehung hätte etwas werden können. Schon lange nicht mehr hatte sie sich in Gesellschaft eines Mannes so wohl gefühlt. Obwohl sie ja wusste, warum er hier war, dass er aufgrund des blöden Auftrags von Theresa in der Vergangenheit herumstochern würde. Dennoch hatte sie langsam Vertrauen gefasst, hatte sie gehofft, dass die Schatten sie nicht einholen würden. Emilio war ein merkwürdiger Mensch, von zurückhaltender Art, oft wie geistesabwesend und dann wieder unheimlich präsent, einfühlsam und mit einem hintergründigen Humor.

Phina hatte die Bettdecke bis zum Kinn gezogen, am liebsten hätte sie sich komplett darunter verkrochen, wie ein kleines Kind, das sich vor der Welt da draußen fürchtete. Der Tod ihres Vaters verfolgte sie seit jenem schicksalhaften Tag. «Hast du bei dem Traktorunfall nachgeholfen?» Direkter hätte er nicht fragen können. Eine Antwort war sie ihm schuldig geblieben, stattdessen hatte sie ihn rausgeschmissen. Jetzt konnte er denken, was er wollte. Das war nicht gut, gar nicht gut. Sie hatte eine Chance verpasst, mit ihm über den Tod ihres Vaters zu reden, sich an ihn anzulehnen und auf sein Einfühlungsvermögen und Verständnis zu hoffen. Jetzt war sie wieder alleine mit ihren Erinnerungen – da half auch keine Bettdecke.

Und Emilios zweite Frage, die eigentlich seine erste war? Dass er sie mit Nikis Ableben in Verbindung brachte, hatte sie fast noch mehr überrascht. «Bist du sicher, dass du mit seinem Tod nichts zu tun hattest?» Warum hatte er so komisch gefragt? Als ob die Möglichkeit bestünde, dass sie sich nicht darüber im Klaren war. War der Gedanke so abwegig? Es gab Menschen, die verdrängten, was sie getan hatten, so lange, bis sie es selber nicht glaubten. War es das, was Emilio mit seiner Frage andeuten wollte?

«Spinnst du», hatte sie geantwortet. Im Rückblick konnte sie nachvollziehen, wie er darauf gekommen war. Tatsächlich hatte Niki ihren Vater so weit gehabt, ihm das Weingut zu verkaufen. Von wem hatte Emilio diese Information bekommen? Bislang hatte sie geglaubt, dass niemand von dem Vorschuss wusste, den Niki bereits bezahlt hatte. Mit dieser Annahme lag sie offenbar falsch. Und Emilio hatte seine Rückschlüsse gezogen, das konnte man ihm nicht einmal verdenken. Aber wie konnte er sie ernsthaft mit Nikis Tod in Verbindung bringen, wenn es stimmte, dass er sie mochte? Phina wusste: Das war ein sentimentaler Irrglaube. Natürlich schloss das eine das andere nicht aus.

Jetzt zog sie wirklich die Bettdecke über ihr Gesicht. Sie begann darunter leise zu weinen. Warum hatte sie es so schwer im Leben? Sie hatte niemanden, dem sie sich anvertrauen konnte. Sie dachte an ihre Mutter, die wegen der Asthmaanfälle ihren Lebensabend so gerne am Meer verbracht hätte. Stattdessen hatte sie den Kummer nicht ertragen und war ihrem Mann bald in den Tod gefolgt. Ein Gedanke war Phina schon häufig gekommen, dass nämlich der Traktorunfall nicht nur ein Opfer gefordert hatte, sondern gleich zwei – ihren Vater und ihre Mutter. Phina schnäuzte sich in die Bettdecke. Wenn sie nicht besser auf sich aufpasste, könnte noch ein weiteres Opfer folgen, dann hätten der Traktor und die verdammte Steinmauer eine ganze Familie ausgelöscht.

Mit dem Schlafen würde es auch in dieser Nacht nichts werden, zu viele Gedanken geisterten durch ihren Kopf. Was war mit Emilio? Würde er seine Nachforschungen fortsetzen? Wie würde er mit seinen Vermutungen und Verdächtigungen umgehen? Alles Fragen, auf die sie keine Antwort wusste. Kam noch eine weitere hinzu: Würde sie Emilio je wiedersehen? Ihre diesbezüglichen Gefühle waren widersprüchlich: Einerseits hasste sie ihn dafür, dass er die Vergangenheit wieder hatte lebendig werden lassen. Andererseits würde sie gerne mit ihm reden, sich ihm anvertrauen und hoffen, dass er ihr helfen konnte. Aber dazu würde es nicht mehr kommen. Sie hatte ihn davongejagt. «Ich will nie mehr mit dir reden, ich will dich nie mehr sehen.» Das hatte sie gesagt. Und jetzt konnte sie keinen Schlaf finden.

53

Beim Aufwachen wäre Emilio fast aus dem Bett gefallen, er hatte den Lichtschalter an der falschen Stelle gesucht – und sich schließlich erinnert, dass er nicht im vertrauten Gästezimmer bei Phina genächtigt hatte. Er hatte die Nacht geschlafen wie ein Stein, tief und traumlos. Umso schwerer fiel es ihm, aus Morpheus' Armen in den Wachzustand zurückzufinden und sich im Hier und Jetzt zu orientieren. Wahrscheinlich hätte er noch ewig weitergeschlafen, aber sein Handgelenk sendete penetrante Schmerzsignale aus, auch fühlte sich ein Knie an, als habe jemand mit dem Hammer draufgeschlagen. Langsam kehrten die Ereignisse des vergangenen Abends in seine Erinnerung zurück. Für das schmerzende Handgelenk fand er eine Erklärung, für sein Knie dagegen gab es keinen objektiven Grund. Gelegentlich hatte er den Verdacht, dass Teile seines Körpers aus purem Sadismus gegen ihn revoltierten. Emilio stand stöhnend auf und öffnete die Vorhänge. Draußen war es beängstigend hell. Ob Ernst Steixner im Badezimmerschrank eine Schmerzsalbe hatte?

Emilio kam sich vor wie ein Zombie, als er sich kurz darauf im Spiegel sah, mit wirrem Haar, barfuß, in Boxershorts und in einem viel zu großen T-Shirt. Ein Untoter aus dem Schattenreich – der dringend einen doppelten Espresso brauchte.

Eine knappe Stunde saß er mit dunkler Sonnenbrille auf Steixners Terrasse, er hatte einen großen Marktschirm aufgespannt und statt einem Frühstück eine Schachtel mit Keksen vor sich, was anderes hatte er nicht gefunden. Er hatte kurz mit dem Gedanken gespielt, eine Dose Kaviar aufzumachen und dazu eine Flasche Champagner. Schließlich gab es was zu feiern. Aber er wusste nicht, ob er Kaviar auf nüchternen Magen vertrug. Also dann doch die trockenen Cantuccini. Er sollte sich wirklich freuen: Hatte er doch auf fast magische Weise alle seine Fälle gelöst, konnte er ruhigen Gewissens von Puttmenger und Steixner die Honorare kassieren und sich die nächsten Monate ohne finanzielle Engpässe von den Strapazen dieser Exkursion erholen. Apropos Puttmenger: Der wusste noch gar nichts von seinem Glück. Emilio sah auf die Uhr. Egal, ab zwölf Uhr wollte der Professor zu Hause auf ihn warten. Er würde ihm die frohe Kunde persönlich überbringen.

Emilio schloss die Augen und dachte nach. Ein paar Dinge gab es noch zu erledigen, dann war seine Mission beendet. Und er musste einige Entscheidungen treffen: Was sollte er Theresa in Bezug auf den Tod ihres Sohnes sagen? Wie sollte er sich gegenüber Phina verhalten? Was machte er mit Marco Giardino? Wie aufschlussreich waren die Unterlagen, die er bei ihm eingesammelt hatte? Was sollte er damit tun? Und was fiel ihm zu Valerie ein, der schärfsten Weinhändlerin zwischen Brenner und der Poebene?

Als Erstes sollte er sicherstellen, dass ihm kein Unglück widerfuhr. Er stand auf, ging ins Haus und wählte auf seinem Handy die Nummer von Laura Marinelli. Obwohl sie sofort wusste, wer dran war, reagierte sie ruhig und besonnen. Natürlich könne er ihren Bruder Marco sprechen, sagte sie, aber sie wisse nicht, ob das eine gute Idee sei.

Emilio bestand darauf. Es müsse sein, schon deshalb, um Marco vor einer weiteren Dummheit zu bewahren.

Es dauerte eine Weile. Schließlich hörte er es poltern, dann rief jemand: «*Cretino! Pezzo di merda!*»

Emilio konnte sich auf eine freundliche Begrüßung einstellen. «Hallo, du Arschgesicht», meldete sich Marco.

«*Buon giorno, Signor Giardino*», sagte Emilio betont förmlich, «wie geht es Ihrem Kopf?»

«Ich bringe dich um!»

«Deshalb rufe ich an», sagte Emilio. «Ich würde dringend davon abraten.»

«*Figlio di puttana!*»

«Ich habe Ihren Namen und einschlägiges Belastungsmaterial bei einem Anwalt in Bozen hinterlegt. Falls mir etwas passiert, wird er es umgehend der Polizei übergeben.»

«Das ist mir egal. Du bist so gut wie tot!»

«Eigentlich haben Sie großes Glück und müssten mir dankbar sein.»

«Dankbar sein? Du spinnst wohl.»

«Es gibt von meiner Seite keine Anzeige wegen versuchten Totschlags, auch werden weder Herr Puttmenger noch Herr Steixner zur Polizei gehen. Sie müssen uns nur in Ruhe lassen. Und alles wird gut.»

«Das würde dir so passen.»

«Sprechen Sie mit Ihrer Schwester darüber, sie wird mir recht geben.»

«Das ist eine Sache unter Männern. Sag mal, woher kenne ich deine beschissene Stimme?»

«Keine Ahnung.»

«Doch, doch. Jetzt hab ich's. Bist du nicht der Steixner?»

«Nein, bin ich nicht.»

«Wenn du nicht der Steixner bist, hast du Arsch dich am Telefon für ihn ausgegeben.»

«Ach so, das könnte sein.»

«Du bist tot, tot, tot.»

«Marco, Sie können nur verlieren.»

«Das werden wir ja sehen.»

«Sie müssen lernen, sich zu beherrschen. Sonst landen Sie wieder im Knast. Oder in einer Holzkiste.»

«Fick dich!», sagte Marco und legte auf.

Emilio sah sein Handy an, als ob er von dem Gerät einen Kommentar erwartete. Dann schüttelte er verständnislos den Kopf. Dieser Marco war ein Heißsporn. Blieb zu hoffen, dass er sich eines Besseren besann. Vermutlich brauchte sein Gehirn etwas länger, um die Informationen zu verarbeiten. Aber dann mussten auch ihm die Konsequenzen klarwerden. Er konnte sich nicht vorstellen, dass Marco wirklich wieder im Gefängnis landen wollte. So blöd konnte er nicht sein. Also würde er begreifen, dass es besser war, auf Tauchstation zu gehen. Emilio beschloss, sich über Marco keine weiteren Sorgen zu machen. Er hatte nicht wirklich vor, bei irgendeinem Anwalt etwas zu hinterlegen. Er massierte sein schmerzendes Handgelenk. Ein weiteres Mal würde ihm ein Schlag wie gestern nicht gelingen. Außerdem hatte er sich dabei offenbar das Knie verdreht. Er war körperlich ein ziemliches Wrack. Die Kunst bestand darin, diese bedauernswerte Tatsache zu ignorieren.

* * *

Später stand Emilio vor dem großen Esstisch, auf dem er alles ausgebreitet hatte, was er in den Müllsäcken aus Marcos Zimmer mitgenommen hatte. Die Unterlagen zu Steixners Erpressung hatte er schnell aussortiert und zur Seite gelegt, die kannte er schon. Es gab einige Tonbandkassetten, die er sich mangels Abspielgerät nicht anhören konnte. Ähnliches galt für technisch längst überholte Speicherdisketten. Es gab Schriftstücke und Dokumente, deren Bedeutung sich ihm nicht unmittelbar erschloss. In einem Fall schien es um einen Geldtransfer in die Schweiz zu gehen. Welswacker? Den Namen hatte er schon mal gehört.

Emilio fand eine Quittung, auf der Phinas Vater die Annahme einer nicht so kleinen Zahlung bestätigte, und zwar von Niki Steirowitz. Was erstens schwarz auf weiß bestätigte, was er schon wusste, und zweitens die Frage aufwarf, wie die Quittung in Marcos Besitz gekommen war. Emilio hatte schon seit einiger Zeit eine vage Vermutung. Diese würde auch erklären, warum alle Unterlagen schon älter waren, zumindest älter als zehn Jahre.

Darüber hinaus lagen auf dem Tisch Unmengen von Fotos. Viele unscharf, sodass man nicht wirklich etwas erkennen konnte. Manche schienen aus dem Rotlichtmilieu zu stammen. Auf einigen sah man einen Mann in inniger Umarmung mit einer schwarzhaarigen Frau, die hohe Stiefel trug und sonst nicht viel. War das Puttmenger? Er war sich nicht sicher. Die Aufnahmen waren ganz schön schlecht für eine Erpressung. Aber in Kombination mit den richtigen Informationen sollte es reichen, einen bekannten Klinikchef und Familienvater massiv unter Druck zu setzen.

Dann gab es einige Fotos von einer großen blonden Frau,

grell geschminkt, mit künstlichen Wimpern und bizarren Klamotten. Im Hintergrund war mal unscharf eine Bar zu sehen, dann ein angeleuchteter Brunnen. Wer von seinen *Amici del Vino* wohl mit dieser Königin der Nacht ein Verhältnis hatte? Jedenfalls traute der sich was. Aber es war kein Begleiter zu sehen.

Auf weiteren Bildern entdeckte er, wie jemand einige Geldbündel entgegennahm, den Mann kannte er, es war Niki.

Emilio fuhr sich durch die Haare. Viel klüger war er nicht. Aber das war unerheblich. Es interessierte ihn nicht, auf welche Weise sich die Menschen vergnügten. Sollte jeder nach seiner Façon selig werden. Das hatte schon der alte Fritz gesagt. Und wenn jemand erpresst wurde, dann war das sein Pech. Ausnahmen bestätigten die Regel, nämlich dann, wenn ihm die potenziellen Opfer ein Honorar zahlten. Aber auch in diesen Fällen war ihm egal, was sie ausgefressen hatten.

Seine Gedanken kreisten wieder einmal um Niki. Wäre nicht Marco im Besitz des Materials gewesen, hätte man glauben können, es stammte von Niki. Womit er wieder bei seiner Vermutung war. Es sollte nicht schwer sein, sich in diesem Punkt Gewissheit zu verschaffen. Ansonsten würde er keine weiteren Anstrengungen unternehmen. Es gab noch einige Weingüter, die er in Südtirol besuchen wollte. Ein guter Cabernet hatte ihn schon immer mehr gereizt als die Suche nach der Wahrheit. In vino veritas! Dann würde er seinen Landy auftanken und die Rückreise antreten. So einfach war das.

54

Weil Marco vor lauter Aufregung den Knopf zum Ausstellen des Lautsprechers nicht finden konnte, hatte Laura das ganze Gespräch mitgehört. Marcos fahrige Handzeichen, sie solle verschwinden, hatte sie ignoriert. Zwar konnte sie nichts mit den Namen Puttmenger und Steixner anfangen, auch wusste sie nicht, was ihr Bruder wieder angestellt hatte. Von seinen Verwünschungen und Morddrohungen, die er seit gestern Abend fortwährend ausstieß, hatte sie aber längst genug. Offenbar waren die Aggressionen im Weinberg von ihm ausgegangen, nicht von seinem Kontrahenten. «Versuchter Totschlag, zur Polizei gehen, nur in Ruhe lassen …» Laura fand, dass der Anrufer vernünftig geredet hatte. Außerdem kannte sie Marco und seine kriminelle Ader. Die ganzen letzten Tage hatte sie sich schon gewundert, was er so trieb. Plötzlich hatte er eine Rolex am Handgelenk gehabt und davon geredet, dass er bald viel Geld haben würde. Fortwährend war er mit seiner Vespa herumgesaust, hatte sich von Franco das Fernglas ausgeliehen und ihr verboten, sein Zimmer zu betreten.

Nach dem Telefonat flehte Laura ihren Bruder an, keinen Unsinn zu machen. Das nächste Mal würde er für lange Zeit hinter Gittern verschwinden, das könne es doch nicht wert sein.

«Ich mach ihn platt.»

Er habe doch gehört, dass ein Anwalt seinen Namen sofort an die Polizei geben würde. Er solle doch bitte Ruhe geben und zur Vernunft kommen.

Marco hob den Zeigefinger. «Das Schwein ist in unser Haus eingebrochen.»

«Das gefällt mir auch nicht. Aber es ist nicht dein Haus, er hat nichts mitgenommen, außer irgendein Dreckszeug aus deinem Zimmer. Und Franco hat bereits das Schloss ausgewechselt.»

«Er ist eine miese Kanalratte.»

«Kann ja sein. Aber sag bitte nicht mehr, dass du ihn umbringen willst. Damit machst du mir Angst.»

«Ich kann ihn nicht ausstehen.»

«Marco, das klingt schon besser. Du fühlst dich in deiner Ehre verletzt, weil er dich im Weinberg gefesselt zurückgelassen hat. Das verstehe ich sogar. Aber außer uns weiß das keiner. Denk nicht mehr daran. Vergiss es!»

«Kann ich nicht.»

«Musst du aber. So, kleiner Bruder. Lass dich umarmen.»

Widerstrebend ließ sich Marco von seiner Schwester in den Arm nehmen. Dann ging er die Treppen hinauf. Laura nahm zufrieden zur Kenntnis, dass er dabei keine wirren Morddrohungen mehr ausstieß. Sie hoffte, dass er sich beruhigen würde. Zwar hatte Marco ihr schon viel Kummer bereitet, aber er war immer noch ihr Bruder. Sie konnte nicht hören, wie er in seinem Zimmer flüsterte: «Und ich bringe ihn doch um!» Sie konnte nicht sehen, wie er auf einen Stuhl stieg und auf dem Schrank nach seinem Geld sah, darunter die Scheine aus Nikis Versteck und von Puttmengers Zahlung auf dem Friedhof. Und sie hatte keine Ahnung, dass ihr Bruder dort auch einen Totschläger liegen hatte, genauer gesagt einen flexiblen Teleskopschlagstock. Mit der Waffe konnte er gut umgehen.

55

Prof. Dr. med. Falko Puttmenger sah seinen Besucher ungläubig an. Ob er den Baron gerade richtig verstanden habe? Der Erpresser sei überführt, und das Belastungsmaterial befände sich in seinen Händen?

Emilio nickte. Ganz genau, der Professor könne sich also entspannen.

«Phantastisch, wie haben Sie das geschafft?»

Emilio rieb sich das schmerzende Handgelenk. «Die Vorgehensweise würde ich gerne für mich behalten. Aber vielleicht freut es Sie zu hören, dass der Erpresser im Zuge einer kleinen Auseinandersetzung das Bewusstsein verloren hat und später Hilfe benötigte, um sich von seinen Fesseln zu befreien.» Emilio zeigte ihm ein Foto, das er im Weinberg mit seinem Handy aufgenommen hatte. «Das ist unser Freund. Er liegt etwas unbequem.»

«Geschieht ihm recht. Wie heißt der Mann?»

«Nennen wir ihn Marco», antwortete Emilio, «seinen Nachnamen sollten wir aus dem Spiel lassen.»

«Warum?»

«Es ist besser so.»

Puttmenger deutete auf den vorbereiteten Geldkoffer. «Das heißt, es ist alles vorbei, ich muss nicht bezahlen?»

Emilio lächelte. «Doch, mein Honorar.»

«Mit dem größten Vergnügen. Welche Garantie habe ich, dass mich dieser Marco in Zukunft in Ruhe lässt?»

«Im Leben gibt es keine wirkliche Gewissheit», sagte Emilio, «aber ich habe seinen Namen und seine Adresse, ich kann ihn sofort verhaften lassen. Und weil er das weiß, wird er Sie wohl nicht mehr behelligen. Außerdem hat er nichts in den Händen, womit er Sie erpressen könnte.» Emilio zeigte auf einen mitgebrachten Karton. «Da ist alles drin.»

Puttmenger sah Emilio scharf an. «Sie wissen also …?»

«Nein, ich weiß nichts. Interessiert mich auch nicht.»

«Kann ich es sehen?»

«Natürlich», sagte Emilio und breitete den Inhalt auf einem Tisch aus, «ich habe eine kleine Vorauswahl getroffen. Ein Teil des Materials konnte ich einem anderen Erpressungsopfer zuordnen.»

«Einem anderen Opfer? Wem?»

«Kann ich Ihnen nicht sagen. Erstens bin ich ausgesprochen diskret und zweitens extrem vergesslich.»

Puttmenger beugte sich über den Tisch, vor allem interessierten ihn die Fotos, wobei Emilio nicht erkennen konnte, welchen seine besondere Aufmerksamkeit galt. Ganz offenbar wollte ihn der Professor möglichst im Unklaren lassen.

«Ich hoffe, Sie können bestätigen, dass die Fotos darunter sind, mit denen man Sie erpresst hat.»

Puttmenger räusperte sich verlegen. «Nun ja, sie sind dabei.»

Emilio deutete auf die nackte Frau in den hohen Stiefeln, die von einem Mann umarmt wurde, den man nur von hinten sah. «Sind Sie das?»

Der Schönheitschirurg zögerte, sah Emilio an, nahm dann

die kompromittierenden Fotos in die Hand, sah sie sich genauer an. «Es bleibt unter uns?», fragte er.

«Natürlich, wie alles.»

«Ich gebe es zu. Das bin ich. Nicht gut zu erkennen, aber der Erpresser wusste alle Details, den Namen der Nutte, den Ort unserer Begegnungen und wie oft wir uns getroffen haben. Für einen verheirateten Mann in meiner Position eine Katastrophe.»

«Sie können die Fotos behalten», sagte Emilio.

«Behalten? Ach so, ja. Ich werde sie später vernichten.»

«Tun Sie das. Können Sie mit den anderen Fotos etwas anfangen? Wer ist zum Beispiel diese Königin der Nacht?»

«Keine Ahnung. Am besten, wir verbrennen alle.»

«Ich hebe die Fotos noch einige Tage auf», sagte Emilio. «Ihnen kann es ja egal sein.»

«Richtig. Aber um dem Spuk ein Ende zu bereiten, für alle Beteiligten, wäre es besser so.»

«Sie haben recht. Bevor ich die Heimreise antrete, werde ich alles verbrennen, versprochen.»

«Gut so.» Puttmenger klopfte ihm auf die Schulter. «Mein lieber Baron, ich bin voller Bewunderung. Es ist mir schleierhaft, wie Sie das geschafft haben, Sie hatten ja überhaupt keine Anhaltspunkte.»

Emilio zuckte mit den Schultern. «Eine glückliche Fügung.»

«Was halten Sie davon, wenn wir zur Feier des Tages einen Cabernet aufmachen, einen COR Römigberg von Lageder, ausgezeichneter Jahrgang?»

«Cabernet Sauvignon mit etwas Petit Verdot», erinnerte sich Emilio an sein Studium der Weine von Lageder im Paradeis. «Fruchtig, würzig und floral», zitierte er aus der Weinbeschreibung, die er noch im Kopf hatte, «mit einer eleganten Holznote.»

«Sie sind brillant.» Wenige Minuten später hob Puttmenger das Glas und stieß mit dem Baron an. «Als Präsident der *Amici del Vino* ernenne ich Sie hiermit zum Ehrenmitglied unseres Vereins.»

«Zu viel der Ehre.» Emilio verschwieg, dass er spontan an den amerikanischen Komiker Groucho Marx denken musste, der gesagt hatte, es würde ihm nicht im Traum einfallen, einem Klub beizutreten, der bereit wäre, jemanden wie ihn als Mitglied aufzunehmen. Stattdessen lobte er den Wein und tauschte mit Puttmenger einige Belanglosigkeiten aus. Der Professor fragte, ob der werte Herr Baron sein Honorar auch bar und ohne Rechnung entgegennehmen würde. Emilio fiel ein anderes Zitat von Groucho Marx ein. Dieses konnte er sogar zum Besten geben. «Ich habe eiserne Prinzipien», sagte er, «und wenn sie mir nicht gefallen, habe ich andere.»

Der Professor lachte und entnahm dem vorbereiteten Geldkoffer einige Bündel. «Das wäre mehr als besprochen», sagte er. Dann nahm er noch ein Geldbündel und legte es dazu. «Für Ihre Verschwiegenheit.»

Emilio mochte es zwar nicht, auf diese herablassende Weise bezahlt zu werden. Irgendwie erschien ihm das unwürdig. Andererseits hatte er gelernt, spontane Geldzuwendungen bereitwillig entgegenzunehmen. Gemäß der Devise aus dem Lateinunterricht: Pecunia non olet, Geld stinkt nicht. Was ihn assoziativ zu einem Foto brachte, das noch auf dem Tisch lag. Es zeigte Niki Steirowitz, wie er von einem unbekannten Mann Geld entgegennahm. Ob sich Puttmenger darauf einen Reim machen könne, fragte er. Und ob er den Überbringer kenne?

Der Professor schüttelte den Kopf. «Tut mir leid, weder noch.»

Emilio hatte nicht das Gefühl, dass er angelogen wurde. «Stimmen Sie mir zu, dass alle Fotos mindestens zehn Jahre alt sind?», fragte er.

«Könnte gut sein», antwortete Puttmenger nach kurzem Überlegen, «in meinem Fall trifft's jedenfalls zu.»

«Sie wollen andeuten, dass Ihre Affäre schon so lange her ist?»

Das Thema war dem Professor sichtlich unangenehm. «Ja, das ist zutreffend.»

«Und wer wusste davon?»

«Wovon? Ach so. Niemand wusste davon, habe ich jedenfalls geglaubt.»

Emilio drehte nachdenklich das Weinglas. «Ich habe da so eine Idee. Könnte es sein, dass Niki Steirowitz hinter all dem steckt?»

«Niki? Der ist doch schon seit über zehn Jahren tot.»

«Ganz genau. Deshalb ist das Material auch so alt.»

«Und was ist mit diesem Marco? Warum hat der so lange gewartet?»

«Weil er bis vor kurzem im Gefängnis gesessen hat», antwortete Emilio.

«Niki, Marco, ich kann mir keinen Reim darauf machen», sagte Puttmenger, «das würde ja bedeuten, dass die beiden sich kannten.»

«Das sehe ich auch so.»

«Niki soll versucht haben, mich und andere zu erpressen? Nein, das glaube ich nicht.»

«Das würde erklären, wie er plötzlich zu Geld gekommen

ist. Darf ich fragen: Wurden Sie vor zehn Jahren schon mal erpresst und haben vielleicht bezahlt?»

«Um Gottes willen, nein», protestierte Puttmenger.

Spontan zeigte Emilio dem Professor den Safeschlüssel aus dem Spielzeugauto. «Kommt Ihnen dieser Schlüssel bekannt vor? Haben Sie eine Idee, wo er passen könnte?», fragte er.

Puttmenger zuckte mit den Schultern. «Ist jedenfalls kein Wohnungs- oder Zündschlüssel», scherzte er, «nein, nie gesehen!»

56

Ein gewisser Johann Nepomuk Huber hatte den Anfang gemacht. Er war Arzt. Ebenso wie später Franz Tappeiner, der heute nur deshalb bekannter ist, weil nach ihm eine vier Kilometer lange Promenade benannt wurde, die sich oberhalb von Meran am Küchelberg erstreckt und von Palmen und exotischen Pflanzen gesäumt wird. Der Tappeinerweg wurde 1893 eröffnet, aber schon 1837 hatte Johann Nepomuk Huber, der kein Geringerer war als der Leibarzt der Fürstin von Schwarzenberg, das heilsame Klima von Meran gerühmt. Wobei er sich dazumal zu der kühnen Behauptung verstieg, dass sich in Meran die Lebenserwartung deutlich verbessern ließe. Das sprach sich beim Adel rasch herum, und so kam es, dass Meran im 19. Jahrhundert bald als Kurort von Rang und Namen galt. 1870 sowie im darauf folgenden Jahr kam die erholungssuchende Kaiserin Sissi an die Passer – eine bessere Publicity hätte sich Meran nicht wünschen können. An der Sommerpromenade findet sich denn auch ein Denkmal, das an die Kaiserin Elisabeth erinnert.

Emilio wäre es nicht im Traum eingefallen, sich irgendwohin zur Kur zu begeben. Er glaubte nicht an die Möglichkeit, durch Einatmen von guter Luft, durch Wasserbäder, Massagen oder Fangopackungen sein Lebensende hinauszuzögern.

Zudem bestand die Gefahr, auf nassen Fliesen auszurutschen, im Moorbad zu ertrinken oder gar von einem weiblichen Kurschatten bedrängt zu werden – was einen in den frühen Herztod treiben konnte. Mit dieser Auffassung stand er allerdings im totalen Widerspruch zu «Tante» Theresa. Die alte Freundin seiner längst verstorbenen Mutter führte ihre unbestrittene Vitalität ganz vehement auf ihre Vorliebe für ausgedehnte Kururlaube zurück und auf die Tatsache, dass sie mit Meran den «gesündesten Ort der Welt» als Hauptwohnsitz gewählt hatte.

Emilio, der mit Theresa an der Passer spazieren ging, wagte nicht zu widersprechen. Er hoffte, dass sie bald pausieren würden. Theresa machte im Gehen munter Konversation, das nötigte ihm Respekt ab, weil die alte Dame keine Atemnot kannte. Leider, denn die angesprochenen Themen gefielen ihm nicht, obwohl sie kaum überraschend waren. Schon seit fünf Minuten fragte sie ihn über Phina aus, wollte sie wissen, warum er sie nicht mitgebracht hatte. Sie sei doch eine ausgesprochen liebenswerte Person, fleißig, gescheit und gut aussehend. Sie müssten sich doch prächtig verstehen, oder? Emilios wortkarge und ausweichende Antworten stellten Theresa nicht zufrieden. Ihm kam der Gedanke, dass sich seine Tante als Kupplerin betätigen wollte. Wenn das stimmte, war das gehörig in die Hose gegangen.

Ihre Fragen zu Nikis Tod waren hingegen ohne Hintergedanken, waren auch legitim, schließlich bezahlte sie ihn für seine Ermittlungen. Nur konnte sie nicht ahnen, dass das eine nicht ohne das andere zu erklären war.

Emilio deutete auf eine Parkbank und fragte, ob sie sich nicht für einen Moment setzen könnten, sein Bein bereite ihm

Probleme. Dann berichtete er, was er in der Causa Niki alles unternommen hatte. Er erzählte vom Bergführer Steff, von seiner Informantin in der Bozner Quästur, vom pensionierten Kriminalrat Gamper, von Gesprächen mit Nikis alten Freunden wie Professor Puttmenger und Ernst Steixner. Sogar seine Begegnungen mit Kas-Rudl verschwieg er nicht. Er nahm sich allerdings die Freiheit, alle Informationen wegzulassen, die eigentlich von Belang gewesen wären. Auch Valerie Trafoier erwähnte er. Theresa hatte keine Ahnung, dass ihr Sohn mit ihr liiert gewesen war.

Sie drängte Emilio, die entscheidende Frage zu beantworten: War Niki nun einem Bergunfall zum Opfer gefallen, oder hatte jemand nachgeholfen? Emilio dachte an die blondhaarige Phina, an einen gelben Rucksack, an ihre berechtigte Sorge, dass Niki sie um ihr Weingut bringen könnte. Ihm fiel noch vieles andere ein, um dann zu sagen: «Liebe Theresa, es spricht alles dafür, dass Niki bei seiner Bergwanderung verunglückt ist. Es gibt keine Anhaltspunkte dafür, dass ihn jemand hätte umbringen wollen.» Er nahm ihre Hand. «Deine Ahnungen haben sich nicht bestätigt. Das ist auch viel besser so. Du hast alles für Niki getan, und dafür, die Wahrheit herauszufinden. Du kannst wieder ruhig schlafen.»

Sie sah ihn zweifelnd an. «Warum sagt mein Herz etwas anderes?»

«Theresa, ich weiß es nicht. Es ist über zehn Jahre her. Du musst Niki endlich loslassen.»

«Loslassen? Das geht nicht. Emilio, sei bitte ehrlich, es gibt nicht den kleinsten Zweifel?»

Warum war sie so hartnäckig? Was brachte es, wenn er ihr die Wahrheit erzählte?

«Ich bin bei meinen Recherchen in einen anderen Fall verstrickt worden», sagte er, um vom Thema abzulenken, wobei er in der gleichen Sekunde merkte, dass er sich auf dünnes Eis begab. «In dem Zusammenhang habe ich eine Frage: Sagt dir der Name Marco etwas, Marco Giardino?»

«Marco? Aber natürlich, das ist ein alter Freund von Niki aus Kinder- und Jugendtagen. Übrigens sehr zu meinem Missfallen: Marco war für meinen Bub der falsche Umgang.»

«Warum das?»

«Na ja, er kommt aus ganz einfachen Verhältnissen, mit italienischen Eltern, nicht unser Milieu, wenn du verstehst. Und er war schon immer ein Hallodri. Aber er war Nikis bester Freund, er ist bei uns zu Hause ein- und ausgegangen, konnte auch sehr charmant sein. Wenn Niki als Kind in Schwierigkeiten war, hat ihn Marco rausgeprügelt. Sie haben immer gesagt, sie wären Blutsbrüder.»

«Wie bei Karl May?»

«Was Kinder sich halt so ausdenken. Wie kommst du auf Marco?»

Emilio konnte nicht lange überlegen, wie er aus der Nummer wieder rauskam. «Sein Name ist von Professor Puttmenger genannt worden», log er, «Niki hat die beiden wohl mal miteinander bekannt gemacht.»

«Das überrascht mich», sagte Theresa, «ich dachte, Niki und Marco hatten als Erwachsene keinen Kontakt mehr.»

«Offenbar doch, aber wohl nur selten.»

«Was ist das für ein Fall?»

«Nichts von Bedeutung», suchte Emilio nach einem Ausweg, «Marco hat in den letzten Wochen bei irgendwelchen Geschäften seine Partner übers Ohr gehauen», phantasierte er.

«In den letzten Wochen? Das kann nicht sein, Marco sitzt im Gefängnis.»

«Nein, nicht mehr. Er ist wegen guter Führung vorzeitig entlassen worden.»

Theresa schüttelte missbilligend den Kopf. «Der Strafvollzug ist viel zu lax. Man sieht ja, was dabei herauskommt. Marco ist und bleibt ein Tunichtgut.»

«Ich habe noch eine Frage», sagte Emilio. Er zeigte Theresa den Safeschlüssel. «Den habe ich in Nikis altem Zimmer gefunden. Hast du eine Ahnung, wo er schließen könnte?»

«Den sehe ich zum ersten Mal. In meinem Haus gibt es keinen Safe. Du hast den Schlüssel in Nikis Zimmer gefunden? War der auch in einer Sakkotasche?»

«Du meinst, wie der Zettel mit der Warnung? Nein, ich habe in seinem Zimmer ein Versteck entdeckt, hinter einer Wandpaneele, da war ein Modellauto drin und dieser Schlüssel, sonst nichts.»

«Ein Versteck? Das musst du mir zeigen.»

«Aber gerne. Da kann Greta in Zukunft deinen Schmuck verstecken.»

«Warum denn das?», protestierte Theresa, «Schmuck soll man nicht verstecken, sondern tragen.» Sie stand auf. «So, genug ausgeruht, jetzt gehen wir weiter. Die Bank ist ungemütlich. Hier gibt's nichts zu trinken.»

57

Professor Falko Puttmenger nahm die Fotos, die ihm Emilio gegeben hatte, jene mit der halbnackten Nutte und den hohen Stiefeln, er sah sie sich nachdenklich an, dann sperrte er die Bilder in seine Schreibtischschublade. Den Koffer mit dem Geld würde er in die Klinik bringen und in seinem Arbeitszimmer im Safe verschließen.

Marco Giardino telefonierte mit einem Onkel in Kalabrien. Er fragte, ob er ihn demnächst besuchen könne, er müsse vielleicht für einige Monate untertauchen. Der Onkel sagte, dass die Familie heilig sei, natürlich könne er kommen. In seinem Dorf wäre er sicher.

Phina Pernhofer saß im Büro und studierte die Entwürfe neuer Weinetiketten. Sie war unkonzentriert, übermüdet und nervös. Sie hatte vorhin mit Theresa telefoniert, die von ihrem Spaziergang mit Emilio erzählte und offenbar nichts von ihrem Zerwürfnis wusste. Sie würde mit ihr darüber sprechen müssen. Aber was für eine Begründung hatte sie? Sie konnte ihr doch nicht die Wahrheit sagen.

Kas-Rudl stand vor einem großen Kupferkessel, der über einem offenen Feuer hing, er rührte unablässig in der Milch und versetzte diese mit Lab und Bakterienkulturen. Später würde er die geronnene Masse mit einer Harfe weiterbearbeiten. Rudl hatte jahrzehntelange Erfahrung bei der Käseherstellung. Ob der Mann mit dem Gehstock noch mal kommen würde? Ihm war noch was eingefallen.

Valerie Trafoier zweifelte an ihrer erotischen Ausstrahlung. Dass es ihr nicht gelungen war, diesen schrägen Baron zu verführen, widersprach ihrer gewohnten Erfolgsbilanz. Sie liebte es, Männer scharfzumachen. Wenn diese dann glaubten, es wäre so weit, gab sie ihnen meist einen Korb. Ein Spiel, nur ein Spiel. Aber bei dem adligen Herrn hätte sie die Nummer durchgezogen. Sie beschloss, den Einsatz zu erhöhen. Außerdem fragte sie sich, wo der Safeschlüssel passen könnte, den ihr der Baron gezeigt hatte.

Luis Gamper kümmerte sich um seine Honigbienen. Dabei dachte er an Niki Steirowitz und an den Baron aus München. Ob der Mann was in Erfahrung bringen konnte? Jedenfalls war Gamper sich mittlerweile fast sicher, dass sie vor zehn Jahren etwas übersehen hatten. Er wusste nur nicht, was.

Der Bergführer Steff saß versteckt hinter einem Busch und mit seinem Fernglas im Anschlag in dem Hochtal, wo er Nikis Leiche gefunden hatte. Er beobachtete den Auerhahn, den er bei seinem Ausflug mit dem Baron entdeckt hatte. Zu dumm, dass der Vogel als gefährdete Art unter ganzjährigem Schutz stand. Dessen ungeachtet sah er ihn als Jagdtrophäe über seinem Kamin hängen.

Theresa Steirowitz musste zugeben, dass Emilio viel getan hatte, um die näheren Umstände des Todes ihres Sohnes aufzuklären. Dennoch war sie mit dem Ergebnis unzufrieden. Sie hatte sich fest eingebildet, dass es kein Unfall war. Und irgendwie glaubte sie es noch immer. Aber wahrscheinlich hatte Emilio recht: Sie musste lernen, loszulassen.

* * *

Ernst Steixner saß mit hochgestellter Rückenlehne in seinem Krankenbett. Ihm ging es deutlich besser, und die Ärzte meinten, er könne demnächst entlassen werden. Jetzt war er auch bereit dazu. Vor ihm saß Emilio und zeigte ihm das Belastungsmaterial, das er bei Marco gefunden hatte. Das meiste kannte er aus dem Umschlag. Steixner wollte wissen, wie Marco – auch ihm hatte Emilio nur den Vornamen genannt – in den Besitz der Fotos und der Unterlagen gelangt war. Emilio antwortete, dass besagter Marco mit Niki Steirowitz befreundet gewesen sei. Man könne also vermuten, dass Niki vor seinem tragischen Tod die Erpressung vorbereitet habe. Marco habe bis vor kurzem im Gefängnis gesessen. Er sei wohl eingeweiht gewesen, sei irgendwie in den Besitz des Materials gelangt und habe jetzt versucht, Kasse zu machen. Vermutlich sei Marco seinem Freund als Handlanger zu Diensten gewesen, zum Beispiel, um kompromittierende Fotos zu schießen. Das würde erklären, warum er so gut informiert war.

Steixner bat Emilio, das Material im Haus zu verstecken, er nannte ihm einen geeigneten Ort. Selbstverständlich könne er bis zu seiner Entlassung bei ihm wohnen, gerne auch darüber hinaus.

Emilio zeigte ihm einige der gefundenen Fotos, die er bislang nicht zuordnen konnte, darunter die grell geschminkte Frau mit den bizarren Klamotten. Steixner sagte, dass er diesen Vamp noch nie gesehen habe – ihren Anblick würde man nicht vergessen. Auch mit den anderen Fotos könne er leider nichts anfangen. Dann sagte er, dass er mit Emilio vor seiner Abreise noch etwas besprechen wolle. In ihm sei ein Entschluss gereift.

58

Emilio saß auf der Terrasse von Steixners Villa und dachte nach. Dabei spielte er mit zwei Weinkorken. Niki und Marco. Zwei ungleiche Freunde aus Kinderjahren. Der eine brauchte dringend Geld, um seinen Traum vom eigenen Weingut zu realisieren, gleichzeitig den Lebensstandard zu steigern und auf die Seychellen zu fliegen. Der andere wusste, wie man auf schnellstem Weg zu Geld kommt, mit illegalen Methoden, indem man es sich bei jenen holt, die zu viel davon haben. Als Mitglied der *Amici del Vino* und aus gutem Hause stammend, verkehrte Niki auf Augenhöhe mit den potenziellen Opfern. Auch wenn ihm deren finanzielle Möglichkeiten fehlten. Aber er verbrachte viel Zeit mit ihnen, mutmaßlich tranken sie häufig einen über den Durst, das löste die Zunge, man vertraute einander, erzählte Dinge, die man besser für sich behalten hätte, prahlte mit Liebschaften und verriet Geheimnisse. Niki hatte ein gutes Gedächtnis. Und mit Marco einen Kumpel, der sich laut Theresa für Niki prügelte und der ihm blind vertraute. Was lag also näher, als einige Recherchen durchzuführen, für die Marco zweifellos qualifiziert war. Anschließend setzte Niki seinen «Blutsbruder» auf seine reichen Freunde an, um von ihnen Geld zu erpressen. Dafür war Marco mindestens genauso qualifiziert.

Die ersten Zahlungen schienen reibungslos geklappt zu haben, von wem auch immer sie geleistet wurden. Niki kaufte sich einen Porsche und machte eine Anzahlung bei Phinas Vater. Und Marco? Wahrscheinlich verpulverte er die Kohle. Oder er kam nicht mehr dazu, weil er verhaftet wurde. Von seiner Cappuccino-Freundin in der Bozner Quästur wusste Emilio, dass Marco jemanden vor einer Disco totgeschlagen hatte, und zwar noch zu Nikis Lebzeiten. Das hatte die unterbeschäftigte Mitarbeiterin heute Vormittag binnen weniger Minuten und ohne lange nach dem Warum zu fragen dem Zentralcomputer der *Polizia Criminale* entlockt.

Emilio stellte die beiden Korken auf die Balustrade, lehnte sich zurück und verschränkte die Hände hinter dem Kopf. Marco ein verurteilter Totschläger. Hätte er das gewusst, wäre er der Konfrontation im Weinberg vielleicht aus dem Weg gegangen. Emilio lächelte. Oder auch nicht. Er neigte gelegentlich zum Hasardieren.

Der eine Korken im Gefängnis, der andere bekommt es mit Phina zu tun, die ihm auf den Berg nachsteigt, wo es zu einer folgenschweren Auseinandersetzung kommt. Emilio beugte sich nach vorne und schnippte den linken Korken ins Tal. Das war Niki. Seine Freunde hatten Glück. Keiner mehr da, der sie erpressen konnte. Ruhe im Karton. Aber dann kam Marco frei, er stieg in Nikis altes Zimmer ein und räumte das Versteck aus, das ihm aus Kindertagen bekannt war. So könnte es gewesen sein. Oder anders. Egal. Jedenfalls hatte jetzt Marco all die schönen Bilder und Dokumente, die sie sich vor über zehn Jahren besorgt hatten. Und das Spiel ging von vorne los.

Emilio zielte mit dem gekrümmten Mittelfinger auf den zweiten Korken. Aber dann hat Marco einen Fehler gemacht.

Und schwupps. Auch dieser Korken flog von der Balustrade in Richtung Etsch. *Arrivederci, ragazzo!*

Erledigt und vorbei. Puttmenger und Steixner konnten erleichtert aufatmen, und wahrscheinlich noch einige andere *Amici del Vino*. Von beiden hatte er sein Honorar. Um Theresa nicht misstrauisch zu stimmen, würde er auch ihre Abschlusszahlung annehmen. Warum, verdammt noch mal, saß er also auf dieser Terrasse und nicht schon längst im Auto auf dem Weg nach Hause? Das wäre außerdem viel sicherer, falls es Marco doch noch ein Anliegen war, ihn umzubringen.

Einen objektiven Grund gab es, noch etwas in Südtirol zu verweilen: Er hatte nicht annähernd all jene Weingüter besucht, die er sich vorgenommen hatte. Entsprechend war er bei der Verkostung der Weine ins Hintertreffen geraten. Morgen zum Beispiel hatte er einen Termin beim Landesweingut Laimburg in Auer verabredet. Dort gab es nicht nur einen berühmten Felsenkeller, sondern auch vortreffliche Weine. Er hatte sich insbesondere den Oyèll Sauvignon vorgemerkt und den Barbagol Lagrein Riserva. Und hinterher könnte er in Neumarkt bei Johnson & Dipoli einkehren.

Emilio wusste, dass er sich etwas vormachte. Natürlich gab es einen anderen Grund, der ihn nicht abreisen ließ, noch nicht. Der Grund hatte lange blonde Haare, blaue Augen und einen schönen Vornamen: Phina, von Josephina. Er hatte keine Ahnung, wie er sich verhalten sollte. Einfach abzuhauen, war keine Lösung. Wie verhielt man sich, wenn man zu wissen glaubte, dass jemand an zwei Todesfällen beteiligt war, diese wahrscheinlich vorsätzlich herbeigeführt hatte? Das Problem war: Er mochte Phina, das hatte er ihr gesagt und das entsprach der Wahrheit. Er konnte sich die Seelenqualen vorstellen, die sie nach Nikis Tod und vor allem nach dem ihres Vaters erlitten hatte. Was auch immer sie konkret getan hatte, sie hatte dafür gebüßt. Warum sollte er Phina hinhängen, was brachte das? Er hatte das Leben kennengelernt. Was hatte Justitia davon, wenn er Phina die Polizei auf ihren schönen Hals hetzte? Würde sich Theresa besser fühlen, wenn sie erfuhr, dass ihre gute Freundin Phina für den Tod ihres Sohnes verantwortlich war? Na bitte. Keinem war damit gedient. Also würde er schweigen, das hatte er längst entschieden. Schweigen gegenüber Dritten, aber was war mit Phina? Mit ihr sollte er reden, das musste sein, vielleicht konnte er ihr helfen. Allerdings wusste er nicht, wie er das anstellen sollte. Phina hatte ihn rausgeschmissen und wollte ihn nie mehr sehen.

Emilio stand auf und streckte sich. Er ging ins Haus und machte sich einen Espresso.

Eine knappe Stunde später saß er in einer Kabine der Rittner Seilbahn. In zwölf Minuten führte sie von Bozen auf über 1200 Meter nach Oberbozen, wo er von Kriminalrat a. D. Gamper erwartet wurde.

Als er dem Ex-Kriminaler berichtete, dass er den Fall abgeschlossen habe und zu keinen weiteren Ergebnissen gekommen sei, schwankte dieser sichtbar zwischen Erleichterung und Enttäuschung.

Gamper sagte, dass er froh sei, damals keine gravierenden Ermittlungsfehler begangen zu haben. Aber er gab gleichzeitig zu, dass er sich über ein anderes Ergebnis nicht gewundert hätte. Der Besuch des Barons habe seinen Jagdinstinkt geweckt. Und irgendwas käme ihm komisch vor, aber er komme einfach nicht darauf.

Emilio klopfte ihm vertrauensselig auf die Schulter. Ihm

wäre es genauso gegangen, aber sie hätten sich eben beide getäuscht. Er sei hier, um sich bei Gamper für die Informationen zu bedanken. In einer Plastiktüte hatte Emilio aus Steixners Weinkeller eine Magnumflasche von Manincor dabei, die er Gamper überreichte. Sie unterhielten sich noch eine Weile über Belanglosigkeiten. Emilio war schon am Gehen, um mit der nächsten Gondel ins Tal zu fahren, da holte er zwei Fotos mit der grell geschminkten Königin der Nacht aus der Plastiktüte und zeigte sie dem Kriminaler. Die Bilder habe er im Nachlass von Niki gefunden. Offenbar sei das eine Bekannte des Verstorbenen gewesen. Seine Mutter würde gerne wissen, wer das sei.

Gamper musste grinsen. Da habe Niki aber einen schlechten Umgang gehabt, sagte er. Zwar kenne er die Person nicht, aber dass diese Drag Queen ein schlimmer Finger sei, sehe man sofort. Gamper schaute sich die beiden Fotos genauer an. Er legte die Stirn in Falten, dann nickte er. Zumindest wisse er, wo die Aufnahmen entstanden seien. Das wäre ein übler Vorort von Verona, der für seinen illegalen Straßenstrich bekannt sei und für Bars und Hinterhofkneipen, in denen es keine Tabus gäbe. Gamper nannte den Namen des Rotlichtviertels und gab Emilio den dringenden Rat, Nikis Mutter nichts davon zu erzählen und diese «Dame» schleunigst zu vergessen.

59

Obwohl Marco in Bozen geboren und in Südtirol aufgewachsen war, obwohl er Deutsch wie Italienisch sprach, was unter Zuwanderern aus Süditalien die Ausnahme war, vergaß er nie seine Herkunft. Er war stolz auf seine Familie in Kalabrien und pflegte den Kontakt zu seinen Verwandten. Deshalb hatte es auch nur einen Telefonanruf bei seinem Onkel gekostet, um sich die Möglichkeit zu sichern, dort unterzutauchen. Wenn ihn ein Norditaliener *terrone* schimpfte, was gleichbedeutend mit «Erdfresser» war und ein Schimpfwort für Süditaliener, dann spielte er nicht etwa den Südtiroler, sondern polierte dem *polentone* die Fresse. Auch hatte er das Prinzip der Vendetta verinnerlicht, bei dem Ehrverletzungen mit dem Tod geahndet wurden. Er war ganz entschieden ein Befürworter der Blutrache – auch wenn im aktuellen Fall weniger die Familienehre, sondern sein ganz persönliches Selbstwertgefühl Schaden genommen hatte.

Sein Verstand sagte ihm, dass er sich zurückhalten und den Baron in Ruhe lassen sollte. Sein Stolz aber forderte Genugtuung. Er musste nur noch entscheiden, ob er den Mann, der ihn im Weinberg erniedrigt hatte, wirklich umbringen oder nur ordentlich verprügeln sollte. Da ihm das Arschloch aber auch sein ganzes Geschäft vernichtet hatte und damit seine Träume von einer sorglosen Zukunft, ging es nicht nur um die Ehre. Er wusste genau, was seine süditalienische Verwandtschaft tun würde. Sein Entschluss war gefasst. Da konnte ihn seine Schwester noch so oft in den Arm nehmen.

Blieb das Problem, dass er keine Ahnung hatte, wo sich der Baron aufhielt. Das letzte Mal hatte er ihn per Zufall vor Puttmengers Haus abgepasst und war ihm einfach nachgefahren. Da er nun wusste, dass der Mann auch für Steixner arbeitete, hatte er eine zweite Adresse, die Villa in Terlan kannte er bereits. Oder der Baron war zurück nach Deutschland gefahren. Was er nicht hoffte.

Marco wog die Chancen ab, seine Erpressungen trotz allem fortzusetzen. Natürlich nicht bei dem Schönheitsfuzzi und auch nicht bei dem bescheuerten Steixner, bei denen war nichts mehr zu holen. Aber vielleicht bei Rottenthaler, der als prominentes Gemeinderatsmitglied viel zu verlieren hatte. Er musste nur erneut brauchbare Fotos schießen. Aber es fehlten die Informationen von Niki. Der hatte ihm genau gesagt, wo und wann er Rottenthaler erwischen würde. Scheiße, das funktionierte nicht. Und auch bei Welswacker und diesem Steuerberater Gimeno wusste er nicht weiter. Er musste sich wohl oder übel mit dem Geld begnügen, das er bereits abgegriffen hatte. Viel war es nicht, aber besser als gar nichts. Puttmengers Ferrari würde er mitnehmen, das stand fest. Er hatte einen alten Kumpel, der brauchte keine fünf Minuten, um das Fahrzeug zu starten. Und das elektrische Tor vor Puttmengers Ansitz kriegte er selber auf. Wenn er schon abhauen musste, dann wenigstens mit einem geilen Zwölfzylinder unter dem Arsch!

60

Wie so oft war sich Emilio wieder mal selbst ein Rätsel. Vielleicht hatte er nur nach einem Grund gesucht, für einige Stunden abzuhauen. Oder er war entschieden neugieriger, als er das erwartet hätte. Jedenfalls war er jetzt unterwegs nach Süden. Der Motor seines Land Rovers brummte zuverlässig, die ausgeschlagene Lenkung strapazierte sein verletztes Handgelenk, und die Seitenscheiben waren von seinen Besuchen bei Kas-Rudl immer noch so verdreckt, dass er nicht viel von der Landschaft sehen konnte. An Rovereto war er schon vorbei, bei Affi würde er abbiegen und den Schildern nach Verona folgen. Er kannte die Stadt gut, aber nicht das Viertel, wo er heute hinwollte. Aber das hatte Zeit, vor Mitternacht machte es wenig Sinn. Er liebte Verona schon deshalb, weil sie als erste Stadt nach dem Brenner typisch italienisches Flair besaß. Die Altstadt lud zum Flanieren ein. In der Arena hatte er vor einigen Jahren Verdis Aida besucht – leider bei strömendem Regen.

* * *

Am frühen Abend stellte Emilio seinen Landy in einem Parkhaus ab, von dem es nicht weit zur Piazza Brà war. Dort trank er in einer der vielen Bars einen Campari. Dann bummelte er entlang der Modegeschäfte durch die Via Mazzini, stattete der Piazza delle Erbe einen Besuch ab. Eine Säule mit dem geflügelten Markuslöwen zeugte von der langen Herrschaft Venedigs über die Stadt an der Etsch. Emilio sparte sich die Casa di Giulietta in der Via Capello, wo Ladungen kompletter Reisebusse Shakespeares Romeo und Julia huldigten. Ob sie wussten, dass der Balkon extra für Touristen angebracht worden war? Stattdessen fand er den Weg in die Bottega del Vino, eine traditionsreiche Osteria, die alljährlich zur Weinmesse Vinitaly aus allen Nähten platzte. Auch heute ergatterte er nur mit Mühe einen Platz. Emilio mochte es nicht, alleine zum Essen zu gehen, aber noch weniger gern war er hungrig und durstig. Er dachte an seinen letzten Besuch der Bottega del Vino. Einige Jahre lag er schon zurück. Damals war er in charmanter Begleitung gewesen. Und weil er noch genau wusste, was sie gegessen und getrunken hatten, bestellte er *Risotto all'amarone*, danach *Costolette di agnello alla griglia con pesto di rucola*, dazu einen Amarone della Valpolicella Mazzano der Kellerei Masi. Man konnte die Vergangenheit nicht zurückholen, aber man konnte versuchen, sich so oft wie möglich an sie zu erinnern.

* * *

Fast hätte er einen Rückzieher gemacht, aber dann entschloss er sich am späten Abend doch noch, das eigentliche Ziel seines Ausflugs anzusteuern. Luis Gamper hatte ihm den Namen des Viertels genannt, das etwas außerhalb von Verona lag. Emilio musste einige Male fragen, was ihm keine Probleme bereitete, immerhin sprach er fließend Italienisch. Es war ihm klar, warum ihn die Menschen dabei so komisch ansahen. Die letzten

Meter ging er zu Fuß. Ganz schön viele Nutten für ein Land, in dem die Prostitution als Gewerbe verboten war und es offiziell keine Bordelle geben durfte. Dies war ganz sicher kein Ort, an dem sich ein Mitglied der feinen Südtiroler Gesellschaft erwischen lassen wollte.

Emilio entdeckte den angeleuchteten Brunnen, der auf einem der Fotos im Hintergrund zu sehen war. Davor räkelten sich einige schräge Figuren, deren Geschlecht er nicht eindeutig feststellen konnte. Es gab viele Bars, aus denen wummernde Musik auf die Straßen drang. Überall gab es rote Lichter und blinkende Werbeversprechen. Türsteher sahen ihn an, als ob er sich aus einer anderen Welt hierher verirrt hätte. Womit sie definitiv recht hatten. Emilio sprach einen der Türsteher an, der aussah, als ob er hier schon länger arbeitete. Er zeigte ihm die Fotos von der grell geschminkten Frau, die Gamper als Drag Queen bezeichnet hatte. Der Türsteher, der gleichzeitig Rausschmeißer war, sagte, dass er die Person schon mal gesehen habe, sogar ganz sicher und häufiger, aber das sei schon eine Weile her. Ein in die Jahre gekommener Transvestit, der draußen eine Zigarette rauchte, warf auch einen Blick auf die Fotos. Aber klar, die Pink Lady habe abgefahrene sexuelle Vorlieben gehabt und komische Freunde. Emilio zeigte weitere Fotos, auf denen zum Beispiel der Bozner Gemeinderat Rottenthaler zu sehen war und Puttmenger. Ob sich darunter einer dieser Freunde befände? Erwartungsgemäß erntete er nur Gelächter. Nein, solche Spießer hätten hier nichts verloren. Und er selbst solle auch besser schauen, dass er weiterkäme.

Dessen ungeachtet versuchte es Emilio bei einigen weiteren Türstehern und Prostituierten, auch drang er zu einer Bar vor und befragte das Personal hinter dem Tresen. Ganz gefahrlos schien ihm sein Ausflug nicht, aber er lernte begrifflich dazu: Von Shemales war die Rede, von Transen und Transgirls, von Drag Kings und Queens. Eine Lady mit gewaltigen Brüsten musste er zum Champagner einladen, der nach billiger Brause schmeckte, beim Abschiedskuss stellte er fest, dass die Dame über einen starken Bartwuchs verfügte. Als ihm eine andere Nachtschönheit erst die Zunge ins Ohr steckte und ihm schließlich aus rot geschminkten Lippen im tiefen Bass antwortete, trat er unwiderruflich die Flucht an.

Bis zum Auto musste er noch einige eindeutige Angebote abwehren, dann hatte er es geschafft. Blieb die Selbsterkenntnis, dass er von allen guten Geistern verlassen war. Hatte er wirklich geglaubt, die grelle «Lady» von den Fotos hier anzutreffen, um von ihr zu hören, mit welchem Mann aus dem beschaulichen Südtirol sie vor grauer Vorzeit Sexualverkehr gehabt hatte? Er sollte froh sein, dass er seinen Geldbeutel noch besaß und körperlich keinen Schaden genommen hatte.

61

Theresa Steirowitz hielt es insofern mit Sissi, als sie auf tägliche Bewegung an der frischen Luft Wert legte. Damit waren die Gemeinsamkeiten in der Lebensführung erschöpft: Theresa wäre nie auf die Idee gekommen, wegen ihrer Figur zu hungern, auf Alkohol zu verzichten, Gymnastik zu treiben oder auszureiten. Selbst der von Kaiserin Elisabeth so geschätzten Meraner Traubenkur konnte sie nichts abgewinnen. Was schon daran lag, dass sie im Unterschied zu Sissi nie unter Darmträgheit litt. Wenn schon Vernatsch, dann nicht als verdauungsfördernde Kurtraube, sondern in seiner Erscheinungsform als Küchelberger vom Meraner Hügel. Sissi pflegte ihren Spaziergang in verschärftem Tempo zu absolvieren, Theresa bevorzugte eine gemächliche Gangart. Gleichwohl zählte der Spaziergang zum täglichen Ritual – und sie legte auf möglichst unterhaltsame Begleitung Wert. Emilio hatte in den letzten Tagen bereits das Vergnügen gehabt.

Heute hatte Theresa ihre Freundin Phina überredet, nach Meran zu kommen und ihr Gesellschaft zu leisten. Es gab doch noch eine Gemeinsamkeit mit der schönen Kaiserin: Theresa mochte die Spazierwege in den Trauttmansdorffer Gärten. Wo sonst gab es in unmittelbarer Nähe hoher Berge eine solche botanische Vielfalt? Palmen, Zedern, Olivenbäume, Seerosenteiche, Sonnenblumen – sogar Reisterrassen gab es. Durchzogen von Spazierwegen, mit der Möglichkeit, sich auszuruhen und in Liegestühlen zu entspannen. Die von Mattheo Thun gestaltete Aussichtsplattform, die einen spektakulären Blick auf die Trauttmansdorffer Gärten ermöglichte, strafte Theresa allerdings mit Missachtung, wie fast alles, was erst nach Ende des österreichischen Kaiserreichs entstanden war.

Theresa hakte Phina unter und führte sie zu einer Holzterrasse an einem Teich, wo sie unter einem weißen Baldachin zwei Stühle fanden und ungestört reden konnten. Dabei war Phina wenig zum Reden zumute, das war Theresa nicht entgangen. Aber als mütterliche Freundin wollte sie herausfinden, was mit Phina los war. Außerdem war sie neugierig. Anscheinend hatten Phina und Emilio keinen Draht zueinander gefunden. Das hatte sie seltsamerweise anders erwartet. Jetzt wollte sie wissen, warum ihre Intuition sie getrogen hatte.

Eigentlich kannte Theresa ihre Freundin als geradlinige Person, die in zusammenhängenden Sätzen sprach und schnell auf den Punkt kam. Die Phina von heute war wie ausgewechselt. Sie fing einen Gedanken an, hörte mittendrin auf, verhedderte sich, wechselte unversehens das Thema, um schließlich nicht mehr weiterzuwissen. Selbst bei dem so unverfänglichen und für Phina vertrauten Kapitel Wein kam sie ins Schleudern. Dass sich der Lagrein im Fass gut entwickelte, brachte sie noch klar hervor. Aber als Theresa nach der Situation im Weinberg fragte, wurde Phinas Blick plötzlich fahrig, sie begann noch ganz vernünftig mit dem aktuellen Reifegrad der Trauben und der *Vendemmia verde*, machte dann einen Gedankensprung zur Bewässerung und den Zustand der Trockensteinmauern, erwähnte plötzlich den Traktorunfall ihres Vaters, unterbrach sich, schaute auf die Seerosen, sagte völlig zusammenhanglos, dass ihre Espressomaschine kaputt sei, kam dann auf den Sauvignon zu sprechen, erwähnte die Planeten Merkur und Saturn und landete schließlich bei Wildschweinen, die den Weinberg eines befreundeten Winzers verwüstet hatten.

Theresa sah sie ob ihrer wirren Berichterstattung besorgt an. Was denn mit ihr los sei, wollte sie wissen, sie habe ihre Freundin noch nie so unkonzentriert erlebt.

Phina entschuldigte sich und erwähnte ihre Schlafstörungen. Außerdem würde sie gerade wie eine Verrückte im Weinberg schuften.

Theresa dachte, dass es gut sei, auf ein anderes Thema zu kommen. Sie erzählte, dass sich Emilio viel Mühe gegeben habe, die näheren Umstände von Nikis Tod nach so vielen Jahren aufzuklären.

Phinas Reaktion bestand darin, mit einer unkontrollierten Bewegung Theresas Handtasche umzustoßen.

Aber es sei dabei nichts herausgekommen, fuhr Theresa fort, Emilio habe keine Anhaltspunkte gefunden, die gegen einen Unfall sprächen.

Phina bückte sich, hob die Handtasche auf und hängte sie über die Lehne von Theresas Stuhl. «Das ist aber schön», murmelte sie.

Die alte Dame widersprach ihr. Sie hätte entschieden andere Erwartungen gehabt und könne es immer noch nicht glauben, dass Niki einfach ausgerutscht und abgestürzt sei. Aber jetzt müsse sie wohl lernen, diese Version zu akzeptieren. Mehr habe sie nicht tun können, als Emilio zu beauftragen.

«Es war sicher ein Unfall», sagte Phina leise, «du weißt schon, die Trockensteinmauer.»

Die alte Dame gab Phina einen Stoß. «Wo bist du mit deinen Gedanken? Ich spreche von Niki.»

Phina hob entschuldigend die Hände. «Doch, doch, das weiß ich ja. Das war ganz bestimmt ein Unfall. Der arme Niki.»

Theresa sah Phina ratlos an. Mit ihrer langjährigen Freundin war heute nicht viel anzufangen. Wenn sie schon die ganze letzte Zeit so gewesen war, durfte man sich nicht wundern, dass Emilio nichts von ihr wissen wollte. «Wie kommst du mit deinem Hausgast klar?», fragte die alte Dame.

«Mein Hausgast? Emilio? Hat er dir nicht erzählt …?»

«Was soll er mir erzählt haben?»

«Ach nichts, ich meine nur.»

«Hattet ihr Probleme miteinander oder Streit?»

«Nein, alles in Ordnung», antwortete Phina, «Emilio ist auf einem Weingut groß geworden.»

«Ja, das ist er. Ihr duzt euch? Das freut mich. Wie findest du ihn?»

«Er hat gesagt, dass er mich mag.»

Theresa strahlte. «Das ist aber schön. Emilio mag nämlich niemanden. Na ja, vielleicht mich, ein kleines bisschen.»

«Er behauptet, er mag mich, aber er verhält sich nicht so.»

«Warum, was hat er angestellt?»

«Ich will nicht darüber reden.»

«Aber er muss doch irgendwas getan haben?»

«Ich hab doch gesagt, ich will nicht darüber reden.»

Die alte Dame beruhigte sie. «Alles wird gut, du wirst sehen.»

Phina schüttelte den Kopf. «Alles wird gut? Das glaube ich nicht.»

62

Die letzte halbe Stunde hatte Emilio an Steixners Flügel verbracht und vor sich hin gespielt, ohne Noten und ohne sich auf die Musik zu konzentrieren. Ein bisschen Chopin, Mozart, ein Wiener Walzer von Johann Strauss. Seinen Ausflug nach Verona hatte er abgehakt, das war eine Schnapsidee gewesen. Mit wem die Drag Queen mal schmutzigen Sex gehabt hatte, wollte er nicht wirklich wissen. Vielleicht dieser Gemeinderat Rottenthaler? Er gehörte wie Puttmenger und Steixner zu den *Amici del Vino* und war offenbar recht bekannt, auch für seinen lockeren Lebenswandel. Egal, sollte der Mann tun, was er wollte. Wer auch immer sich in dieses Milieu begab, würde irgendwann dafür bezahlen. Noch einige Takte Boogie-Woogie, dann hörte er auf.

Er setzte sich ins Auto und fuhr nach Bozen. Sein Landy machte heute besonders laute Klappergeräusche. Außerdem flog im Heck zwischen den beiden längs ausgerichteten Rückbänken das Kampfmesser herum, das er Marco im Weinberg abgenommen hatte. Die Wege mit dem Schaltknüppel kamen ihm noch länger vor als gewohnt, gefühlte zwei Meter. Und heiß war es heute. Er öffnete die Lüftungsklappen über der Kühlerhaube und schob die Seitenfenster nach vorne. Damit waren die Möglichkeiten der Klimaregulierung ausgeschöpft.

In den «Fischbänken» von Cobo fand er einen schattigen Platz unter einem Sonnenschirm. Dabei entdeckte er ein neues Schild, über das er sich amüsierte: «Gott existiert, aber das bist nicht du. Entspann dich!» Er bestellte Bruschetta mit Tomaten, dazu einen leichten moussierenden Wein. So ließ es sich aushalten, das waren die wahren Freuden im Leben. Nur musste man die deutschen Touristen am Nebentisch ausblenden, die lautstark dummes Zeug faselten. Als sie mit ihm ins Gespräch kommen wollten, spielte er den Italiener, der kein Wort verstand. Warum wollten Menschen immer irgendjemanden kennenlernen? Das würde er nie verstehen, wozu sollte das gut sein? Emilio war auf das Gegenteil bedacht. Er hatte es am liebsten, wenn man ihn in Ruhe ließ.

Seine neuen Bekanntschaften in Südtirol hatte er berufsbedingt geschlossen. Falko Puttmenger, Ernst Steixner, Luis Gamper … Er verspürte kein Bedürfnis, die Kontakte länger als nötig aufrechtzuerhalten. Gerne würde er mit Kas-Rudl auf dessen Alm noch einmal Speck essen, dazu einen Roten trinken – und kein Wort reden. Bei Valerie Trafoier war das anders, solche Kontakte hatten keine lange Freundschaft zum Ziel. Vielleicht hätte er doch ihren erotischen Lockungen nachgeben sollen? Mit dem Bergführer Steff würde er sich auch nicht mehr verabreden. Bei Marco Giardino hoffte er sogar ganz dringend, ihm nie mehr zu begegnen.

Natürlich, da gab es eine Ausnahme. Phina musste er unbedingt noch mal sehen, er wollte mit ihr reden – und sie zum Abschied umarmen. Dann wäre auch diese vielversprechende «Bekanntschaft» Historie. Er hatte gelernt, mit solchen Erfahrungen zu leben.

Emilio fuhr weiter zum Zentralkrankenhaus. Er betrat

Steixners Krankenzimmer. Der Patient lag nicht mehr im Bett, sondern saß relativ munter auf einem Stuhl. Ohne Kopfverband, nur noch mit einem großen Pflaster auf der Stirn.

«Ich werde morgen entlassen», sagte er.

«Das freut mich für Sie. Ich werde Ihr Haus rechtzeitig räumen.»

«Das muss nicht sein. Sie können gerne noch einige Tage bleiben.»

Emilio winkte ab. «Nein, vielen Dank. Ich bin hier, weil Sie mit mir vor meiner Abreise noch mal sprechen wollten. Sie sagten, in Ihnen sei ein Entschluss gereift?»

Steixner nickte. «Richtig. Und ich möchte wissen, was Sie davon halten.»

«Warum gerade ich?»

«Weil Sie merkwürdigerweise der Einzige sind, mit dem ich offen reden kann. Denn nur Sie kennen mein Geheimnis. Außerdem sind Sie nicht ganz unschuldig an meiner Entscheidung.»

«Sie machen es spannend.»

«Gott, gib mir die Gelassenheit, zu akzeptieren, was nicht zu ändern ist. Gib mir den Mut, zu ändern, was zu ändern ist. Und gib mir die Weisheit, zwischen beidem zu unterscheiden.»

«Das Gebet von Niebuhr, Sie haben es sich gemerkt, das freut mich. Ich persönlich lasse den Gott weg, aber dann ergibt es immer noch einen Sinn.»

«Stimmt, das ist eine Glaubensfrage», sagte Steixner. «Ich habe darüber nachgedacht, warum ich die Gelassenheit nicht finden kann, den Tod des kleinen Mädchens zu akzeptieren. Vielleicht, weil mir der Mut gefehlt hat, etwas zu ändern. Die beiden Optionen schließen sich nicht aus, sie hängen zusammen, das eine bedingt das andere.»

Emilio zog die Augenbrauen nach oben. Der Mann hatte recht. Er war neugierig, zu welcher Schlussfolgerung Steixner gekommen war.

«Was halten Sie davon, wenn ich zur Polizei gehe und mich selbst anzeige? Ich will dazu stehen, was passiert ist, und bin bereit, die Konsequenzen zu tragen.»

«Das wollen Sie tun?»

«Ja, vielleicht finde ich dann meinen Frieden. Jedenfalls, was diesen schwarzen Fleck in meinem Leben angeht.»

«Dann hätte der Erpressungsversuch sogar etwas Gutes bewirkt.»

Steixner lächelte. «Die Wege des Herrn sind unergründlich.»

«Wie unbegreiflich sind seine Gerichte und unerforschlich seine Wege. Römer 11, 33», sagte Emilio.

«Sie kennen die Bibelstelle? Ich dachte, Sie glauben nicht an Gott.»

Emilio zuckte mit den Schultern. «Haben Sie mit einem Anwalt gesprochen? Ist der Fall verjährt?»

«Nein, habe ich nicht. Aber das ist auch nicht wichtig.»

«Ihre Absicht gefällt mir. Juristisch und moralisch ist sie überfällig. Dennoch weiß ich nicht, ob sie richtig ist. Was wissen wir über die Eltern des toten Mädchens, über ihre Geschwister? Sie haben sicher viele Jahre gelitten, haben langsam gelernt, mit dem Verlust zu leben, und hoffentlich über die Zeit geschafft, sich nach vorne zu orientieren. Das tote Mädchen ist nur noch eine schmerzliche, aber bestimmt auch schöne Erinnerung. Und jetzt kommen Sie mit Ihrem Geständnis, viele,

viele Jahre zu spät. Alles kommt wieder hoch, wird in den Medien ausgewalzt. Das Martyrium beginnt von vorne. Und dann stellt sich auch noch heraus, dass die Kleine grob fahrlässig gehandelt hat und so gesehen eine Mitschuld trägt. Der Lateiner würde sagen: Cui bono? Wem nutzt es?»

«Sie meinen also, dass ich besser nicht …?»

«Ich meine gar nichts», sagte Emilio, «ich gebe nur zu bedenken.»

Steixner fuhr sich mit der gesunden Hand über das Pflaster an der Stirn. «Jetzt bin ich völlig verunsichert. Mein Entschluss stand so gut wie fest.»

«Dann machen Sie es so, wie Sie es vorhatten. Ich bin der falsche Gesprächspartner. Meine Vorstellung von Gesetz und Ordnung ist nicht mehrheitsfähig.»

«Oder soll ich noch mal darüber nachdenken?», sprach Steixner mehr zu sich selbst als zu Emilio.

«Das halte ich für eine gute Idee. Alternativ können Sie ja ein Kinderspital mit einer großzügigen Spende unterstützen …»

«Das mache ich bereits seit vielen Jahren.»

«Gut so. Versuchen Sie, herauszufinden, wie es der Familie des toten Mädchens geht, wie die Lebensumstände sind. Wenn Sie dann zum Schluss kommen, dass den Eltern ein Geständnis helfen würde, können Sie sich immer noch der Polizei stellen. Geben Sie sich etwas Zeit. Sie werden nicht mehr erpresst. Der einzige Zeuge ist schon lange tot. Kein Grund also für überstürzte Entscheidungen.»

Steixner richtete sich mühsam auf und reichte Emilio die Hand. «Ich möchte mich für alles bedanken. Ich freue mich, Ihre Bekanntschaft gemacht zu haben. Es wäre schön, wenn wir in Kontakt blieben.»

Emilio drückte ihm die Hand, sah ihm in die Augen und dachte, dass Steixner eine weitere Ausnahme von der Regel sein könnte. Gelegentlich gab es eben doch neue Bekanntschaften, die nicht sofort in den Reißwolf mussten.

* * *

Eigentlich wollte Emilio als Nächstes nach Meran, um sich dort von Theresa zu verabschieden. Aber die alte Dame würde ihm nicht davonlaufen. Also machte er in Steixners Haus ein Nickerchen. Danach rieb er sein Handgelenk mit einer Schmerzsalbe ein. Er machte sich einen Espresso macchiato, er hatte schon das Handy in der Hand, um Valerie anzurufen und doch noch ein Treffen zu verabreden, entschied sich dann aber dagegen. Früher hätte er nicht so lange gezögert, wahrscheinlich wurde er alt. Dabei gab es Männer, die waren zwanzig Jahre älter und sprangen jedem Rock hinterher. Aber die waren auch auf dem Entwicklungsstand eines Schimpansen stehengeblieben.

* * *

Am späten Nachmittag öffnete ihm Greta die Haustür in Obermais. Die gnädige Frau würde ihn bereits erwarten. Theresa fand es schade, dass Emilio schon morgen abreisen wollte. Phina würde sich gewiss freuen, wenn er noch etwas bliebe. Er verzichtete darauf, seine «Tante» über seinen Rausschmiss ins Bild zu setzen. Stattdessen unterhielten sie sich erneut über Niki. Theresa gab zu, dass sie immer noch nicht an einen Unfall glauben konnte. Ob Emilio nicht doch noch etwas weiterermitteln könne, fragte sie. Schließlich gebe es ja diesen Zettel mit der Warnung, den Greta in einem der alten Sakkos gefunden hatte.

Er zog lächelnd den Zettel aus der Hosentasche. «Meinst du dieses Stück Papier?», fragte er.

«Ganz genau. Lieber Nikolaus. Man trachtet dir nach dem Leben …»

«Du kennst den exakten Text auswendig?»

«Natürlich», sagte Theresa, «ich bin zwar alt, aber nicht verblödet.»

«Nein, das bist du nicht, ganz bestimmt nicht. Aber sehr raffiniert.»

«Wie meinst du das?»

«Mit dieser ominösen Warnung hast du mich schon in München rumgekriegt. Das hast du gut eingefädelt.»

«Ich habe doch nichts eingefädelt», protestierte Theresa.

«Wenn es du nicht warst, dann war es Greta.»

«Jetzt rück schon raus, was willst du andeuten?»

«Ich weiß es seit gestern. Ich habe den Zettel im kriminaltechnischen Institut von Bozen untersuchen lassen. Er müsste ja mindestens zehn Jahre alt sein. Leider ist er höchstens einige Monate alt. Das ist doch merkwürdig, oder?»

«Nur einige Monate? Tatsächlich?»

«Du wirkst nicht sonderlich überrascht. Könnte es sein, dass du die Warnung selber verfasst hast, um sie dann in ein Sakko von Niki zu schmuggeln, wo sie von Greta gefunden werden sollte?»

«Warum sollte ich das tun?», fragte Theresa.

«Um einen skeptischen Privatermittler wie mich neugierig zu machen und zu motivieren, den Auftrag anzunehmen», antwortete Emilio. «Hat ja auch funktioniert. Wie ich schon sagte, sehr raffiniert.»

Theresas Gesicht wurde erst blass, dann rot. «Bist du mir böse?», fragte sie schließlich, mit kleinlauter Stimme.

Emilio lachte. «Nein, meine Liebe, bin ich nicht. Aber ich hätte allen Grund dazu.»

Greta servierte Tee. Das Thema Niki war damit erledigt. Theresa fand sich mit der Situation ab und war ganz offensichtlich froh, dass Emilio ihr so rasch verziehen hatte. Nach einigen Minuten zwanglosen Plauderns hatte sich die Situation so weit entkrampft, dass sie sich traute, Phina anzusprechen. Die habe auf sie unheimlich angespannt gewirkt, sei nervös und unkonzentriert gewesen. Ob er wisse, warum?

Er dachte an Kas-Rudls Beobachtungen, an ihre blonden Haare, an den gelben Rucksack und ihren Zorn auf Niki. Er erinnerte sich an seine Befragung, die zum Rausschmiss geführt hatte. Er dachte an den Vater, der ihr das Weingut wegnehmen wollte, an den Traktor und die unterspülte Trockensteinmauer. Doch, er konnte sich sehr gut vorstellen, warum Phina nervös war und unkonzentriert. «Nein», sagte er stattdessen, «ich habe keine Ahnung.»

«Du magst sie», sagte Theresa, «das hat sie mir gesagt.»

«Das hat sie gesagt? Ja, irgendwie mag ich sie, stimmt schon.»

«Aber sie hat auch gesagt, dass du dich anders verhältst. Sie will mir nicht sagen, was passiert ist. Hast du ihr weh getan?»

«Ihr weh getan?»

«Phina ist ein wunderbarer Mensch. Sie ist nicht so stark, wie sie sich gibt. Ganz im Gegenteil, sie ist sehr empfindsam und sensibel.»

«Das glaube ich gerne, aber sie kann auch ganz schön hart sein. Bestimmt mehr, als du es dir vorstellen kannst.»

Theresa sah ihn erstaunt an. «Das verstehe ich nicht.»

«Musst du auch nicht. Phina und ich haben unser kleines Geheimnis.»

«Könnt ihr euch nicht wieder vertragen?»

«Willst du uns verkuppeln?», fragte Emilio. «War das auch so ein Trick von dir? Du hast mich nicht zufällig bei ihr einquartiert, stimmt's?»

Theresa zeigte ein verschmitztes Grinsen. Emilio drohte ihr mit dem Zeigefinger.

«Ich werde mit ihr sprechen», versprach er, weil er das sowieso vorhatte. «Aber aus uns wird nichts werden», fuhr er fort, «da muss ich dich enttäuschen. Es steht etwas zwischen uns, was sich nicht aus der Welt schaffen lässt. Bitte frag nicht. Ich möchte nichts dazu sagen. Phina wird dir auch keine Antwort geben. Liebe Theresa, du musst nicht alles wissen.»

«Schade», sagte sie. «Ihr beiden Dickschädel hättet gut zueinandergepasst.»

63

Marco kniff die Augen zusammen, machte eine Faust und fletschte die Zähne. Jetzt hatte er das Arschloch erwischt. Endlich. Er würde ihn nicht mehr aus den Augen lassen, sich an ihn hängen und auf seine Chance warten. Vor Steixners Villa in Terlan hatte es geklappt. Sofort hatte er den geparkten Land Rover entdeckt. Dann hatte es nicht lange gedauert, bis der *figlio di puttana* aus dem Haus kam und in seine verbeulte Karre stieg. Er hatte ihn verfolgt, bis hierher nach Obermais, mit dem Alfa seines Schwagers, nicht mit der auffälligen Vespa. Er hatte großen Abstand gehalten, noch einmal würde ihn die Schweinebacke nicht entdecken. Jetzt wartete er in einer kleinen Straße und beobachtete das Haus. Er konnte es nicht fassen, dass der Saftsack genau hierher gefahren war. Was hatte er mit der alten Steirowitz zu tun? Puttmenger und Steixner, na klar, das wusste er. Aber jetzt die Mutter von Niki. Was hatte er mit ihr am Hut? Dieser Baron war eine unberechenbare Kanalratte. Ein Grund mehr, ihn abzuservieren.

Marco langte unter den Sitz. Der Totschläger lag bereit. Damit konnte man einen Ochsen von den Beinen hauen. Er musste nur den richtigen Augenblick abpassen und sich bis dahin in Geduld üben. Was der Typ wohl mit der Steirowitz besprach? Die Frage beschäftigte ihn. Sie würden kaum über Nikis Tod sprechen, der lag über zehn Jahre zurück. Er hatte keine Ahnung, wer seinen alten Freund damals umgebracht hatte. Leider hatte er zu diesem Zeitpunkt im Gefängnis gesessen. Dass sein Kumpel nicht aus Versehen in den Abgrund gestolpert war, daran bestand für Marco kein Zweifel. Es gab einige, die als Täter in Frage kamen. Und darüber hinaus vielleicht weitere, von denen er nichts wusste. *Allora*, über Nikis Tod würde der Baron mit der Mutter Steirowitz kaum reden, damit hatte der Mann nichts zu tun. Dann hatte er also herausgefunden, dass ursprünglich Niki hinter den Erpressungen gesteckt hatte? Dass sie das Ding gemeinsam geschaukelt hatten? Marco musste sich beherrschen, um nicht laut zu schreien. Dieser Baron trieb ihn noch in den Wahnsinn. Der Mann musste weg, so schnell wie möglich. Am besten noch in dieser Nacht.

64

Nach seinem Besuch bei Theresa hatte Emilio zunächst die Absicht, auf direktem Weg zu Phina zu fahren. Dann beschloss er, noch eine Nacht darüber zu schlafen. Während er bei Steixner ziemlich emotionslos war, was die juristischen Konsequenzen seiner lang zurückliegenden Straftat betraf, quälte ihn bei Phina das Gewissen. War es wirklich zu vertreten, dass er jemanden davonkommen ließ, der höchstwahrscheinlich gleich zwei Menschenleben auf dem Gewissen hatte? Nur weil diese Person schöne Augen hatte und in ihm zärtliche Gefühle weckte? Emilio hatte niemanden, mit dem er darüber sprechen konnte. Er musste ganz allein die richtige Entscheidung treffen. Weil ihm dafür wesentliche Informationen fehlten, musste er Phina befragen. Er musste sie knallhart mit seinen Ermittlungsergebnissen konfrontieren. Und dann musste Phina glaubwürdig schildern, was wirklich passiert war. Ob sie Niki vorsätzlich umgebracht hatte, oder ob er bei einem Streit in die Tiefe gestürzt war? Im Ergebnis kam es aufs Gleiche hinaus, aber in der moralischen Bewertung lagen aus seiner Sicht Welten dazwischen. Genauso bei ihrem Vater: Hatte sie den Tod mit Absicht und kühlem Kalkül herbeigeführt? Oder hatte sie nur von der Gefahr gewusst, die von der Mauer ausging, ohne ihren Vater zu warnen? Emilio bekam Magenschmerzen, wenn er an das morgige Gespräch mit Phina dachte. Außerdem hatte er von dem vielen Tee eine volle Blase.

Wie fast immer fuhr Emilio nicht auf der Schnellstraße. Er steuerte seinen Landy durch Obstplantagen, wobei er nicht genau wusste, wo und wie es weiterging, aber im Tal zwischen Meran und Bozen konnte man nicht viel falsch machen. Irgendwann würde ein Hinweisschild kommen, das ihn nach Terlan zu Steixners Haus führte. Aber vorher musste er dringend pinkeln. Er schaute in den vibrierenden Rückspiegel. Gerade hatte er noch ein dunkles Auto gesehen, jetzt war es weg, offenbar war es abgebogen. Emilio fuhr rechts ran und parkte zwischen einigen Apfelbäumen. Er stieg aus, seinen Gehstock ließ er im Auto, der war beim Pinkeln hinderlich. Er entfernte sich einige Schritte von der Straße. Er hörte ein Auto. Dann sorgte er mit zunehmender Erleichterung für die künstliche Bewässerung eines Baumes. Er zog den Reißverschluss zu und atmete tief durch. Schön war es hier, und so friedlich. Kurz entschlossen ging er ein Stück durch die Apfelplantage. Er versuchte, an nichts zu denken. Was extrem schwierig war. Irgendwo raschelte und knackte es. Er beschloss, den Spaziergang nicht fortzusetzen und zum Auto zurückzukehren.

Die nächsten Sekunden erlebte er wie im Zeitraffer. Plötzlich ahnte er, dass sich jemand hinter ihm befand. Weil er das grundsätzlich nicht mochte und erst recht nicht in seiner aktuellen Situation, machte er einen schnellen Ausfallschritt nach vorne, gleichzeitig wollte er sich umdrehen, um zu sehen, wer oder was ihn verfolgte. Aber er hatte nicht mit seinem überforderten Knie gerechnet, das unter ihm nachgab, als ob es aus Gummi wäre. Im Stürzen erkannte er aus den Augenwinkeln, wie irgendetwas Bedrohliches auf ihn zukam, mit einem peitschenden Geräusch auf seinen Kopf zielend. Dann wurde alles schwarz.

65

Obwohl Marco nicht damit gerechnet hatte, dass sich der Mann plötzlich nach vorne bewegte und in einer seltsamen Drehbewegung in die Knie ging, obwohl er mit dem Totschläger schon ausgeholt hatte und die Richtung nicht mehr korrigieren konnte, traf er den Baron mit einer solchen Wucht, dass dieser wie ein nasser Sack zu Boden ging und sich nicht mehr rührte. Vorsichtshalber trat er ihm gegen den Kopf. Keine Reaktion. Der Mann war platt. Marco gab seinem Totschläger einen Kuss. Dann packte er den Baron an den Beinen und schleifte ihn durch die Bäume zur Straße. Weit und breit war niemand zu sehen. Er machte die Heckklappe des Land Rover auf, die wie eine rostige Kühlschranktür zur Seite schwenkte. Noch ein kontrollierender Blick. Dann wuchtete er sein Opfer zwischen die beiden Rückbänke auf die Ladefläche und schloss die Tür.

Er lief zum Alfa seines Schwagers, der noch halb auf der Straße stand, fuhr mit ihm einige Meter, bis er einen einigermaßen vertretbaren Platz zum Parken fand. Dann lief er zurück zum Land Rover und stieg ein. Erst auf der linken Seite, dann merkte er, dass das Lenkrad rechts war. Bei dem Typen war einfach alles anders. Er drehte sich um und blickte auf den Baron. Marco nahm vom Beifahrersitz den dort angelehnten

Gehstock und stieß die Spitze gegen den regungslosen Körper im Fahrzeugheck. Nicht das kleinste Zucken. Entweder war der Mann schon tot oder jedenfalls kurz davor. Blieb die Frage, was er jetzt machen sollte. Er hatte keinen Plan, er musste improvisieren.

Er kannte an der Straße im Ultental, von Lana hinauf in Richtung Nationalpark Stilfser Joch, einige geeignete Stellen. Da könnte man diese Blechbüchse zusammen mit dem Häufchen Elend hinunter in den Falschauer Bach stürzen und es wie einen Unfall aussehen lassen. Gute Idee. Nur, wie käme er zurück zu seinem Auto? Es war einfach Scheiße, wenn man sich nicht vorher alles überlegt hatte.

Ihm fiel in relativer Nähe eine kurvige Straße an einem Hang ein. Da ging es zwar nicht so weit hinunter wie im Ultental, aber für einen eindrucksvollen Unfall reichte es. Er würde seinem Passagier noch eine über die Rübe ziehen, ihn dann hinter das Lenkrad setzen und den Wagen anschieben. Mit etwas Glück würde das als Unfall durchgehen. Den Fußweg zurück würde er in einer guten halben Stunde schaffen. Er könnte ja anschließend noch mal hinfahren und versuchen, das Wrack anzuzünden.

Wie auch immer, er sollte losfahren. Beim dritten Versuch gelang es Marco, den Landy zu starten. Mit hässlichen Geräuschen zwang er die Stangenschaltung in den ersten Gang. Er ließ die Kupplung kommen. Obwohl er nach links lenkte, startete der Geländewagen nach rechts und durchpflügte einen Busch. Marco steuerte wie wild. Endlich war er auf der Straße. Er kurbelte am Lenkrad, krachte den Schalthebel in die nächsten Gänge und versuchte, nicht im Graben zu landen. Wie konnte man so ein Auto fahren? Der Mann musste völlig verrückt sein. *Porca miseria.* Jetzt hatte er einen Begrenzungspfosten umgefahren. Was den Wagen aber nicht weiter beeindruckte. Na immerhin, die Schrottmühle hatte Nehmerqualitäten.

Es ging einen Hang hinauf und dauerte nicht lange, da hatte er die scharfe Kurve erreicht, die er im Sinn hatte. Tatsächlich war hier keine Leitplanke. Und noch viel wichtiger, weder von vorne noch von hinten kamen Autos. Marco warf einen Blick über die Lehne. Der Baron war wie ein Sack Kartoffeln nur etwas auf die Seite gerollt, ließ aber kein Lebenszeichen erkennen. Er zog die Handbremse an, stellte den Motor ab, nahm seinen Totschläger, stieg aus, ging um das Auto herum und öffnete die Tür im Heck. Er packte den Baron an den Füßen und zog ihn zu sich heran. Von hinten näherte sich ein Auto, aber es war schon dämmrig, Marco verdeckte mit seinem Körper die Sicht, der Wagen fuhr vorbei, der Fahrer hatte nichts bemerkt. Aber er sollte sich beeilen. Er würde den Baron erst herausheben, ihm dann noch einen mit dem Totschläger verpassen, ihn hinter das Steuer setzen und anschieben. Es ging an dieser Stelle leicht bergab. *Arrivederci, hasta la vista!*

66

Valerie Trafoier hatte in ihrer Bozner Vinothek einen ihrer ältesten und besten Kunden zu Besuch: Falko Puttmenger. Schon zu Nikis Zeiten hatte sich der Professor seine Vorliebe für exquisite Weine viel kosten lassen. Valerie konnte sich glücklich schätzen, dass ihr Puttmenger nach Nikis Tod treu geblieben war. Freilich bestellte er auch woanders, vor allem Bordeaux- und Burgunder-Weine, aber das machte nichts, solange sie seine wichtigste Quelle für italienische Weine blieb. Puttmenger mochte Rotweine aus dem Piemont, also die drei großen Bs: Barolo, Barbaresco und Barbera. In seinem privaten Weinkeller waren alle wichtigen Namen vertreten – von Angelo Gaja über Aldo Conterno bis Bruno Giacosa und Giacomo Bologna. Jeder neue Jahrgang, der was taugte, wurde von ihm automatisch nachgeordert. Aber natürlich hielt er auch nach Entdeckungen Ausschau, nach Winzern, die noch nicht so bekannt waren. Obwohl sie in ihrem Laden nur Großflaschen präsentierte, lief ihr Hauptgeschäft mit normalen Flaschengrößen. Man konnte ja nicht jeden Abend eine Magnum köpfen. Obwohl sie auch solche Kunden hatte. Außerdem verkaufte sie ausgezeichnete Vakuumpumpen, mit denen man aus angebrochenen Flaschen die Luft saugen konnte. Damit ließen sie sich tagelang aufbewahren, ohne dass es zu irgendwelchen Oxidationsprozessen und einen damit verbundenen Qualitätsverlust kommen konnte.

Sie saßen in der Degustationsecke der Vinothek. Valerie präsentierte einige Entdeckungen, die sie von ihrer letzten Reise ins Piemont mitgebracht hatte. Natürlich duzten sich die beiden, sie kannten sich ja schon eine kleine Ewigkeit. Im Umgang miteinander waren sie locker, machten ihre Späße und hatten eine hohe Übereinstimmung in ihrer Beurteilung der Weine. Falko Puttmenger war heute besonders gut drauf, nicht mehr so verkrampft wie bei seinem letzten Besuch.

Puttmenger war ein gut aussehender Mann, er hatte viel Geld und eine Frau, die nur gelegentlich zu Besuch kam. Natürlich hätte er in Valeries Beuteschema gepasst, und sie hatte in früheren Jahren auch nichts unversucht gelassen, ihn rumzukriegen. Als ihre Bluse mal besonders offenherzig war, hatte er ihr sogar mit festem Griff an den nackten Busen gefasst – um mit einem Lächeln festzustellen, dass sie definitiv keine Brustverschönerung brauche, besser ginge es nicht. Ein wohliger Schauder war ihr damals durch Körperbereiche gelaufen, die dafür besonders empfänglich waren. Sie hatte gehofft, dass Falko bei nächster Gelegenheit auch ihren restlichen Körper inspizieren würde. Natürlich wäre er hingerissen gewesen, da hatte Valerie keinen Zweifel. Aber zu ihrem Erstaunen kam von ihm dann nichts mehr. Er war nett und charmant, aber er machte keine Anstalten, sie zu verführen. Das kam in Valeries Leben zwar ausgesprochen selten vor, aktuell hatte sie mit dem Baron Emilio einen ähnlichen Problemfall, aber irgendwann hatte sie Puttmengers diesbezügliche Zurückhaltung akzeptiert. Eigentlich war es viel netter so, sie mussten keine Spielchen spielen und waren völlig entspannt im Umgang miteinander.

Valerie schenkte einen Nebbiolo aus, der aus dem Roero stammte, von einem unbekannten Weingut. Puttmenger geriet in Verzückung, murmelte etwas von reifen Pflaumen, von Tabak und Lakritze. Er trank das Glas aus, obwohl er später noch zwei Operationen hatte – und bestellte einige Kartons.

Valerie erzählte, dass sie Besuch von einem Baron Emilio von Ritzfeld-Hechenstein erhalten habe, der sich für die näheren Umstände von Nikis Tod interessiere.

Falko Puttmenger nickte. Der Baron wäre auch bei ihm gewesen. Sie hätten sich gut unterhalten, außerdem verstünde er einiges von Wein. Puttmenger räusperte sich. Auch in seinem Beruf sei der Mann erstaunlich kompetent, das habe er feststellen können.

Valerie erwähnte, dass der Baron seine Ermittlungen ohne Ergebnis abgeschlossen habe, es sei damals wohl wirklich ein Unfall gewesen.

Natürlich sei das ein Unfall gewesen, sagte Puttmenger, alles andere seien doch Hirngespinste. Er könne Nikis Mutter verstehen, aber sie hätte sich das Geld für den Baron sparen können.

Am Gaumen seien die Tannine etwas mächtig, konstatierte Puttmenger nach einem weiteren Schluck. Aber das würde sich geben. Er grinste. Das sei wie immer im Leben. Lieber von allem etwas zu viel, weniger werde es von selbst. Er sah auf die Uhr. Leider müsse er sich beeilen. Eine Industriellengattin würde auf ihn warten, besser gesagt, ihr etwas aus der Form geratener Hintern. Zum Abschied gab er Valerie einen Klaps auf ihre Gesäßmuskeln, die sich ausgesprochen vorteilhaft unter ihrem knapp sitzenden Rock abzeichneten. Gott sei Dank seien nicht alle Frauen so wunderbar proportioniert wie seine Weinhändlerin, sagte er lachend, in diesem Fall würde seine Schönheitsklinik Pleite machen und er könnte sich keinen Barolo mehr leisten.

67

Aus unerfindlichen Gründen waren ohnmächtige oder tote Menschen schwerer als im lebendigen Zustand. Diese Erfahrung hatte Marco schon häufiger gemacht. Und sie bestätigte sich auch in diesen frühen Abendstunden. Der Baron war ja weder dick noch übermäßig groß, aber Marco hatte Probleme, ihn aus dem Heck zu heben, um ihn zum Fahrersitz zu tragen. Als er ihn schließlich auf seine Schulter gewuchtet hatte, fiel ihm ein, dass er ihn ja auch im Fahrzeuginneren über die Lehne hätte nach vorne zerren können. Das wäre zudem weniger auffällig gewesen. Aber so was passierte, wenn man keinen Plan hatte und improvisieren musste.

Marcos Atem ging schwer, als er mit dem rechten Knie die Fahrertür aufhielt und überlegte, wie er den leblosen Körper auf den Sitz hebeln konnte. Im Grunde war es ja egal, ob die Füße oder der Kopf unten waren, der Wagen würde sich in wenigen Augenblicken sowieso überschlagen. Er durfte nicht vergessen, dem Mann noch einen kräftigen Schlag auf die Birne zu versetzen, nur zur Sicherheit. Weshalb wohl besser doch die Beine unten wären. Um das zu bewerkstelligen, musste er sich umdrehen und den Hurensohn rückwärts im Auto absetzen. Die Last auf seinen Schultern wurde immer schwerer. Marco schnaufte und stöhnte. Warum warf er ihn nicht gleich über den Abhang und das Auto hinterher? Aber wenn er Pech hatte, sah das im Ergebnis nicht mehr nach einem Unfall aus.

Plötzlich spürte er einen stechenden Schmerz im linken Oberarm. Verwundert sah er, wie Blut hervorspritzte und sich sein Poloshirt rot färbte. Jetzt bohrte sich etwas Scharfkantiges gegen seine Kehle. Schwankend richtete er vorsichtig den Blick nach unten. Er erkannte sein großes Kampfmesser, das er im Weinberg verloren hatte. Ihm schoss durch den Kopf, wie gefährlich die Waffe war, mit einer extrem scharfen Klinge, mit groben Zacken auf dem Rücken, um tiefe Wunden zu reißen, mit Blutrinne und anderen gemeinen Feinheiten. Marco verstand nicht, was gerade geschah.

«Setz mich ganz langsam ab!», zischte es in sein rechtes Ohr. «Keine schnelle Bewegung, sonst bist du tot!» Die Klinge des Kampfmessers bohrte sich noch etwas tiefer in seine Kehle. Er hatte eine Scheißangst. Hoffentlich wusste der Hurensohn, dass er vorsichtig sein musste. Marco hätte ihm das gerne gesagt, aber mit dem Messer am Hals traute er sich nicht zu reden. Außerdem hatte er Probleme beim Atmen, der linke Arm brannte wie die Hölle, und seine Beine wurden schwach.

68

Irgendwann waren Emilio im tiefen schwarzen Loch der Bewusstlosigkeit einige Lichtblitze durch den Kopf gezuckt, plötzlich hatte es hinter der Schläfe heftig zu pochen begonnen, hatte sich die Schulter mit einem qualvollen Schmerz bemerkbar gemacht und waren merkwürdige Brumm- und Poltergeräusche zu ihm vorgedrungen. Zunächst war er völlig orientierungslos, was ihn nicht weiter störte, am liebsten hätte er sich wieder umgehend in das schwarze Loch zurückgezogen, um seine Ruhe zu haben. Aber die Schmerzen ließen das nicht zu, außerdem war er gerade in einer Kurve zur Seite gerollt, auch war ihm übel. In einer Kurve? Über die starre Hinterachse verpasste ihm das Blech, auf dem er lag, einen Schlag gegen die Hüfte. Die Geräusche kamen ihm zunehmend vertraut vor. Hatte er zu viel getrunken? War das ein hyperrealistischer Albtraum? Oder lag er aus unerfindlichen Gründen in seinem eigenen Auto, das ohne sein Mitwirken munter durch die Gegend kurvte? Er öffnete vorsichtig die Augen. Die Perspektive war ungewöhnlich, aber seine Vermutung bestätigte sich: Doch, das war sein alter Landy, ganz sicher sogar, und zwar befand er sich auf dem Boden liegend im Heck des Fahrzeugs. Nun gut, dann war das geklärt. Er konnte sich also wieder verabschieden und die Augen schließen.

Er stellte fest, dass die eine Hand ganz taub war. Das Pochen hinter der Schläfe ging in ein penetrantes Trommelfeuer über, und auch seine schmerzende Schulter hatte etwas dagegen, dass er sich mental aus dieser Welt verabschiedete.

Rumms. Wieder ein Schlag von der Hinterachse – und das Gefühl, als ob ihm jemand einen Stromstoß durch den Körper jagte. Warum ließ man ihn nicht einfach schlafen? Oder gleich sterben, war ja schon egal.

War das gerade das Getriebe? Die Zahnräder in seinem Kopf hörten sich anders an. Wer immer am Steuer saß, konnte nicht richtig schalten, so viel stand fest. Ob er auf dem Weg ins Krankenhaus war? Vielleicht hatte ihn jemand gefunden, und dieser Menschenfreund brachte ihn gerade in die Notaufnahme, um sein erbärmliches Leben zu retten. Sein Unterbewusstsein meldete Protest an. Womöglich hatte ihn dieser Samariter vorher überfahren? Das würde seinen Zustand erklären. Nicht nur einmal überfahren, sondern vor und zurück. Erst über die Schulter, dann über den Kopf.

Noch eine Kurve, dann blieb der Landy stehen, der Motor ging aus, und jemand zog mehrfach an der Handbremse. Fast musste Emilio lächeln. Die Handbremse war schon seit einem halben Jahr kaputt. Na super, er erkannte nicht nur sein eigenes Auto wieder, sondern konnte sich sogar an etwas erinnern. Wieder öffnete er die Augen, nur ein wenig, das war anstrengend genug. Was war das für ein komisches Blechteil vor seiner Nase? Sah aus wie ein überdimensionierter Büchsenöffner. Nein, nicht wirklich. Eher wie ein Samuraischwert für Zwerge. Wo hatte er so was schon mal gesehen? Richtig, jetzt erinnerte er sich, bei Sylvester Stallone als Rambo im Dschungel von Vietnam. Aber er war gerade nicht im Kino, so viel stand fest.

Er hörte eine Tür schlagen. Wo noch? Er hatte dieses hässliche Messer schon mal gesehen. Noch gar nicht lange her. Eine innere Stimme sprach zu ihm, aber er konnte sie nicht verstehen. Mit seiner gesunden Hand tastete er nach dem Messer, er konnte seine eigenen Finger sehen, dann spürte er den Griff. Fühlte sich irgendwie gut an. Er zog das Messer langsam zu sich. Jetzt öffnete sich die Tür im Heck des Autos. Seine innere Stimme, warum konnte sie nicht deutlicher sprechen? Jemand packte ihn grob an den Füßen. Nein, das war kein Mensch, der ihm freundlich gesinnt war, er würde ihn nicht in die Notaufnahme bringen, um ihm zu helfen.

Ein Auto näherte sich von hinten. Der Griff an seinen Beinen lockerte sich. Plötzlich spukten Bilder durch seinen Kopf, komischerweise sah er sich selbst dabei. Warum rannte er davon? Hinter ihm ein Schatten. Er sah, wie er versuchte, sich im Laufen umzudrehen, dabei kam er aus dem Tritt, ein Knie gab nach. Der Schatten hatte etwas in der Hand, holte weit aus, um zuzuschlagen. Für einen Sekundenbruchteil bekam der Schatten ein Gesicht. Emilio hatte das Gefühl, als ob in seinem Kopf ein heller Lichtblitz explodierte. Und dann war alles wieder da, ganz plötzlich, ohne Vorwarnung.

Das Auto war vorbei, draußen war es wieder ruhig. Der Griff an seinen Beinen wurde fester, jemand versuchte, ihn nach hinten aus dem Landy zu ziehen. Jemand? Emilio wusste jetzt ganz genau, um wen es sich handelte. Er lag auf dem Bauch, schrammte mit dem Gesicht über den Blechboden – und presste die Hand mit dem Messer von unten gegen die Brust. Ihm war klar, dass Marco die Sache zu Ende bringen wollte. Wenn er nicht aufpasste, war er in wenigen Augenblicken tot. Zwar hatte er den Tod schon häufiger als mögliche Alternative in Erwägung gezogen, aber erstens wollte er den Zeitpunkt selbst bestimmen – und zweitens war der Gedanke völlig inakzeptabel, dass ihn ein unkultivierter Zeitgenosse wie Marco umbringen sollte.

Emilio stellte fest, dass es gar nicht so leicht war, den Ohnmächtigen zu spielen, wenn man vor Schmerzen hätte schreien können. Außerdem war Marco ein unbeholfener Grobian. Warum schleppte er ihn wie einen Sack Kartoffeln ums Auto herum? Emilio beschloss, nicht auf die Antwort zu warten. Das Kampfmesser hielt er immer noch fest umklammert, jetzt stieß er zu. Nicht fest, und er wusste auch nicht, in welches Körperteil. Er spürte kaum einen Widerstand, als stieße er in weiche Butter, das Messer musste unglaublich scharf sein. Er sah, dass die Klinge blutig war. Nein, definitiv keine Butter! Jetzt führte er das Messer von schräg unten gegen Marcos Kehle. «Setz mich ganz langsam ab!», sagte er leise. «Keine schnelle Bewegung, sonst bist du tot!»

Emilio wusste nicht, wie stark der Druck sein durfte, den er ausübte. Er traute dem Messer zu, dass es plötzlich bis zum Griff in Marcos Hals oder in seinem Kopf verschwand. Das lag zwar nicht in seiner Absicht, wäre aber in seiner jetzigen Situation hinnehmbar. Auch der mögliche Einstichwinkel war ihm unklar, schließlich hing er mit dem Kopf nach unten über Marcos Schulter. Dieser atmete stoßweise, zeigte keine Gegenwehr und setzte ihn vorsichtig auf die Beine. Emilio richtete sich schwankend auf, dabei konzentrierte er sich unablässig auf das Messer. Er durfte sich keinen Fehler erlauben. Wahrscheinlich sollte er einfach zustoßen, das wäre am sichersten. Er hoffte, dass er später noch am Leben sein würde, um über seine Skrupel nachdenken zu können.

Mittlerweile stand Marco mit dem Rücken gegen den Land Rover, den Kopf nach hinten überstreckt, mit dem Messer von unten gegen die Kehle und mit ängstlich aufgerissenen Augen.

«*Allora*, du Scheißkerl», sagte Emilio auf Italienisch. «Ist das der Dank dafür, dass ich dich im Weinberg am Leben gelassen und dich nicht der Polizei ausgeliefert habe?»

Als Antwort bekam er einen Gurgellaut zu hören.

«Ich kann dich schlecht verstehen», sagte Emilio und drehte leicht am Messer. Blut lief über Marcos Hals.

«Wer hat Niki umgebracht?», fragte Emilio.

«Keine Ahnung», röchelte Marco.

«Das soll ich dir glauben?»

«Ich war im Gefängnis.»

«Wer hatte die Idee, Nikis Freunde zu erpressen?»

«Fick dich!»

«Falsche Antwort.» Emilio verstärkte den Druck. Die Spitze vom Messer war schon nicht mehr zu sehen, der Blutstrom am Hals vergrößerte sich, begann leicht zu pulsieren. «Ihr habt gemeinsame Sache gemacht, richtig?»

«Ja, das haben wir.»

«Na siehst du, es geht doch. Hatte er das Belastungsmaterial in seinem Zimmer bei seiner Mutter versteckt, wo du es dir geholt hast?»

«Warum fragst du so blöd? Du weißt ja eh schon alles.»

«Nein, weiß ich nicht. Zum Beispiel interessiert mich, was die Drag Queen auf den Fotos mit den Erpressungen zu tun hat.»

Marco versuchte zu grinsen, was ihm nicht wirklich gelang. «Warum sollte ich dir das sagen?»

«Weil ich dich dann vielleicht am Leben lasse.»

«Arschloch.»

Ein Auto kam vorbei, Emilio stand so dicht vor Marco, dass sie im Scheinwerferlicht aussahen wie ein Liebespaar.

«Antworte!»

Sie hatten das ganze Gespräch auf Italienisch geführt. Marco flüsterte noch ein «*Cazzo!*», dann antwortete er auf Emilios Frage. Er fasste sich kurz, es reichte ein Satz.

Emilio sah ihn ungläubig an, dabei war er für einen kurzen Augenblick unkonzentriert. Entweder hatte Marco gespürt, dass der Druck an seiner Kehle etwas nachließ, oder er hatte einfach den Instinkt eines Straßenkämpfers für den richtigen Moment, jedenfalls stieß er Emilio mit dem Knie zwischen die Beine, gleichzeitig mit dem Unterarm in die Ellenbeuge. Emilio krümmte sich zusammen, sein Arm mit dem Messer wurde nach unten gerissen. Marco verpasste ihm aus kurzer Distanz einen Magenschwinger. Doch Emilio steckte den Schlag gut weg und hielt das Messer noch immer fest in der Hand. Jetzt fuhr die Klinge an Marcos Oberschenkel entlang, was nicht nur seine Hose aufschlitzte, dann zischte sie äußerst knapp an seinem Gesicht vorbei. Marco stieß Emilio in Panik von sich weg – und rannte los.

69

Theresa Steirowitz saß am späten Abend mit ihrer Hausangestellten Greta, die gleichzeitig ihre langjährige Vertraute war, in ihrem Haus in Obermais am runden Tisch im Erker und spielte Tiroler Alpen-Roulette. Sie hatten eine zweite Flasche Lagrein von Muri-Gries geöffnet, und Theresa hatte die Devise ausgegeben, dass diese in jedem Fall noch ausgetrunken werden müsse. Selbstverständlich könne Greta im Gästezimmer übernachten, wie sie das schon häufig getan hatte. Theresa nahm den Kreisel aus Buchenholz, spuckte dreimal drauf, setzte ihn dann mit geübter Routine und großer Rotation auf die runde Spielfläche. «Die grüne Kugel in die Hundert», sagte sie mit vor Begeisterung gerötetem Gesicht, «wenn das klappt, dann kriegen sich die beiden doch noch, wirst es sehen.»

Während der Kreisel die kleinen Kugeln touchierte und über die Spielfläche schoss, nahm sie einen Schluck vom Lagrein. «Ein guter Tropfen», sagte sie. «Emilio und Phina, die täten so gut zusammenpassen.»

Eine Kugel landete in der Kuhle mit der 12, eine andere kam in der 8 zu liegen. Die grüne Kugel produzierte einige Querschläger, eierte dann aber durch die Mitte, ohne ins Spiel zu kommen. Stattdessen bekam die rote Kugel einen Stoß ab und traf genau in die 100-Punkte-Ecke.

Greta klatschte begeistert in die Hände. «Hundert Punkte Abzug, jetzt bin ich wieda vorn.»

«Vermaledeit», sagte Theresa. «Jetzt glaub ich's bald, die passen wirklich nicht zusammen.»

«Natürlich nicht», stimmte Greta zu, «der Baron ist ein Sonderling, und Phina ist seit dem Tod ihres Vaters völlig spinnert.»

«Ihres Vaters und ihrer Mutter», ergänzte Theresa, «aber g'spinnert ist sie nicht, nur sensibel.»

«A gea, die Phina ist doch net sensibel, die ist furztrocken.»

«Vorsicht», sagte Theresa lachend und drohte ihrer Haushaltshilfe mit dem Finger, «Phina ist meine Freundin, das weißt du doch, also sag nichts Schlechtes über sie.»

«I sog nichts Schlechtes, I mog sie doch auch. Aber spinnert isch sie schun, des Weibsstück. Lässt keinen Mann an sich ran und macht ihren Wein nach dem Stand des Mondes und der Sterne. Wenn des net spinnert is, dann woas i net.»

Theresa legte alle Kugeln in die Mitte der Spielfläche und reichte Greta den Kreisel. «Jetzt bist du dran. Wenn die grüne Kugel in die Hundert fällt, dann ...»

«Das ist doch kein Orakel», protestierte Greta.

«Doch, natürlich. Wenn die grüne Kugel in die Hundert fällt, hat Emilio unrecht.»

«Womit soll er unrecht haben?»

«Dass Niki nicht ermordet wurde, sondern einen Unfall hatte. Ich glaub's immer noch. Meinen armen Bub hat jemand umbracht. Die grüne Kugel in die Hundert.»

«Nein, da spiel ich nicht mit», sagte Greta und legte den Kreisel zur Seite. Sie nahm das Glas und trank den restlichen Wein in einem Zug aus. «Warum soll jemand Niki umgebracht haben? Das ist eine fixe Idee von dir.»

Theresa schüttelte den Kopf. «Ich habe ihn zur Welt gebracht. Zwischen Mutter und Sohn gibt es eine Nabelschnur, auch über den Tod hinaus. Ich spüre, dass er keines natürlichen Todes gestorben ist. Davon lasse ich mich nicht abbringen, auch wenn die grüne Kugel nicht trifft. Jetzt sei kein Frosch, du bist dran.»

Greta rollte den Kreisel zwischen den Handflächen und murmelte: «Abrakadabra.» Dann schnipste sie ihn mit dem Mittelfinger und dem Daumen auf die Holzschale. Die kleinen Kugeln schossen kreuz und quer, in die 13, ab in die 25. Der Kreisel wurde immer langsamer, fing schon das Schlingern an. Da kam die grüne Kugel vorbei, wurde erfasst, bekam vom Kreisel einen Kick und sauste schnurstracks durch den kleinen Ausschnitt in die Tasche hinter der 100.

«Das gibt's nicht», sagte Greta.

«Mein armer Bub wurde ermordet», flüsterte Theresa.

«Schmarrn, das ist ein Holzbrettl mit einem depperten Kreisel ...»

«Der Herrgott hat mir ein Zeichen gegeben.»

«Ich glaub, du hast zu viel Lagrein getrunken. Ich bring dich ins Bett. Außerdem habe ich gewonnen.»

«Grün in die Hundert. Ein Zeichen!»

70

Übelkeit und Erbrechen nach vorangegangener Bewusstlosigkeit, Kopfschmerzen, Gleichgewichtsstörungen, Erinnerungslücken … Emilios Interesse an der Medizin, das über eingebildete Krankheiten weit hinausging, reichte aus, um vom Tathergang und den Symptomen auf ein mögliches Schädel-Hirn-Trauma zu schließen. Schwer atmend lehnte er an seinem Landy. Er langte sich an die schmerzende Schläfe, tastete seinen Kopf ab. Wo kam das Blut an seinen Händen her? War das sein eigenes, oder stammte es von Marco, den er erfolgreich in die Flucht geschlagen hatte? Fast musste er grinsen. Zwar hatte er einige Blessuren davongetragen, aber nach Lage der Dinge hatte er gewonnen – gegen einen verurteilten Totschläger. Für einen Mann seines Alters und unter Berücksichtigung seiner mangelnden körperlichen Fitness war das ein respektables Ergebnis. Er sollte sich freuen.

Emilio versuchte, sich trotz der schlechten Lichtverhältnisse im intakten Außenspiegel zu betrachten. Wie es schien, hatte er am Kopf keine Platzwunde davongetragen, was aber nicht eindeutig auszuschließen war. Was gab es noch? Wahrscheinlich bestand die Gefahr einer Gehirnblutung. Und eine Schädelfraktur würde man erst nach einer Röntgenaufnahme oder mit einem Computertomogramm ausschließen können.

Das war alles wenig beruhigend. Allerdings lebte er noch, das sollte positive Energien freisetzen und die spontanen Selbstheilungskräfte aktivieren. Blutete er aus der Nase oder den Ohren? Sah nicht so aus, also hoffentlich keine Schädelfraktur. Und die Schulter? Sie tat zwar höllisch weh, aber er konnte den Arm gut bewegen, da war wohl nichts gebrochen. Den gemeinen Tritt zwischen die Beine hatte er schon fast überwunden, es war schön, wenn der Schmerz nachließ. Auch Marcos Magenschwinger hatte er weitgehend verdaut, da hatte offenbar die letzte Kraft gefehlt. Jedenfalls bekam er immer besser Luft, und es pfiff auch nicht mehr beim Atmen. Dass ihm das Knie weh tat, war fast ein Normalzustand, auch wenn es aus unerfindlichen Gründen mal das eine, dann wieder das andere war. Diesmal hatte ihm diese Beeinträchtigung womöglich das Leben gerettet. Er erinnerte sich an das vorangegangene Ereignis zwischen den Apfelbäumen, wie er losgerannt war und plötzlich ein Knie unter ihm nachgegeben hatte, wie er zu Sturz gekommen war und ihm schwarz vor den Augen wurde. Rekonstruierte er den Vorgang richtig, und unter Kenntnis des hässlichen Totschlägers, der auf dem Beifahrersitz lag, dann hatte ihn Marco justament niedergeschlagen, als er ohnedies zu Boden ging – und ihn deshalb nicht richtig getroffen. Es hatte gereicht, um ihm das Bewusstsein zu rauben, aber nicht, um ihn länger ins Reich der Träume zu schicken.

Stellte sich die Frage, was er jetzt tun sollte. Per Handy die Rettung verständigen? Viel zu dramatisch! Sich ans Steuer setzen und in die Notaufnahme des ihm bekannten Krankenhauses von Bozen fahren? Im Prinzip richtig, aber er hatte keine Lust, dort seinem Widersacher zu begegnen, der nach seiner Einschätzung nicht nur eine tiefe Stichwunde im Oberarm davongetragen hatte, sondern zudem eine klaffende Verletzung am Oberschenkel. Da musste einiges zusammengeflickt werden. Also keine Notaufnahme! Zu Phina und sich von ihr verarzten lassen? War er von allen guten Geistern verlassen! Valerie? Um Gottes willen, er konnte in seiner Situation keine weitere Aufregung gebrauchen!

Was machten verletzte Tiere? Sie zogen sich in ihre Höhle zurück, um sich die Wunden zu lecken und auszuruhen. Genau das würde er jetzt tun. Emilio ging hinkend nach hinten, dabei stützte er sich an der Karosserie ab, und schloss die Hecktür, dann setzte er sich ans Steuer und startete den Landy. Das Lenken war mit der angeschlagenen Schulter eine schmerzhafte Angelegenheit, die harten Stöße der Blattfederung schlugen direkt auf seinen Kopf durch, beim Kuppeln flog ihm fast die Kniescheibe weg – aber es ging voran. Er hatte gesiegt, er hatte sich nicht umbringen lassen, schon gleich nicht von so einem dahergelaufenen Typen wie Marco. Autsch, die Bodenwelle hatte er übersehen. In welche Richtung fuhr er eigentlich? Wo führte die Straße hin? Den Berg rauf machte jedenfalls keinen Sinn. Er drehte um und fuhr wieder talwärts. Wenig später stieß er auf ein Straßenschild, das ihm den Weg nach Bozen wies. Irgendwann würde eine Abzweigung nach Terlan kommen – und dann war es nicht mehr weit zu seiner Höhle, sprich zur Villa von Ernst Steixner.

«Cazzo!» Emilio glaubte, Marcos Stimme zu hören. Der Fluch war eine erste Reaktion auf seine Frage nach der Drag Queen aus Verona gewesen. Er hatte von Marco wissen wollen, was die Person mit den Erpressungen zu tun hatte. Die Antwort hatte ihn sprichwörtlich aus den Schuhen gehauen, hatte ihn so verblüfft, dass er für einen kurzen Augenblick nicht mehr aufgepasst hatte. Das wäre ihm fast zum Verhängnis geworden. Aber nur fast. War das wirklich möglich? Für Marco hatte es keinen Grund gegeben, ihn anzulügen, nicht in dieser Situation. Und so viel Phantasie hatte Marco nicht, dass ihm das spontan eingefallen wäre. Einerseits konnte er es nicht glauben, andererseits spürte er, dass es die Wahrheit war. Und wenn es stimmte, was hatte das für Konsequenzen? Ergaben sich daraus neue Perspektiven? Musste er noch einmal alles ganz neu bedenken? Schon wieder eine Bodenwelle. Denken? Ganz bestimmt nicht mit diesem Kopf und in seinem jetzigen Zustand. Vielleicht morgen, oder auch nicht. Was ging es ihn an? Veränderte das irgendetwas? Morgen, morgen. Hoffentlich war er bald in seiner Höhle. Seine Kräfte schwanden, die Schmerzen wurden stärker, das kurze Hochgefühl des Sieges verflog. Steixner hatte im Badezimmer einen guten Apothekenkasten, das wusste er, den würde er plündern und alles einwerfen, was Linderung versprach. Eine Dusche, ein oder zwei Schlaftabletten, mit einem Grappa runtergespült, dann ab ins Bett. An nichts mehr denken. Schlafen. Und wenn ihn in der Nacht eine Gehirnblutung ereilen sollte oder ein Herzstillstand, dann bitte auf eine Weise, dass er nichts davon mitbekam.

71

Phina lag im Bett und wälzte sich hin und her. Sie dachte an ihren Besuch bei Theresa, an ihren gemeinsamen Spaziergang in den Trauttmansdorffer Gärten, an Niki, an den Grauburgunder, der eine Pilzkrankheit hatte, an ihren Vater, an die neuen Weinetiketten und an Emilio. Warum konnte sie nicht zur Ruhe finden? Ging das jetzt immer so weiter? Dann würde es nicht mehr lange dauern, bis sie einen völligen Nervenzusammenbruch hatte. Es musste sich was ändern, sie musste wieder zur Ruhe kommen und ihren inneren Frieden finden. Nur hatte sie keine Ahnung, wie sie das schaffen könnte.

Marco biss die Zähne zusammen, als ihm die Schnittwunde am Oberschenkel genäht wurde. Der Arm war bereits verarztet. Auch hatte er eine Spritze gegen Wundstarrkrampf bekommen. *Merda!* Die schlimmste Verletzung hatte sein Selbstbewusstsein davongetragen, sie war aber von außen nicht zu sehen und konnte von den Ärzten in der Notaufnahme nicht behandelt werden. Wie konnte es sein, dass er mit diesem Baron einfach nicht fertig wurde? Der Mann sah überhaupt nicht gefährlich aus, war aber offenbar aus einer anderen Welt. Einfach nicht totzukriegen. Zauberte einen Degen aus seinem Gehstock. Ließ sich niederschlagen, um ihm dann mit seinem eigenen Messer an die Gurgel zu gehen. Plötzlich sprach er auch noch perfekt Italienisch, mit einem florentinischen Dialekt, das war doch nicht normal. Der Schock war so groß gewesen, dass er ihm sogar die Frage nach der Drag Queen beantwortet hatte. Mit der Antwort hatte der Baron nicht gerechnet, damit hatte er ihn überrascht – der Mann war eben doch nicht allwissend. Aber eines hatte Marco im Leben gelernt, schon früher auf der Straße, später im Rotlichtmilieu und erst recht in seiner Zeit im Gefängnis: Es gab Menschen, denen man besser aus dem Weg ging. Zwar sah der Baron nicht so aus, aber er war so ein Mensch. Marco fehlte der Mut für eine weitere Konfrontation.

Valerie Trafoier stand unter der Dusche und seifte sich ein. Das bereitete ihr Vergnügen. Der Professor hatte recht: Sie hatte einen perfekten Körper. Ihr fielen keine Verbesserungen ein. Es hatte auch noch keinen Mann gegeben, der ein Wort der Kritik verloren hätte. Meistens waren sie ohnehin sprachlos, konnten nur noch stöhnen und schwitzen, was sie irgendwie ekelhaft fand. Bei vielen Männern war es besser, man machte das Licht aus. Bei Falko Puttmenger hätte man es anlassen können, aber der war aus unerfindlichen Gründen seiner Frau treu – oder trieb es mit seinen Patientinnen. Beim Baron hätte sie es auf einen Versuch ankommen lassen. Aber eigentlich beschäftigte sie eine andere Frage, selbst hier unter der Dusche. Wo könnte der Safeschlüssel passen, den ihr der Baron gezeigt hatte? Sie hatte in der Vinothek das einzige Weinregal zerlegt, das nach Nikis Tod an seinem Platz geblieben war, in der vagen Hoffnung, dahinter einen versteckten Wandsafe zu finden – Fehlanzeige. Von einem Bankschließfach war ihr nichts bekannt. Sonst fiel ihr keine Möglichkeit ein. Es sah ganz so aus, als ob Niki das Geheimnis des Schlüssels mit ins Grab genommen hatte. Wie schade.

Ernst Steixner bekam auf seinem Zimmer in der Bozner Klinik den Blutdruck gemessen. Noch eine Nacht, dann durfte er nach Hause. Mittlerweile war er auch so weit, er freute sich sogar darauf. Die Tage und Nächte in der Klinik hatten ihm Gelegenheit gegeben, über alles nachzudenken, Dinge zu verarbeiten und sich wieder nach vorne zu orientieren. Zwar wusste er immer noch nicht, ob er sich selbst zur Anzeige bringen sollte, da hatte er noch keine Entscheidung getroffen. Er dachte an den Baron und an das Gebet, das er durch ihn kennengelernt hatte: «Gib mir die Gelassenheit, zu akzeptieren, was nicht zu ändern ist. Gib mir den Mut, zu ändern, was zu ändern ist. Und gib mir die Weisheit, zwischen beidem zu unterscheiden.» Er war einen großen Schritt weiter, er war sich sicher, dass er die Weisheit finden würde.

Professor Falko Puttmenger entkorkte einen exquisiten Blauburgunder, der im aktuellen Gambero Rosso mit drei Gläsern ausgezeichnet wurde. Er verzichtete auf jegliches Dekantieren und Belüften, goss sich ein Glas ein und schwenkte es. Er hatte allen Grund zur Zufriedenheit. Die Erpressung war kein Thema mehr. Mit dem Baron hatte er den richtigen Mann hinzugezogen, auch wenn ihm ein Rätsel blieb, wie dieser den Fall gelöst hatte. Aber Hauptsache, es war vorbei. Die Auftragsbücher in seiner Schönheitsklinik waren prall gefüllt – ebenso wie die Brüste der glücklichen Damen, die ihn aus gelifteten Augen anhimmelten. Die Welt war wieder in Ordnung. Er nahm einen Schluck. Auch der Blauburgunder entsprach den Erwartungen. Er schlug die Beine übereinander und zündete sich eine Zigarre an, natürlich eine Cohiba.

Theresa Steirowitz lag im Bett. Sie hatte zuvor wie jeden Abend noch ein Likörchen getrunken, sich Stöpsel aus Silikon in die Ohren gesteckt und eine Schlafbrille aufgesetzt. Sie hatte ihre festen Rituale und Gewohnheiten. Nur so schaffte man es, alt zu werden und gesund zu bleiben. Dass Phina unter Schlafstörungen litt, konnte sie nicht verstehen. Zur Not gab es doch diese hübschen kleinen Tabletten. Aber ihre junge Freundin hatte sich geweigert, welche mitzunehmen. Schade, sie ließ sich nicht helfen. Theresa zwang sich, nicht an Niki zu denken. Auch nicht an das Südtiroler Roulette und an die grüne Kugel in der Hundert. Das fiel ihr nicht leicht, denn sie glaubte an Zeichen.

72

Am nächsten Morgen stellte Emilio fest, dass er in der Nacht weder gestorben war noch sein Gedächtnis verloren hatte. Es ging ihm sogar deutlich besser als erwartet. Nun gut, heute taten ihm gleich beide Knie weh. Er hatte pochende Kopfschmerzen, seine rechte Schulter war geschwollen, und der Arm ließ sich nur mit zusammengebissenen Zähnen bewegen. Aber in Anbetracht der gestrigen Ereignisse waren das erträgliche Blessuren. Er machte sich vier Tassen Espresso, stellte sie nebeneinander auf die Küchentheke – und trank sie nacheinander aus, jeweils mit einer Schmerztablette. Er war sich nicht sicher, ob er das vertrug, aber sein Magen war relativ robust – und er hielt ganz generell nichts von homöopathischen Dosen. Vorhin hatte er mit Steixner telefoniert. Er würde in zirka einer Stunde kommen. Bis dahin wollte Emilio weg sein. Er hatte keine Lust auf Konversation. Er schlurfte hinkend und leise stöhnend durchs Haus und sammelte seine verstreuten Habseligkeiten ein. Ab und zu musste er sich an den Wänden abstützen, dann wieder hinsetzen, um neue Kräfte zu sammeln. Aber es ging besser als befürchtet. Als Nächstes suchte er nach den von ihm geleerten Weinflaschen, um sie in einer Tüte mitzunehmen. Er tat dies nicht aus Ordnungssinn oder um die Flaschen umweltgerecht zu entsorgen. Wie war gleich noch mal der Plural von Corpus Delicti? Corpora Delicti, richtig. Jedenfalls handelte es sich dabei um Beweisstücke, die man besser verschwinden ließ.

Auf dem Esstisch waren noch einige der Fotos ausgebreitet, die er bei Marco sichergestellt hatte. Während er sie zusammenschob, um sie in einem kleinen Karton zu verstauen, hielt er kurz inne. Er nahm ein Bild zur Hand, auf dem die grell geschminkte Drag Queen zu sehen war, nach der er in Verona geforscht hatte. Er hatte das Foto schon einmal gleich nach dem Aufstehen angeschaut, noch vor dem Duschen. Noch immer konnte er nicht glauben, was ihm Marco gesagt hatte. Glauben konnte er es nicht, aber er war sich mittlerweile sicher, dass ihn Marco nicht angelogen hatte. Er hatte auch schon versucht, logisch weiterzudenken, mögliche Schlussfolgerungen zu ziehen und eine Theorie zu entwickeln. Aber sein Denkapparat funktionierte noch nicht richtig, arbeitete offensichtlich in einem wenig leistungsfähigen Notprogramm. Er kannte Menschen, die kamen beim Denken nie über ein solches Notprogramm hinaus, waren aber dennoch überlebensfähig, was ihn immer wieder überraschte. Das Erstaunlichste dabei war, dass sie es selbst nicht merkten.

Etwas wehmütig sah er auf den Flügel. Er hätte zum Abschied gern einige Minuten Gershwin gespielt. Aber laute Geräusche waren seinem Kopf heute definitiv nicht zuträglich. Blieb die Frage, wie er den weiteren Tag gestalten sollte? Er erinnerte sich, dass er gestern Abend den Gedanken, Phina zu besuchen, als Wahnsinnsidee verworfen hatte. Aber genau das würde er jetzt tun – ohne Voranmeldung, mit dem Mut eines Mannes, der dem Tod gerade entronnen war.

* * *

Auf der Fahrt hielt er an einem Laden, wo es hervorragende belegte Brote gab, mit Tiroler Speck und Bergkäse. Später machte er eine erneute Pause, um Marcos Totschläger und das noch immer blutverschmierte Kampfmesser unter einem der beiden Rücksitze zu verstecken, der Anblick konnte einen erschrecken. Mittlerweile hatte er ein ansehnliches Waffenarsenal angesammelt. Er hielt es für verfrüht, sich davon zu trennen. Gestern hatte ihm das Rambo-Messer das Leben gerettet. Was aber nur nötig gewesen war, weil er ohne seinen Gehstock in einer Apfelplantage gepinkelt hatte.

Emilio setzte sich auf eine Bank. Er betastete seine Schulter, das tat höllisch weh. Er dachte nach. Erfreulicherweise hatten sich seine kognitiven Fähigkeiten in der letzten Stunde deutlich verbessert. Allerdings war die Hypothese, die sich aufdrängte, von so schlichter Logik, dass er darauf nicht stolz sein musste. Schwieriger dürfte es sein, die unterstellte Möglichkeit zu bestätigen – oder zu widerlegen. Gestern hatte er noch geglaubt, dass er die Heimreise mit dem guten Gefühl antreten könnte, seine Mission erledigt zu haben, auch wenn er die Täterin davonkommen ließ. Das gute Gefühl war ihm zwar egal, er würde sich auch bei einem Scheitern nicht schlechter fühlen, vor allem wenn er dafür bezahlt wurde. Aber der Satz von Marco hatte alles verändert. Jetzt konnte er nicht so einfach abreisen. Erst musste er herausfinden, ob seine Idee ein Hirngespinst war. Mit seinem bevorstehenden Besuch bei Phina hatte das nichts zu tun. Oder eigentlich doch, beziehungsweise ganz im Gegenteil … Emilio verstrickte sich in seinem inneren Zwiegespräch. Früher hätte er das auf die Begriffsstutzigkeit seines eingebildeten Assistenten Rebstock geschoben, heute gab er sich die Schuld alleine – und Marco, der ihm mit einem schweren Gummiteil auf den Kopf gehauen hatte.

* * *

Emilio fuhr zu Phinas Wohnhaus, wo er sie nicht antraf. Er hielt nach ihrem Traktor Ausschau, fragte im Verkaufsraum ihres Weingutes. Die Chefin habe sich heute freigenommen, bekam er dort zu hören, und zwar den ganzen Tag, womöglich sogar die ganze restliche Woche. Er konnte es kaum glauben. Phina nahm sich eine Auszeit? Der Mitarbeiterin war anzusehen, dass das auch für sie kaum vorstellbar war. Weil sie Emilio als Hausgast kannte, verriet sie ihm, dass Frau Pernhofer heute eine kleine Wanderung unternehmen wollte, eigentlich ein besserer Spaziergang. Und zwar am Gandberg zu den Eislöchern und von dort zum Stroblhof. Sie wäre vor einer halben Stunde aufgebrochen, ohne Begleitung. Auf seine Frage erklärte sie, dass die Eislöcher ein berühmtes Phänomen wären, selbst im Hochsommer ströme aus diesen Löchern frostig kalte Luft, und man würde sogar auf Eisreste treffen. Wahrscheinlich habe Frau Pernhofer ihr Auto im Zentrum von Eppan geparkt und sei von dort losgelaufen. Nach einer Viertelstunde ginge es nach einem Kirchlein rechts hinauf in den Wald, von da sei der Weg ausgeschildert, er würde ihn leicht finden. Er könne stattdessen auch in Oberplanitzing … Emilio unterbrach sie und fragte, ob man den besagten Stroblhof auch mit dem Auto erreichen könne. Natürlich sei das möglich, antwortete sie zu seiner Erleichterung, schließlich handle es sich beim Stroblhof um ein Hotel mit Restaurant und einem bekannten Weingut.

Er könne Frau Pernhofer dort erwarten, sie würde sich gewiss freuen. Sich freuen? Warum sollte er ihr widersprechen? Er ließ sich die Anfahrt beschreiben, dann fuhr er los.

* * *

Emilio saß auf der schönen Terrasse unter einer Pergola mit Glyzinien. Er versteckte sich hinter anderen Gästen, als er Phina kommen sah. Er wusste, dass er ihr nicht einfach fröhlich zuwinken konnte. Sie wolle ihn nie mehr sehen, hatte sie gesagt. Sie würde auf dem Absatz kehrtmachen und verschwinden. Ihm stockte der Atem, als er sah, dass sie den alten gelben Rucksack aus der Garage dabeihatte. Warum machte sie es ihm so schwer? Er wartete, bis sie Platz genommen hatte, alleine, an einem kleinen Tisch. Er stand auf, schlug einen Bogen und näherte sich von hinten. «Phina, nicht erschrecken», sagte er leise. «Ich bin's, Emilio. Ich will mit dir reden, bitte nicht weglaufen.»

Phina saß wie erstarrt. Er wagte nicht, sie zu berühren. Er ging langsam um sie herum und sah ihr ins Gesicht. «Lass uns reden, bitte.»

Sie erwiderte seinen Blick, zeigte aber keine Reaktion.

«Darf ich mich setzen?»

Er ahnte ein leichtes Nicken, zog einen Stuhl heran, hängte seinen Stock über die Lehne und nahm Platz.

Emilio hatte sich vorher überlegt, wie er das Gespräch beginnen könnte, aber jetzt fehlten ihm die Worte.

«Du schaust beschissen aus», sagte sie.

Er war erleichtert, dass sie die Initiative ergriffen hatte.

«Ich fühle mich auch so», sagte er.

«Ist was passiert?»

«Ich bin gestern Abend niedergeschlagen worden. Jemand wollte mich umbringen. Hat aber nicht geklappt.» Er lächelte schief.

«Schade», sagte sie.

«Wie bitte?»

«War ein Scherz.»

«Sicher?»

«Warum wollte dich jemand umbringen?»

«Ist eine andere Geschichte.»

«Eine andere Geschichte? Eine andere als welche? Als meine Geschichte, als unsere?»

«Was willst du trinken?»

«Wasser, ohne Kohlensäure.»

«Nehme ich auch.» Emilio winkte der Bedienung und bestellte.

«Ich möchte mich entschuldigen», sagte er.

«Wofür?»

«Du weißt schon.»

«So einfach geht das nicht.»

«Phina, es könnte sein, dass ich einen schlimmen Fehler gemacht habe.»

«Ja, das hast du.»

«Aber ich brauche Gewissheit. Bitte lass uns darüber reden.»

«Worüber? Über Niki?»

«Woher hast du den gelben Rucksack?», fragte er.

«Den alten Rucksack? Das willst du wissen? Ist nicht dein Ernst?»

Emilio hob beruhigend die Hände. «Bitte nicht aufregen.

Niki hatte einen gelben Rucksack dabei, an seinem Todestag. Später war der Rucksack weg, man hat ihn nicht gefunden.»

«Du hast mich wirklich im Verdacht», flüsterte sie, «ich kann's nicht glauben.»

«Du hättest ein Motiv gehabt.»

Phina nickte. «Oh ja, hätte ich gehabt.»

«Der Rucksack, Phina, woher?»

«Da bist du auf dem Holzweg, mein Lieber. Das war ein Werbegeschenk. Den Rucksack haben vor vielen Jahren fast alle Weingüter in Südtirol bekommen, auch Vinotheken und so weiter, wahrscheinlich auch Niki. Ein hässliches Teil, aber nicht kaputtzukriegen.»

«Fast alle Weingüter und Vinotheken», wiederholte Emilio ihre Worte, «das habe ich nicht gewusst.»

«Ich habe Niki nicht umgebracht», sagte sie, «wie kannst du nur auf diesen Gedanken kommen? Du bist verrückt.»

«Es gibt einen Zeugen, der hat eine blonde Frau gesehen, die Niki nachgestiegen ist. Später ist sie mit zwei Rucksäcken zurückgekommen, einer war so gelb wie jener von Niki.»

«Wirklich?»

Emilio nickte.

«Jetzt verstehe ich dich, wenigstens ein bisschen», sagte sie nach einer kleinen Pause. «Da kann man auf die blödesten Gedanken kommen.»

«Und?»

«Ich war es nicht, habe ich doch gesagt.»

«Bis gestern Abend hätte ich dir nicht geglaubt.»

«Bis gestern Abend?»

«Ja, aber ich hätte dich trotzdem nicht verraten. Ich hätte das Geheimnis für mich behalten.»

«Warum?», fragte sie. «Schließlich wirst du dafür bezahlt.»

«Weil ich ein sentimentaler Trottel bin, darum.»

Über Phinas ernstes Gesicht huschte ein Lächeln.

«Gestern Abend habe ich etwas erfahren», fuhr Emilio fort, «da wäre ich von alleine nie draufgekommen. Und jetzt spukt in meinem Kopf eine verrückte Idee herum.»

«Hat die was mit mir zu tun?»

«Nein, hat sie nicht. Aber vielleicht bin ich schon wieder auf dem Holzweg.»

«Ich hoffe, du findest Nikis Mörder», sagte sie. «Du würdest Theresa einen Herzenswunsch erfüllen.»

Emilio nahm das Wasserglas und löste eine Schmerztablette auf. Sie bestellten Schlutzkrapfen.

«Würdest du dich besser fühlen», fragte sie nach einer Weile, «wenn ich dir einen Beweis liefere, dass ich Niki keinesfalls auf den Berg gefolgt sein kann?»

«Nach über zehn Jahren? Wie soll das gehen?»

Phina lächelte. «Ganz einfach. Als Niki ums Leben gekommen ist, hatte ich schon seit einiger Zeit ein Gipsbein, leider auch noch Wochen danach. Ich bin im Fasskeller von einer Leiter gefallen. Es gibt Fotos von mir mit dem Gipsbein, außerdem Arztrechnungen, und auch Theresa könnte dir das bestätigen.»

«Wirklich?» Emilio sah sie entgeistert an. «Ich bin ein Idiot!»

«Stimmt, das bist du.»

«Warum hast du mir das nicht schon längst erzählt?»

«Du hast mich nicht danach gefragt. Außerdem war ich maßlos enttäuscht. Wie konntest du mich verdächtigen?»

Emilio wäre am liebsten aufgestanden, hätte sie umarmt und um Verzeihung gebeten. Stattdessen blieb er sprachlos sitzen, mit einem Gesichtsausdruck wie ein begossener Pudel.

«Und was den Tod meines Vaters betrifft, der dich ja offenbar auch beschäftigt», fuhr sie fort, «da musst du mir einfach glauben. Ich habe nie gewollt, dass meinem Vater etwas passiert. Es war für mich der schlimmste Moment in meinem Leben, mit ansehen zu müssen, wie er mit dem Traktor umgestürzt ist. Ich habe ihn in den Armen gehalten, als er gestorben ist. Meine Hände waren voller Blut, von seinem Blut. Seitdem bin ich ein anderer Mensch.»

Sie machte eine Pause, atmete einige Male tief durch, dann fuhr sie fort: «Der Unfall hat mein Leben verändert, aber anders, als ich wollte. Ich wäre nur noch zwei Wochen zu Hause geblieben, dann wäre mein Flieger gegangen. Meine Eltern haben nichts davon gewusst: Ich hatte mich bei einer berühmten Winery in Kalifornien beworben und den Job bekommen, der Vertrag war unterschrieben, das Flugticket ausgestellt. Ich wollte auswandern und mein Glück woanders suchen. Der Tod meines Vaters hat diesen Traum zerstört. Ich konnte meine Mutter in der Situation nicht alleine lassen. Also bin ich hiergeblieben und habe das Weingut übernommen.»

Emilio schüttelte den Kopf. «Das alles hättest du mir erzählen können. Wir hätten uns vieles erspart.»

«Du hast es geahnt», sagte sie, «bei unserem Essen im Pillhof haben wir kurz darüber gesprochen. Aber offenbar hast du es nicht glauben wollen und den Gedanken wieder verdrängt. Abgesehen davon habe ich es noch niemandem erzählt. Warum also ausgerechnet dir? Jeder Mensch hat seine Geheimnisse. Meine passen in eine kleine Schachtel. Ich habe sie noch. Mit allen Papieren, und mit dem Flugticket nach San Francisco. One way, ohne Rückflug.»

* * *

Auf der Terrasse vom Stroblhof wurden die Schlutzer serviert. Dazu eine kleine Karaffe mit Blauburgunder vom eigenen Weingut. Phina und Emilio führten ihr Gespräch fort. Langsam und mit großen Unterbrechungen. Alle beide hatten ihre eigenen Gedanken. Sie machten keine Späße, es wurde nicht gelacht. Aber sie hatten ein gutes Gefühl dabei. Später stieg Phina zu Emilio ins Auto.

73

Emilio hatte keine ausgeprägte Harmoniesucht, ganz im Gegenteil. Nach seiner Überzeugung war es verschwendete Zeit, nur eine Sekunde darüber nachzudenken, wie man mit anderen Menschen im Gleichklang leben konnte. Ihm fehlte jede Veranlagung, fortwährend zu lächeln und freundlich zu sein. Es hatte außerdem große Nachteile, allgemein beliebt zu sein: Die Mitmenschen verloren jedes Schamgefühl, sie erzählten einem Vertraulichkeiten, die man nie wissen wollte, sie meldeten sich zu den unmöglichsten Tages- und Nachtzeiten, wollten sich mit einem treffen, einfach nur, um zu plaudern oder um nett zusammenzusitzen. In der Konsequenz musste man sich alle Bösartigkeiten verkneifen und gute Miene zum bösen Spiel machen. Für Emilio war das eine Horrorvorstellung, außerdem bekam man davon ein Magengeschwür und erhöhten Blutdruck. Da zog er es vor, auf andere Menschen eher misslaunig und abweisend zu wirken – dafür ließen sie ihn in Ruhe, das allein schon war es wert.

Aber Ausnahmen bestätigten die Regel: Und eine solche Ausnahme war Phina. Es hatte ihn unheimlich gestört, dass ihn ausgerechnet Phina ablehnte. Es hatte ihn also genau das gestört, was er sonst meist für erstrebenswert hielt. Was wiederum nur die Schlussfolgerung zuließ, dass Phina in seiner

Gefühlswelt einen Sonderstatus genoss. Emilio musste lächeln. Er hatte ein Talent, sogar im Selbstgespräch um den heißen Brei herumzureden. Er saß in der Küche vor einer Tasse Cappuccino. Phina war schon vor Stunden aufgebrochen, das hatte er aus seinem Gästezimmer mitbekommen, aber nur, weil ihr Traktor nach dem Anlassen einige Fehlzündungen hatte. Danach hatte er sich im Bett umgedreht und weitergeschlafen.

Das unliebsame Zusammentreffen mit Marco lag schon einige Tage zurück. Phinas Hausarzt hatte ihn in der Zwischenzeit untersucht, ihm allerlei Tabletten dagelassen, die Schulter bandagiert und strikte Bettruhe verordnet. Aber er hatte vergessen zu sagen, für wie lange.

Jedenfalls ging es ihm schon viel besser, auch mental. Hatte er doch bis vor kurzem geglaubt, dass Phina für Nikis Tod verantwortlich war. Alle Indizien hatten dafür gesprochen: natürlich die Aussage von Kas-Rudl, aber auch dass Phina ein Motiv hatte und die Gelegenheit zur Tat. Darüber hinaus hatte er es für sehr wahrscheinlich gehalten, dass sie auch beim Ableben ihres Vaters nachgeholfen hatte. Dieses vermeintliche Wissen um Phinas dunkle Seite hatte ihn belastet und in Gewissenskonflikte gebracht – auch wenn er sich das nie eingestanden hätte. Und jetzt war alles anders. Phina hatte ihm Fotos und Krankenunterlagen gezeigt, die eindeutig belegten, dass sie zur möglichen Tatzeit ein Gipsbein hatte und Niki nie hätte auf den Berg folgen können. Und sie hatte die Schachtel rausgesucht mit dem stornierten Flugticket nach San Francisco und dem unterschriebenen Arbeitsvertrag. Dabei hatte sie angefangen zu weinen. Emilio hatte sie schweigend in die Arme geschlossen. Sie hatten lange miteinander geredet, bis spät in die Nacht.

Endlich aufgestanden, trank er einen Cappuccino, dazu aß

er eine Vinschgauer-Semmel, bestrichen mit Honig von Luis Gamper. Als Hobby-Imker war der Mann nicht schlecht, dagegen hatte er sich als Kommissar womöglich ins Bockshorn jagen lassen. Zu seiner Entschuldigung wäre anzuführen, dass ihm selbst fast das Gleiche passiert war.

Er stand auf und lief in der Küche auf und ab. Mit Phina als Täterin hatte er völlig danebengelegen, so viel stand fest. Und ob seine neue Theorie, die hartnäckig in seinem Kopf herumspukte, der Wahrheit entsprach, war erstens ungewiss und zweitens, was noch schwerer wog, wohl kaum zu beweisen. Jedenfalls wusste er nicht, wie. Und vielleicht war es erneut ein Hirngespinst? Noch dazu ein total durchgeknalltes. Emilio sah zum Fenster hinaus. Er könnte sich noch einige schöne Tage machen, seine schmerzende Schulter pflegen und die anderen Verletzungen, die ihm Marco beigebracht hatte, er könnte die Verkostung der Südtiroler Weine fortsetzen, sich über die Honorarzahlungen freuen, die er von Theresa, von Puttmenger und Steixner bekommen hatte. Er könnte behutsam die erneute Annäherung an Phina fortsetzen, um herauszufinden, wie weit sie gehen würde. Er sollte sich vor Marco in Acht nehmen, falls dieser Hitzkopf noch nicht zur Räson gekommen war, allerdings machte es wenig Sinn, ihn bei der Polizei anzuzeigen – aus verschiedenen Gründen, vor allem hatte er keine Lust, als Ankläger oder Zeuge vor Gericht zu erscheinen. Er könnte sich von Valerie Trafoier verabschieden, aber besser so, dass es Phina nicht mitbekam. Um dann mit einigen Kartons Wein im Auto die Rückreise anzutreten. Das alles könnte er tun. Und dabei das eine seinlassen: nämlich die Umstände von Nikis Tod aufzuklären. Kein Mensch würde ihm einen Vorwurf machen, nicht einmal Theresa. Aber Emilio mochte es nicht, verarscht zu werden. Es war ihm egal, was die Leute über ihn dachten, das stimmte schon. Aber es war ihm nicht egal, was er selbst über sich dachte.

74

Ihre Mitarbeiter, mit denen sie im Weinberg arbeitete, warfen Phina immer wieder verwunderte Blicke zu. Das entging ihr nicht, aber sie freute sich darüber. Obwohl in den Gesprächen mit Emilio wieder alles hochgekommen war, der Tod ihres Vaters und ihr geplatzter Traum von einem Leben in der Neuen Welt, war sie heute erstaunlich guter Laune. Sie ertappte sich dabei, wie sie ein Lied vor sich hin summte. Sie konnte sich nicht erinnern, wann sie sich das letzte Mal hatte dazu hinreißen lassen. Als ob ein schwerer Stein von ihrer Seele gerollt wäre. Vielleicht deshalb, weil sie zum ersten Mal jemandem erzählt hatte, was sie machen wollte, bevor ihr Vater tödlich verunglückte? Natürlich hatte sie darunter gelitten, dass er ihr die Führung des Weingutes nicht zugetraut hatte, dass er sie schon deshalb nicht für voll genommen hatte, weil sie eine junge Frau war und nicht der ersehnte Sohn. Aber schließlich hatte sie sich damit abgefunden und die Diskriminierung als Chance begriffen. Die Südtiroler Berge waren ihr im Laufe der Jahre immer enger erschienen, hatten ihr die Luft zum Atmen genommen. Wie hohe Gefängnismauern, die einem den Weg in die Freiheit versperrten. Sie hatte die Tage bis zu ihrem Abflug gezählt. Sie hätte sich heimlich davongestohlen, einen langen Brief zurückgelassen und sich erst von der anderen Seite des Atlantiks per Telefon gemeldet. Nur um kein Risiko einzugehen und ihren Eltern die Chance zu nehmen, sie noch im letzten Augenblick umzustimmen. Und dann war alles anders gekommen. Nie hatte sie später darüber gesprochen, auch nicht mit ihrer Mutter, immer war es ihr Geheimnis geblieben. Gegenüber Emilio hatte sie sich zum ersten Mal geöffnet. Am Abend nach ihrem Treffen auf dem Stroblhof hatte sie mit Emilio über ihre damalige Situation gesprochen. Er hatte nicht viel dazu gesagt, aber er hatte zugehört – und er hatte sie verstanden. Das hatte gutgetan, unheimlich gut. Wahrscheinlich hätte sie sich schon viel früher jemandem anvertrauen sollen, zum Beispiel Theresa. Aber dazu war es nie gekommen. Es brauchte schon Emilio und seine schlimmen Verdächtigungen, dass sie ihr Herz ausschüttete. Zunächst war es Phina nur darum gegangen, ihn von ihrer Unschuld zu überzeugen. Aber dann war alles aus ihr herausgesprudelt. Wie aus einer Flasche Spumante, die lange verschlossen gewesen war, dann kräftig geschüttelt und schließlich entkorkt wurde.

Und jetzt? Eigentlich hatte sich nichts verändert, außer dass Emilio wieder in ihrer Nähe war, was ihr ganz offenbar guttat. Sie hatte ihm seine Unterstellungen verziehen, weil sie erstens nachvollziehen konnte, wie er darauf gekommen war, und weil er zweitens geradezu rührend tiefe Reue zeigte und eine ehrliche, große Erleichterung. Phina lächelte. Der Mann war nicht annähernd so kühl, wie er sich gerne gab, tief im Inneren war er nach ihrer Überzeugung warmherzig und einfühlsam. Aber wahrscheinlich wusste er das selber nicht – und würde diese Charakterisierung entrüstet von sich weisen.

* * *

Währenddessen nahm Emilio einen Termin war, von dem er sich die Lösung eines Rätsels erwartete. Bei erneuter Durchsicht der Unterlagen und Fotos, die er bei Marco sichergestellt hatte, war er über Florian Welswacker gestolpert, der auch zu den *Amici del Vino* gehörte und zu Nikis alten Freunden. Er hatte eine Werbeagentur in Meran und war offenbar gut situiert. Auch zu seiner Person hatte das Duo Niki und Marco einiges zusammengetragen. Wie es schien, hatte Welswacker Schwarzgeld in die Schweiz transferiert. Das brachte Emilio in Zusammenhang mit einer kleinen Zeitungsnotiz, die er bislang übersehen hatte. Aus der ging hervor, dass ein Südtiroler Geschäftsreisender vor über zehn Jahren in Zürich niedergeschlagen und ausgeraubt wurde. Statt eines Namens waren im Artikel nur seine Initialen genannt: F. W.

Jetzt saß Emilio dem Agenturbesitzer in dessen Büro gegenüber. Er kam schnell auf den Grund seines Besuchs zu sprechen. Er legte den Zeitungsausschnitt auf den Tisch und sagte Welswacker auf den Kopf zu, dass er jene Person sei, die damals niedergeschlagen wurde. Und er gehe davon aus, dass er zuvor auf seiner Züricher Bank gewesen sei, wobei er sogar den Namen des Instituts nannte.

Welswacker schluckte und gab nach kurzem Zögern zu, dass er tatsächlich das damalige Opfer gewesen sei. Zum Rest wolle er sich nicht äußern.

«Ich vermute, dass jemand ganz genau wusste, dass Sie vorher auf der Bank waren und sich dort mit Bargeld versorgt haben», fuhr Emilio unbeirrt fort. «Dann hat man Sie niedergeschlagen und ausgeraubt. Richtig?»

«Kein Kommentar», sagte Welswacker.

«Ist auch nicht nötig. Mich interessiert das alles überhaupt nicht, ich will nur eine Kleinigkeit wissen, und auch das nur, um meine Neugier zu befriedigen.»

Welswacker sah ihn skeptisch an. «Und das wäre?»

Emilio legte den Safeschlüssel aus Nikis Versteck auf den Tisch. «Meine Frage ist ganz einfach. Kennen Sie diesen Schlüssel?»

Welswacker konnte seine Überraschung nicht verbergen, er nahm den Schlüssel in die Hand, um die eingravierte Nummer zu kontrollieren. «Oh ja, den kenne ich», sagte er spontan, ohne nachzudenken.

«Liege ich richtig mit meiner Annahme, dass man Ihnen bei dem Überfall nicht nur Geld entwendet hat, sondern auch diesen Schlüssel zu Ihrem Schließfach?»

Welswacker wartete mit seiner Antwort. «Gehen Sie davon aus, dass Sie mit Ihrer Vermutung der Wahrheit ziemlich nahe kommen», sagte er schließlich. «Nun würde mich aber schon interessieren, woher Sie den Schlüssel haben.»

«Das ist schwer zu erklären», sagte Emilio. «Ich habe ihn von jemandem, der in die Erpressungen gegen Ihre *Amici del Vino* verwickelt war und der wahrscheinlich auch für den damaligen Überfall verantwortlich zeichnete.»

«Mehr wollen Sie nicht sagen?»

«Nein, aber es ist vorbei. Es wird keine Erpressungen mehr geben. Ich bin im Besitz des gesamten Belastungsmaterials und werde es vernichten. Keine Sorge, Sie können sich darauf verlassen.»

Welswacker sah ihn misstrauisch an. «Und wie viel muss ich Ihnen dafür bezahlen?», fragte er nach einer Weile.

Emilio lachte. «Natürlich nichts! Sie dürfen mich nicht mit den bösen Jungs verwechseln. Ich bin sozusagen der Gute, jedenfalls meistens. Den Schlüssel können Sie behalten.»

«Das Gespräch nimmt einen wesentlich erfreulicheren Verlauf, als ich anfangs dachte», sagte Welswacker mit einem Lächeln. «Den Schlüssel nehme ich gerne, sozusagen als Souvenir. Wir könnten ihn auch wegwerfen, denn natürlich hat meine Züricher Bank sofort nach dem Überfall das Schloss ausgewechselt. Außerdem braucht's einen Identifizierungscode, um an das Schließfach heranzukommen.»

«Der Schlüssel ist nichts wert, das habe ich mir schon gedacht. Aber wenigstens kenne ich jetzt seine Geschichte. Ich hätte sonst immer wieder von diesem Schlüssel geträumt und mich geärgert, dass ich zu blöd war, hinter sein Geheimnis zu kommen.»

Welswacker stand auf und gab Emilio zum Abschied die Hand. «Ich danke für Ihren Besuch. Wenn Sie mal Zeit und Lust haben, lade ich Sie gerne zu einem Abendessen ein. Wäre mir ein Vergnügen.»

Finale

Eine gute Woche war vergangen, in der Emilio erstaunliche Dinge getan hatte. So hatte er sich noch einmal untersuchen lassen, und zwar im Bozner Zentralkrankenhaus. Dort bestätigten sich seine davongetragenen Verletzungen, aber nachhaltige Schäden wurden ausgeschlossen und eine völlige Genesung in Aussicht gestellt.

Emilio hatte den Kommissar im Ruhestand Luis Gamper auf dem Ritten besucht, die Qualität seines Honigs gerühmt – und darüber hinaus einiges mit ihm besprochen.

Er hatte Valerie Trafoier in ihrer Vinothek getroffen, ohne ein einziges Mal in ihren Ausschnitt zu blicken.

Er war so oft wie möglich mit Phina zusammen. Ihre Beziehung verlief platonisch, aus schwer nachvollziehbaren Gründen, die er gleichwohl mit buddhistischer Gelassenheit akzeptierte.

Emilio hatte Steixner in seinem Terlaner Haus besucht, mit ihm geplaudert und einen merkwürdigen Wein von einer autochthonen Sorte getrunken, der ihm nicht schmeckte, was er aber nicht sagte.

Er hatte mit Theresa einen noch viel schlechteren Wein getrunken – und sich auch nicht beklagt. Wie gesagt, er tat erstaunliche Dinge.

Er hatte Marcos Kampfmesser in die Etsch geworfen, weil er das Teil einfach widerwärtig fand, auch wenn es ihm das Leben gerettet hatte.

Er hatte sich in Bozen beim Südtiroler Archäologiemuseum mit vielen anderen Leuten angestellt, um sich den Ötzi anzuschauen. Was schon deshalb erstaunlich war, weil er sich überhaupt nicht für Gletschermumien interessierte, außerdem die körperliche Nähe fremder, transpirierender Menschen unerträglich fand. Aber ihn faszinierte der Gedanke, dass der Mann aus dem Eis einem Verbrechen zum Opfer gefallen war, ein Pfeil hatte seine linke Schulter durchbohrt, und dass man den Mord nach über 5000 Jahren nachweisen konnte. Was waren da schon die zehn Jahre seit Nikis Tod? Eine geradezu lächerlich kurze Zeitspanne!

In der Bozner Quästur hatte er seine vollschlanke Cappuccino-Freundin besucht und bei dieser Gelegenheit ihren Chef kennengelernt, der ausnahmsweise weder krank war noch eine Fortbildungsveranstaltung besuchte. Er hatte sich gut mit ihm verstanden. Sie hatten sich intensiv unterhalten.

Er hatte seinen Landy durch eine Autowaschstraße gefahren, was er seit langem nicht mehr gemacht hatte, normalerweise wartete er auf den nächsten Regen.

Wenn Emilio seine vielfältigen Aktivitäten Revue passieren ließ, erschien ihm vieles logisch, manches sogar zwingend notwendig, aber einiges doch ziemlich irrational – was er damit entschuldigte, dass er einen Schlag auf den Kopf bekommen hatte. Er sah auf die Uhr und stellte fest, dass er langsam aufbrechen musste. In einer halben Stunde hatte er einen Termin. Diesmal wollte er pünktlich sein. Er führte noch ein Telefonat, dann fuhr er los.

* * *

Als Baron Emilio von Ritzfeld-Hechenstein beim Ansitz von Professor Puttmenger vorfuhr, stellte er zunächst fest, dass das schmiedeeiserne Tor zum Anwesen offen stand, sich nach seiner Durchfahrt aber automatisch hinter ihm schloss. Dann wunderte er sich über den Fiat Cinquecento, der anstelle des roten Ferrari auf dem gewohnten Parkplatz stand. Emilio stieg aus, setzte seine antiquierte Sonnenbrille auf, nahm seinen Gehstock und ging zur Eingangstür. Dabei humpelte er so stark wie schon lange nicht mehr. Es taten ihm heute wieder mal gleich beide Knie weh und zudem der linke Knöchel. Die Schulter schmerzte sowieso und auch das Handgelenk.

Puttmenger öffnete die Tür und begrüßte ihn mit einem angedeuteten Lächeln. Er freue sich über den Besuch, sagte er, schließlich habe er dem Baron einiges zu verdanken.

Ob der Ferrari in der Werkstatt sei, fragte Emilio, auf den kleinen Fiat deutend.

Nein, antwortete Puttmenger, der Ferrari sei ihm gestohlen worden. Der Dieb habe seine Visitenkarte dagelassen. Der Professor führte seinen Gast ins Wohnzimmer, wo auf dem Tisch eine Dose Katzenfutter stand. Diese habe er anstelle des Ferrari auf dem Parkplatz vorgefunden, berichtete Puttmenger. Damit wäre wohl alles klar, oder?

Emilio musste grinsen, stimmte ihm zu und sagte, dass Marco einen seltsamen Humor habe. Vermutlich habe er nach einem geeigneten Fluchtfahrzeug gesucht. Wenn es der Professor wünsche, könne er der Polizei den Namen des Mannes geben und ihn zur Fahndung ausschreiben lassen. Aber das sei ganz alleine seine Entscheidung.

Nein, nein, wiegelte Puttmenger ab. Der Ferrari sei gut versichert, der Diebstahl zur Anzeige gebracht, und in wenigen Wochen käme ein neues Modell auf den Markt, das habe er bereits bestellt. Er hoffe nur, dass er diesen Kleinkriminellen damit endgültig vergessen könne, er habe die Schnauze gestrichen voll.

Er glaube, dass sie von dem Mann nie mehr was hören würden, sagte Emilio. Vielleicht würde man mal in der Zeitung lesen, dass ein gestohlener Ferrari irgendwo in Italien mit überhöhter Geschwindigkeit von der Straße abgekommen und der Fahrer ums Leben gekommen sei, spekulierte er. Darüber würde er sich nicht wundern, denn Marco sei ein unbeherrschter Hitzkopf, das habe er erst vor kurzem am eigenen Leibe erfahren.

Puttmenger bot seinem Gast einen Sessel an. «Sie sind ihm noch einmal begegnet?», fragte er.

«Ja, leider. Er hat versucht, mich umzubringen.»

«Was ihm offenbar nicht gelungen ist», stellte Puttmenger fest, der sich in einen antiken Lehnstuhl setzte und ein Zigarillo anzündete. «Gott sei Dank haben Sie überlebt», fuhr er fort, «sonst hätte ich mir noch Vorwürfe gemacht, dass ich Sie mit meinem Auftrag in Gefahr gebracht habe.»

«Sie hätten sich Vorwürfe gemacht?», wiederholte Emilio seine Worte. «Das glaube ich nicht!»

Puttmenger sah ihn erstaunt an. «Wie bitte? Sie glauben mir nicht? Wie darf ich das verstehen?»

Emilio lächelte. «So, wie ich es gesagt habe. Ich glaube nicht, dass Sie sich so leicht Vorwürfe machen und von Gewissensbissen geplagt werden. Jedenfalls schätze ich Sie so ein.»

«Da haben Sie insofern recht, als es dafür selten Anlässe

gibt. Meine Patienten und Patientinnen sind unisono mit meiner Leistung ausgesprochen zufrieden. Warum sollte ich mir also Vorwürfe machen?»

«Ich dachte dabei weniger an Ihre Arbeit. Aber egal, ich bin hier, weil ich Sie noch einmal zu einem Foto befragen möchte.» Emilio entnahm der Jackentasche ein Bild mit der Drag Queen aus Verona. «Ich habe Sie schon mal nach dieser Königin der Nacht gefragt, bestimmt erinnern Sie sich. Ihre Antwort war, dass Sie diese Dame nicht kennen, korrekt?»

Für einen kurzen Moment registrierte Emilio bei seinem Gegenüber ein nervöses Zucken der Augen, dann wirkte Puttmenger wieder völlig kontrolliert. «Da haben Sie recht, ich kenne die Person nicht. Was wenig überraschend ist, denn ich bewege mich nun mal nicht in dem entsprechenden Milieu.»

Emilio spielte mit seinem Gehstock. «Nicht im entsprechenden Milieu? Sind Sie sich da sicher? Immerhin hat Sie der Erpresser mit einer scharfen Nutte fotografiert.»

Puttmenger hüstelte verlegen. «Nun ja, aber ein Bordell ist was anderes als die Transenszene.»

«Das ist wirklich schade», sagte Emilio, «ich war zuversichtlich, dass Sie mir weiterhelfen können.»

«Warum sind Sie an dieser bizarren Schönheit so interessiert?», fragte der Professor.

Emilio zögerte die Antwort hinaus. «Weil ich glaube, dass die Person Niki umgebracht hat», ließ er schließlich die Bombe platzen.

Diesmal fiel das Zucken heftiger aus. Aber dann hatte Puttmenger sich wieder im Griff. «Tatsächlich? Das kann ich nicht glauben. Warum sollte diese Drag Queen unseren Niki umbringen? Nein, das macht keinen Sinn.»

«Doch, doch, das macht es schon», sagte Emilio, «abgesehen davon, dass ein Mord nie wirklich Sinn macht. Nur schade, dass Sie mir keinen Hinweis auf die Identität geben können.»

«Das ist mit Sicherheit niemand, der in meiner Klinik operiert wurde», schloss Puttmenger diese Möglichkeit aus, «davon wüsste ich.»

«Nein, das ganz bestimmt nicht. Trotzdem glaube ich, dass die Drag Queen in Ihrer Klinik ein- und ausgeht.»

«So ein Blödsinn», widersprach Puttmenger erregt. «Ich sagte doch bereits: Ich habe sie nie gesehen!»

Emilio beugte sich nach vorne, sah ihn scharf an und fragte mit gefährlich leiser Stimme: «Noch nie gesehen? Auch nicht im Spiegel?»

Aus Puttmengers Gesicht wich die Farbe, er drückte den Zigarillo im Aschenbecher aus, die mühsam aufrechterhaltene Fassade der Gelassenheit brach zusammen. «Im Spiegel?», brauste er auf. «Was wollen Sie damit andeuten? Sind Sie von allen guten Geistern verlassen?»

«Es macht doch sicher viel Arbeit, sich so zu schminken. Die künstlichen Wimpern, diese unglaublichen Lidschatten. Ein kleines Kunstwerk. Dazu die blonde Perücke. Um so auszusehen, müssen Sie lange vor dem Spiegel stehen.»

«Sie sind verrückt. Dieser Transvestit auf dem Foto, das bin doch nicht ich!» Puttmenger sprang auf, fuchtelte aufgeregt mit den Armen herum. «Wie können Sie so etwas behaupten?»

Emilio blieb ruhig sitzen. «Weil mir das unser Freund Marco ins Ohr geflüstert hat. Er hat gesagt, dass er Sie mit diesen Fotos erpresst hat.»

«Blödsinn. Sie haben doch selbst die Fotos mit der Nutte gesehen, damit hat er mich erpresst.»

«Nein, hat er nicht. Auf diesen Fotos, das sind nicht Sie, sondern das Gemeinderatsmitglied Armin Rottenthaler, das habe ich mittlerweile in Erfahrung gebracht. Ziemlich unscharf und nur schwer zu erkennen. Marco hat mir gesagt, dass Sie die Drag Queen auf dem Foto sind. Damit hat er Sie erpresst. Wie übrigens schon Niki, vor über zehn Jahren, aber dazu kommen wir später.»

Puttmenger baute sich vor Emilio auf, die Fäuste aggressiv in die Hüften gestützt. «Und Sie glauben diesem Kerl den Schwachsinn? Ich hätte Sie für intelligenter gehalten.»

Emilio blieb unbeeindruckt und spielte mit seinem Gehstock. «Erstens hatte Marco ein Messer an der Gurgel, da spricht man normalerweise die Wahrheit. Zweitens habe ich mir die Fotos daraufhin genauer angeschaut. Auf der Website Ihrer Klinik ist ein großes Porträtfoto von Ihnen, sehr schön, mit umgehängtem Stethoskop. Wenn man die Bilder vergleicht, fällt es einem wie Schuppen von den Augen. Marco hatte recht, die Drag Queen, das sind Sie.»

Puttmenger ging einige Schritte durchs Zimmer, lehnte sich an eine Kommode. Er schien seine Erregung in den Griff zu bekommen. «Angenommen, das wäre so», sagte er mit kontrollierter Stimme, «sich zu verkleiden und seinen Spaß zu haben, ist nicht strafbar.»

«Da stimme ich Ihnen zu. Aber was würde wohl Ihre konservative Klientel zu der von Ihnen bevorzugten Freizeitgestaltung sagen? All die Damen aus Bozens besserer Gesellschaft? Wären Sie immer noch der Arzt ihres Vertrauens? Und Ihre Frau? Weiß sie Bescheid? Eine Scheidung kann eine sehr hässliche, teure Angelegenheit sein.»

«All das ist schon lange her», sagte Puttmenger leise.

«So lange nun auch wieder nicht. In Verona kann man sich noch gut an Sie erinnern.»

«In Verona? Sie waren dort?»

Emilio nickte. «Ja, das war ich. Sie haben dort noch immer Ihre Fans.»

«Warum schnüffeln Sie in meinen Angelegenheiten herum?», schrie Puttmenger. «Ich habe Sie für Ihre Hilfe bezahlt. Warum hauen Sie nicht einfach ab?»

«Würde ich gerne. Aber ich suche noch immer Nikis Mörder.»

«Na und?»

Emilio deutete mit seinem Gehstock auf den Professor. «Jetzt habe ich ihn gefunden. Deshalb bin ich hier.»

Puttmenger kniff die Augen zusammen. «Das glauben Sie wirklich?»

«Definitiv. Sie sind Niki mit der blonden Perücke als Frau verkleidet auf den Berg nachgestiegen und haben ihn vom Gipfelkreuz in den Abgrund gestoßen.»

«Sie sind ja geistig umnachtet!»

«Es gibt einen Zeugen, der hat Sie am Berg gesehen, auch wie Sie mit Nikis gelbem Rucksack wieder zurück ins Tal marschiert sind.»

«Einen Zeugen? Das glaube ich nicht. Da war keine Menschenseele …»

«Sprechen Sie nur weiter. Sie meinen, da war keine Menschenseele zu sehen. Sie haben sich unbeobachtet gefühlt. Irrtum. Es war jemand da. Aber er hat bis heute geschwiegen und nur mir davon erzählt.»

«Was hat er Ihnen erzählt? Dass Niki von einer blonden Frau umgebracht wurde?» Puttmenger lachte schrill.

«Aber Sie und ich wissen, wer sich hinter dieser blonden Frau verbirgt.»

«Nur wir beide? Das ist doch wunderbar.» Mit einer schnellen Bewegung riss Puttmenger die oberste Schublade der Kommode auf – schon hielt er eine Pistole in der Hand und richtete diese auf Emilio. «Keine Bewegung. Bleiben Sie ganz ruhig sitzen.» Wieder lachte er. «Ich geb's zu. Sie haben richtig kombiniert, Kompliment. Aber Sie haben die Folgen nicht bedacht. Ich werde Sie nämlich erschießen.»

Emilio war nicht anzusehen, ob ihn die Pistole einschüchterte. Er wirkte äußerlich völlig gelassen.

«Bevor Sie das tun, könnten Sie mir noch erzählen, warum Sie Niki umgebracht haben. Weil er von Ihrem Doppelleben wusste und Sie damit erpresst hat, stimmt's?»

«Das hätte der Wichser mal besser seinlassen», sagte Puttmenger, der mit der Pistole unablässig auf Emilios Kopf zielte. «Ich war mir zunächst gar nicht sicher, ob er es war. Denn ursprünglich hat mich ein anderer kontaktiert. Wahrscheinlich diese Kanalratte. Wie sagten Sie, war sein Name?»

«Marco.»

«Richtig, aber dann hat Niki die Nummer selber übernommen und wollte mir die Bedingungen diktieren.»

«Marco wurde aus dem Verkehr gezogen, er musste ins Gefängnis, wegen einer anderen Sache.»

«Ins Gefängnis? Ich erinnere mich, Sie haben es schon mal erwähnt. Sein Glück, sonst hätte ich diesem Marco die Birne weggeblasen. Jedenfalls habe ich dem Erpresser damals die Botschaft zukommen lassen, dass er sich das Geld am Gipfelkreuz abholen kann, alternativ könne er sich die Fotos in den Arsch schieben.»

«Der Erpresser, von dem Sie vermuteten, dass es Niki war.»

«Genau. Aber warum erzähle ich Ihnen das? Das alles geht Sie einen Scheißdreck an.»

«Sie können es auch seinlassen. Aber es ist schon egal, Sie töten mich doch sowieso.»

«Wieso nehmen Sie das so stoisch hin? Glauben Sie mir nicht?»

«Doch, natürlich glaube ich Ihnen», antwortete Emilio, «immerhin hatten Sie auch bei Niki keine Skrupel. Aber ich wollte mich schon einige Male selber umbringen. So toll finde ich das Leben nicht. Dann ist es halt heute vorbei. Sie leisten sozusagen aktive Sterbehilfe. Ich hoffe nur, dass Sie ein guter Schütze sind, ich möchte nämlich nicht leiden. Mir wäre wohler, wenn Sie etwas näher kämen, damit Sie mich mitten im Kopf treffen.»

«Sie sind ja völlig wahnsinnig», sagte Puttmenger.

«Das haben wir gemeinsam», stellte Emilio fest. «Sie sind Niki also hinterhergestiegen», fuhr er fort, «verkleidet als Frau und mit der blonden Perücke, zur Tarnung, falls Sie gesehen werden. Und wie ging's dann weiter?»

«Wie konnte Niki so blöd sein und glauben, dass das Geld wirklich am Gipfelkreuz hängt? Ich habe ihn dort eingeholt und zur Rede gestellt. Das Weichei hat sich doch tatsächlich entschuldigt, aber gesagt, dass er das Geld dringend brauche. Wahrscheinlich, um seine fixe Idee zu realisieren und ein Weingut zu kaufen. Plötzlich hat er diese Pistole aus seiner Jacke gezogen und mich bedroht.»

«Tod oder Reben», flüsterte Emilio.

«Wie bitte? Jedenfalls ist er da an den Falschen geraten. Ich habe ihm die Waffe aus der Hand geschlagen, den Rucksack entrissen und ihm einen kräftigen Tritt in den Hintern gegeben. Dann hat er seinen Abflug gemacht. Das hatte ich sowieso vor.»

«Dann war es kein Unfall, sondern vorsätzlicher Mord.»

«Na klar, was dachten Sie?»

«Armes Schwein.»

«Niki hätte sich vorher überlegen sollen …»

«Nein, mit dem armen Schwein meinte ich Sie», unterbrach ihn Emilio. «Dann sind Sie mit seinem Rucksack zurück ins Tal. Zum Glück hatte er seine Autoschlüssel nicht in der Hosentasche. Also haben Sie sich seinen Porsche geschnappt und ihn zurück nach Bozen gebracht. Später haben Sie auch noch Ihr eigenes Auto abgeholt. War es so?»

«Sie haben hellseherische Fähigkeiten. Ja, so war es. Der Schwachkopf hatte tatsächlich die belastenden Fotos im Rucksack, und einen Speicherchip.»

«Von dem es natürlich eine Kopie gab, wie sich jetzt herausgestellt hat.»

«Das ist ja die Scheiße mit den Digitalkameras. Früher konnte man die Negative zerstören, basta.»

«Marco ist vor kurzem aus dem Gefängnis entlassen worden. Nikis alter Komplize hat sich das Belastungsmaterial beschafft und einfach dort weitergemacht, wo Niki vor zehn Jahren aufgehört hat.»

«Ja, so wird es gewesen sein. Jetzt würde ich doch gerne den Nachnamen von diesem Arschloch wissen.»

«Warum?»

«Weil Sie gleich tot sind, dann kann ich Sie nicht mehr fragen.»

«Marco Postifachione», sagte Emilio.

«So, genug geplaudert», sagte Professor Puttmenger, «jetzt muss ich Sie leider von Ihrem irdischen Dasein erlösen.»

«Tun Sie sich keinen Zwang an, aber kommen Sie bitte etwas näher. Ich möchte vermeiden, dass Sie nicht richtig treffen. Wie gesagt, ich leide nicht gerne.»

«Keine Sorge. Ich war mal im Sportschützenverein.» Puttmenger gab ihm mit der linken Hand ein Zeichen. «Stehen Sie auf, ganz langsam! Keine unbeherrschte Bewegung!»

«Warum erschießen Sie mich nicht im Sitzen? Ich fand das bequem.» Emilio stützte sich auf seinen Stock und richtete sich ächzend auf.

«Sie müssten dringend zum Psychiater», stellte Puttmenger fest, «Sie sind massiv geistesgestört. Aber das hat sich in Kürze erledigt. Sie gehen jetzt vor mir her, nach links, zur Treppe in den Weinkeller. Das ist ein guter Platz zum Sterben, da hört keiner den Schuss, und er lässt sich gut reinigen.»

«Ihr Weinkeller? Ich erinnere mich, sehr beeindruckend. Der Blauburgunder, den Sie bei meinem ersten Besuch aufgemacht haben, hatte übrigens einen unangenehmen Beigeschmack. Haben Sie das nicht bemerkt?»

«Die Flasche von Niki, *for friends only*?»

«Ganz richtig. Aber vielleicht lag es daran, dass Sie als sein Mörder nicht wirklich zu seinen Freunden zählten.»

«Guter Scherz. Aber der Wein war tadellos. So, jetzt gehen Sie ganz langsam die Stufen herunter. Ich bin direkt hinter Ihnen und ziele genau auf Ihren Hinterkopf. Denken Sie noch an ein paar schöne Dinge. Gleich wird es vorbei sein.»

Emilio blieb auf der Treppe stehen und hielt sich am Geländer fest. «Habe ich einen letzten Wunsch?», fragte er, ohne sich umzudrehen.

«Kommt darauf an.»

«Darf ich mir unten einen Wein aussuchen, an dem ich noch einmal riechen und von dem ich einen letzten Schluck nehmen kann?»

Puttmenger lachte schrill. «Nein, das dürfen Sie nicht. Das wäre rausgeschmissenes Geld. Außerdem dauert mir das jetzt alles viel zu lang.»

«Sie schlagen mir meinen letzten Wunsch aus? Das nehme ich Ihnen persönlich übel.»

«Weitergehen!», herrschte ihn Puttmenger an.

Emilio ließ das Geländer los und stieg die weiteren Stufen hinab. Er konstatierte, dass man sich im Leben nie auf andere verlassen sollte. Und er hatte das ungute Gefühl, dass ihm nicht mehr viel Zeit blieb. Er dachte an seinen unfreiwilligen Sturz in der Apfelplantage, der ihm bei Marcos Angriff das Leben gerettet hatte. Emilio täuschte ein Straucheln vor, dabei drehte er sich mit erstaunlicher Geschwindigkeit um die eigene Achse, von schräg unten schlug er mit dem Gehstock nach Puttmengers Hand und der Waffe. Ein Schuss löste sich, die Pistole flog durch die Luft. Emilio konnte sich nicht halten und stürzte auf den harten Boden des Weinkellers, wo er versuchte, sich abzurollen. Aus den Augenwinkeln sah er, wie Puttmenger mit einem wütenden Schrei über ihn hinwegsprang. Oben im Haus war Lärm zu hören. Scheiben wurden eingeschlagen. Emilio versuchte, sich aufzurichten. Da sah er, wie Puttmenger plötzlich wieder die Pistole in der Hand hielt und auf ihn zielte. Aber Emilio hatte bereits seinen Degen aus dem Gehstock gezogen. Ohne auch nur eine Sekunde zu zögern, stieß er zu. Puttmenger drückte ab, die Kugel verfehlte Emilio und schlug im ersten Weinregal ein, dort, wo er seinen besten Lagrein gelagert hatte. Der Professor sah erstaunt auf seinen Brustkorb, der von einer langen Klinge durchbohrt war. Er spuckte Blut, ein weiterer Schuss löste sich. Emilio brachte sich robbend hinter einer Mauer in Sicherheit. Puttmenger zitterte, seine Beine wurden schwach, die Pistole entglitt ihm. Erneut blickte er ungläubig auf den Degen in seiner Brust. Sein Atem rasselte. Dunkle Gestalten in der Kampfmontur eines Sondereinsatzkommandos stürmten die Treppe herunter. Bevor Professor Falko Puttmenger stürzen konnte, wurde er überwältigt. Dann war alles vorbei.

* * *

«Sie sind verdammt spät gekommen», stellte Emilio fest, der in der Mitte des Wohnzimmers stand und gerade durch einen Spezialisten vom versteckten Mikrophon und der kleinen Sendeeinheit befreit wurde.

«Tut mir leid», sagte Kriminalrat a.D. Luis Gamper. «Aber wir hatten technische Probleme, und bei der Sondereinheit der Carabinieri gab es ein Missverständnis mit dem Zeitplan. Aber ist ja gerade noch mal gutgegangen.»

«Für mich schon, hätte aber auch schiefgehen können, da hat nicht viel gefehlt. Wie geht es dem Professor?»

«Nicht gut. Wenigstens war der Notarzt pünktlich.»

«Wäre besser gewesen, wir hätten ihn nicht gebraucht.»

Neben Gamper stand als offizieller Leiter der Aktion der Chef von Emilios Cappuccino-Bekanntschaft aus der Quästur. «Wir sind froh, dass Ihnen nichts passiert ist. Wir haben jedes Wort verstanden und alles aufgezeichnet, auch Professor Puttmengers Geständnis, dass er Niki vorsätzlich umgebracht hat.»

«Mord verjährt nicht», sagte ein Mann im Anzug, der sich zuvor als Staatsanwalt vorgestellt hatte.

«Mein Kompliment», sagte Gamper zu Emilio, «Sie haben Nerven wie Drahtseile.»

«Das täuscht», erwiderte Emilio, «ich hatte sogar beschissene Angst, aber ich kann meine wahren Gefühle gut verbergen, das hilft. Leider ist Puttmenger meiner Aufforderung nicht gefolgt, näher zu treten, damit wäre er in die Reichweite meines Stocks gekommen.»

«Die Fahndung nach Marco Postifachione läuft bereits», sagte der Kommissar aus Bozen.

Emilio versuchte zu lächeln. «Einen Marco Postifachione werden Sie nicht finden.» Dann nannte er den richtigen Namen und auch die Adresse von Marcos Schwester in Lana. «Aber ich denke, er ist längst über alle Berge.»

«Wenn er den Ferrari behält, kriegen wir ihn.»

«Kann sein. Diese Dummheit traue ich ihm zu.»

«Selbstredend wird Ihre Selbstverteidigung kein juristisches Nachspiel haben», sagte der Staatsanwalt. «Schließlich haben wir Sie erst in diese missliche Situation gebracht.»

«Ja, das hätte böse ins Auge gehen können. Übrigens hätte ich gerne meinen Gehstock wieder, mit allem, was dazugehört.»

«Natürlich, obwohl solche Stöcke verboten sind. Das wissen Sie?»

«Nein, das wusste ich nicht», spielte Emilio den Überraschten. «Es bleibt bei unserer Vereinbarung?»

«Dass Ihr Name im Protokoll unerwähnt bleibt, ja natürlich, dabei bleibt es.»

Emilio setzte sich auf einen Stuhl und massierte sich sein

Handgelenk. Am Ellbogen hatte er einen Verband. Kopf und Schulter taten weh. Zog er die weiteren Verletzungen der letzten Zeit in Betracht, kam er zur Einschätzung, dass er kurz vor der Verschrottung stand. Er sah hinüber zum Esstisch, wo die Flasche Lagrein Riserva stand, die er aus Puttmengers Weinkeller mitgenommen hatte. «Verstößt es gegen die Dienstbestimmungen, wenn wir die Flasche öffnen und ein Glas trinken?», fragte er.

«Ich bin im Ruhestand», sagte Gamper, «mich kann man nicht belangen. Wo sind hier Gläser und ein Korkenzieher?»

Der Staatsanwalt lachte. «Die Flasche haben Sie gewiss persönlich mitgebracht», sagte er zu Emilio.

«Selbstverständlich. Wenn mich jemand erschießen möchte, bringe ich als Präsent immer eine Flasche mit. Das ist eine alte Familientradition.»

* * *

Stunden später wurde Baron Emilio von Ritzfeld-Hechenstein, der im Schatten einer Pergola auf einer Liege lag, von zwei Damen betreut. Die eine war an Jahren deutlich älter und roch nach einem Parfum, das längst aus der Mode war. Die andere sah Emilio aus hellblauen Augen an und wusste nicht so recht, wie sie sich verhalten sollte.

Theresa dankte Emilio, dass er den Mörder ihres Sohnes zur Strecke gebracht hatte. Sie habe all die Jahre gespürt, dass Niki keinen Unfall gehabt habe. Und sie habe fest daran geglaubt, dass Emilio die Wahrheit herausfinden würde. Niki würde dadurch nicht wieder lebendig, aber jetzt könne sie ihren Seelenfrieden finden.

Emilio verzog das Gesicht. Er grummelte, dass so wenigstens Theresa dem versauten Tag etwas Gutes abgewinnen könne. Er selbst sei dagegen ziemlich frustriert. Die bescheuerte Aktion mit dem versteckten Mikrophon wäre nicht nötig gewesen. Es ärgere ihn, dass ihn erst eine Knalltüte wie Marco auf die richtige Spur gebracht habe. Da hätte er wirklich von alleine und vor allem viel früher draufkommen müssen. Dann hätte es dieses Affentheaters von heute nicht bedurft. Mit etwas mehr Intelligenz hätte er einen diskreteren Weg gefunden und den Professor nicht aufspießen müssen wie ein Schaschlik.

Phina sagte, dass sie Puttmenger noch nie gemocht habe, aber sie wäre nicht im Traum darauf gekommen, dass der smarte Professor ein Doppelleben führte und zudem Niki umgebracht haben könnte.

Deshalb sei sie ja Winzerin, stellte Emilio fest, und keine Detektivin. Von ihr würde das niemand erwarten, von ihm aber schon – jedenfalls stelle er selbst an sich diesen Anspruch. Statt sich auf Puttmenger zu konzentrieren, habe er lange Zeit Phina in Verdacht gehabt, so blöd müsse man erst mal sein.

In diesem Punkt stimmte ihm Phina zu. Dann fiel ihr ein, dass vorhin ein Kriminalrat namens Gamper angerufen habe, sie solle Emilio ausrichten, dass Puttmenger nach Einschätzung der Ärzte überleben würde.

Das zumindest sei eine gute Nachricht, sagte Emilio. Er habe noch nie jemanden umgebracht, und er wolle nicht im schönen Südtirol damit beginnen.

Theresa schüttelte entgeistert den Kopf. Man stelle sich vor, ein ehrenwerter Professor, der in Frauenkleidern anderen Männern hinterhersteige, das hätte es früher nie gegeben. Das alles könne sie nicht verstehen, das sei nicht ihre Welt.

Emilio sagte, dass sie sich da mächtig täuschen würde, das habe es schon immer gegeben und in allen Kulturen. Mörder übrigens auch. Bei Puttmenger jedenfalls sei nach außen alles viel zu perfekt und glatt gewesen, solche Menschen hätten meist ein Geheimnis. Und hätte er sich das Foto der Drag Queen genauer angeschaut, hätte der Groschen fallen müssen. Aber nein, er habe Tomaten auf den Augen gehabt und den Intellekt einer Küchenschabe. Deshalb sei er ja so sauer.

Theresa und Phina widersprachen ihm heftig und meinten, dass er jetzt wohl endgültig spinne.

Er habe keine Lust, darüber zu diskutieren, sagte Emilio. Es sei sein gutes Recht, sich für einen Idioten zu halten. Er zeigte ein angedeutetes Lächeln. Natürlich stehe diese Einschätzung nur ihm selbst zu, er erwarte von anderen keine Zustimmung – das wäre ja noch schöner. Emilio schloss die Augen und gähnte. Nach Stresssituationen überfalle ihn oft eine bleierne Müdigkeit, erklärte er mit leiser Stimme. Die vergangenen Stunden hätten ihn über die Maßen angestrengt, auch habe ihn die Möglichkeit seines vorzeitigen Ablebens stärker beunruhigt als erwartet. Er würde jetzt gerne alleine sein und etwas schlafen. Zum Abendessen könne man ihn wecken. Er hätte Lust auf Phinas sensationelle Spinatknödel mit frisch darübergehobeltem Parmesan. Dazu ein Glas von ihrem besten Wein. Er murmelte noch etwas, das kaum zu verstehen war. Für Phina hörte es sich an wie: «Blauburgunder!»

Epilog

Der große Auerhahn war an Jahren alt geworden, aber immer noch ein prächtiger Vogel. Der grüne Schimmer seiner Brust hatte etwas an Glanz verloren, aber wenn er seinen Schwanz fächerte und sich bei der Balz ins Zeug legte, dann war er eine Zierde seiner Spezies. Er lebte unverändert in dem Tal unter der steilen Felswand. Zu seinem Missfallen hatte die Zahl der Wanderer zugenommen. Wenn er ihre nahenden Geräusche hörte, zog er sich ins Unterholz zurück. Aber die meiste Zeit blieb er ungestört. Seine Flüge durch das Tal fielen nicht mehr so lang aus wie noch vor zehn Jahren. Auch hatte er nie mehr ein rotes Bündel mit einem unangenehmen Geruch entdeckt. Das war gut so, darauf konnte er verzichten. Jetzt saß er im Geäst seines Lieblingsbaumes und döste vor sich hin. Es war nicht nötig, besonders wachsam zu sein, schließlich hatte er keine ernstzunehmenden Feinde. Deshalb entging ihm, dass schon seit langem hinter einem dichten Busch ein Mann in Deckung lag und ihn fortwährend beobachtete. Steff hatte das häufig getan, seit er in Begleitung des Barons den Vogel entdeckt hatte. Aber heute hatte der Bergführer nicht nur sein Fernglas dabei, sondern auch ein Jagdgewehr. Es scherte ihn nicht, dass Auerhähne in Italien ganzjährigen Schutz genossen. Er hatte das Gewehr auf seinem Rucksack aufgelegt und den Auerhahn genau im Visier. Es war windstill, und Steff war ein erfahrener Jäger. Langsam krümmte er den Zeigefinger. Da die Kugel schneller flog als der Schall, hörte der Auerhahn sein Ende nicht nahen. Plötzlich war er tot!

Anhang

Um es gleich zu sagen: Dieser Anhang soll keinen Wein- oder Restaurantführer für Südtirol ersetzen. Er hat weder den Anspruch auf eine umfassende Darstellung, noch bemüht er sich in der Auswahl um Objektivität. Vielmehr stellt er einige Adressen vor, die bei einer weinaffinen und kulinarisch geprägten Reise als erste Orientierung dienen können – dem Thema und der Handlung folgend unter Aussparung der großartigen Bergwelt der Dolomiten. Den Leser(inne)n kann nur empfohlen werden, auf eigene Erkundungsreise zu gehen. Südtirol ist für Menschen, die gerne essen und Wein trinken, ein Reiseziel voller lustvoller Entdeckungen.

Weine

Südtirol ist die nördlichste Weinregion Italiens. Weingeografisch kann man sich an einem Ypsilon orientieren: rechts oben der Schenkel mit dem Eisacktal bzw. Valle Isarco (u.a. Brixen und Klausen). Links oben vom Reschenpass kommend das westliche Etschtal (Vinschgau, Meran). Im Schnittpunkt Bozen (mit dem Magdalener Hügel). Und nach unten bzw. Süden auf der Landkarte links die Region Überetsch mit der berühmten Weinstraße (Strada del Vino) und Orten wie Eppan und Kaltern. Rechts parallel verlaufend und durch eine Hügelkette getrennt das tiefer liegende Unterland.

Charakterisiert wird Südtirol durch die Gegensätze der Alpen im Norden und dem mediterranen Einfluss vom Süden. Obwohl Südtirol eine der kleinsten Weinbauregionen Italiens ist, ist es aufgrund der klimatischen Besonderheiten, der unterschiedlichen Höhen-, Hügel- und Steillagen sowie Sonnenexpositionen, aufgrund der vielfältigen Böden (z.B. vulkanischer Porphyr, Quarz, Kalk, Dolomitgestein) und mit rund 5000 Weinbauern außerordentlich abwechslungsreich. Hinzu kommen große Temperaturunterschiede zwischen Tag und Nacht – was sich häufig qualitätssteigernd auswirkt.

Neben den autochthonen (in Südtirol heimischen) Rebsorten Vernatsch, Gewürztraminer und Lagrein, haben in Südtirol auch viele internationale Trauben (wie Blau- und Weißburgunder, Sauvignon, Cabernet und Merlot) eine lange Tradition. Insgesamt sind 20 verschiedene Rebsorten für Qualitätsweine (DOC) zugelassen.

Nach der Vernatsch-Krise in den 70er Jahren hat sich das Weinland Südtirol neu orientiert und eine großartige Karriere absolviert. Es hat die größte Dichte an DOC-Weinen in ganz Italien. Die weißen Reben haben heute einen Anteil von deutlich über fünfzig Prozent. Gleichzeitig gibt es eine Rückbesinnung auf traditionelle Rotweine wie den Lagrein, der über ein erstaunliches Potenzial verfügt.

Arunda Sektkellerei

Gilt als führende Sektkellerei Südtirols, hoch gelegen zwischen Bozen und Meran (über 1000 Meter), klassische Flaschengärung. Inhaber: Josef Reiterer.

Weinempfehlungen: Arunda Cuvée Marianna, Arunda Extra Brut Millesimato, Arunda Excellor, Arunda Talento Brut u. a.

39010 Mölten, Prof.-Josef-Schwarz-Straße 18, Tel. 0471 668033, info@arundavivaldi.it, www.arundavivaldi.it

Baron di Pauli

Der Kellerei Kaltern (s. dort) angegliedertes, traditionsreiches Weingut der Familie Baron di Pauli.

Weinempfehlungen: Gewürztraminer Exilissi, Weißweincuvée Enosi, Kaltererses Kalkofen, Cabernet-Merlot Arzio u. a.

39052 Kaltern a. d. Weinstraße, Kellereistraße 12, Tel. 0471 963696, info@barondipauli.com, www.barondipauli.com

Blauburgunder

Der Blauburgunder bzw. Pinot Nero ist synonym mit dem französischen Pinot Noir (mit seiner Heimat im Burgund) und dem deutschen Spätburgunder. Die anspruchsvolle Rebsorte wird in Südtirol schon seit Generationen kultiviert und findet in entsprechenden Lagen (z. B. auf Kalkböden) ideale Bedingungen.

Kellerei Bozen

Große Genossenschaftskellerei (Zusammenschluss von Sankt Magdalena und Gries), die hochklassige und vielfach ausgezeichnete Weine hervorbringt.

Weinempfehlungen: Lagrein Taber Riserva, Chardonnay Kleinstein, Sauvignon Mock, Sankt Magdalener Huck am Bach u. a.

39100 Bozen, Grieser Platz 2, Tel. 0471 270909,
info@kellereibozen.com, www.kellereibozen.com

Brigl, Josef

Das Weingut hat eine lange Tradition (bis ins 14. Jhdt.) und ausgezeichnete Lagen, die Weine sind entsprechend bekannt.

Weinempfehlungen: Lagrein Briglhof Riserva, Pinot Nero Kreuzbichler, Sauvignon u. a.

39057 Sankt Michael / Eppan, Tel. 0471 662419,
brigl@brigl.com, www.brigl.com

Castel Sallegg

Vom hochherrschaftlichen Familiensitz des Grafen von Kuenburg kommt nicht nur vorzüglicher Kalterersee und Lagrein.

Weinempfehlungen: Kalterersee Bischofsleiten, Moscato Giallo (Rosenmuskateller), Sauvignon, Lagrein Riserva, Lagrein Rosé u. a.

39052 Kaltern, Unterwinkl 15, Tel. 0471 963132, info@castelsallegg, www.castelsallegg.it

Dipoli, Peter

Als Südtiroler Winzer von prägendem Einfluss, erzeugt Peter Dipoli aufsehenerregende Weine mit viel Charakter.

Weinempfehlungen: Sauvignon Voglar, Merlot Fihl, Rotweincuvée Yugum u. a. Sehenswerter Weinkeller.

39044 Neumarkt, Villnerstraße 5, Tel. 0471 813400, www.peterdipoli.com

DOC

Die kontrollierte Ursprungsbezeichnung DOC ist die Abkürzung für «Denominazione di Origine Controllata». Nirgendwo in Italien gibt es einen höheren Anteil an DOC-Weinen an der gesamten Weinproduktion einer Region: Über 98 Prozent aller Südtiroler Weine sind DOC-Weine.

Eisacktaler Kellerei

Die noch relativ junge Eisacktaler Genossenschaftskellerei hat einen ausgezeichneten Ruf v. a. bei Weißweinen, die in der Spitze unter «Aristos» firmieren. Kellermeister: Thomas Dorfmann.

Weinempfehlungen: Sylvaner Aristos, Kerner, Veltliner und Riesling Aristos, Gewürztraminer Passito Nectaris, Dominus (rot und weiß) u. a.

39043 Klausen, Leitach 50, Tel. 0472 847553, info@eisacktalerkellerei.it, www.eisacktalerkellerei.it

Erste + Neue

Der Name deutet nicht darauf hin, dass es sich auch hier um eine Genossenschaftskellerei handelt, zudem um eine besonders große. Im reichhaltigen Sortiment sind die Puntay-Weine hervorzuheben, die in Holzfässern ausgebaut sind. Sehenswerter Barrique-Keller.

Weinempfehlungen: Puntay Sauvignon, Puntay Lagrein Riserva, Prunar Pinot Bianco, Puntay Kalterersee Classico Superiore u. a.

39052 Kaltern a. d. Weinstraße, Tel. 0471 963122, info@erste-neue.it, www.erste-neue.it

Genossenschaftskellereien

In Südtirol gibt es rund 5000 Weinbauern, die im Durchschnitt kaum mehr als einen Hektar Rebfläche bewirtschaften. Aufgrund dieser kleinteiligen Struktur haben sich traditionell viele der Weinbauern in Kellereigenossenschaften zusammengeschlossen. Die ersten Gründungen erfolgten noch im 19. Jhdt. Heute gibt es in Südtirol 13 Genossenschaftsbetriebe, die über zwei Drittel der Weine produzieren. Dabei stehen sie für eine hohe Qualität. Zusammen mit den privaten Weingütern und den freien Weinbauern gehören sie zum «Konsortium Südtiroler Wein».

Gewürztraminer

Zwar wird die Herkunft der Traube kontrovers diskutiert, aber schon der Name verweist auf den Ort Tramin in Südtirol. Wird auch als Traminer Aromatico bezeichnet. Intensiv duftend, Gewürzaromen. International im Trend. Nach Rebfläche drittwichtigste Sorte in Südtirol.

Kellerei Girlan

Traditionsreicher Genossenschaftsbetrieb, der sich in den letzten Jahren stark verjüngt hat. Kellermeister: Gerhard Kofler.

Weinempfehlungen: Chardonnay Flora, Weißburgunder Plattenriegl, Sauvignon Indra, Gewürztraminer Spätlese Pasithea, Vernatsch Gschleier u. a.

39057 Girlan, St.-Martin-Straße 24, Tel. 0471 662403, info@girlan.it, www.girlan.it

Goldmuskateller

Die Rebsorte hat in Südtirol eine lange Tradition und hat einen charakteristischen Muskatduft. Wird meist süß als Dessertwein ausgebaut. In der trockenen Variante ein beliebter Aperitif.

Haas, Franz

Bekannt u. a. für seinen ehrgeizigen Pinot Grigio und Pinot Nero.

Weinempfehlungen: Pinot Nero Schweizer (Künstleretiketten), Manna (Weißweincuvée), Gewürztraminer u. a.

39040 Montan, Villnerstraße 6, Tel. 0471 812280, sabine@franz-haas.it, www.franz-haas.it

Hoandlhof

Manfred «Manni» Nössing gilt im positiven Sinne als «weinverrückt». Die Weine seines Hoandlhofs in Brixen sind entsprechend ausgefallen – und hochklassig.

Weinempfehlungen: Sylvaner, Kerner, Veltliner, Müller Thurgau u. a.

39042 Brixen, Weinbergstraße 66, Tel. 0472 832672, manni.n@brennercom.net, www.manni-noessing.com

Hofstätter

Traditionsreiches Weingut in Tramin, das zwar u. a. auch Gewürztraminer und Lagrein produziert, vor allem aber bekannt ist für seinen hochklassigen (und entsprechend teuren) Blauburgunder.

Weinempfehlung: Barthenau Vigna Sant'Urbano (Blauburgunder)

39040 Tramin, Rathausplatz 7, Tel. 0471 860161, info@hofstatter.com, www.hofstatter.com

Kalterersee

Anbaugebiet rund um den Kalterer See. Die Rotweine aus dem DOC-Bereich werden aus der Vernatsch-Traube gekeltert. Oft besser als sein Ruf. Am besten jung und leicht gekühlt.

Kellerei Kaltern

Ausgezeichnet aufgestellte Kellereigenossenschaft mit modernem Winecenter (s. dort), einer breiten Palette erfolgreicher Weine, dem angegliederten Weingut Baron di Pauli (s. dort) und biodynamischen Weinen unter der Marke Solos.

Weinempfehlungen: Moscato Giallo Passito Serenade, Cabernet Pfarrhof Riserva, Sauvignon Castel Giovanelli, Gewürztraminer Solos u. a.

39052 Kaltern a. d. Weinstraße, Kellereistraße 12, Tel. 0471 963149, info@kellereikaltern.com, www.kellereikaltern.com

Kellerei Kurtatsch

Genossenschaft mit einer Vielzahl von Lagen rund um Kurtatsch an der Weinstraße.

Weinempfehlungen: Gewürztraminer Brenntal, Müller Thurgau Graun, Sauvignon Kofl, Cabernet Kirchhügel, Pinot Bianco Hofstatt u. a.

39040 Kurtatsch, Weinstr. 23, Tel. 0471 880115,
info@kellerei-kurtatsch.it, www.kellerei-kurtatsch.it

Kerner

Kreuzung aus Trollinger (Vernatsch) und Riesling. Wird v. a. im Vinschgau und im Eisacktal angebaut.

Kretzer

Steht in Südtirol für Roséweine wie z. B. den Lagrein Kretzer.

Kuenhof

Renommiertes Weingut im Eisacktal oberhalb von Brixen (Peter Pliger). Biodynamischer Weinbau.

Weinempfehlungen: Riesling Kaiton, Sylvaner, Veltliner

39042 Brixen, Mahr 110, Tel. 0472 850546,
pliger.kuenhof@rolmail.net

Lageder, Alois

Pionier der Südtiroler Qualitätsweine. Hochklassige Lagengewächse von der Tenuta Löwengang. Verkostung im «Paradeis» des Ansitz Hirschprunn.

Weinempfehlungen: Chardonnay Löwengang, Cabernet Löwengang, Cabernet Sauvignon Cor Römigberg, Weißburgunder Haberle, Rosso Mitterberg Cason Hirschbrunn u. a.

39040 Margreid a. d. Weinstraße, Tel. 0471 809500,
info@aloislageder.eu, www.aloislageder.eu

Lagrein

In Südtirol heimische (autochthone) Rebsorte. Ergibt dunkle Rotweine, die sich aktuell einer Renaissance erfreuen. Wurde früher häufig mit Vernatsch verschnitten. Bekannt auch als Rosé-Wein Lagrein Kretzer.

Landesweingut Laimburg

Die Versuchsanstalt für Weinbau der Provinz Bozen produziert auch eigene Weine (z. B. Gewürztraminer, Lagrein). Berühmter Felsenkeller.

Weinempfehlungen: Pinot Bianco, Pinot Grigio, Oyèll Sauvignon, Barbagol Lagrein Riserva u. a.

39040 Auer, Laimburg 6, Tel. 0471 969500,
laimburg@provinz.bz.it, www.laimburg.it

Manincor

Exquisites Weingut oberhalb des Kalterer Sees (Michael Graf Goëss-Enzenberg). Mit spektakulärem Weinkeller unterirdisch im Weinberg. Biodynamischer Weinbau.

Weinempfehlungen: Weißburgunder Eichhorn, Chardonnay Sophie, Castel Campan, Reserve della Contessa, Pinot Noir Mason, Cuvée Cassiano u. a.

39052 Kaltern a. d. Weinstraße, St. Josef am See 4,
Tel. 0471 960230, info@manincor.com, www.manincor.com

Müller Thurgau

Vom Schweizer Hermann Müller aus dem Kanton Thurgau wurde die weiße Traube im deutschen Geisenheim aus Riesling mit Silvaner (bzw. Chasselas) gekreuzt. Wenn sie im Ertrag reduziert wird, kann sie hochwertige Tropfen hervorbringen – wie in Südtirol z. B. im Eisacktal.

Muri-Gries

Kellerei des Benediktinerklosters im Bozner Stadtteil Gries. Bekannt v. a. für Lagrein.

Weinempfehlungen: Lagrein Abtei Riserva, Bianco Abtei Muri, Lagrein Rosato (Kretzer), Abtei Muri Pinot Noir Riserva, Abtei Muri Rosenmuskateller u. a.

39100 Bozen, Grieser Platz 21, Tel. 0471 282287,
info@muri-gries.com, www.muri-gries.com

Niedermayr, Josef

Historisches Weingut im Familienbesitz, mit moderner Kellertechnik und einem großen Namen bei Süßweinen (Passito).

Weinempfehlungen: Passito Aureus, Lagrein Gries Blacedelle, Sauvignon Naun u. a.

39057 Girlan, Jesuheimstraße 15, Tel. 0471 662451, info@niedermayr.it, www.niedermayr.it

Passito

Weine aus teilgetrockneten, fast rosinierten Trauben. Durch den Entzug von Wasser erhöhen sich die Zuckerkonzentration und der Alkoholgehalt. Nach diesem Verfahren entstehen ausgezeichnete Süß- bzw. Dessertweine.

Pergola

Die für Südtirol typische Reberziehung an horizontalen Stangen führt zwar zu schönen Laubengängen, ist aber für viele Rebsorten wenig geeignet, sodass sich die Pergeln im Rückzug befinden. Bei Vernatsch aber weiter dominierend.

Riserva

Diese Weine dürfen erst zwei Jahre nach der Weinlese in den Verkauf gehen, sind in der Regel höherwertiger und teurer – wobei nicht geregelt ist, wie der Ausbau und die Lagerung zu erfolgen hat.

Rosenmuskateller

Stammt ursprünglich aus Sizilien (Moscato Rosa) und bringt aromatische Süßweine hervor, die einen Rosenduft verströmen.

Sankt Magdalener

Der Rotwein wird aus der Vernatsch-Traube gekeltert und kommt aus der Region Bozen (mit Karneid und Ritten). Als Classico stammt er direkt aus dem Ortsanbaugebiet von Sankt Magdalena.

Kellerei Sankt Pauls

Genossenschaftskellerei, deren Weine unter verschiedenen Labels (z. B. die hochwertige Linie Passion) auf den Markt kommen, aber allgemein von guter Qualität sind.

Weinempfehlungen: Sauvignon Passion, Gewürztraminer Passion, Merlot Huberfeld, Weißburgunder Plötzner u. a.

39050 St. Pauls, Schloss-Warth-Weg 21, Tel. 0471 662183, info@kellereistpauls.com, www.kellereistpauls.com

Stiftskellerei Neustift

Stiftskellerei im Eisacktal mit langer Weintradition (bis ins 12. Jhdt.), eindrucksvollem Gemäuer, hochgelegenen Weinbergen und feinen Tropfen.

Weinempfehlungen: Riesling Praepositus, Sylvaner Praepositus, Kerner Praepositus, Müller Thurgau u. a.

39040 Vahrn, Stiftstraße 1, Tel. 0472 836189,
info@kloster-neustift.it, www.kloster-neustift.it

Stroblhof

Das Weingut mit dem gleichnamigen Hotel und Restaurant liegt hoch über Eppan und ist v. a. bekannt für seine Weißweine und Blauburgunder. Inhaber: Rosemarie Hanni-Ausserer und Andreas Nicolussi-Leck.

Weinempfehlungen: Weißburgunder Strahler, Chardonnay Schwarzhaus, Blauburgunder Pigeno, Blauburgunder Riserva (von alten Reben) u. a.

39057 Sankt Michael / Eppan, Pigenoer Weg 25, Tel. 0471 662250,
weingut@stroblhof.it, www.stroblhof.it

Kellerei Sankt Michael-Eppan

Hochangesehene Kellereigenossenschaft in Eppan (Kellermeister: Hans Terzer). Mit legendärem Sauvignon blanc. Die Spitzengewächse etikettieren unter Sanct Valentin.

Weinempfehlungen: Sauvignon Sanct Valentin, Blauburgunder Sanct Valentin, Chardonnay Sanct Valentin, Weißburgunder Schulthauser u. a.

39057 Eppan a. d. Weinstraße, Umfahrungsstraße 17–19, Tel. 0471 664466, kellerei@stmichael.it, www.stmichael.it

Kellerei Schreckbichl

Traditionsreiche Kellereigenossenschaft in Girlan. Neben den Basisweinen gibt es die höherwertige Praedium Selection sowie die Edellinie Cornell.

Weinempfehlungen: Praedium Pinot Bianco, Lafòa Sauvignon, Praedium Siebeneich Merlot Riserva, Sigis Mundus Cornell Lagrein u. a.

39057 Girlan, Weinstraße 8, Tel. 0471 664246, info@colterenzio.it, www.colterenzio.it

Sylvaner

Die weiße Rebsorte (Silvaner) findet sich v. a. im Eisacktal, weil es dort ausreichend kühl und dennoch sonnig ist.

Kellerei Terlan

Genossenschaftskellerei mit ausgezeichnetem Ruf und einigen Weinen, die nicht nur international bekannt sind, sondern fast schon Kultstatus genießen.

Weinempfehlungen: Sauvignon Quarz, Weißburgunder Vorberg, Lagrein Porphyr, Gewürztraminer Lunare u. a.

39018 Terlan, Silberleitenweg 7, Tel. 0471 257135, office@kellerei-terlan.com, www.kellerei-terlan.com

Tiefenbrunner

Schlosskellerei in Kurtatsch, die schon alleine mit dem Müller Thurgau Feldmarschall einen legendären Ruf genießt. Gemütliche Jausenstation.

Weinempfehlungen: Feldmarschall von Fenner zu Fennberg (Müller Thurgau), Chardonnay Linticlarus, Gewürztraminer Castel Turmhof, Lagrein Castel Turmhof u. a.

39040 Kurtatsch, Schlossweg 4, Tel. 0471 880122, www.tiefenbrunner.com

Törggelen

Im Herbst wird der neue, frisch gekelterte Wein zu gebratenen Kastanien oder einer deftigen Brotzeit getrunken. Torggl ist der alte Name für eine hölzerne Weinpresse und für den Raum im Weinbauernhaus, wo die neuen Weine verkostet wurden.

Kellerei Tramin

Genossenschaftskellerei mit aufsehenerregendem Weinkeller und breitem Sortiment. Legendär sind die Gewürztraminer. Kellermeister: Willi Stürz.

Weinempfehlungen: Gewürztraminer Nussbaumer, Gewürztraminer Terminum (Passito), Grauburgunder Unterebner, die Cuvées Stoan (weiß) und Loam (rot) u. a.

39040 Tramin a. d. Weinstraße, Tel. 0471 096633, info@cantinatramin.it, www.cantinatramin.it

Unterortl / Castel Juval

Das Weingut Unterortl gehört zum Schloss Juval im Vinschgau und ist damit im Besitz des berühmten Bergsteigers Reinhold Messner. Geführt wird das Weingut von Martin und Gisela Aurich, die v. a. für ihre Riesling- und Weißburgunderweine höchste Auszeichnungen erhalten.

Weinempfehlungen: Riesling Valle Venosta, Weißburgunder Valle Venosta, Juval Glimmet, Juval Gneis u. a.

39020 Kastelbell, Juval 1 b, Tel. 0471 667580,
familie.aurich@dnet.it, www.unterortl.it

Veltliner

Die weiße Traube (mit dem typischen «Pfefferl») ist v. a. aus Österreich bekannt, wird aber auch in Südtirol kultiviert, mit Schwerpunkt im Eisacktal.

Vernatsch

Noch immer rangiert die traditionsreiche Traube in Südtirol an erster Stelle hinsichtlich der angebauten Rebfläche, sie hat aber nicht mehr die Bedeutung wie in früheren Jahrzehnten. Die Rotweine sind leicht, trinkig und gerbstoffarm. Im Trentino heißt der Vernatsch Schiava. Mit ihm verwandt ist der deutsche Trollinger (leitet sich ab von: Tirolinger). Es gibt die Sorte in verschiedenen Unterarten wie Edel-, Groß- und Grauvernatsch.

Walch, Elena

International bekannte Weinerzeugerin, die auf konstant hohem Niveau ehrgeizige Weine kreiert.

Weinempfehlungen: Gewürztraminer Kastelaz, Lagrein Riserva Castel Ringberg, Weißweincuvée Beyond the Clouds, Sauvignon Castel Ringberg u. a.

39040 Tramin, Andreas-Hofer-Straße 1, Tel. 0471 860172, info@elenawalch.com, www.elenawalch.com

Waldgries

Im klassischen St.-Magdalener-Gebiet liegt das im Familienbesitz (Plattner) befindliche historische Weingut, von dem hochgeschätzte Weine kommen.

Weinempfehlungen: Lagrein Mirell, St. Magdalener klassisch, Cabernet Laurenz, Sauvignon

39100 Bozen, Sankt Justina 2, Tel. 0471 323603, info@waldgries.it, www.waldgries.it

Winecenter Kaltern

Das moderne Informationscenter und Weingeschäft liegt direkt an der Weinstraße im Dorf Kaltern, gehört zur Kellerei Kaltern (s. dort). Informationsveranstaltungen. Weinverkostungen etc.

39052 Kaltern, Tel. 0471–966067, info@winecenter.it, www.winecenter.it

Essen und Trinken

Nicht nur zur herbstlichen Törggelzeit mit gebratenen Keschtn (Kastanien), Speck, Schlutzkrapfen und Knödeln, sondern über alle Jahreszeiten hinweg ist Südtirol ein Dorado für Schlemmerreisende. Freunde von Jausen in Buschenschänken kommen genauso auf ihre Kosten wie Gourmets, die sich an Sternen und Hauben orientieren. Im Folgenden eine Auswahl von Empfehlungen, die eher eine Vorliebe für die einfachen, gleichwohl feinen Genüsse erkennen lassen – Ausnahmen bestätigen die Regel. Viele der genannten Vinotheken und Gasthöfe kommen im Roman vor und haben sowohl Baron Emilio als auch den Autor erfreut.

Banco 11 (Bozen)

Direkt am Bozner Obstmarkt trifft man sich in der kleinen Weinbar Banco 11 (Stand 11) zu einem Sprizz oder einem Snack. Mit Feinkostladen.

39100 Bozen, Obstplatz 11, Tel. 0471 3496 238465, geschl. So

Bistro 7 (Meran)

Unter den Meraner Lauben gilt das Bistro 7 als angesagter Treff – draußen und drinnen, für einen schnellen Cappuccino oder Sprizz, für eine kleine Weinprobe oder für ein ausgedehntes Essen mit musikalischer Untermalung.

39012 Meran, Lauben 232, Tel. 0473 210636, www.bistrosieben.it

Blindprobe Sensorium (Völs am Schlern)

Hier werden Wein- und Sensorikseminare angeboten, die in völliger Dunkelheit stattfinden. Die «Blindprobe» steigert die Geschmacks- und Geruchswahrnehmung. Gleichzeitig wird das Weinwissen vertieft.

39050 Völs am Schlern, Kirchplatz 5, Telefon 0335 254780, Kontakt in Deutschland: Jörg Linke, 85662 Hohenbrunn, Dorfstraße 19, Tel. 08102 895868, www.blindprobe.com

Buschenschank Baumann (Signat)

Ob hauchdünne Schlutzkrapfen oder Strauben (Teigkringel) zum Nachtisch – Mali Höller zeigt, wie's geht. Die Wirtin der Buschenschank ist berühmt für ihre authentische Küche. Mit Blick auf die Dolomiten oder in gemütlichen Stuben.

39054 Signat, Oberlaitach 6, Tel. 0471 365206

Café Museion (Bozen)

Zum Museum für moderne Kunst in Bozen (Museion) gehört ein trendiges Café mit kleiner Küche und Blick von der Terrasse auf den Talfer-Fluss.

39100 Bozen, Dantestraße 6, Tel. 0471 3334068762, www.cafe-museion.com

Carrettai (Bozen)

Die Osteria dai Carrettai (Zum Kärrner) ist für ihre Crostini berühmt, die Bestellungen werden an einer Theke aufgegeben, der Wein wird aus kleinen Fässern gezapft, die Plätze an den Holztischen (auch vor dem Lokal an der Hauswand) sind ebenso rar wie begehrt.

39100 Bozen, Dr.-Streiter-Gasse 20 b, Tel. 0471 970558, geschl. So

Castel Ringberg (Kaltern)

Im schön gelegenen Ansitz, inmitten der Weinberge von Elena Walch (s. dort), verwöhnt das Restaurant von Stefan Unterkircher und Claudia Pischeider mit innovativer Küche. Große Terrasse mit Blick auf den Kalterer See.

39052 Kaltern, Sankt Josef am See 1, Tel. 0471 960010, www.castel-ringberg.com

Elephant (Brixen)

Traditionsadresse in Brixen (seit 1695) mit gepflegtem Ambiente und klassischer Küche. Auch bei Durchreisenden ein beliebter Stopp. Restaurant und Hotel.

39042 Brixen, Weißlahnstraße 4, Tel. 0472 832750, www.hotelelephant.com

Enovit (Bozen)

Angesagte Weinbar mit runder Theke, gut sortierten Regalen und einigen Tischen im Nebenraum für kleine Gerichte.

39100 Bozen, Dr.-Streiter-Gasse 30, Tel. 0471 970460, geschl. Sa ab Mittag und So

Fischbänke (Bozen)

Die Bruschetteria des Cartoonkünstlers Rino Zulla (Cobo) hat keine Gasträume, sie befindet sich im Freien unter großen Schirmen rund um vier Marmortheken (über die früher Fisch verkauft wurde), hat einen charmant provisorischen Charakter – und Kultstatus.

39100 Bozen, Dr.-Streiter-Gasse 26, Tel. 0471 971714, geschl. So

Johnson & Dipoli (Neumarkt)

In Neumarkt finden Weinreisende zielsicher den Weg zur Vinothek mit Restaurant von Vincenzo de Gaspari, mit dem sich vortrefflich über die Südtiroler Weine diskutieren lässt.

39044 Neumarkt, Andreas-Hofer-Straße 3, Tel. 0471 820323

Kaiserkron (Bozen)

Renommiertes Restaurant mit kreativer Küche, gehobener Bistro-Atmosphäre und kleiner Terrasse unter weißen Markisen.

39100 Bozen, Musterplatz 1, Tel. 0471–303233, www.kaiserkron.it

Kallmünz (Meran)

In einer einstigen Remise erfreut Luigi Ottaiano (aus Neapel) den Gast nicht nur mit reduziertem Interiordesign, sondern vor allem mit einem kreativen Mix aus süditalienischer und japanischer Küche. Dazu passend kommt auch das aufmerksame Servicepersonal aus Japan.

39012 Meran, Sandplatz 12, Tel. 0473 212917, www.kallmuenz.it, geschl. Mo

Käsenocken* (Zutaten für 4 Personen)

Zu den Käsenocken wird oft Krautsalat mit Speck serviert – und z. B. ein Südtiroler Chardonnay entkorkt.

Zutaten Nocken: 30 g Zwiebel, 20 g Butter, 100 g Käse (Grau- oder Bergkäse), 150 g schnittfestes Weißbrot, würflig geschnitten (oder Knödelbrot), 2 Eier, 100 ml Milch, 1 EL Mehl.

Weitere Zutaten: 2 EL fein geschnittener Schnittlauch, Pfeffer aus der Mühle, Salz, 20 g geriebener Parmesan, 30 g gebräunte Butter, 2 EL fein geschnittener Schnittlauch.

Zubereitung: Die Zwiebel schälen, fein schneiden und in Butter dünsten. Den Käse in kleine Würfel schneiden und mit der gedünsteten Zwiebel zum Knödelbrot geben.
Die Eier mit der Milch verrühren und zusammen mit dem Schnittlauch zum Weißbrot geben. Mit Salz und Pfeffer würzen und gründlich vermengen. Das Mehl dazugeben und die Masse kneten, bis der Teig zusammenhält. Mit nassen Händen Nocken formen. Reichlich Salzwasser in einem großen Topf zum Kochen bringen, die Nocken in das siedende Wasser geben und kochen lassen (Garzeit ca. 15 Minuten). Herausnehmen, abtropfen lassen und auf Tellern oder in einer Pfanne anrichten und mit Parmesan bestreuen. Die gebräunte Butter darübergießen und mit Schnittlauch servieren.

Keller am Keil (Kaltern)

In einem ehemaligen Weinhof gibt's in lockerer Atmosphäre Weine zu probieren und eine junge Küche.

39052 Kaltern, St. Josef am See 8, Tel. 0471 960259, www.keil.it, geschl. Mi und Do mittags

Kuppelrain (Kastelbell)

Zu den besten Restaurants Südtirols wird regelmäßig Jörg Trafoiers Kuppelrain in Kastelbell im Vinschgau gezählt.

39020 Kastelbell, Bahnhofstraße 16, Tel. 0473 624103, www.kuppelrain.com

Marklhof (Eppan)

Schön gelegener Gasthof (mit Blick auf Bozen) mit klassisch-traditioneller Küche.

39057 Eppan (Girlan), Marklhofweg 14, Tel. 0471 662407, www.eppan.com / marklhof, geschl. So abends und Mo

Marillenknödel mit Bröselbutter* (Zutaten für 4 Personen)

Zum Rezept eine wichtige Basisinformation:
Marillen sind Aprikosen!

Zutaten Topfenteig: 40 g Butter, 10 g Zucker, 1 Packung Vanillezucker, 1 Prise Salz, 1 Ei, 150 g Topfen (Quark), 50 g Mehl.

Weitere Zutaten: 6 kleine Marillen, 60 g Rohmarzipan, 1 EL Butter, 60 g Weißbrotbrösel oder süße Brösel, ½ TL Zimt, 2 EL Zucker, 2 EL Butter zum Abschmälzen.

Zubereitung Topfenteig: Weiche Butter, Zucker, Vanillezucker und Salz schaumig rühren. Ei, Topfen und Mehl einrühren. Den Teig ca. 15 Minuten im Kühlschrank zugedeckt ruhen lassen.

Zubereitung Marillenknödel: Marillen waschen, trocknen, einschneiden (jedoch nicht ganz durchschneiden), den Kern herausnehmen und mit je 10 g Rohmarzipan füllen. Topfenteig auf einer bemehlten Arbeitsfläche dünn ausrollen und in sechs gleiche Quadrate (7 × 7 cm) schneiden. Nun die Teigquadrate um die Marillen gut verschließen und Knödel formen. In kochendem Salzwasser ganz leicht sieden. Butter zerlassen, Weißbrotbrösel darin unter ständigem Rühren leicht rösten. Marillenknödel aus dem Wasser heben, gut abtropfen lassen, dann in den Weißbrotbröseln wälzen, mit Zucker und Zimt bestreuen und mit Butter abschmälzen. (Garzeit: ca. 8 Minuten)

Oberwirt (Marling)

Die kreative Küche des traditionsreichen Hauses erfreut nicht nur Hotelgäste, sondern wird auch sonst von Feinschmeckern hochgeschätzt. Gemütliche Stuben, Gartenterrasse und große Weinauswahl.

39020 Marling bei Meran, St.-Felix-Weg 2, Tel. 0473 222020, info@oberwirt.com, www.oberwirt.com

Paradeis (Margreid)

Die modern gestylte «Vinothek Im Paradeis» gehört zum Weingut Alois Lageder (s. dort), dort werden nicht nur die Weine des Hauses präsentiert, sondern auch Delikatessen angeboten und kleine, feine Gerichte.

39040 Margreid, Sankt-Gertraud-Platz 5, Tel. 0471 809580, www.aloislageder.eu, geschl. So

Patscheiderhof (Signat)

Almgasthof oberhalb von Bozen, inmitten von Weinbergen, mit phantastischem Blick ins Tal, mit Terrasse, alten Gaststuben und beliebten Klassikern – von Spinatknödeln bis Schlutzkrapfen.

39050 Signat, Tel. 0471 365267, www.patscheiderhof.com, geschl. Di

Pillhof (Frangart)

Angesagte Vinothek mit Restaurant (italienisch-international) in einem modern gestalteten Ansitz. Tische auf mehreren Ebenen und im Innenhof.

39010 Frangart, Bozener Straße 48, Tel. 0471 633100, www.pillhof.com, geschl. Sa abends und So

Pretzhof (Sterzing)

Von Sterzing suchen Freunde der authentischen Südtiroler Küche den Weg hinauf zum Pretzhof (Ortsteil Wiesen), wo Ulli und Karl Mair mit Produkten aus eigener Landwirtschaft und mit ausgesuchten Weinen für Wohlbefinden sorgen.

39040 Sterzing-Wiesen, Tel. 0472764455, www.pretzhof.com, geschl. Mo und Di

Radicchiorisotto* (Zutaten für 4 Personen)

Eine Südtiroler Spezialität, die kulinarisch den italienischen Einfluss widerspiegelt.

Zutaten Risotto: 200 g Radicchio, 50 g Zwiebel, 1 Knoblauchzehe, 2 EL Öl, 100 ml Rotwein (Lagrein oder St. Magdalener), 240 g Rundkornreis (Arborio, Carnaroli), 1 l Fleischsuppe oder Wasser, Salz, Pfeffer aus der Mühle.

Weitere Zutaten: 2 EL Butter, 30 g geriebener Parmesan.

Zubereitung: Den Radicchio putzen, waschen und in Streifen schneiden, Zwiebel und Knoblauch schälen, klein schneiden und in Öl dünsten. Geschnittenen Radicchio dazugeben und ebenfalls dünsten, mit Rotwein aufgießen und weich dünsten, bis der Wein fast vollständig eingekocht ist. Reis hinzufügen, mit Fleischsuppe nach und nach aufgießen, mit Salz und Pfeffer würzen und unter ständigem Rühren kochen lassen. Mit der kalten Butter und Parmesan verfeinern und servieren. (Garzeit: ca. 20 Minuten)

Rossini (Meran)

Populäre Cocktailbar im Zentrum von Meran. Mit Terrasse, Café und Bistrokarte.

39012 Meran, Freiheitsstraße 19, Tel. 0473 491085, www.rossini-bar.it

Schlosswirt Juval (Kastelbell-Tschars)

Zum Schloss Juval von Reinhold Messner gehörender Gasthof (nur zu Fuß oder mit dem Shuttlebus erreichbar), der auf Produkte aus eigenem Anbau oder unmittelbarer Nachbarschaft setzt. Die Weine stammen von Messners Weingut Unterortl (s. dort).

39020 Kastelbell-Tschars, Juval 2, Tel. 0473 668056, www.schlosswirtjuval.it, geschl. Mi und in den Wintermonaten

Schlutzkrapfen* (Zutaten für 4 Personen)

Die Südtiroler Spezialität der «Schlutzer» ähnelt den italienischen Ravioli.

Zutaten Teig: 150 g Roggenmehl, 100 g Weizenmehl, 1 Ei, 50–60 ml lauwarmes Wasser, 1 EL Öl, Salz.

Zutaten Füllung: 150 g gekochter Spinat (ca. 300 g Frischspinat), 50 g Zwiebel, ½ Knoblauchzehe, 1 EL Butter, 100 g Topfen (Quark), 1 EL geriebener Parmesan, 1 EL Schnittlauch, 1 Messerspitze Muskatnuss, Pfeffer aus der Mühle, Salz.

Weitere Zutaten: geriebener Parmesan, braune Butter, Schnittlauch zum Servieren.

Zubereitung Teig: Die beiden Mehlsorten vermischen, kranzförmig auf ein Nudelbrett geben und salzen. Das Ei mit lauwarmem Wasser und dem Öl verquirlen, in die Mitte des Mehlkranzes gießen und von innen nach außen zu einem glatten Teig verkneten. Den Teig zugedeckt 30 Minuten ruhen lassen.

Zubereitung Füllung: Den Spinat fein hacken, Zwiebel und Knoblauch in der Butter dünsten, Spinat hinzugeben und etwas auskühlen lassen. Den Topfen, Parmesan und Schnittlauch dazugeben und mit Muskatnuss, Salz und Pfeffer würzen und gut verrühren. Den Teig mit der Nudelmaschine dünn austreiben und möglichst schnell verarbeiten, damit er nicht austrocknet. Mit einem runden, glatten Ausstecher Blätter von ca. 7 cm Durchmesser ausstechen. Die Füllung mit einem kleinen Löffel in die Mitte geben. Den Rand mit Wasser anfeuchten und den Teig halbmondförmig zusammenfalten. Sofort mit den Fingern die Ränder andrücken.

Fertigstellung: Die Schlutzkrapfen in Salzwasser kochen (ca. 3–4 Minuten) und anrichten. Mit Parmesan bestreuen und mit brauner Butter und Schnittlauch servieren.

Seibstock (Meran, Bozen)

Das bekannte Feinkostgeschäft gibt es in Meran und in Bozen, mit hochwertigem Sortiment an Delikatessen nicht nur aus Südtirol, exquisiter Weinabteilung und eigenen Produkten (z.B. Chutney).

39012 Meran, Lauben 227, Tel. 0473 237107; 39100 Bozen, Lauben 50, Tel. 0471 324072; www.seibstock.com

Siegi's (Kaltern)

Kleine Weinbar mit Lokal und Speisekarte von der Schiefertafel (im Zentrum von Oberplanitzing).

39052 Kaltern, Oberplanitzing 56, Tel. 0471 665721, info@siegis.it, www.siegis.it

Signaterhof (Signat)

Von Bozen hinauf zum Ritten geht es links ab zum Signaterhof, der für die traditionelle, aber raffiniert verfeinerte Südtiroler Küche von Günther Lobis bekannt ist. Mit Terrasse und alter Gaststube.

39050 Signat, Tel. 0471 365353, www.signaterhof.it, geschl. Sa abends und So

Sissi (Meran)

Am oberen Ende der Genuss- und Preisskala rangiert seit Jahren das Gourmetrestaurant von Andrea Fenoglio.

39012 Meran, Galileistraße 44, Tel. 0473 231062, www.sissi.andreafenoglio.com, geschl. Mo und Di mittags

Spinatknödel (Zutaten für 4 Personen)

Knödel zählen in Südtirol zu den Grundnahrungsmitteln. Die Zubereitung birgt im Grunde nur ein Risiko: dass die Knödel im Salzwasser auseinanderfallen. Sollte dies passieren, kommt Plan B ins Spiel: Die Knödelreste mit der Kelle flugs aus dem Salzwasser nehmen, abtropfen lassen und in der Pfanne mit Butter auf zwei Seiten anbraten.

Zutaten Knödel: 2 Schalotten, 1 Knoblauchzehe, 1 TL Butter, 200 g Blattspinat, 2 Eier, 40 g geriebener Almkäse, 1 EL Mehl, 150 g Knödelbrot, 50 ml Milch, Salz, Pfeffer, Muskatnuss.

Zutaten zum Servieren: 100 g Butter, 60 g geriebener Parmesan, 1 Bund Schnittlauch.

Zubereitung: Schalotten und Knoblauch kleinhacken, in Butter anschwitzen. Spinat kurz in Salzwasser kochen, dann gut abtropfen lassen, ausdrücken und kleinschneiden. Schließlich Knödelbrot mit den angeschwitzten Schalotten und dem Knoblauch, mit dem gehackten Spinat, mit Eiern, geriebenem Almkäse, 1 EL Mehl und warmer Milch mischen. Mit Salz, Pfeffer und Muskatnuss kräftig würzen. 30 Min. ruhen lassen, dann Knödel formen. Die Knödel in kochendes Salzwasser einlegen und ca. 15 Min. leise köcheln lassen. Anrichten, mit brauner Butter begießen, mit geriebenem Parmesan und Schnittlauch bestreuen.

Stroblhof (Eppan)

Nicht nur Hotel und Weingut (s. dort), sondern auch ein beliebtes Ausflugslokal. Oberhalb von Eppan und in Nähe der berühmten «Eislöcher» gelegen.

39057 Eppan, Pigenoerstraße 25, Tel. 0471 662250, www.stroblhof.it, geschl. Mo

Südtiroler Weinsuppe* (Zutaten für 4 Personen)

Bei diesem Klassiker ist natürlich die Verwendung eines Südtiroler Weißweins Pflicht, besonders empfohlen wird Weißburgunder oder Gewürztraminer, alternativ kommt auch Sekt in Frage.

Zutaten Brotwürfel: 2 Toastbrotscheiben, 40 g Butter, ½ TL Zimt.

Zutaten Weinsuppe: ¼ l Kraft- oder Fleischsuppe, ⅛ l Weißwein, 100 ml Sahne, 3 Eigelb, 1 Prise Muskatnuss, 1 Messerspitze Zimtpulver, Salz.

Zubereitung Brotwürfel: Das Toastbrot entrinden und in ½ cm große Würfel schneiden. Die Butter in einer Pfanne zergehen lassen, die Toastbrotwürfel dazugeben und unter ständigem Schwenken goldbraun rösten. Dann mit Zimt bestreuen, sofort aus der Pfanne nehmen und die Zimtcroûtons (Brotwürfel mit Zimt) auf Küchenkrepp abtropfen lassen und bereitstellen.

Zubereitung Weinsuppe: Die abgeschmeckte Kraftsuppe und den Weißwein in einen Topf geben, die Sahne mit dem Eigelb verrühren und ebenfalls zur Suppe geben. Anschließend die Suppe kontrolliert erhitzen und mit einem Schneebesen schaumig schlagen, ohne dass das Eigelb gerinnt (die Suppe darf niemals kochen). Sobald die Suppe zu einer cremigschaumigen Konsistenz aufgeschlagen ist (was am besten im heißen Wasserbad gelingt), mit Muskatnuss, Zimt und Salz abschmecken. In Suppentassen oder -teller füllen, den Schaum gleichmäßig aufteilen, mit den Brotwürfeln bestreuen und sofort servieren.

Trenkerstube (Dorf Tirol)

Zum noblen Hotel Castel gehört das nicht minder feine (kleine) Restaurant Trenkerstube, das bei Gourmets in hohem Ansehen steht.

39019 Dorf Tirol, Hotel Castel, Keschtngasse 18, Tel. 0473 923693, www.hotel-castel.com, geschl. So und Mo

Vögele (Bozen)

Alteingesessenes Restaurant in Bozen mit regionaler Küche und gemütlichen Stuben.

39100 Bozen, Goethestraße 3, Tel. 0471 973938, www.voegele.it, geschl. So

Walther's (Bozen)

Am zentralen Waltherplatz in Bozen sind die Terrassen des Walther's ein beliebter Treffpunkt bei Touristen und Einheimischen.

39100 Bozen, Waltherplatz 6, Tel. 0471 982548

Zur Rose (Eppan)

Vielfach ausgezeichnetes Feinschmeckerrestaurant im Zentrum von Eppan. In der Küche Herbert Hintner, im Service seine Frau Margot. Umfangreiche Weinkarte. Degustationsmenü.

39057 Eppan, Josef-Innerhofer-Straße 2, Tel. 0471 662249, www.zur-rose.com, geschl. So und Mo mittags

Zur Rose (Kurtatsch)

Traditionslokal mit stimmungsvollem Ambiente und verfeinerter Regionalküche.

39040 Kurtatsch, Endergasse 2, Tel. 0471 880116, www.baldoarno.com, geschl. So und Mo

Danksagung

Der Autor bedankt sich bei allen, die ihm bei seinen Recherchen geholfen, das Manuskript auf Fehler durchgesehen und wertvolle Informationen beigesteuert haben.

Die im Anhang mit Stern markierten Rezepte wurden freundlicherweise von der Export Organisation Südtirol der Handelskammer Bozen (EOS) zur Verfügung gestellt. www.so-kocht-suedtirol.it (Athesia Verlag)

Alle Angaben in diesem Buch wurden vom Autor mit größter Sorgfalt zusammengestellt. Sollten sich dennoch Fehler eingeschlichen haben, bittet er dies zu entschuldigen. Außerdem unterliegen insbesondere Telefonnummern sowie Angaben zu Weingütern und Restaurants häufigen Veränderungen. Der Autor kann keine Verantwortung für die Richtigkeit der Angaben übernehmen. Was die handelnden Personen im Roman betrifft, so sind diese frei erfunden. Jede Ähnlichkeit oder Namensgleichheit mit lebenden Personen wäre rein zufällig und unbeabsichtigt.

Besuchen Sie den Autor auf seiner Website:
www.michael-boeckler.de

MIX
Papier aus verantwortungsvollen Quellen
FSC® C083411

Das für dieses Buch verwendete FSC®-zertifizierte Papier
Lux Cream liefert Stora Enso, Finnland.